中國語言文字研究輯刊

二二編

許學仁 主編

第 23 冊

《清華大學藏戰國竹簡（柒）·
越公其事》考釋（中）

江秋貞 著

花木蘭文化事業有限公司

國家圖書館出版品預行編目資料

《清華大學藏戰國竹簡（柒）·越公其事》考釋（中）／江秋貞
著 -- 初版 -- 新北市：花木蘭文化事業有限公司，2022〔民
111〕
目 2+268 面；21×29.7 公分
（中國語言文字研究輯刊 二二編；第 23 冊）
ISBN 978-986-518-849-8（精裝）
1.CST：簡牘文字 2.CST：研究考訂
802.08 　　　　　　　　　　　　　　　　　　　110022450

ISBN-978-986-518-849-8

9 789865 188498

中國語言文字研究輯刊
二二編　　第二三冊　　　　ISBN：978-986-518-849-8

《清華大學藏戰國竹簡（柒）·
越公其事》考釋（中）

作　　者　江秋貞
主　　編　許學仁
總 編 輯　杜潔祥
副總編輯　楊嘉樂
編輯主任　許郁翎
編　　輯　張雅淋、潘玟靜、劉子瑄　美術編輯　陳逸婷
出　　版　花木蘭文化事業有限公司
發 行 人　高小娟
聯絡地址　235 新北市中和區中安街七二號十三樓
　　　　　電話：02-2923-1455／傳真：02-2923-1452
網　　址　http://www.huamulan.tw 信箱 service@huamulans.com
印　　刷　普羅文化出版廣告事業
初　　版　2022 年 3 月
定　　價　二二編 28 冊（精裝）　台幣 92,000 元　　版權所有·請勿翻印

《清華大學藏戰國竹簡（柒）·越公其事》考釋（中）

江秋貞 著

目次

第二節　五政之律

一、《越公其事》第五章「好農多食」

【釋文】

王思（使）邦遊民，厽（三）年，乃乍（作）五＝政＝（五政。五政）之初，王好蓐（農）工（功）。王親自齤（耕），又（有）厶（私）舊（疇）。王親涉沟（溝）淳淠（洳）塗，日𥄶（省）蓐（農）【三〇】事以勸怠（勉）蓐（農）夫。雪（越）庶民百眚（姓）乃畀（稱）嘼𢝊（悚）㥼（懼）曰：「王丌（其）又（有）縈（嬰）疾？」王酓（聞）之，乃以筥（熟）飤（食）脂（脂）䰩（醢）【三一】脀（脯）肝（膴）多從。亓（其）見蓐（農）夫老弱堇（勤）歷（勞）者，王必酓（飲）飤（食）之。亓（其）見蓐（農）夫毲（指）顊（痤）足見（蹇）。產（顏）色訓（薰）必（黛）而牆（將）【三二】齤（耕）者，王亦酓（飲）飤（食）之。亓（其）見又（有）戔（列）、又（有）司及王右（左）右，先赌（誥）王訓，而牆（將）𦔻（耕）者，王必與之呈（坐）飤（食）【三三】。凡王右（左）右大臣，乃莫不𦔻（耕），人又（有）厶（私）舊（疇）。㟪（舉）雪（越）庶民，乃夫婦皆𦔻（耕），𦔻＝（至于）鄾（邊）㬩（縣）尖＝（小大）遠伲（邇），亦夫【三五】〔註847〕婦皆【三六上】 耕 ，□□□□□□□〔註848〕 吳 人㬩（還）雪（越）百里【一八】，□（得）于雪（越）邦，陸（陵）陰（陸），陸（陵）穉（稼），水則為稻，乃亡（無）又（有）閼（閒）卉（艸）。【三四】雪（越）邦乃大多飤（食）。𠃊【三六下】〔註849〕

【簡文考釋】

（一）王思邦（使）遊民，厽（三）年①，乃乍（作）五＝政＝（五政。五政）之初，王好蓐（農）工（功）。王親自齤（耕），又（有）厶（私）

〔註847〕第35簡依陳劍：〈《越公其事》殘簡18的位置及相關的簡序調整問題之說〉一文調整接到第34簡之後，其下再接第36簡上半部。

〔註848〕筆者認為此處缺字約在7～9字。

〔註849〕承上依據，第36簡上半部後應缺8個字，之後再接第18簡，之後再接第34簡，後面再接第36簡下半部。

舊（疇）②。王親涉沟（溝）淳洫（洫）塗③，日賭（省）蕣（農）【三〇】
事以勸怠（勉）蕣（農）夫④。雫（越）庶民百眚（姓）乃禹（稱）嘼矍
（悚）思（懼）⑤曰：「王丌（其）又（有）縈（嬰）疾⑥？」王凷（聞）
之，乃以筥（熟）釱（食）鹽（脂）醢（醢）【三一】肵（脯）肵（膴）多從
⑦。

1. 字詞考釋

①王思（使）邦遊民，厽（三）年

原考釋：

> 遊民，流離失所之民，又作游民。《禮記‧王制》：「無曠土，無游民，
> 食節事時，民咸安其居。」參見第四章注一〇。〔註850〕

駱珍伊認為「思」當讀為「使」。陳斯鵬在其〈論周原甲骨文和楚系簡帛中
的「囟」與「思」〉一文中已談及楚簡「囟／思」讀為「使」的用例，「使」與
「命」同義，即「使人做某事」之義。〔註851〕

子居認為「遊民」非原考釋所說之「流離失所之民」，應是指「遊其民」。
「思」當訓「使」，「思邦遊民三年」即「使邦遊民三年」：

> 如果按整理者的理解，則勾踐讓越民流離失所三年的話，如何還能
> 出現《越公其事》第四章的「邦乃暇安，民乃蕃滋」？故遊民當理
> 解為遊其民，即不以賦役等事勞民，而非整理者所說義，此點筆者
> 《清華簡〈越公其事〉第四章解析》已指出。「思」當訓使，「思邦
> 遊民三年」即「使邦遊民三年」。〔註852〕

翁倩認為「遊民」為原考釋所釋之「流離失所之民」；又認為子居在第一章
所言，越王「入宦於吳」美化成「遊民三年」問題，值得注意，在《國語‧越
語》有段落如下：

〔註850〕清華大學出土文獻與保護中心編、李學勤主編：《清華大學藏戰國竹簡（柒）》，上
海，中西書局，2017年4月，頁130，注1。

〔註851〕陳斯鵬：〈論周原甲骨文和楚系簡帛中的「囟」與「思」——兼論卜辭命辭的性質〉
《第四屆國際中國古文字學研討會論文集》，香港：香港中文大學中國語言及文學
系，2003.10。

〔註852〕子居：〈清華簡七《越公其事》第五章解析〉，http://www.xianqin.tk/2018/06/05/579，
20180605。

《國語‧越語上》：于是葬死者，問傷者，養生者，弔有憂，賀有喜，
送往者，迎來者，去民之所惡，補民之不足。然後卑事夫差，宦士
三百人于吳，其身親為夫差前馬。」

《國語‧越語下》：「令大夫種守于國，與范蠡入宦于吳，三年，而
吳人遣之。」

翁倩認為「縱經遊民」的寬鬆而有利民生政策實施三年後，「王思邦遊民三
年」，時間上也正合，勾踐歸國後看到了其休養生息的利民政策取得了很大成
功，在此基礎上勾踐開始著手實施「五政」：

根據《國語》的記載，勾踐慰問百姓，實施一些寬民政策後，就入
吳服役。「縱經遊民」的寬鬆而有利民生政策實施三年後，「王思邦
遊民三年」，時間上也正合，勾踐歸國後看到了其休養生息的利民政
策取得了很大成功，在此基礎上勾踐開始著手實施「五政」。可見，
此處「遊民」與「縱經遊民」之「遊民」理解一致，均指流離失所
之人，而且此時勾踐入吳，國家無主，人民無所依靠，「遊民」之意
也更為合理。〔註853〕

王青認為「王思邦遊民」的「遊民」如《韓非子‧五蠹》稱為「遊食之
民」，當泛指一切不事農作之民，非指流離失所之民。後世誤認為「流民」與
先秦典籍中所載的「遊民」有一定的差異：

《韓非子‧五蠹》稱為「遊食之民」，當泛指一切不事農作之民，非
指流離失所之民。戰國法家重農重本，深惡遊民。《五蠹》篇載「夫
明王治國之政，使其商工遊食之民少而名卑。」（（清）王先慎：《韓
非子集解》，北京：中華書局，1998 年，第 455 頁）。其「遊食之民」
包括「商、工」階層，即「遊民」泛指脫離土地，不事農作之人。「遊
民」，典籍中有時亦作「遊人」。春秋中後期，宗法制度逐漸解體，
脫離宗族的藩籬，社會上遊民增多，遊民為社會的不安定力量，儒
家亦反對遊民。《禮記‧王制》：「無曠土，無遊民，食節事時，民咸
安其居。」（（清）孫希旦：《禮記集解》，北京：中華書局，1989 年，

〔註853〕翁倩：〈釋清華簡《越公其事》的「遊民」〉，http://www.gwz.fudan.edu.cn/Web/
　　　　Show/4284，20180806。

第 361 頁）。《大戴禮記‧千乘》：「太古無遊民，食節事時，民各安其居，樂其宮室，服事信上，上下交信，地移民在。」清儒王聘珍《大戴禮記解詁》：「遊民，不習士農工商之業者。」（清王聘珍：《大戴禮記解詁》，北京：中華書局，1983 年，第 161 頁）這種解釋認為「遊民」是沒有固定職業之人，後世甚至被誤解為「流民」，與先秦典籍中所載的「遊民」有一定的差異。〔註854〕

秋貞案：

簡文此處的「思」當作「使」解，駱珍伊之說可從。筆者在博論《越公其事》第二章考釋「吳王虗忌使之柔以嬰也」的「使」字的內容可以參見。

「遊民」已在上章詳細解釋，原考釋在簡 27「縱經遊民」引《大戴禮記‧千乘》：「太古無遊民，食節事時，民各安其居，樂其宮室，服事信上，上下交信，地移民在。」王聘珍《解詁》：「不習士農工商之業者。」在簡 30「王思邦遊民」的「遊民」，指的是「不習士農工商之業者」，也就是游手好閒的人。從文義上第四章和第五章的脈絡相承，而第五章章首一句就是做為第四章的總結，所以：第五章的「遊民」和第四章的「遊民」應該是同一種人。「王思邦遊民，厽年」的釋義為：越王使役這些游手好閒的游民三年。

②乃乍（作）五=政=（五政。五政）之初，王好蓐（農）工（功）。王親自齀（耕），又（有）厶（私）舊（疇）

原考釋釋「舊」為「畦」

舊，與九店簡之「𦳷」當為一字，李家浩釋為「畦」，詳見《九店楚簡》（中華書局，一九九九年，第五八頁）。《說文》：「田五十畝曰畦。」私畦，親耕之私田。古書又稱籍田。《史記‧孝文本記》：「上曰：『農，天下之本，其開籍田，朕親率耕，以給宗廟粢盛。』」〔註855〕

王寧認為「舊」字恐不當讀「畦」。此字可分析為從蒦（獲）省田聲，這裡應當讀為田地之「田」。「舊」視為「獲」的異體讀「穫」似乎也通講，「私穫」指私田之穫：

〔註854〕王青：〈清華簡《越公其事》補釋〉，「出土文獻與商周社會學術研討會」會議論文集，2019 年，頁 323～332。

〔註855〕清華大學出土文獻與保護中心編、李學勤主編：《清華大學藏戰國竹簡（柒）》，上海，中西書局，2017 年 4 月，頁 130，注 2。

「舊」字恐不當讀「畦」。心包先生曾經指出晉系文字「隻」字從「萑」，很給人啟發。從文意上揣測，這個字可分析為從蒦（獲）省田聲，即《周易》「田獲三狐」、「田獲三品」之「田」，亦即田（畋）獵之「田」，田獵的目的是要獵獲禽獸，故字從蒦（獲）作，這裡應當讀為田地之「田」。

古有「公田」，有「私田」，或簡稱「公」、「私」，《詩·大田》：「雨我公田，遂及我私。」《噫嘻》：「駿發爾私，終三十里。」傳、箋解「私」為「私田」。《孟子·滕文公上》：「方里而井，井九百畝，其中為公田。八家皆私百畝，同養公田。」《商君書·墾令》：「農民不饑，行不飾，則公作必疾，而私作不荒，則農事必勝。」「公」指公田，「私」指私田。

PS：「舊」視為「獲」的異體讀「穫」似乎也通講，「私穫」指私田之穫。

未敢遽定，提出這個思路供同好參考。〔註856〕

蕭旭認為此字當從原考釋所說，「舊」、「嶲」皆從蒿省聲，故讀為畦。畦音奚。〔註857〕：

羅小虎此字似當分析為從田，「舊」省聲，可釋讀為「疇」，田疇：

此字似當分析為從田，「舊」省聲，可釋讀為「疇」，田疇。舊，群之。疇，定幽。群、定二母可通。《左傳·宣公六年》「提彌明」、《公羊傳》作「祁彌明」。提，定之。祁，群脂。之、幽通假在楚系文字中很常見。如郭店《尊德義》「蚤」「郵」相通。前者為幽部字，後者為之部字。〔註858〕

曹錦炎、岳曉峰認為「舊」字為「曠」字之省寫，即「穫」字異體。他們不認為如原考釋說的：「舊」和和「嶲」當為一字。曹錦炎、岳曉峰並指出李家浩認為「嶲」不是「畦」，應該是指某種農作物〔註859〕：

〔註856〕簡帛論壇：「清華七《越公其事》初讀」，第159樓，20170506。

〔註857〕蕭旭：〈清華簡（七）校補（二）〉，http://www.gwz.fudan.edu.cn/Web/Show/3061，20170605。

〔註858〕簡帛論壇：「清華七《越公其事》初讀」，第202樓，20170724。

〔註859〕湖北省文物考古研究所、北京大學中文系編：《九店楚簡》，中華書局2000年，頁58。

九店簡的「䆶」字，李家浩先生已準確指出為「從『田』從『隹』」，而《越公其事》的「舊」字，則為「從『田』從『崔』」，兩者在構形上存在區別。雖然整理者說「舊」字與九店簡「䆶」字為同字異構，有這種可能性，但李家浩先生前說「䆶」可能是「嶲（畦）」字異體，後說實際上已作自我否定，且置於九店簡和包山簡及清華簡文中，釋「畦」則文意難通，而整理者視「私畦」為「籍田」更是無據。李先生後說將「䆶」理解為某種農作物，很有道理。〔註860〕

曹錦炎、岳曉峰認為王寧所說這個字可分析為從蒦（獲）省田聲，可從：

《越公其事》的「舊」字構形，可以將其分析為从田、崔聲。上已指出中山王鼎「蒦」字可以看作是从「崔」得聲，所以將「舊」看作是从田、从崔（或从蒦省）聲之字，完全有這種可能。因此，將《越公其事》的「舊」字視作「曠」字之省寫，為「穫」字異構，當無疑義。〔註861〕

曹錦炎、岳曉峰認為「舊」字的寫法出自三晉：

「獲」之本字「隻」寫作「蒦」見於中山王響鼎，而《越公其事》簡文中「越國」之越寫作「雩」，也同樣見於中山王響鼎，這並非楚文字的習慣寫法。由此看來，「穫」或「獲」字所從聲旁寫作「蒦」或是三晉文字的書寫習慣。若如此，則「穫」字寫作「穫」屬楚文字，而寫作「曠」或「舊」乃為三晉文字，為同詞異寫。《越公其事》簡的底本當出自三晉。〔註862〕

曹錦炎、岳曉峰認為簡30云：「王親自耕，有私穫。」「私」訓為自己、個人，「私穫」指「自己的收穫」即「自己的收成」，此句謂越王句踐親自耕作，於是有了自己的收成，以至後來越國百姓親自耕作收穫，糧食得到大豐收：

簡35又云：「凡王左右大臣，乃莫不耕，人有私穫。」是說凡越

〔註860〕曹錦炎、岳曉峰：〈說《越公其事》的「舊」〉，《簡帛（第十六輯）》2018年01期，頁19～23。

〔註861〕曹錦炎、岳曉峰：〈說《越公其事》的「舊」〉，《簡帛（第十六輯）》2018年01期，頁19～23。

〔註862〕曹錦炎、岳曉峰：〈說《越公其事》的「舊」〉，《簡帛（第十六輯）》2018年01期，頁19～23。

國大臣皆效仿越王而親自耕作，於是人人都有了自己的收成。有耕耘便有收穫，「耕」、「穫」相對，上博簡《周易》簡 20 的「不耕而穫」正好為之作注。緊接上句，簡 35＋36 又云「舉雩（越）庶民，乃夫婦皆耕；至於邊縣小大遠邇，亦夫婦皆〔耕〕，雩（越）邦乃大多飤（食）。」是說除了越王、左右大臣親自耕作外，越國的男女百姓皆親自耕作，無論所在邊縣大小還是遠近的男女百姓也一樣都親自耕作，最後的結果是「越邦乃大多食」，即越國獲得糧食大豐收。〔註863〕

郭洗凡認為「舊」可讀為「畦」，整理者的觀點可從：

「舊」從艸舊聲，「舊」為上古之部字，「畦」為上古支部字，二字讀音對轉，「舊」可讀為「畦」，整理者的觀點可從。〔註864〕

子居認為「私田」和「籍田」不同：

私畦即《孟子》、《禮記》、《九章算術》中的圭田，《孟子·滕文公上》：「卿以下必有圭田，圭田五十畝，餘夫二十五畝。」《禮記·王制》：「古者：公田，藉而不稅；市，廛而不稅；關，譏而不征；林麓川澤，以時入而不禁；夫圭田無征。」《九章算術·方田》：「今有圭田廣十二步，正從二十一步。問為田幾何？答曰：一百二十六步。又有圭田廣五步、二分步之一，從八步、三分步之二。問為田幾何？答曰：二十三步、六分步之五。術曰：半廣以乘正從。」籍田的收穫物原本主要是用於宗族祭祀，因此籍田是公田而非「親耕之私田」，相關內容可參看楊寬先生《「籍禮」新探》一文（《古史新探》第 218～233 頁，北京：中華書局，1965 年 10 月），由《越公其事》下文「人有私畦」也不難看出「私畦」必非「籍田」。清代孫蘭《柳庭輿地隅說》：「《九章·方田》有圭田求廣從法，有直田截圭田法，有圭田截小截大法。凡零星不成井之田，一以圭法量之。圭者，合二句股之形。井田之外有圭田，明系零星不井者也。」因為零星不

〔註863〕曹錦炎、岳曉峰：〈說《越公其事》的「舊」〉，《簡帛（第十六輯）》2018 年 01 期，頁 19～23。

〔註864〕郭洗凡：《清華簡《越公其事》集釋》，安徽大學碩士學位論文，2018 年 3 月，頁 59。

成井的田無法用井田制測量面積，只能用三角術測量，所以井田制一項百畝，而圭田一項只有五十畝，故《說文》言「田五十畝曰畦。」而整理者注稱「私畦」，親耕之私田。古書又稱「籍田」將私畦與籍田等同，不知何據。〔註865〕

秋貞案：

「五=政=」為重文，即「……五政，五政……」。《九店楚簡》的「𢀩」字，上從「中」從「隹」，與「崔」完全不同。在《九店楚簡》考釋，第58頁，第四個考釋中，李家浩指出「從一號簡至七號簡以『擔』、『秤』、『稞』、『來』等為『𢀩』的量詞來看，似是指某種農作物。」故應該排除「𢀩」字，原考釋的說法有誤。「𢀩」字應該是什麼字呢？王寧、曹錦炎、岳曉峰所言為「穫」字，可能也有問題。陳劍在《甲骨金文考釋論集》考釋「崔—雚」說到釋「崔」為「穫」是有問題的，他說：

> 陳夢家先生說「崔」「古音和與攫、護相同，所以崔讀若和猶存『穫』的古讀」。實際上，「崔」與「和」是歌部字，攫、穫、護則都是鐸部字。它們的古音不但不同，而且可以說相差頗遠。（參看裘錫圭：《評〈殷虛卜辭綜述〉》，收入其《文史叢稿——上古思想、民俗與古文字學史》，222～223頁。）〔註866〕

陳劍從卜辭的類組比對「崔」和「雚」字是有關係的，而釋「崔」為「穫」則不可信：

> 我們主要根據賓組卜辭只有「崔」字而沒有「雚」字這一點，認為羅振玉等人說卜辭「崔」與「雚」通用是正確的，釋「崔」為「穫」則不可信。〔註867〕

陳劍說「崔」字《說文》「讀若和」，「和」與「嘉」都是歌部字，聲母亦近，疑「崔」讀為「嘉」。「雚」與「嘉」的古音也很近（聲母都是見母，韻是歌元對轉）。〔註868〕

〔註865〕子居：〈清華簡七《越公其事》第五章解析〉，http://www.xianqin.tk/2018/06/05/579，20180605。
〔註866〕陳劍：《甲骨金文考釋論集》，線裝書局，2007年4月第1次印刷，頁386。
〔註867〕陳劍：《甲骨金文考釋論集》，線裝書局，2007年4月第1次印刷，頁388。
〔註868〕陳劍：《甲骨金文考釋論集》，線裝書局，2007年4月第1次印刷，頁388。

另外，陳劍亦提到無名組卜辭中的「舊」又可以寫作「萑」。例：癸丑卜：惠萑叒用。惠新叒用。（30693）「萑」與「新」對貞，其當用為「舊」無可疑。﹝註869﹞以此推測，原考釋說「親耕之私田」是正確的，但是「舊」不釋為「畦」，也不是「穉」。羅小虎認為「舊」字從田「舊」省聲，可釋讀為「疇」，田疇之意，值得參考。

③王親涉沟（溝）淳潏（泑）塗

原考釋：

> 淳，疑指低窪沼澤。《左傳》襄公二十五年：「辨京陵，表淳鹵。」《漢書·食貨志上》：「若山林藪澤原陵淳鹵之地，各以肥磽多少為差。」淳與山、林、藪、澤、原、陵、鹵並列皆為不同之用地。淳可能是比鹽碱地之「鹵」略強的低窪沼澤地。潏，即疑為「泑」字。《山海經·西山經》「不周之山，東望泑澤」，郝懿行箋疏：「泑澤，《漢書·西域傳》作鹽澤。」簡文之「泑塗」或即鹽碱灘塗。﹝註870﹞

汗天山認為「淳」當讀為「甽（畎）」，指田間水溝，「沟（溝）淳（甽／畎）」皆是指田間水溝，在簡文中指代田地：

> 然細繹簡文，此「淳」字與「沟（溝）」並列，「溝」為水瀆，《說文》：「溝，水瀆。廣四尺，深四尺。」則「淳」字指用地之名若沼澤似不妥。——我們懷疑「淳」當讀為「甽（畎）」，指田間水溝。《說文》：「く（甽／畎），水小流也。」《書·益稷》「予決九川，距四海，濬畎澮距川」，傳：「一畝之閒，廣尺深尺曰畎。」《漢書·食貨志》：「后稷始甽田，以二耜為耦，廣尺深尺曰甽。」《集韻》：「朱閏切，音稕。溝也。」即，「沟（溝）淳（甽／畎）」皆是指田間水溝，在簡文中指代田地。﹝註871﹞

王寧認為「淳」字原簡文從水郭聲，即「漷」字，當讀為「墼」。﹝註872﹞
蕭旭認為此句指越王親自跑到溝隄及偏僻的路上。此簡謂越王寬緩民力，

﹝註869﹞陳劍：《甲骨金文考釋論集》，線裝書局，2007 年 4 月第 1 次印刷，頁 383。

﹝註870﹞清華大學出土文獻與保護中心編、李學勤主編：《清華大學藏戰國竹簡（柒）》，上海，中西書局，2017 年 4 月，頁 131，注 3。

﹝註871﹞簡帛論壇：「清華七《越公其事》初讀」，第 60 樓，20170427。

﹝註872﹞簡帛論壇：「清華七《越公其事》初讀」，第 109 樓，20170430。

不舉力役修建幽途、溝隄：

> 《說文》未收「塗」字，《新附》始收之，整理者失檢，訓泥亦非簡文其誼。「縱經」整理者說不誤。「貸役」從某氏說。潚，讀為幽，隱僻也。「塗」同「途」，道路。幽途，偏僻之路。讀隍為塘，是也，但不指溝池，應指堤岸，字亦作隄。《淮南子‧主術篇》：「若發城決塘。」高誘注：「塘，隄也。皆所以畜（蓄）水。」《玉篇殘卷》「隄」字條引作「隖」，《慧琳音義》卷 67 二引同。又《兵略篇》：「若崩山決塘。」本篇簡 56「沟隍之工（功）」，亦同。簡 30：「王親涉沟（溝）淳潚塗。」「淳」謂隄墩（詳下文），指越王親自跑到溝隄及偏僻的路上。此簡謂越王寬緩民力，不舉力役修建幽途、溝隄。〔註 873〕

蕭旭認為「淳」讀為自，俗作墩、堆，土堆，簡文指溝之隄墩：

> 淳，讀為自，俗作墩、堆，土堆，簡文指溝之隄墩。字亦作墇、錞，《山海經‧西山經》：「騩山是錞於西海。」郭璞注：「錞，猶堤墇也，音章閏反。」《玉篇》「墇難字條引作「墇」，郭璞注作「墇，猶隄也」。方以智曰：「『敦』、『堆』聲近。蓋山川之形，有似圓堆深箐者，如玉甑峰、鈷鉧潭之類。」郭璞注「堤墇」即「堤墩」。經言騩山是西海的堤墩。字亦作敦，《爾雅》：「丘一成為敦丘。」郭璞注：「今江東呼地高堆者為敦。」〔註 874〕

郭洗凡認為應從原考釋觀點「淳」指的是低窪地區的沼澤地。〔註 875〕
子居認為「淳」當讀為「畛」，字又作「畖」：

> 沼澤地不能為農事，因此整理者所說不確。「淳」當讀為畛，字又作畖，《周禮‧地官司徒‧遂人》：「十夫有溝，溝上有畛。」《集韻‧真韻》：「畛，溝上塗也，田界也，或從辰。」整理者注中所引「淳鹵」之「淳」則當讀為「沴」，《漢書‧揚雄傳》：「秦神下營，蹠魂負沴。」服虔注：「沴，河岸之坻也。」畛與沴顯然是一

〔註 873〕蕭旭：〈清華簡（七）校補（二）〉，http://www.gwz.fudan.edu.cn/Web/Show/3061，20170605。

〔註 874〕蕭旭：〈清華簡（七）校補（二）〉，http://www.gwz.fudan.edu.cn/Web/Show/3061，20170605。

〔註 875〕郭洗凡：《清華簡《越公其事》集釋》，安徽大學碩士學位論文，2018 年 3 月，頁 60。

義分化，故同作「淳」。坻、塘義近，所以《越公其事》或稱「溝塘」，或稱「溝淳」。淵則當讀為坳，筆者《清華簡七〈越公其事〉第四章解析》已言。〔註876〕

何家歡認為原考釋所說為是。「溝淳淵塗」，「溝」、「淳」指肥沃處，「淵」、「塗」指貧瘠處，「王親涉沟（溝）淳淵塗」大義為：無論肥沃的地方還是貧瘠的地方越王都親自考察：

整理者說是。《左傳・襄公二十五年》：「度山林，鳩藪澤，辨京陵，表淳鹵。」杜注：「淳鹵，埆薄之地。」孔疏引賈逵注曰：「淳，鹹也。」（（清）阮元校刻《十三經注疏》，第 1985 頁下欄）《國語・周語》：「百官御事各即其齋三日，王乃淳濯饗醴。」韋昭注：「淳，沃也。」（徐元浩撰，王樹民、沈長云點校：國語集解，北京：中華書局，2016：18）馬敘倫、吳穎芳曰：「經典無用淳為浚渌義者……考之《周禮》、《國語》皆用為澆沃。」（李圃主編《古文字詁林》，上海教育出版社，第九冊，第 231 頁）「溝淳淵塗」，「溝」、「淳」指肥沃處，「淵」、「塗」指貧瘠處，「王親涉沟（溝）淳淵塗」大義為：無論肥沃的地方還是貧瘠的地方越王都親自考察。〔註877〕

大西克也認為簡30 的「沟（溝）淳淵（泑）塗」和簡28 的「坳塗溝塘」指的是同一件事，故「淳」字等於「塘」：

「淳」字實為「𩵋」聲字，可讀為「塘」。《說文・口部》：「唐，大言也。從口庚聲。喝，古文唐，從口昜。（《說文解字》卷二上，頁 33 上），「庚」為見母陽部字，陽鐸二部陽入對轉，從「水」「𩵋」聲的此字讀作「塘」，古音上是應該是可以的。只是「𩵋（郭）」是合口字，「塘」是開口字，開合相通算是比較少見的現象。用許思萊（Schuessler）的古音系統，「𩵋（郭）」可擬為 kwâk，「塘（唐）」可擬為 g-laŋ（Schuessler, Axel, Minimal Old Chinese and Latter Han Chinese, University of Hawai'i Press, 2009, P.66, P.77.）〔註878〕

〔註876〕子居：〈清華簡七《越公其事》第五章解析〉，http://www.xianqin.tk/2018/06/05/579，20180605。

〔註877〕何家歡：《清華簡（柒）《越公其事》集釋》，河北大學碩士論文，2018 年 6 月，頁 28。

〔註878〕大西克也：〈《清華柒・越公其事》「坳塗溝塘」考〉，國立成功大學《第30屆中國文字學學術研討會》會議論文，2019 年 5 月 24〜25 日，頁 285〜294。

秋貞案：

前面第四章簡 28「淵、塗、沟、塦」原考釋者釋為：淵，疑讀為「泑」。《說文》：「泑澤，在昆侖下。」簡文泛指澤塘。塗，《說文》：「泥也。」沟，《集韻》音溝。溝，水瀆。泑、塗、溝、塘皆為溝塘沼澤之類。〔註879〕「淳」，原考釋釋為：淳可能是比鹽碱地之「鹵」略強的低窪沼澤地；汗天山認為「沟淳」當讀為「溝畎（畖）」指田間水溝；王寧認為「沟潯」當讀為「溝壑」；蕭旭認為是「溝墩」；子居認為是「沟畛」；大西克也認為和簡 28 的「坳塗溝塘」同一物。筆者認為大西克也把「淳」指為「塘」也是不錯的說法，但依字形來看這裡的簡 30「沟淳淵塗」四字從「水」旁，應該都是和「水」有關的形聲字，而且可能指的是地貌和簡 28 的水利工程有關，但也可以有所差別。「沟」釋為「溝」，「淳」字，《左傳‧襄公二十五年》「表淳鹵」孔穎達疏引賈逵云「淳，鹹也。」《說文‧水部》桂馥義證：「鹵，謂鹹地；淳，謂漏地」。杜預注：「淳鹵，埆薄之地。」〔註880〕土壤太鹹，不利作物，所以「淳」是形容貧瘠地貌，而非肥沃。「淵」、「塗」都從原考釋的解釋。「沟淳淵塗」可能是指各水利工程之地，也可以作為難行的道路。「王親涉沟淳淵塗」的重點在「親涉」兩字，這裡指的是「越王親自到沟淳淵塗最偏遠難行的地區視察水利工程」之意。

④日睛（省）蓐（農）【三〇】事以勸怽（勉）蓐（農）夫

原考釋讀「睛」為「靖」

> 靚，讀為「靖」，治理。《詩‧菀柳》「俾予靖之，後予極焉」，毛傳：「靖，治。」農事，《左傳》襄公七年：「夫郊祀后稷，以祈農事也。」怽，楚卜筮簡習見，多為病症，讀為「悶」，此處讀為「勉」。勸勉，鼓勵。《管子‧立政》：「勸勉百姓，使力作毋偷。」農夫，《詩‧七月》：「嗟我農夫，我稼既同，上人執宮功。」《國語‧吳語》：「昔吾先王體德聖明，達於上帝，譬如農夫作耦，以刈殺四方之蓬蒿，以利名於荊，此則大夫之力也。」〔註881〕

〔註879〕清華大學出土文獻與保護中心編、李學勤主編：《清華大學藏戰國竹簡（柒）》，上海，中西書局，2017 年 4 月，頁 128，注 11。
〔註880〕宗福邦、陳世鐃、蕭海波主編：《故訓匯纂》，商務印書館，2007 年 9 月，頁 1280。
〔註881〕清華大學出土文獻與保護中心編、李學勤主編：《清華大學藏戰國竹簡（柒）》，上海，中西書局，2017 年 4 月，頁 131，注 4。

程浩認為第七章「王乃逪（趣）使（使）人戡（察）腈（省）成（城）市鄔（邊）還（縣）尖＝（小大）遠汦（邇）之匓（勾）、茖（落）」其中「戡（察）腈（省）」聯用，故此處也是「省」字：

> 由於此處的「腈」字與「察」聯用，很明顯應該讀為「省察」之「省」。竊以為第五章的「靚」也同樣應讀「省」。簡文「王親涉溝淳洳塗，日靚農事以勸勉農夫」，是說越王每天親自下到農田省察，以勸勉農夫勤勞農事。〔註882〕

王寧認為「靚」當讀為「省」。下簡44「察靚」整理者讀「察省」是。〔註883〕

郭洗凡認為程浩、王寧讀作「省」，可從，具體指的是審查，檢查的含義。〔註884〕

羅云君認為「腈」讀為「省」的意見可從。〔註885〕

吳德貞認為此處讀為「靖」、「省」皆可：

> 「日靖」見於《詩‧周頌‧我將》：「儀式刑文王之典、日靖四方。」「日省」見於《禮記‧中庸》：「日省月試，既廩稱事，所以勸百工也。」〔註886〕

子居認為「靚」即「請」，網友ee在《清華七〈越公其事〉初讀》帖28樓已讀「請」為「省」；「勸勉」一詞，《管子》一書六見，由此也可以看出《越公其事》與齊文化的關係：

> 腈即靚字，《說文‧見部》：「靚，召也。」段注：「《廣韻》曰：『古奉朝請亦作此字。』按《史記》、《漢書》皆作『朝請』。徐廣云：『律、諸矦春朝曰朝、秋曰請。』」是「靚」即「請」，網友ee在《清華七〈越公其事〉初讀》帖28樓已讀「請」為「省」（簡帛論壇：http://www.bsm.org.cn/bbs/read.php?tid=3456，2017年4月

〔註882〕程浩：〈清華簡第七輯整理報告拾遺〉，http://www.ctwx.tsinghua.edu.cn/publish/cetrp/6842/2017/20170423070443275145903/20170423070443275145903_.html，20170423。

〔註883〕簡帛論壇：「清華七《越公其事》初讀」，第109樓，20170430。

〔註884〕郭洗凡：《清華簡《越公其事》集釋》，安徽大學碩士學位論文，2018年3月，頁60。

〔註885〕羅云君：《清華簡《越公其事》研究》，東北師範大學，2018年5月，頁58。

〔註886〕吳德貞：《清華簡《越公其事》集釋》，武漢大學碩士論文，2018年5月，頁53。

25 日），當是。《禮記‧玉藻》：「唯君有黼裘以誓省。」鄭玄注：「省
當為獮。獮，秋田也。」《禮記‧明堂位》：「春社秋省而遂大蠟，
天子之祭也。」鄭玄注：「省，讀為獮，仙淺反。」可見獮、省、
靚、請的相關性。「勸勉」一詞，《管子》一書六見，馬王堆《黃
帝書‧經法》一見，《荀子‧富國》一見，《禮記‧表記》一見，《韓
非子‧外儲說》兩見，因為《管子》一書必非一人所著，因此不
難判斷，諸書所用「勸勉」一詞以皆是受《管子》影響最為可能，
由此也可以看出《越公其事》與齊文化的關係。〔註 887〕

王青認為「請」訓謂「召也」，召喚之意：

《說文》有請字，訓謂「召也」（（漢）許慎：《說文解字》卷八下，
北京：中華書局，1963 年，第 178 頁），「請」，即召喚之意，似不
必轉讀為「靖」。「靖」字未見有治理義。此字又見於簡 44，原整理
者讀作「省」。〔註 888〕

秋貞案：

簡文「請」出現兩次，簡 30 為「日請蓐事」，簡 44 為「訧（察）請（省）」
聯用，如果原考釋釋簡 30 讀為「靖」，訓為「治」，而簡 44 的為「省」，不如
直接把它們都釋為「省」，都為「省察」之意即可。故以程浩、王寧之說為佳。
「日請蓐事以勸怠蓐夫」指（越王）日日省察農事，以勸勉農夫勤勞耕作。

⑤雩（越）庶民百眚（姓）乃亝（稱）囂蕘（悚）思（懼）

原考釋：

囂，《說文》：「疾言也。」《正字通》：「與沓、嘈、諎、讘並同。」
皆為多言。稱囂，猶傿囂。左思《吳都賦》「傿囂衆猲，交貿相競」
注：「傿囂，衆言語喧雜也。」蕘，當為叢省聲，讀為「悚」，悚懼，
《韓非子‧內儲說上》「吏以昭侯為明察，皆悚懼其所而不敢為非。」

〔註 889〕

〔註 887〕子居：〈清華簡七《越公其事》第五章解析〉，http://www.xianqin.tk/2018/06/05/579，
20180605。

〔註 888〕王青：〈清華簡《越公其事》補釋〉，「出土文獻與商周社會學術研討會」會議論文
集，2019 年，頁 323～332。

〔註 889〕清華大學出土文獻與保護中心編、李學勤主編：《清華大學藏戰國竹簡（柒）》，上
海，中西書局，2017 年 4 月，頁 131，注 5。

暮四郎認為「再嘉」為「稱襲」，意為穿上禮服：

> 清華簡貳《繫年》簡46有「嘉」字，用作「襲」。此處「嘉」也應
> 當讀為「襲」，「稱襲」是一個詞，見《後漢書》「棺槨周重之制，衣
> 衾稱襲之數」，本指禮服，此處作動詞，意為穿上禮服。相關簡文當
> 斷讀為：越庶民百姓乃稱嘉（襲），蕙（悚）懼曰：「王其有勞疾？」
> 意為：越的庶民百姓乃穿上禮服，戰戰兢兢地說：「王將要有積勞而
> 致的疾病嗎？」〔註890〕

林少平認為「稱」訓為「舉」，形容庶民百姓驚恐之狀：

> 簡31還是以連讀為佳。「稱」訓為「舉」，形容庶民百姓驚恐之狀。
> 《史記・孔子世家》：「孔子趨而進，歷階而登，不盡一等，舉袂而
> 言曰：『吾兩君為好會，夷狄之樂何為於此！請命有司！』」〔註891〕

汗天山認為「嘉」字據下文「悚懼」一詞，懷疑有沒有可能讀為「懾服」
之「懾」（字又作慴）？〔註892〕

王寧認為此句當於「嘉」下斷句。「蕙」字即「憽」字，《說文》訓「驚」，
「憽懼」即驚懼。〔註893〕

汗天山認為「稱」，稱說、言謂之義。「嘉」讀為「懾服」之「懾」，意思是
認為「稱」字之後的「嘉（懾／慴）」、「蕙（悚）」、「思（懼）」為三字一義而
並列複用者：

> 簡31：越庶百姓乃稱嘉蕙（悚）思（懼）曰：「王亓（其）又（有）
> 縈（勞？）疾？」【稱，稱說、言謂之義。】──我們原來推測「嘉」
> 讀為「懾服」之「懾」，意思是認為「稱」字之後的「嘉（懾／慴）」、
> 「蕙（悚）」、「思（懼）」為三字一義而並列複用者（古書中類似之
> 例，可參郭在貽《訓詁學》第14頁）。

> 若以上推測有理，則懷疑：簡16：無良邊人稱瘦怨惡，交鬭吳越……
> 【稱，稱舉之義。】──其中，「稱」字之後也當是類似句式，即也

〔註890〕簡帛論壇：「清華七《越公其事》初讀」，第1樓，20170423。
〔註891〕簡帛論壇：「清華七《越公其事》初讀」，第4樓，20170423。
〔註892〕簡帛論壇：「清華七《越公其事》初讀」，第12樓，20170425。
〔註893〕簡帛論壇：「清華七《越公其事》初讀」，第109樓，20170430。

是三字同義連用。若如此，則「瘼」字或可讀為「讎」，讎怨之義，與「怨」、「惡」同義。——亦或可讀為「咎」，亦是怨仇之義。〔註894〕

蕭旭認為原考釋錯引，且謂「稱囍，猶儢囍」，亦不知所據；暮四郎所謂的「稱襲」，不當；王寧於「囍」下斷句，是也；再，讀為偁，稱揚也；囍，讀為婚。再囍，猶言稱服：

《後漢書》「衣衾稱襲之數」，「襲」是死者之衣，「稱」指單衣、複衣相對應，古有定制。李賢注：「天子襲十二稱，諸公九稱，諸侯七稱，大夫五稱，士三稱。……衣單複具曰稱。」身份不同，其稱數也不同，某氏不知，胡亂引之，殊為失之。「蕙」讀為悚，抑讀為愯，一也。《說文》：「愯，驚也，讀若悚。」《玉篇》：「愯，悚也。」「愯」字亦作竦、慫（黃侃《說文同文》，收入《說文箋識》，中華書局2006年版，第72、73頁）。字亦作悚、聳，《左傳‧成十四年》：「無不聳懼。」《玄應音義》卷15：「聳耳：古文竦、慫、愯三形，同。」《六書故》：「聳，又作悚、愯、慫。」字亦省作從，《太玄‧失》：「卒而從而，邮而竦而。」範望注：「從、邮、竦，皆是憂懼，憂懼卒至之貌也。」王寧於「囍」下斷句，是也。再，讀為偁，稱揚也，字亦作稱，音轉亦作謞、繩，《廣雅》：「偁、謞，譽也。」王念孫曰：「『偁』通作『稱』，謞亦稱也，方俗語轉耳。」（王念孫《廣雅疏證》，收入徐復主編《廣雅詁林》，江蘇古籍出版社1992年版，第337頁）囍，讀為婚。《說文》：「婚，俛伏也，一曰伏意也。」《廣韻》、《五音集韻》引「伏意」作「意伏」，《集韻》、《類篇》引作「服意」。蔣斧印本《唐韻殘卷》：「婚，安。」《廣韻》：「婚，安貌。」「婚」蓋身子低伏義，引申則為意服、心服。再囍，猶言稱服。〔註895〕

郭洗凡認為王寧的觀點可從。「慫懼」修飾「曰」，害怕、驚恐的含義。〔註896〕

〔註894〕簡帛論壇：「清華七《越公其事》初讀」，第183樓，20170520。
〔註895〕蕭旭：〈清華簡（七）校補（二）〉，http://www.gwz.fudan.edu.cn/Web/Show/3061，20170605。
〔註896〕郭洗凡：《清華簡《越公其事》集釋》，安徽大學碩士學位論文，2018年3月，頁61。

吳德貞認為「矗」讀「襲」可從：

> 「矗」又見於簡 43，整理者引驫羌鐘銘文「矗奪楚京」讀為「襲」。
> 李家浩先生認為：「上古音『矗』屬定母緝部，『襲』屬邪母緝部，
> 二字韻部相同，聲母關係密切，例如：篆文『襲』所从聲旁即屬
> 定母。《義禮・士喪禮》『褋者以褶』，鄭玄注：古文『褶』為『襲』。
> 『褶』亦屬定母。值得注意的是，篆文『襲』所从聲旁和『矗』
> 字，《說文》都說『讀若沓』。據此，疑銘文的『矗』應該讀為『襲』」。
> 〔註 897〕

子居認為原考釋所釋「儡矗」為聯綿詞；汗天山認為的「懾服」之「慴
（懾）」所說當是；他認為「再矗」當讀為「悛懾」；他認為《韓非子》之前
實未見用「悚」字者《左傳》、《國語》皆以用「聳」為常。由此不難推知，
戰國後期以用「聳」字為常，而至戰國末期則傾向於改用「悚」字。《越公其
事》本章成文時間當是以戰國後期為較可能：

> 清代胡文英《吳下方言考》卷十二：「矗，音奪。許氏《說文》：『矗，
> 疾言也。』案：矗，言疾而多，不得分明也。吳中惡多言者，形之
> 曰矗；言煩而不能出口者，亦名之曰矗。」整理者注中提到的「儡
> 矗」，當即由矗字緩讀析成的聯綿詞，因此並不能與「再矗」對應。
> 網友汗天山在《清華七〈越公其事〉初讀》帖 12 樓提出：「簡 31：
> 『矗』字，據下文『悚懼』一詞，懷疑有沒有可能讀為『懾服』之
> 『慴』（字又作懾）。」所說當是。筆者以為，「再矗」當讀為「悛懾」，
> 《爾雅・釋言》：「悛，栗也。」郭璞注：「悛懷戰慄。」《淮南子・
> 兵略》：「建鼓不出庫，諸侯莫不悛懷沮膽其處。」《正字通・心部》：
> 「悛，驚也。」與此相應，《越公其事》第六章、第七章的「矗於左
> 右」也當讀為「習於左右」。蕙字，傳世文獻多作聳，《左傳・襄公
> 四年》：「邊鄙不聳，民狎其野。」杜預注：「聳，懼也。」《左傳・
> 成公十四年》：「大夫聞之，無不聳懼。」《韓非子・內儲說上》：「於
> 是吏皆聳懼，以為神明也。」值得注意的是，《韓非子・內儲說上》

〔註 897〕吳德貞：《清華簡《越公其事》集釋》，武漢大學碩士論文，2018 年 5 月，頁 53。

「說五」節的「於是吏皆聳懼，以為君神明也。」在「說六」節作「吏乃皆悚懼其所，以君為神明。」《韓非子‧內儲說上》另有兩處記「市吏甚怪太宰知之疾也，乃悚懼其所也。」「吏以昭侯為明察，皆悚懼其所而不敢為非。」是《韓非子》以「悚懼」為較常用的用法，但《韓非子》之前實未見用「悚」字者，《左傳》、《國語》皆以用「聳」為常。由此不難推知，戰國後期以用「聳」字為常，而至戰國末期則傾向於改用「悚」字。由此來看，《越公其事》本章成文時間當是以戰國後期為較可能。〔註898〕

王青認為「蕞」讀為「聚」，意謂越民齊聚建言表示為王擔心：

> 「蕞」，這個字與「叢」字繁體接近，可釋為「叢」，但其古音為侯部，雖然可陰入對轉而讀若東部的「悚」，但不若讀為同侯部的「聚」，意謂越民齊聚建言表示為王擔心。〔註899〕

秋貞案：

《清華簡柒》出現四個「再」字，簡16（）「再（稱）瘨悬（怨）喦（惡）」；簡27（）「不再（稱）民喦（惡）」；簡28（）「不再（稱）貣（貰／貸）」，三句都用為「稱舉」義。但是，這個解釋用在本簡的「再」（）「再（稱）喦蕞（悚）悬（懼）」，都不太恰當。「喦」這一詞本義為「疾言」，則「稱喦」可以釋為「快速地傳言」，意近於原考釋所釋「稱喦，猶傮喦。左思《吳都賦》『傮喦槑嗓，交貿相競』注：『傮喦，眾言語喧雜也。』」但不必通讀。「蕞（悚）悬（懼）」一詞，原考釋釋為「悚懼」較無疑問。王青的「聚懼」的「聚」只有「聚集」義，沒有「建言」義，故不如「悚懼」。「再喦蕞悬」是指越國庶民百姓（因為越王日日省察農事）都開始擔心地快速傳言。

⑥曰：「王丌（其）又（有）縈（嬰）疾？」

原考釋釋「縈」為「勞」：

> 縈，讀為「勞」，楚簡多作「裳」。此句意為民不解王親耕勞作之意，

〔註898〕子居：〈清華簡七《越公其事》第五章解析〉，http://www.xianqin.tk/2018/06/05/579，20180605。

〔註899〕王青：〈清華簡《越公其事》補釋〉，「出土文獻與商周社會學術研討會」會議論文集，2019年，頁323～332。

稱其患上了愛勞作之病。〔註900〕

無痕認為「縈」可讀「營」（或「嫈」），「營疾」猶「惑疾難，表精神失常，迷亂之病」，是說人民對越王親耕勞作表示不解，深感意外，懷疑他有精神迷亂之疾所以舉止失常：

> 「縈」可讀「營」（或「嫈」），「營疾」猶「惑疾」，表精神失常，迷亂之病。《左傳·襄公二十四年》：「不然，其有惑疾，將死而憂也。」楊伯峻注：「惑疾即迷惑之疾，謂心情不安，疑神疑鬼。」此句是說民對王親耕勞作表示不解，深感意外，懷疑他有精神迷亂之疾所以舉止失常。讀「縈」為「營」也見於上博簡《景公瘧》簡9：「今內寵有割癰外，外有梁丘據縈狂。」范常喜先生讀「營詿」，猶「營惑」、「熒惑」，同義連用，說詳見氏著《簡帛探微》第68～69頁。〔註901〕

Cbnd 認為「縈」可讀作「嬰」。「嬰」有糾纏、羈絆之義，「嬰疾」即指患病：

> 「縈」可讀作「嬰」。「嬰」有糾纏、羈絆之義。古書中講到人為疾病纏繞時，常用「嬰」字，如《韓非子·解老》：「禍害至而疾嬰內。」馬王堆漢墓出土竹簡《十問》篇簡18：「積必見章，玉閉堅精，必使玉泉毋頃（傾），則百疾弗嬰，故能長生。」《後漢書·黨錮傳·李膺》：「道近路夷，當即聘問，無狀嬰疾，闕於所仰。」「嬰疾」即指患病。〔註902〕

王磊認為所謂「勞疾」，當指「憂勞過度所致的疾病」，勾踐辛勞而得民心，因此百姓憂懼其有勞疾：

> 所謂「勞疾」，當指「憂勞過度所致的疾病」。勾踐辛勞而得民心，因此百姓憂懼其有勞疾。《孟子·梁惠王下》：「今王鼓樂於此，百姓聞王鐘鼓之聲，管籥之音，舉欣欣然有喜色而相告曰：『吾王庶幾無疾病與？何以能鼓樂也！』今王田獵於此，百姓聞王車馬之音，見

〔註900〕清華大學出土文獻與保護中心編、李學勤主編：《清華大學藏戰國竹簡（柒）》，上海，中西書局，2017年4月，頁131，注6。

〔註901〕簡帛論壇：「清華七《越公其事》初讀」，第31樓，20170426。

〔註902〕簡帛論壇：「清華七《越公其事》初讀」，第156樓，20170506。

羽旄之美，舉欣欣然有喜色而相告曰：『吾王庶幾無疾病與？何以能田獵也！』此無他，與民同樂也。」是百姓憂君有疾的事例，可相參證。〔註903〕

郭洗凡認為「縈疾」之說可從。指的是越王因為勞累過度而身纏疾病。〔註904〕

何家歡認為無痕之說為是。故此字下部從「衣」，絕不是「勞」，當是「縈」：

> 無痕之說為是。簡文字下部從「糸」，而楚文字「勞」作（清華四·筮法37），下部從「衣」，故此字絕不是「勞」，當是「縈」。上博簡（六）《景公瘧》簡9之「縈」作，較簡文字形，中間部分雖無宀形，而實為一字。考其字形，西周金文已有此兩種寫法，有宀形如：縈伯簋（3481）作（中國社會科學院考古研究所《殷周金文集成》，中華書局，2007年，第1860頁）；無宀形如：乙侯簋（3772.1）作（中國社會科學院考古研究所《殷周金文集成》，第2001頁），申侯簋（4267）作（中國社會科學院考古研究所《殷周金文集成》，第2597頁），至春秋戰國則多作有宀之形，如晉國縈字作（文物2003·10滎陽上官皿）、（璽彙4046），則均有「宀」，秦國作（里耶8-792），亦然。而簡文不少字形均保留了西周文字的書寫習慣，此即又一證也。〔註905〕

子居認為原考釋所言不確，認為無痕所說的為是。〔註906〕

〔註903〕王磊：〈清華七《越公其事》札記六則〉，http://www.bsm.org.cn/show_article.php?id=2806，20170517。

〔註904〕郭洗凡：《清華簡《越公其事》集釋》，安徽大學碩士學位論文，2018年3月，頁62。

〔註905〕何家歡：《清華簡（柒）《越公其事》集釋》，河北大學碩士論文，2018年6月，頁28～29。

〔註906〕子居：〈清華簡七《越公其事》第五章解析〉，http://www.xianqin.tk/2018/06/05/579，20180605。

蔡一峰認為「縈」在影母耕部，「勞」在來母宵部，古音不近。他認為「縈」可讀為「營」，訓為「惑」，「營疾」猶云「惑疾」，表示精神失常，迷亂之病。〔註907〕

秋貞案：

原考釋認為「縈（）」釋為「勞」，但筆者查此字在楚簡中從未見作「勞」字解。先看字形，「勞」的甲骨文（商.合 24317）文從二火從衣，會火下綴衣辛勞之意。衣中有小點，會縫綴之形。其後泛指一切辛勞。戰國古文或從「心」，謂心之操勞，例：（戰.楚.郭.六 16《楚》）。秦系文字把衣部省為「冖」，另加義符「力」，例：（秦.睡.為 12《張》）。〔註908〕「勞（裝）」這個字，原本上部從「火」。我們看到楚文字「勞」字「（戰.楚.天卜《楚》）」和「（戰.楚.包 16《楚》）」上部所從已有兩種不同的形體「」和「」。「縈」字原本也是從「火」，《金文編》「縈」字「（縈伯簋）」，也是縈字〔註909〕。本簡的「」字上部也從「」。和「勞（裝）」上部所從一樣，所以筆者判斷，書手可能是把「」這個字看作從糸從勞省的「勞」也是有可能的。「縈」上古音在影母耕部，「勞」上古音在來母宵部，喉舌音不近，韻不合，若有訛混的話，則可能是字形上的相近而混。

原考釋把「縈」，讀為「勞」，釋為「愛勞作之病」，但是這種「愛勞作」的心理狀態算不算是疾病呢？人民會因為越王「愛勞作」而擔憂的說法不夠明確。無痕認為釋為「營疾」，表精神失常，迷亂之病。如果人民懷疑越王有精神迷亂之疾所以舉止失常，應該是會害怕而非擔憂吧！這種說法更不可信。Cbnd 認為「嬰疾」即指患病，似乎比較可能。筆者補充一些案例：「豫命乃營（）」（上博六用曰簡 1）。「營」（以母耕部）和「縈」（影母耕部），上古音聲韻可通。「嬰」上古音是影母耕部，所以和本簡「縈」的聲韻可通，所以「縈疾」也可以釋作「嬰疾」。例如《韓非子·外儲非左上》：「齊景公游少海，傳騎從中來謁曰：『嬰疾甚，且死，恐公後之。』」，其中「嬰疾」指患病，指人民會擔憂越王因為親自耕田、親自涉溝塗，過於辛苦而患病。

〔註907〕蔡一峰：〈清華簡《越公其事》字詞考釋三則〉發表於《出土文獻》（第十五輯），2019 年 10 月，頁 155～160。

〔註908〕季師旭昇：《說文新證》，福建人民出版社，2010 年 11 月第一次印刷，頁 959。

〔註909〕容庚編著，張振林、馬國權摹補《金文編》，北京中華書局，1985 年 7 月，頁 392。

⑦王即（聞）之，乃以筲（熟）飤（食）盬（脂）醓（醢）【三一】肴（脯）
肝（膴）多從

原考釋釋「肝」為「羹」：

筲飤，讀為「熟食」。《禮記‧曲禮上》：「獻米者操量鼓，獻孰食者
操醬齊。」盬醓，脂醢。《周禮‧醢人》載有兔醢、魚醢等多種，疑
脂醢類似今之肉醬。肴，即「脯」字。肝，即「肓」，陽部字，疑讀
為「羹」，與人體部位「肓」不是一字。脯羹，《禮記‧內則》：「脯
羹兔醢。」從，《說文》：「隨行也。」〔註910〕

暮四郎認為「脯肝」的「肝」讀為「膴」。《周禮‧天官‧冢宰》：「薦脯、
膴、胖，凡膴物。」〔註911〕

蕭旭認為暮四郎所言為是；陳劍亦讀作「膴」。膴亦脯也，乾肉。〔註912〕

郭洗凡認為「脯」，無骨的乾肉，與上文聯繫起來意思是正確的，因此網友
暮四郎的觀點可從。〔註913〕

吳德貞認為應從暮四郎讀為「膴」。《說文》肉部：「膴，無骨腊也。楊雄說：
鳥腊也。從肉無聲。」盬、醓、肴、肝四物皆是「熟食」。〔註914〕

子居認為「脂」當讀為「鮨」，「肝」讀為「膴」：

「脂」當讀為「鮨」，《儀禮‧公食大夫禮》：「炙南醢以西，牛胾
醢，牛鮨。」鄭玄注：「《內則》謂鮨為膾。」《說文‧魚部》：「鮨，
魚賠醬也。出蜀中。」段注：「『醬』字衍。賠者，豕肉醬也，引
申為魚肉醬，則稱魚可矣。《公食大夫禮》『牛鮨』注曰：『《內則》
鮨為膾。』然則膾用鮨。謂此經之醢牛鮨、即《內則》之醢牛膾
也。轟而切之為膾。更細切之則成醬，為鮨矣。鮨者，膾之最細
者也。牛得名鮨，猶魚得名也。鄭曰：『今文鮨作鰭。』按鰭是叚
借字。說文有者無鰭。『出蜀中』，謂魚醬獨蜀中有之。」馬王堆

〔註910〕清華大學出土文獻與保護中心編、李學勤主編：《清華大學藏戰國竹簡（柒）》，上
海，中西書局，2017年4月，頁131，注7。

〔註911〕簡帛論壇：「清華七《越公其事》初讀」，第1樓，20170423。

〔註912〕蕭旭：〈清華簡（七）校補（二）〉，http://www.gwz.fudan.edu.cn/Web/Show/3061，
20170605。

〔註913〕郭洗凡：《清華簡《越公其事》集釋》，安徽大學碩士學位論文，2018年3月，頁62。

〔註914〕吳德貞：《清華簡《越公其事》集釋》，武漢大學碩士論文，2018年5月，頁54。

隨葬遣策記有「魚脂」，唐蘭先生《長沙馬王堆漢軑侯妻辛追墓出土隨葬遣策考釋》：「魚脂：脂即鮨字。《爾雅‧釋器》：『魚謂之鮨，肉謂之醢。』《北堂書鈔》一百四十六引《爾雅》舊注：『蜀人取魚以為鮨。』《說文》：『鮨，魚胳醬也。出蜀中。』」網友暮四郎在《清華七〈越公其事〉初讀》帖1樓指出：「『肔』當讀為『膴』。《周禮‧天官‧冢宰》：『薦脯、膴、胉，凡臘物。』」所說當是，《說文‧肉部》：「膴，無骨臘也。楊雄說：『鳥臘也。』從肉無聲。《周禮》有膴判。讀若謨。」〔註915〕

王輝認為亡聲字未見讀如羹者，「肔」讀為「膴」：

今按亡聲字未見讀如羹者，而讀無則習見。疑「肔」讀為膴，甚或就是膴的異構字。《說文》「脯，乾肉也。」又云：「膴，無骨腊也。從肉，無聲。《周禮》有膴判。讀若謨。」膴為無故腊肉，與脯義近。《廣雅‧釋器》：「膴，脯也。」膴、脯常連用。《周禮‧天官‧腊人》：「共豆脯薦脯膴胖凡腊物。」「鄭玄注引鄭司農云：膴，膺（胸）肉。」〔註916〕

秋貞案：

原考釋所釋「盬醢」為肉醬，可從。「脀肔」的解釋應從暮四郎所言。「盬醢脀肔」即是「脂醢脯膴」肉醬肉乾之類的東西。「乃以笥飤盬醢脀肔多從」指越王於是就帶一些肉醬肉乾之類的食物，一方面讓百姓看了知道他可以隨時食用，以補充體力，不會再為他擔心；一方面看到勤奮的百姓也可以賜給他們食物。

2. 整句釋義

越王使役這些遊民三年的時間，於是開始實行五政。五政開始，越王好農功，親自耕作，有私人的田疇。越王親自到最偏遠難行的地區視察水利工程，日日省察農事來勸勉農夫勤勞耕作。因為越王辛勞省察農事，所以越國

〔註915〕子居：〈清華簡七《越公其事》第五章解析〉，http://www.xianqin.tk/2018/06/05/579，20180605。

〔註916〕王輝：〈一粟居讀簡記（十）〉，「紀念清華簡入藏暨清華大學出土文獻研究與保護中心成立十周年國際學術研討會」會議論文（北京：清華大學出土文獻研究與保護中心，2018年11月17～18日），頁373～377。

庶民百姓都開始擔心害怕地傳言：「越王將因過度辛苦勞累而生病了」。越王聽到這樣的消息，於是就多吃一些肉醬肉乾之類的食物（一方面讓百姓看了知道他可以隨時食用，以補充體力，不會為他再擔心；一方面看到勤奮的百姓也可以賜給他們食物）。

（二）亓（其）見蓐（農）夫老弱堇（勤）歷（勞）者①，王必酓（飲）飤（食）之②。亓（其）見蓐（農）夫訨（指）顄（瘇）足見（蹇）③。麄（顏）色訓（薰）必（黬）而牆（將）【三二】耤（耕）者，王亦酓（飲）飤（食）之④。亓（其）見又（有）戏（列）、又（有）司及王右（左）右，先誻（誥）王訓，而牆（將）劦（耕）者，王必與之呈（坐）飤（食）⑤【三三】。

1. 字詞考釋

①亓（其）見蓐（農）夫老弱堇（勤）歷（勞）者

原考釋釋「歷」為「秝」：

> 老弱，《孟子·梁惠王下》：「君之民老弱轉乎溝壑，壯者散而之四方者，幾千人矣！」堇，疑讀為「勤」。歷，疑讀為「秝」，《說文》：「治也。」〔註917〕

劉剛認為簡32「歷」字可以分析為從「土」、「曆」省聲。「堇歷」可以釋為「謹歉」，既可以表示因自然災害造成的不好年景，也可以表示食物匱乏，「饉歉」組合方式類似的「饑饉」一詞：

> 《逸周書·史記解》：「昔者有洛氏宮室無常，池囿廣大，工功日進，以後更前，民不得休。農失其時，饑饉無食，成商伐之，有洛以亡。」
>
> 《新書·禮》：「雖有凶旱水溢，民無饑饉。」《韓非子·顯學》：「無饑饉疾疚禍罪之殃獨以貧窮者，非侈則惰也。」簡文「亓（其）蓐（農）夫老弱堇歷者，王必酓（飲）飤（食）之」，意思是說「農夫老弱和食物匱乏者，越公都會給他們提供飲食」。〔註918〕

〔註917〕清華大學出土文獻與保護中心編、李學勤主編：《清華大學藏戰國竹簡（柒）》，上海，中西書局，2017 年 4 月，頁 131，注 8。

〔註918〕劉剛：〈試說《清華柒·越公其事》中的「歷」字 http://www.gwz.fudan.edu.cn/Web/Show/3011，20170426。

　　陳劍認為此處重點在強調越王之勸農耕作，而非體現越王之恤農愛民。
農夫老弱而又勤勉於農事者，尤其值得越王存問表彰，以勉勵其他一般農夫
的。他認為「菫歷」可讀為「勤戀」。清華簡中，多有早期古文字的特殊異體
和用字習慣被戰國文字承襲下來的所謂「存古」現象。簡文「」與「」
的關係，也應屬於此類：

> 「菫」字整理者讀為「勤」，是最自然直接的；由此出發，「歷」最
> 可能跟「勤」係義近連用關係。從字形上看，「歷」與前舉金文「蔑
> 曆」之「曆」形的聯繫是很明顯的。類形中之兩「木」形變為兩
> 「禾」形，與此類字形後來的變化相同（「木」旁漸變寫得「屈頭」
> 再變為一般的「禾」形）；再省去「曰／甘」形（古文字中位於全字
> 下方的「曰／甘」形多係由繁飾「口」旁中間再加點而來，從之與
> 否常無別），就變成簡文之形了。「歷」下所從本來是「丄（牡）」，
> 前引上博簡《周易》之下所從則是「土」，戰國時代「丄（牡）」
> 與「土」形早已混而為一了。〔註919〕

　　王寧認為簡32「歷」從厤從土為「積土」之「積」的後起專字，「瘠」，與
「菫」連讀「瘴瘠」，「瘴」《爾雅・釋詁》訓「病」：

> 《呂氏春秋・順民》：「（勾踐）時出行路，從車載食，以視孤寡老弱
> 之漬病、困窮、顏色愁悴不贍者，必身自食之。」與第一條簡文所
> 記內容類同，大概是同一個來源。高誘注：「漬亦病也。《公羊傳》
> 曰：『大漬者，大病也。』」畢沅《新校正》：「案《公羊傳》莊二十
> 年《經》：『齊人大災』，《傳》曰：『大災者何？大瘠也。大漬者何？
> 病也。』瘠亦作漬。」《漢書・食貨志上》：「而國亡捐瘠者」，《集註》
> 引蘇林曰：「瘠，音漬。」簡文「歷」正相當於《順民》的「漬」，「瘴」
> 正相當於「病」，「漬」即「瘠」，可見「歷」這個字釋「積」還是可
> 備一說的，「積」、「漬」、「瘠」並音近可通。〔註920〕

　　侯瑞華認為原考釋的釋讀有問題，陳劍先生對「歷」字的相關字形及來歷

〔註919〕陳劍：〈簡談對金文「蔑戀」問題的一些新認識〉，http://www.gwz.fudan.edu.cn/Web/
　　　　Show/3039，20170505。
〔註920〕簡帛論壇：「清華七《越公其事》初讀」，第155樓，20170506。

已經做了很好的分析，讀者可以參看，但是劉剛和陳劍兩人於文義的釋讀似乎皆有未愜之處。他認為簡文中的兩處「歷」字都可以讀為「斂」：

> 「廉」、「斂」皆為來母談部字，《說文》：「庩，廣也。」段注：「侈斂，古字作庩廉。」二字的聲符亦往往可通，如「嗛」，《說文通訓定聲》云：「嗛，字亦作喩。」「險」，《說文通訓定聲》云：「左襄二十九年傳『險而易行』又為陳」。「慊」，《說文通訓定聲》云：「又為濂為儉，《廣雅‧釋詁四》『慊，貧也。』《淮南‧原道》『不以慊為悲』注：約也。」「鹻」，《集韻‧豏韻》：「鹻，或作鰜。」凡此皆可證二字古通。所以從音上來說讀「歷」為「斂」是沒有問題的。〔註921〕

侯瑞華認為「斂」指稼穡收穫，所謂「勤斂」，就是指農夫老弱努力地、勤勞地從事耕作收穫活動：

> 「亓（其）見蓐（農）夫老弱堇（勤）歷（斂）者，王必酓（飲）飤（食）之。」一句所在的段落主要是講述越王勾踐「五政」的首要舉措——好農。更具體地說就是越王勾踐準備好一些食品，親自去勉勵、鼓勵百姓從事農業生產活動。而「農夫老弱勤斂者」則是其中重要的勸勉對象。「斂」指稼穡收穫，所謂「勤斂」，就是指農夫老弱努力地、勤勞地從事耕作收穫活動。這樣的表達在先秦文獻中有不少例證，如：《尚書‧堯典》：「庶績咸熙」，孔疏云：「使彼下民務勤收斂。」《左傳‧襄公九年》：「其庶人力於農穡。」杜注：「種曰農，斂曰穡。」《左傳‧襄公四年》：「民狎其野，穡人成功。」杜注：「野耕曰農，斂曰穡，收斂之人成其歲功。」《孟子‧梁惠王下》：「春省耕而補不足，秋省斂而助不給。」朱熹《集注》云：「斂，收穫也。」《禮記‧月令》：「乃命有司，趣民收斂，務畜菜，多積聚。」《漢書‧宣帝紀》：「勸民農桑，課民收斂。數年之間，民皆富足。」

像上述引文中的「務勤收斂」以及「力於農穡」，可以說就是「勤

〔註921〕侯瑞華：〈《清華七‧越公其事》「歷」字補釋〉，http://www.gwz.fudan.edu.cn/Web/Show/3079，20170725。

斂」的直接注腳。古代生產力條件比較低下，耕種活動十分辛苦，如《尚書‧無逸》云：「厥父母勤勞稼穡，厥子乃不知稼穡之艱難。」老弱的勞動力有限而基本依恃人養，最多如《詩經‧小雅‧大田》所言的：「彼有遺秉，此有不斂穧，伊寡婦之利。」然而在越國全民尚農的政策落實下，連老弱都參加到收穫勞動中，這自然要得到越王勾踐的優待與勸勉，所以相較第二類「顏色順比而將耕者」待遇要高，前者乃是「必飲食之」，而後者則只是「亦飲食之」。

羅小虎認為「厤」，可讀為「厲」或者「勵」。勉勵之意。勤勵，即勤勉：

> 厤，來母錫部；厲，來母月部。「勤厲」一詞，古書有見：《荀子‧富國》：「誅而不賞，勤厲之民不勸。」根據楊注，「勤厲」，一作「勤屬」。王念孫曰：「作『厲』者是也。厲，勉也。《群書治要》作『勤勵』，『勵』即『厲』之俗書，則本作『厲』明矣。」『厲』與『屬』字相似而誤。〔註922〕

郭洗凡認為劉剛的看法是對的。「厤」是「歷」和「曆」的古字，指的是治理、管理的意思：

> 劉剛先生的觀點可從，「堇」上古文部字，「勤」也是上古文部字，二者古音可通，「歷」從土從「厤」可以讀為「厤」、「厤」、「歷」都是上古錫部字，「厤」是「歷」和「曆」的古字，指的是治理、管理的意思。〔註923〕

羅云君認為劉剛所說可從，「堇歷」與「老弱」都屬於弱勢群體。〔註924〕

何家歡認為此字中間不從「兼」，「兼」下部皆有象根鬚之形的筆畫，而簡文此字則無，字形與「兼」有異。簡文此字從厂從秝從土，當會以石治種秝之土義，即表耕作之義：

> 簡文此字中間部分不從「兼」。楚文字有謙字，作![字形]，亦作![字形]，其所從之「兼」下部皆有象根鬚之形的筆畫，而簡文此字則無，字

〔註922〕簡帛論壇：「清華七《越公其事》初讀」，第204樓，20170726。
〔註923〕郭洗凡：《清華簡《越公其事》集釋》，安徽大學碩士學位論文，2018年3月，頁63。
〔註924〕羅云君：《清華簡《越公其事》研究》，東北師範大學，2018年5月，頁61。

・315・

形與「兼」有異。字當是「厤」之繁化。《說文·厂部》:「厤,治也。從厂,秝聲。」戴家祥云:「按從厂無治義。古文石為偏旁多省作厂,當是從石之省。古代人們都用石磑碾米去殼,厤字從石從秝,疑即以石磑碾米去殼的本字。王筠釋治義曰:『此治玉治金之治,謂磨厲之也。』磨厲與厤的本義頗近,但對象是代表穀物的秝,而不是金玉。」(李圃主編《古文字詁林》,第八冊,第 304 頁)簡文此字從厂從秝從土,當會以石治種秝之土義,即表耕作之義。〔註925〕

子居認為簡 32「厤」字應該讀為「勞」:

> 似不如直接讀為「勞」簡單明確。「勤勞」一詞,典籍習見,尚農功而慰勤勞,《漢書·董仲舒傳》:「今朕親耕籍田以為農先,勸孝弟,崇有德,使者冠蓋相望,問勤勞,恤孤獨,盡思極神,功烈休德未始雲獲也。」即是其例。〔註926〕

王輝懷疑「董」可讀為「謹」,慎也。「厤」可讀為「麻或曆」。「謹曆」即謹慎地推算曆數,或謹慎地遵從曆數,不違農時。簡文說越王「勸勉農夫」,《吳越》說「勸者老」;簡文之「王」、「農夫」、「庶民」、「夫婦」即《吳越春秋》之「民」、「君」、「臣」、「男女」;簡文說「越邦乃大多食」,《吳越春秋》說「倉已封塗,除陳入新」、「虛設八倉,從陰收著,望陽出糶,筴其極計,三年五倍,越國熾富」(張覺:《吳越春秋校證註疏》,頁 264～265),二者語境亦相似。〔註927〕

陳偉認為簡 32「厤」字讀為「儉」:

> 或可讀為「儉」。《韓非子·說疑》:「不明臣之所言,雖節儉勤勞,布衣惡食,國猶自亡也。」《詩·魏風·汾沮洳》序:「其君儉以能勤。」均以勤、儉並言。不過,《淮南子·原道訓》「不以奢為樂,不以廉為悲」高誘注:「廉,猶儉也。」將其直接讀為「廉」,似亦

〔註925〕何家歡:《清華簡(柒)《越公其事》集釋》,河北大學碩士論文,2018 年 6 月,頁 30。

〔註926〕子居:〈清華簡七《越公其事》第五章解析〉,http://www.xianqin.tk/2018/06/05/579,20180605。

〔註927〕王輝:〈一粟居讀簡記(十)〉,「紀念清華簡入藏暨清華大學出土文獻研究與保護中心成立十周年國際學術研討會」會議論文(北京:清華大學出土文獻研究與保護中心,2018 年 11 月 17～18 日),頁 373～377。

通。這樣，《越公其事》中的兩處「歷」，釋為從「兼」得聲的字，

字形、文義都可以得到合理說明。〔註928〕

王青認為「歷」當讀若「劬」，勞也。「勤劬」，即辛苦勞累：

「董（勤）麻（治）」意與「老弱」不協。「歷」當讀若「劬」，勞也。

「勤劬」，即辛苦勞累。《楚辭·九思》「憂心悄兮志勤劬」（（宋）洪

興祖：《楚辭補注》，北京：中華書局，1983 年，第 315 頁），是其

用例。〔註929〕

秋貞案：

「歷」字出現在本簡 32 和簡 41，目前各家討論如下表列：

各家說法	釋　讀	釋　意
原考釋	「歷」疑讀為「麻」	治也
劉剛	「董歷」釋「饉歉」	表示因自然災害造成的不好年景，也可以表示食物匱乏
陳劍	「歷」釋「戀」	勤勉於農事
王寧	「董歷」釋「撞瘠」	潰病、困窮、顏色愁悴不贍者
侯瑞華	「歷」讀為「斂」	稼穡收穫
羅小虎	「麻」，可讀為「厲」或者「勵」	勉勵
郭洗凡	「麻」是「歷」和「曆」的古字	治理、管理
羅云君	認為劉剛所釋可從	「董歷」與「老弱」都屬於弱勢群體
何家歡	此字从厂从秝从土	會以石治種秝之土義，即表耕作
子居	「歷」字應該讀為「勞」	勤勞
王輝	「董歷」讀為「謹曆」	謹慎順從曆數，不違農時
陳偉	「歷」字讀為「儉」	勤儉
王青	「歷」字讀為「劬」	勤劬

原考釋認為「歷」在本簡作「麻」，上古音是來母錫部字，和在簡 41 釋作「益」，上古音是影母錫部字，都是把「歷」字作从「麻」音來判斷的。但是這個「麻」字，有兩派說法，除从「歷／曆」音（來母錫部），還有學者認為是从「甘」聲（見母談部）。

〔註928〕陳偉：〈清華簡《邦家處位》零釋〉，武漢大學簡帛研究中心，《中國文字》2019
　　　　年第 1 期。

〔註929〕王青：〈清華簡《越公其事》補釋〉，「出土文獻與商周社會學術研討會」會議論文
　　　　集，2019 年，頁 323～332。

　　近來清華簡《繫年》簡 14「飛廉」之「廉」字作、，隸作「曆」字，從麻、甘聲，上古音「甘」屬見母談部，「廉」屬來母談部，兩者聲韻可通，故把「曆」釋作「廉」，「飛曆」即「飛廉」。《繫年》原考釋李均明先生指出「飛廉，《史記‧秦本紀》作「蜚廉」，嬴姓，乃秦人之祖，父名中潏。」〔註930〕劉剛在本簡的「歷」字考釋認為「歷」字不從「麻」聲，在戰國文字中一直未出現過明確從「麻」得聲的字。〔註931〕季師也認為金文「蔑曆」一詞應讀「蔑廉」，義為「嘉勉官治美善」。〔註932〕不過並沒有談到《越公其事》的問題（當時本材料尚未出版）。王志平在同一場會議也發表〈王志平：「飛廉」的音讀及其他〉，主張「」字於清華簡既可讀「廉」，則於金文「蔑曆」，便可讀「蔑勞」，「勞」與「廉」聲紐相同，韻部則為宵談對轉〔註933〕。陳劍以為「曆」字與「廉」相聯繫之說不可信，他把「蔑曆」一詞釋為「蔑懋」。從這個想法出發，他認為「歷」字的下部是從「丄（牡）」，「丄」和「土」在戰國時代早已混為一談。「歷」字和「」（小子𥨊卣《殷周金文集成》5417）字相關。上面的「林」為「楙」，他認為「蔑曆」之下字的釋讀，應以「林（楙）」音為據。現在本簡的「歷」字也從「楙」聲，「董歷」釋為「勤懋」，也為「勤勉」之意〔註934〕。季師旭昇在〈說廉〉一文中補充說明：「『楙』字《說文》釋為『木盛也』，則『曆』字上部從『林』或從『林』會意，本無不同。『歷／曆／曆／曆／壓』等一系列的字，由於有《繫年》及《上博‧周易》的對照，它就是『廉』字應該是可以接受的。」〔註935〕

〔註930〕李學勤主編《清清華大學藏戰國竹簡（貳）》（上海：中西書局，2011.12），注8，頁142。

〔註931〕劉剛：〈試說《清華柒‧越公其事》中的「歷」字 http://www.gwz.fudan.edu.cn/Web/Show/3011，20170426。

〔註932〕季師旭昇：〈從《清華貳‧繫年》談金文的「蔑廉」〉，清華簡《繫年》與古史新探學術研討會暨「清華簡《繫年》與古史新探研究叢書」發佈會，清華大學出土文獻研究與保護中心主辦，2015年10月30日、31日。又修改後以〈說廉〉發表於第27屆中國文字學會，台中教育大學主辦，2016年5月13～14日。

〔註933〕王志平〈「飛廉」的音讀及其他〉，清華簡《繫年》與古史新探學術研討會暨「清華簡《繫年》與古史新探研究叢書」發佈會，清華大學出土文獻研究與保護中心主辦，2015年10月30日、31日。

〔註934〕陳劍：〈簡談對金文「蔑懋」問題的一些新認識〉，http://www.gwz.fudan.edu.cn/Web/Show/3039，2017.05.05。

〔註935〕季師旭昇：〈說廉〉，第27屆中國文字學會，台中教育大學主辦，2016年5月13～14日。

　　那麼我們再看古代文獻上，可能出現相關的詞例最適合本篇的釋讀為何？筆者認為子居把「菫歷」釋為「勤勞」最合適。其他諸說或書證太晚，或文義不夠適洽，如「勤懋」一詞出現在《全唐文》第 9 部，卷八百八十：「惟彼泗口，實當要衝。凡為守臣，罔不慎選。而昌祚以貞幹事，以勤懋德。周廬巡徼之政，宮禁繁劇之司。」《臺灣文獻清史列傳選》：「論曰：秦省岩疆重地，軍務方殷。張勇忠勤懋著，謀略優長；久鎮西涼，奠安疆宇。」王寧的「癉瘠」尚未見文獻記載。侯瑞華的「勤斂」，我認為不等同「務勤收斂」，查古代文獻「勤斂」的詞例很少，而且都在後期。侯瑞華認為他所引文中的「務勤收斂」以及「力於農穡」可以當作「勤斂」的直接注腳，這一說法也有待商榷。子居認為的「勤勞」說同王志平。王輝的「謹曆」是農民應該的專業和本分，實在不必特別地由王來嘉許。陳偉的「勤儉」有聲韻的支持（「儉」也在談部，與「廉」同部，二字聲紐分別為「來」與「見」，上古關係密切），但是此一詞彙出現較晚，先秦典籍未見，出現於唐代《藝文類聚·卷三十四》：「未曜隨和，伊予輕弱，弗克負荷，祿微於朝，財匱於家，俾我令妹，勤儉備加，珍羞罕禦，器服靡華，撫膺恨毒，逝矣奈何」《通典·歷代制中》：「初，曹公時，魏府初建，以毛玠、崔琰為東曹掾史，銓衡人物，選用先尚勤儉。於是天下士人皆砥礪名節，務從約損。」因有《清華簡》的 𢒉 釋「廉」在前，本簡此字仍以隸「廉」字、讀為「勞」為最合適，其次是讀為「儉」，本論文暫取第一說，「亓見蓑夫老弱菫歷者」即「其見農夫老弱勤廉（勞）者」指的是（越王）看見農夫老弱而且勤勞於耕作田地者。

②王必酓（飲）飤（食）之

原考釋：

> 酓，「歆」之省形。《說文》：「歆，歠也。」古書多作「飲」。飲食，給予他人吃喝。《左傳》昭公二十九年：「昔有飂叔安，有裔子曰董父，實甚好龍，能求其耆欲以飲食之。」[註936]

　　子居認為《國語·越語上》：「句踐載稻與脂於舟以行，國之孺子之游者，無不餔也，無不歠也。」所記內容很可能即是衍生自《越公其事》此節的相

關記述或近似材料，對比《越公其事》本節，則《越語上》的「脂」當也是「鮨」，這樣看的話，《越語上》所說的「稻與脂」似乎與現在江浙一帶的糍飯及日本壽司是很相似的。〔註937〕

秋貞案：

原考釋所釋可從。「王必酓飤之」指的是越王看見勤於農作的老弱農夫會給他東西吃，以示嘉勉這些勤力的農夫。這是五政之初「王好蓐工」一句的呼應。

③亓（其）見蓐（農）夫髭（指）顛（瘥）足見（蹇）

原考釋釋髭（指）顛（瘥）為禮敬：

髭顛，疑讀為「稽頂」，義同「稽首」。稽頂足見，似言禮敬周至。

〔註938〕

易泉認為「髭」疑讀作「黎」，黎頂，即黎首，指面目黎黑：

農夫既然將耕，恐不及顧及禮儀。「夫」下一字，從旨從毛，疑讀作「黎」，黎頂，即黎首，與《列子‧黃帝》「顧見商丘開年老力弱，面目黎黑，衣冠不檢」之「面目黎黑」相當。《呂氏春秋‧行論》、《呂氏春秋‧求人》有「顏色黎黑」，是相似表述。〔註939〕

王寧認為「髭」字當即「耆」字或體，與「老」義類同；「耆頂」當是指頭髮白；「足見」之「見」為「繭」：

「髭」當即「耆」字或體，與「老」義類同，《說文》：「老，……從人毛、匕，言須髮變白也。」此從毛、旨與之同，「耆頂」當是指頭髮白。「足見」之「見」疑當讀胝繭之「繭」。〔註940〕

王寧又認為「髭」字當「耆（鬐）」，「鬐頂」蓋即「脊頂」，謂以脊背為頂，即駝背：

〔註937〕子居：〈清華簡七《越公其事》第五章解析〉，http://www.xianqin.tk/2018/06/05/579，20180605。「鮨」見《爾雅》「魚謂之鮨」，一般以為至遲於東漢時已流行於中國之食物，後傳至日本，或名「壽司」、「鮨」、「鮓」。

〔註938〕清華大學出土文獻與保護中心編、李學勤主編：《清華大學藏戰國竹簡（柒）》，上海，中西書局，2017年4月，注10，頁131。

〔註939〕簡帛論壇：「清華七《越公其事》初讀」，第68樓，20170428。

〔註940〕簡帛論壇：「清華七《越公其事》初讀」，第109樓，20170430。

「髻」是「耆（醫）」當無疑，段玉裁於《說文》「耆」下注云：「又按《士喪禮》、《士虞禮》『魚進鬐』注：『鬐，脊也。古文鬐為耆。』許書《髟部》無『鬐』字，依古文《禮》，故不錄今文《禮》之字也。」「髻頂」蓋即「脊頂」，謂以脊背為頂，即駝背。〔註941〕

汪天山認為「足見」之「見」大概當讀為「趼」？謂農夫足上長趼子。〔註942〕

心包認為「髻」這個詞與《上博九·舉王治天下》簡31的「首糾旨，身鱗鯌，禹……」中的「旨」記錄的應該是同一個詞：

> 「髻」，這個詞與《上博九·舉王治天下》簡31的「首糾旨，身鱗鯌，禹……」中的「旨」記錄的應該是同一個詞，研究者多已指出這段描述「禹」的可與《容成氏》簡15＋24「手足胼胝，面犴鯌，脛不生之毛」對看。「糾旨」，「鳩鳩」兄讀為「垢齂」（「舉王治天下」初讀60樓），不過，蔡偉先生讀為「手拘指」（復旦網，2013年1月6日），也有一定道理。具體怎麼破讀，還有待探究。〔註943〕

王寧認為「髻頂」就是「會撮指天、五管在上」，都是指駝背的樣子：

> 《莊子·大宗師》：「曲僂發背，上有五管，頤隱於齊，肩高於頂，句贅指天。」又《人間訓》：「支離疏者，頤隱於臍，肩高於頂，會撮指天，五管在上，兩髀為脅。」《釋文》引李云「句贅」即項椎，古注說「會撮」也是項椎或脊椎，《釋文》引司馬曰「會撮，髻也」，不知道哪個對。「句贅」和「會撮」可能是一回事。「髻」應該是「鬐」，和「鬐」又音近，也許有聯繫。大概《舉治王天下》裡的「ㄐ旨」相當於「句贅」，《越公》裡的「髻頂」就是「會撮指天、五管在上」，都是指駝背的樣子。《淮南子·精神》：「子求行年五十有四，而病傴僂，脊管高於頂，膃下迫頤，兩脾在上，燭營指天。」說得都是此類的事情，而又說「脊管高於頂」。這些內容都是類似或有關聯的，可以相互參看，具體該怎麼解釋，還得仔細研究。〔註944〕

蕭旭認為「髻」疑讀為瘌，字亦作癩、癘、痢，或省作厲，疥癩也，指頭

〔註941〕簡帛論壇：「清華七《越公其事》初讀」，第161樓，20170506。
〔註942〕簡帛論壇：「清華七《越公其事》初讀」，第162樓，20170506。
〔註943〕簡帛論壇：「清華七《越公其事》初讀」，第179樓，20170519。
〔註944〕簡帛論壇：「清華七《越公其事》初讀」，第181樓，20170519。

上禿瘡。「氎頂」猶言禿頂。疑「見」讀為蹇，跛也：

> ①黎」指黎黑，「黎頂」不辭。《士喪禮》、《士虞禮》「鬐」、「耆」訓脊者，指魚脊，即「鰭」字。未聞「脊頂」之說，且「脊管高於頂」、「會撮指天」者亦不堪耕田。氎，疑讀為痢，字亦作癩、癘、瘶，或省作厲，疥癩也，指頭上禿瘡。氎頂，猶言禿頂。②「見」讀為蘭、蚿，音理自無問題。疑「見」讀為蹇，跛也。俗字亦作跼，《廣韻》：「跼，行不正也。」〔註945〕

郭洗凡認為整理者觀點可從，指的是彎腰低頭，表示對農夫的尊敬。〔註946〕

何家歡把「氎」從「旨」聲，可與「祁」通，祁字訓「大、盛」；「足見」從汗天山的意見，因有「足跰頭蓬，簡稽衣食」一句，他認為「氎頂足見」即「頭蓬足跰」，比喻辛勞之貌：

> 疑「氎頂」與「足見」相對為文，因「頂」當與「足」相對，又疑此處有倒文。「足見」，整理者無說，網友汗天山疑讀為「足跰」，訓「足上長蘭」；蕭旭認為當讀為「足蹇」，訓「跛」。楚文字有蹇字，下部從「走」，又上博簡假借為「訐」（李守奎等《上海博物館藏戰國楚竹書（一～五）文字編》，作家出版社，2007 年，第670 頁）；而見字一般通「現」，蕭說殆誤。汗天山之說則啟發甚大。「足跰」有倒文「跰足」，《松隱文集·謝李伯時自臨安見過台州》：「念公萬里回異俗，睠我南來忘跰足」（（宋）曹勳《松隱文集》，民國嘉叢堂叢書本，第 164 頁），意與「足跰」同。又《文苑英華·故相國杜鴻漸神道碑》中有「足跰頭蓬，簡稽衣食」一句（（宋）李昉等《文苑英華》，明刻本，卷八八五，第 18596 頁）。「足跰」與「頭蓬」相對。「頭蓬」亦作「蓬頭」。《莊子·說劍》：「吾王所見劍士，皆蓬頭突鬢垂冠，曼胡之纓，短後之衣，瞋目而語難。」殆簡文「氎頂」與「蓬頭」意近。「氎」所從之「旨」當是聲符。「旨」

〔註945〕蕭旭：〈清華簡（七）校補（二）〉，http://www.gwz.fudan.edu.cn/Web/Show/3061，20170605。

〔註946〕郭洗凡：《清華簡《越公其事》集釋》，安徽大學碩士學位論文，2018 年 3 月，頁 63。

可與「祁」通，王輝先生舉郭店簡《緇衣》簡 9-10 引《尚書·君牙》「晉冬旨滄，小民亦佳（惟）日（怨）」今本《尚書》「晉冬旨滄」作「晉冬祁滄」可證。（王輝《古文字通假字典》，第 519 頁）。祁字訓「大、盛」。「晉冬祁滄」，「祁寒」訓「大寒」，「祁」表寒之盛；《詩經·豳風·七月》：「春日遲遲，采蘩祁祁。」毛傳：「祁祁，眾多也。」（（清）阮元校刻《十三經注疏》，第 389 下欄）「祁」則表草繁盛。「髳」亦當訓「盛」。字又从毛，當是義符。《說文·毛部》：「眉髮之屬及獸毛也。」「髳」殆表「眉髮之盛」。眉髮盛而不理則散亂，故「髳頂」即與「蓬頭」義近。「髳頂足見」即「頭蓬足跰」，比喻辛勞之貌。〔註947〕

子居認為「髳」疑是「指」字之訛，「稽頂足見」可能類似於「頂禮」是非常古老的禮儀。以頭觸足或吻足正如《釋門歸敬儀》所說是「禮之極也」：

髳字疑是「指」字之訛，「稽頂足見」可能類似於「頂禮」，《左傳·僖公五年》：「士蒍稽首而對曰」孔穎達疏：「《周禮》：『大祝辨九拜：一曰稽首，二曰頓首，三曰空首。』鄭玄云：『稽首，拜頭至地也。頓首，拜頭叩地也。空首，拜頭至手，所謂拜手也。』鄭唯解此三者，拜之形容所以為異也。稽首，頭至地，頭下緩至地也。頓首，頭不至地，暫一叩之而已。《尚書》每稱『拜手稽首』者，初為拜頭至手，乃複叩頭以至地，至手是為拜手，至地乃為稽首。然則凡為稽首者，皆先為拜手，乃成稽首，故《尚書》『拜手稽首』連言之。傳雖不言拜手，當亦先為拜手，乃為稽首，稽首拜手共成一拜之禮。」可見只是「稽首」的話並不涉及足的問題。「頂禮」又稱「頂足禮」、「頭面禮足」，《彌勒奧義書》：「國王用頭接觸他的腳，吟誦偈頌。」（黃寶生譯《奧義書》第 359 頁，北京：商務印書館，2010 年 4 月）是「頂禮」還有以頭觸及尊者之足的環節，這個禮儀後世多見於佛教徒及信眾，《釋門歸敬儀·威容有儀篇》：「七、明頭面體足者，正是拜首之正儀也。經律文

〔註947〕何家歡：《清華簡（柒）《越公其事》集釋》，河北大學碩士論文，2018 年 6 月，頁 31。

中多云頭面禮足，或云頂禮佛足者。我所高者，頂也；彼所卑者，足也。以我所尊敬彼所卑者，禮之極也。」由古印度四部《吠陀》和眾《奧義書》、兩部史詩等皆可見，「頂禮」是非常古老的禮儀，早在佛教之前數百年就已存在。可與《越公其事》下文「顏色順比」對應。故筆者猜測，「稽頂足見」大概就是與「頂禮」類似的致敬禮儀。這類非常古老的行禮方式，既然曾廣泛存在於世界各地，故不排除曾存在於當時的夷禮中的可能。〔註948〕

翁倩認為「氊」疑讀作「黎」，訓為「黑」，「氊」從毛旨聲，「耆」從老旨聲。從語音看，「氊」與「耆」音近相通。「耆」與「黎」同為脂部字，疊韻關係，故「氊」與「黎」可通。「氊顛」則為「黎首」，《禮記‧祭義》：「明命鬼神，以為黔首則。」鄭玄注：「黔首，謂民也。」孔穎達疏：「黔首，謂萬民也。」「足見」即赤腳。「見」讀作「現」，顯露之意。越人有「跣足」的風俗，赤腳勞作。越人有斷髮紋身的習俗。《莊子‧逍遙遊》：「宋人資章甫而適諸越，越人斷髮文身，無所用之。」故此句大意為越王見到農夫包著黑頭巾，赤腳而恭敬有禮，將要耕作時，越王也會給他們吃喝。〔註949〕

王青認為「足見」，意猶可見、當見。《韓非子‧內儲說上》「孺子何足見也」（（清）王先慎：《韓非子集解》，第219頁），《老子》第三十五章「視之不足見」（陳鼓應：《老子注譯及評介》，北京：中華書局，1984年，第203頁），是皆其例。〔註950〕

秋貞案：

先從字形上看，原考釋釋「氊顛」為「稽頂」，義同「稽首」，但是沒有作字形的說明。古代文獻典籍以「稽首」通行，不見「稽頂」一詞。例如《孟子‧萬章下》：「曰：「繆公之於子思也，亟問，亟餽鼎肉。子思不悅。於卒也，摽使者出諸大門之外，北面稽首再拜而不受。」鄭注《周禮》頓首曰：「頭叩地也。」注《士喪禮》曰：「稽顙頭觸地也。」又《檀弓》注云：「稽顙者，觸地無容。」

〔註948〕子居：〈清華簡七《越公其事》第五章解析〉，http://www.xianqin.tk/2018/06/05/579，20180605。

〔註949〕翁倩：〈讀清華簡（七）札記二則〉，《廣東第二師範學院學報》2018年12月第6期，頁86～90。

〔註950〕王青：〈清華簡《越公其事》補釋〉，「出土文獻與商周社會學術研討會」會議論文集，2019年，頁323～332。

叩地觸地之非有二可知矣。〔註951〕可見「稽首」的是一種禮拜時頭碰觸到地的禮節。子居說類似此說。但是「髭顚」是不是「稽首」呢？如果「髭顚」已經足夠指頭觸地的大禮，那麼「足見」又如何解釋呢？所以筆者認為「髭顚」不可能為「稽頂」。

易泉釋「髭」為「黎」。「髭」上古音在章母脂部，「黎」在來母脂部。上古聲韻舌齒音可通。上古音中照穿神審禪五紐，黃侃以為應歸入舌頭端透定諸紐。李方桂《上古音研究》也是如此說〔註952〕。故釋「髭」為「黎」在聲韻上是沒有問題，但是「黎首」指「面目黎黑」不確。「黎首」一般作「黧首」為「百姓」之意，但是這個詞在先秦古籍未見，所以把「髭」釋為「黎」仍有待商榷。

王寧先認為「髭」是「老」，後又認為「髭頂」是「脊頂」即駝背。但是在古籍文獻中「脊頂」看似出現過，時代較晚，《明文海記》第357卷《遊馬鞍山記》：「不辨臭穢者，口耳缺者，廣額、突脊、頂禿、髮鬈者，首縮而足掘，唇掀而齒豁者，面五色具，千怪萬象，或數疾而同一人，或一人而同一疾，如是之人，老幼男女，蜎集蟻擁，或羣而嬉，或列而行，或拔距走鞍，或張卷」，但在這段文字中的斷句為「廣額、突脊、頂禿、髮鬈者」，「脊頂」並不是一個詞。王寧又舉例《人間訓》「會撮指天、五管在上」，「句贅」、「會撮」、「傴僂」、「脊管高於頂」等和駝背有關的詞，但是未能明確證明「髭頂」就是「脊頂」。

蕭旭認為「髭」讀為「瘌」，「髭頂」即禿頂。「髭」上古音在章母脂部，「瘌」上古音在來母祭部，聲韻可通，但是「瘌」釋為「黃癬」，見於《集韻》，時代稍晚。

郭洗凡以為是越王對農夫的敬禮，恐對文意的理解有誤。

何家歡把「旨」聲和「祁」聲聯繫來，認為「祁」字有「大、盛」、「表草繁盛」之意。「髭」字從毛，故推論是表「眉髮之盛」之意，又迻釋為「蓬頭」。「髭頂」是否能直接釋為「祁頂、蓬頭」？目前未見文獻有所證明。

筆者認為從構詞來看「髭頂足見」的「足」不是「足以」、「可以」之意。它應該釋為名詞「腳」，是個名詞，屬身體器官；那麼「髭」也應該是個名詞，

〔註951〕（清）焦循撰，沈文倬點校：《孟子正義》，中華書局，1987年10月，頁714～715。
〔註952〕陳新雄：《古音研究》，五南圖書出版社，2000年11月初版二刷，頁545。

・325・

屬身體器官。「𢯱」既從「旨」聲，釋為「指」字是最直接，右旁與楚簡的「手」雖然有一點不同，但子居視為訛寫，其實也還算合理。「顁」通「瘨」（「顁」從「貞」聲，從「鼎」聲，學者都以為「顁」即「頂」字，從丁聲；「㞫」聲通「丁」聲「鼎」聲，見《漢字通用聲素研究》頁 560。〔註 953〕「足見」，蕭旭讀為「足蹇」，即「跛腳」意義最合適。王寧讀為「足繭」、汪天山讀為「足跰」，二者完全同意，農夫沒有腳不長繭的，意義不如「足蹇」。翁倩的「𢯱頂足見」指包黑布巾及赤腳是一般普徧的農夫形象，尚搆不上讓越王大大獎勵的條件。故「𢯱頂足見」即「指瘨足蹇」，這裡是形容農夫的外在條件不好，手腳有所殘疾。

④厃（顏）色訓（薰）必（黗）而牆（將）【三二】耤（耕）者，王亦酓（飲）飤（食）之

原考釋釋「訓必」讀為「順比」

> 顏色，表情。《論語‧泰伯》：「正顏色，斯近信矣。」訓必，讀為「順比」。《莊子‧徐無鬼》：「遭時有所用，不能無為也。此皆順比於歲，不物於易者也。」《荀子‧禮論》：「若夫斷之繼之，博之淺之，益之損之，類之盡之，盛之美之，使本末終始，莫不順比，足以為萬世則，則是禮也。」耤，亦為「耕」字。簡文「耕」有多種異體。〔註 954〕

易泉認為「順必」讀作「順卑」即卑順，指恭順：

> 《漢書‧匈奴列傳》：「夫夷狄之情，困則卑順，強則驕逆，天性然也。」〔註 955〕

王寧認為「必」疑是「弋」之誤寫，「訓弋」讀為「熏黗」，言面色黧黑。〔註 956〕

易泉認為「順必」讀作「順比」，應可從：

> 此處可與《詩經‧大雅‧皇矣》：「王此大邦，克順克比。」《左傳》

〔註 953〕張儒、劉毓慶：《漢字通用聲素研究》，山西古籍出版社，2002 年 4 月，頁 560。
〔註 954〕清華大學出土文獻與保護中心編、李學勤主編：《清華大學藏戰國竹簡（柒）》，上海，中西書局，2017 年 4 月，頁 131，注 11。
〔註 955〕簡帛論壇：「清華七《越公其事》初讀」，第 68 樓，20170428。
〔註 956〕簡帛論壇：「清華七《越公其事》初讀」，第 109 樓，20170430。

昭公二十八年傳：「王此大國，克順克比。」相對應。「克順克比」
的「比」，又作卑、俾，如《禮記・樂記》：「王此大邦，克順克俾。」
中山王鼎銘文「克順克卑」。多位前輩學者已指出此種關聯（李學
勤、李零：《平山三器與中山國史的若干問題》，《考古學報》1979
年2期，第155頁；湯余惠：《戰國銘文選》，吉林大學出版社，
1993年9月）

湯余惠先生指出，卑，通比，親近。《詩經・大雅・皇矣》：「王此大
邦，克順克比。」《詩集傳》：「比，上下相親也。」于豪亮先生指出，
卑、比、俾並音近相通，毛傳：「擇善而從曰比。」（於豪亮：《中山
三器銘文考釋》，《考古學報》1979年第2期，第172頁。）此二種
訓解似皆有可能。

具體在簡文「顏色順比」中，「比」訓作親近，似較貼合文意。
〔註957〕

王寧認為「訓」當讀為「熏」，「必」即「祕」或「毖」。「熏祕（毖）」即
「熏勞」，疲勞過度則愁悴也：

> 簡32的「顏色訓必」的「訓必」，即相當於《順民》的「顏色愁
> 悴不贍」的「愁悴」，則「訓」當讀為「熏」，即《詩》「憂心如熏」
> 的「熏」；「必」即「祕」或「毖」，《廣雅・釋詁一》：「祕，勞也。」
> 《書・大誥》：「無毖于恤」，《疏》：「毖，勞也。」「熏祕（毖）」
> 即《淮南子・精神訓》：「人之耳目曷能久熏勞而不息乎」的「熏
> 勞」，《集釋》引馬宗霍云：「熏勞者，亦謂勞之甚耳。」疲勞過度
> 則愁悴也。〔註958〕

東潮認為整理者讀為「順比」是很有道理的。且「順比」乃古書成詞，表
示順從、不抵觸之義，放在簡文中很順暢：

> 簡32「顏色訓必」之「訓必」，整理者讀為「順比」是很有道理的。
> 簡文「訓必」讀為「順比」，最為直接，且「順比」乃古書成詞，表
> 示順從、不抵觸之義，放在簡文中很順暢。本不必再煩求他解。如

〔註957〕簡帛論壇：「清華七《越公其事》初讀」，第136樓，20170502。
〔註958〕簡帛論壇：「清華七《越公其事》初讀」，第155樓，20170506。

果學者還有疑問，我們再舉一個與「顏色訓（順）必（比）」關係密切的古書句子，即《大戴禮記‧保傅》「色不比順」。大體上，「色不比順」可以看作是「顏色訓（順）必（比）」的否定形式。由此可知，「顏」、「色」與「比順」語義關係緊密，結合度很高。〔註959〕

郭洗凡認為整理者觀點可從，「訓」「順」皆是上古文部字，因此「訓必」讀為「順比」在簡文中指的是順從、不抵抗的意思。〔註960〕

子居認為「順比」即恭順、順從。由這裡的「顏色順比」對比「越庶民百姓乃再喜慈恩」可見勾踐殘忍非賢君：

「順比」即恭順、順從，最早見於《詩經‧大雅‧皇矣》：「王此大邦，克順克比。」又作「比順」，如《管子‧五輔》：「為人弟者，比順以敬。」馬王堆帛書《黃帝書‧經法‧六分》：「下比順，不敢敝其上。」皆是其辭例。由這裡的「顏色順比」和前文的「越庶民百姓乃悽愴悚懼」及《越公其事》第九章的「越邦庶民則皆震動，恐畏勾踐，無敢不敬」不難看出，雖然《越公其事》第七章稱「越地之多食、政薄而好信」，但民眾對勾踐更多的是畏懼而非《國語》中所描述出的愛戴。勾踐雖是一方霸主但為人殘忍並非賢君這一點，由其霸業初成即殺了文種，卻放過並重用了使吳亡國的佞臣伯嚭，也可以說明。〔註961〕

秋貞案：

原考釋「訓必」，讀為「順比」，但是沒有進一步解釋是什麼意思；易泉先是認為是「順卑」，後又認為是「順比」，舉《詩經‧大雅‧皇矣》：「王此大國，克順克比。」卑，通比，但他釋「比」為「親近」之意，則有待商榷；東潮認為「順必」古書上有，即順從之意。又補充《詩經‧大雅‧皇矣》「克順克比」，《禮記‧樂記》以及《史記‧樂書》引作「克順克俾」。郭洗凡和子居都是釋為「順必」，順從、恭敬之意。這些說法在通讀上都很直接而合理，但是放在文義

〔註959〕簡帛論壇：「清華七《越公其事》初讀」，第158樓，20170506。
〔註960〕郭洗凡：《清華簡《越公其事》集釋》，安徽大學碩士學位論文，2018年3月，頁64。
〔註961〕子居：〈清華簡七《越公其事》第五章解析〉，http://www.xianqin.tk/2018/06/05/579，20180605。

中卻不是最好，農夫耕田是一輩子的事，天生就得認命，沒有順比不順比的問題，沒有農夫一輩子含恨耕田的。

王寧先認為「必」為「弋」的誤寫，「訓弋」讀為「熏黓」，言面色黧黑，後又認為「必」即「祕」或「毖」，「熏祕（毖）」即「熏勞」，疲勞過度則愁悴。雖然找不到書證，但是文義較合適。二說中，後說又不如前說，因為下句說「將耕」，沒有人在「將耕」時就已經疲勞過度而愁悴，故以「熏黓」較佳。「黓」：《廣韻》與職切，入職，以，黑色。

筆者認為「薅（農）夫託（指）頯（瘃）足見（蹇）、庬（顏）色訓（薰）必（黓）而酒（將）【三二】䎀（耕）者，王亦酓（飲）飤（食）之」應該做一句讀，指的是農夫手瘃腳跛、臉色黧黑而且將要耕作的人，越王也會給他們東西吃（用以獎勵他們）。

⑤亓（其）見又（有）戣（列）、又（有）司及王右（左）右，先諧（詣）王訓，而酒（將）勂（耕）者，王必與之坒（坐）飤（食）【三三】⑤。

原考釋：

> 戣，讀為「察」。《論語·衛靈公》：「眾惡之，必察焉；眾好之，必察焉。」有察與有司、有正等結構相同，疑專指掌糾察之職官。〔註962〕坐食，坐著吃。是一種禮遇。〔註963〕

石小力認為「戣」為「列」之異體，有列，指在朝堂上有位次的大臣：

> 該字又見於《清華陸·子儀》簡12，作 𢧵 ，蘇建洲先生釋為「列」（蘇建洲：《〈清華陸〉文字補釋》，簡帛網，2016年4月20日），該字從戈從歺，古文字刀旁與戈旁作為偏旁常通用，如割字從刀，在楚文字中又從戈作「𢧢」，故該字應即「列」之異體。有列，指在朝堂上有位次的大臣。《國語·周語中》：「夫狄無列於王室。」韋昭注：「列，位次也。」《晉語九》：「在列者獻詩使勿兜。」韋昭注：「列，位也。」《禮記·曲禮下》：「去國三世，爵祿有列於朝，出入有詔於國，若兄弟宗族猶存，則反告於宗後；去國三世，爵祿無列於朝，

〔註962〕清華大學出土文獻與保護中心編、李學勤主編：《清華大學藏戰國竹簡（柒）》，上海，中西書局，2017年4月，頁132，注12。

〔註963〕清華大學出土文獻與保護中心編、李學勤主編：《清華大學藏戰國竹簡（柒）》，上海，中西書局，2017年4月，頁132，注13。

出入無詔於國，唯與之日，從新國之法。」《孔叢子·論書》：「孔子曰：『天子諸侯之臣、生則有列於朝，死則有位於廟。其序一也。』」〔註964〕

羅云君認為石小力之說可從：

石說可從，且從語境上來說，「有（列）」與「又（有）司」、「王右（左）右」形成並列。

子居認為石小力讀為「列」當是：

戲字與《越公其事》下文讀為「察」的戲字區別明顯，故石小力先生讀為「列」當是。晛即覩字，此處當讀為覺，「先覺」即預先察覺或預先領悟到，《墨子·城守·號令》：「先覺之，除。」「王訓」當即是指「五政之初，王好農功。王親自耕，有私畦。」也即《越公其事》此章作者意在表示勾踐做這些的時候，並沒有向左右臣屬和民眾解釋為什麼，所以「有列、有司及王左右」中才會有人相對於未領悟的人而「先覺王訓」。〔註965〕

原考釋說「坐食」，坐著吃。是一種禮遇。對照前文不難看出，這種所謂「禮遇」意味著庶人在勾踐面前連坐的資格都沒有，臣屬也只不過好到能受到「坐食」的「禮遇」，彰顯的不過是先秦嚴重的特權文化而已。〔註966〕

秋貞案：

簡的「」可以隸為「剡」讀為「列」，兩者有聲音關係，不是「列」之異體。楚文字「戈」和「刂」可以通用。「」也是从「刀」从「炎」聲字。季師《說文新證》「列」字條說明「剡」和「列」的關係：

《說文》「炎」从「巛」，「列」省聲，與「歺」同音。「歺」上古音在疑紐月部開口一等，「列」在來紐月部開口三等，二字同韻。聲紐可

〔註964〕石小力：〈清華七整理報告補正〉，http://www.tsinghua.edu.cn/publish/cetrp/6831/2017/20170423065227407873210/20170423065227407873210_.html，20170423。

〔註965〕子居：〈清華簡七《越公其事》第五章解析〉，http://www.xianqin.tk/2018/06/05/579，20180605。

〔註966〕子居：〈清華簡七《越公其事》第五章解析〉，http://www.xianqin.tk/2018/06/05/579，20180605。

能有複輔音的關係（如从魚得聲而讀魯）。「歺」字象木柭裂解，殘

敗貌，加義符「刀」強化裂解義，因此「列」可視為「歺」的分化

字，分析為从刀歺，「歺」訛變或聲化為「歺」。〔註967〕

　　簡文「其見有列、有司及王左右」中的「有列」，石小力藉《禮記》相關

篇章的說明，可從。「有司」指的是管事的官吏，如《孟子・公孫丑下》：「古

之為市也，以其所有易其所無者，有司者治之耳。」〔註968〕古時候做貿易，

就是拿自己有的東西去換自己沒有的東西，那些駐在市場的官吏就要負責處

理這些貿易事務罷了。《孟子・滕文公》：「君薨，聽於冢宰。歠粥，面深墨。

即位而哭，百官有司，莫敢不哀，先之也。」〔註969〕國君去世了，政事就聽

於冢宰大臣處理，繼位新君只要盡哀就好。每日喝一點稀飯，面容哀戚，到

喪位上去哭泣，朝庭中的百官和辦事的人員，沒有敢不哀戚的，這是因為新

君帶頭的緣故。這裡的「有司」可能像是「執事」一類的公家辦事員。「王左

右」也是在越王身邊的官員。

　　「誥」字，原考釋沒有特別說明，但是在釋文中隸為「誥」。《說文・言部》

徐鍇繫傳：「誥，以文言告曉之也。」《爾雅・釋詁上》：「誥者，布告也」邢昺

疏：「誥，告也。」蕭統《文選序》：「誥者，告也，誥諭令曉。」呂向注：「又

詔誥，教令之流。」〔註970〕簡文「而牆（將）埲（耕）者」中「牆」，原考釋

無解釋，但是釋文中釋為「將」。「將耕者」的「將」應釋為「扶助」例如詞例：

《孟子離婁上》：「裸將於京」朱熹集注：「將，助也。」〔註971〕「將耕者」即

承越王的命令幫助宣導農民耕作的臣屬。

2. 整句釋義

　　越王看見勤於農作的老弱農夫會給他東西吃，以示嘉勉這些勤力的農夫。

越王看到農夫手瘇腳跛、臉色黧黑而且將要耕作的人，也會給他們東西吃。（越

王）看到有列、有司及王的左右大臣，在耕作之前先詔誥越王的訓示命令，宣

導幫助農民耕作的人，越王必定與他一同坐著吃飯（一種禮遇）。

〔註967〕季師旭昇：《說文新證》，福建人民出版社，2010年11月第一次印刷，p363。
〔註968〕（清）焦循撰，沈文倬點校：《孟子正義》，中華書局，1987年10月，p301。
〔註969〕（清）焦循撰，沈文倬點校：《孟子正義》，中華書局，1987年10月，p329。
〔註970〕宗福邦、陳世鐃、蕭海波主編：《故訓匯纂》，商務印書館，2007年9月，p2122。
〔註971〕宗福邦、陳世鐃、蕭海波主編：《故訓匯纂》，商務印書館，2007年9月，p602。

（三）凡王右（左）右大臣，乃莫不劼（耕），人又（有）厶（私）舊（疇）①。鼜（舉）雪（越）庶民，乃夫婦皆杤（耕），至=（至于）鄡（邊）㥀（縣）尖=（小大）遠伲（邇）②，亦夫【三五】〔註972〕婦皆【三六上】耕③，□□□□□□□〔註973〕吳人㥀（還）雪（越）百里【一八】，□（得）于雪（越）邦④，陞（陵）陟（陸），陞（陵）稼（稼），水則為稻⑤，乃亡（無）又（有）闕（閒）卉（艸）。【三四】雪（越）邦乃大多飤（食）。【三六下】〔註974〕⑥。

1. 字詞考釋

①凡王右（左）右大臣，乃莫不劼（耕），人又（有）厶（私）舊（疇）

原考釋：

> 人，人人。《史記‧平準書》：「非遇水旱之災，民則人給家足，都鄙廩庾皆滿。」〔註975〕

子居認為「先秦時以男耕女織為常」，這裡的「夫婦皆耕」很可能僅是本節作者的誇張之辭而非實際情況：

> 這裡的「人有私畦」的「人」當是指成年男子，先秦時以男耕女織為常，婦女一般不會領有土地，如《管子‧輕重甲》：「一農不耕，民或為之饑。一女不織，民或為之寒。」《管子‧事語》：「農夫寒耕暑耘，力歸於上，女勤於緝績徽織，功歸於府。」《商君書‧畫策》：「男耕而食，婦織而衣。」《韓非子‧難二》：「丈夫盡于耕農，婦人力於織紝。」《晏子春秋‧內篇諫下》：「今齊國丈夫耕，女子織，夜以接日，不足以奉上。」因此本節的「夫婦皆耕」雖然看似順暢，但卻是一種非常不尋常的情況，再對照《國語‧越語上》：「非其身之所種則不食，非其夫人之所織則不衣。」則《越語上》同樣是以

越人為男耕女織而非「夫婦皆耕」，因此本節越地「夫婦皆耕」的描
述，很可能僅是本節作者的誇張之辭而非實際情況。〔註976〕

子居認為「左右」是近侍與「大臣」不同，「左右」與「大臣」之間當加頓
號：

> 「左右」是近侍，與「大臣」當分讀，《管子·任法》：「倍大臣，離
> 左右，專以其心斷者，中主也。」《呂氏春秋·驕恣》：「晉厲公侈淫，
> 好聽讒人，欲盡去其大臣而立其左右。」《韓非子·人主》：「人主之
> 所以身危國亡者，大臣太貴，左右太威也。」《戰國策·秦策一》：「大
> 臣太重者國危，左右太親者身危。」皆可為證，因此「左右」與「大
> 臣」之間當加頓號。〔註977〕

秋貞案：

「人」指「人人」，原考釋所說可從。「左右」可以和「大臣」都當作名詞
來看。如：《左傳·宣公十二年》：「左右曰：『不可許也，得國無赦。』」此「左
右」當作「近臣」。如《詩·大雅·文王》：「文王陟降，在帝左右。」此「左右」
當作「在……身邊」。所以簡文的「左右大臣」，能隨側在王左右者可能是親近
王的人，可能是隨身侍者或是親近王的大臣，不一定都當名詞，或把它看作不
同的人來看。

②懇（舉）雫（越）庶民，乃夫婦皆㭬（耕），𡊢=（至于）鄹（邊）㬎
（縣）尖=（小大）遠伲（邇）

原考釋：

> 鄹㬎，即邊縣。《墨子·雜守》：「常令邊縣預種畜芫、芸、烏喙、袾
> 葉。」大小，《書·顧命》：「柔遠能邇，安勸大小庶邦。」伲，《廣
> 韻》：「近也。」伲、邇音義並近。遠伲，即遠邇。《書·盤庚上》：「乃
> 不畏戎毒于遠邇。」〔註978〕

〔註976〕子居：〈清華簡七《越公其事》第五章解析〉，http://www.xianqin.tk/2018/06/05/579，
　　　　20180605。

〔註977〕子居：〈清華簡七《越公其事》第五章解析〉，http://www.xianqin.tk/2018/06/05/579，
　　　　20180605。

〔註978〕清華大學出土文獻與保護中心編、李學勤主編：《清華大學藏戰國竹簡（柒）》，上
　　　　海，中西書局，2017年4月，頁132，注18。

　　石小力認為《越公其事》「伲」字 、兩字形公布後，可以協助解決之前的疑難，比如侯馬盟書中被誅討的人名「趙尼」，學術界多釋作「趙弧」，現在藉由本簡的字形可以確認為「趙尼」後，即可判定侯馬盟書的時代，其意義重大：

> 此外，還有一些疑難問題也是由本輯清華簡公佈的新材料所解決的，比如侯馬盟書中被誅討的人名「趙尼」，學術界多釋作「趙弧」，「尼」字原作![字形]形，根據《越公其事》篇中「伲」字作![字形]（簡35）、![字形]（簡44），所從「尼」旁與之相同，可以肯定侯馬盟書的人名當釋作「趙尼」，「趙尼」人物的確定，對於判定侯馬盟書的時代意義重大。（參閱石小力《據清華簡考證侯馬盟書的「趙尼」——兼說侯馬盟書的時代》一文，《中山大學學報》）。再比如根據《越公其事》篇中「茲」用為「使」的用字現象，可以確定傳世古書和出土文獻中舊時難以解釋的「茲」字也應該是用為「使」的，這是利用新出楚簡揭示的用字方法，來解讀先秦古籍和其他出土文獻疑難問題的一個典型例子（參閱石小力《上古漢語「茲」用為「使」說》（待刊稿））。〔註979〕

　　程燕認為釋為「伲」字是正確的，可以解決侯馬盟書中有個人名一直爭議很大的問題。並且透過這個字的釋疑，可以說明《越公其事》的字體和三晉文字形近：

> 「迡」，簡文作：![字形]越公35、![字形]越公44。這兩個形體非常重要，釋為「伲」，是正確的。其中右旁「尼」的寫法，可以解決侯馬盟書中一個爭議比較大的字。侯馬盟書中有個人名用字作：
>
> A 一九五：一（5）　　![字形]一：九（2）
>
> 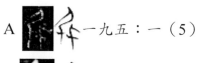一：一〇（2）　　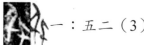一：五二（3）

〔註979〕石小力：〈據清華簡（柒）補證舊說四則〉，http://www.ctwx.tsinghua.edu.cn/publish/cetrp/6842/2017/20170423064545430510109/20170423064545430510109_.html，20170423。

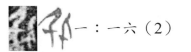一：一六（2）　　一：六七（3）

一九八：四（3）

B 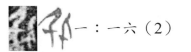一：三五（3）　　一：六一（3）

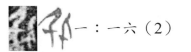一：一〇五（4）　　一：八七（3）

二〇〇：二（5）

C 一：四〇（3）　　一：四一（3）

D 一五六：二（2）　　一：六（1）

一：一一（2）　　一六：一二（6）

辭例均為「趙～」。郭沫若先生釋為「趙化」。高明先生從之。郭先生后改釋為「北」。陳夢家先生釋為「趙北」。陶正剛、王克林先生釋為「尼」，唐蘭、李裕民、湯余惠、曾志雄等先生從之。另有釋「弧」、「比」等說。

通過形體的比對，我們可以發現，侯馬盟書 A、B 的寫法與 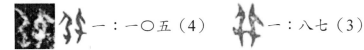 右旁同，所從的「人」旁下部均加有飾筆。因此，學者將侯馬盟書的這個字釋為「尼」，是正確的。侯馬盟書 C、D 應該是變體。

附帶說一下，中山雜器中有如下一字：

集成 2092 左使車工弧鼎　　集成 0513 左使車弧扁

學者多釋為「弧」。按：此字釋「弧」，是錯的。現在看來也應該釋為「尼」。字在銘文中用為人名。

楚文字中「尼」字作：

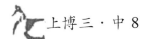上博三·中 8　　　　上博五·君 10

上博五·君 11　　　上博三·中 10

與上述「伲」、「尼」均不同。由此，可以說明《越公其事》的字體和三晉文字形近。有兩種可能：一種是《越公其事》的底本是三晉文字書寫的，另一種可能是抄手是三晉人。〔註980〕

王進鋒認為「㥚」通假為「縣」，「伲」通假為「邇」：

（1）㥚通假為縣。㥚，當從㬎得音，而㬎可以通假為縣。《古璽彙編》1903「㬎史」，「㬎」讀為縣。方城㬎小器「方城㬎」，㬎讀為縣。所以㥚通假為縣。

（2）伲通假為邇，上博簡《從政》：「聞之曰：君子之相就也，不必在近逇」中的逇通假為邇，可以做為證據。《說文》：「邇，近也」《玉篇》：「邇，近也」。

「邊縣小大遠邇」應指「小大遠邇邊縣」，而且下文來應是「城市小大遠邇邊縣」。〔註981〕

王進鋒認為春秋時期越國的縣有七個特徵：第一、位於城市的周邊地區。第二、有大小遠近之別。第三、越國政府對於縣有較強的控制力。第四、外來的移民通常居住在城市周邊的縣裡。第五、越國的縣裡不僅居住著平民，而且也居住著「司事」和「官師之人」。第六、越國的縣等同於邑。第七、越國的縣是設置在被稱為「野」的地區。〔註982〕

子居認為「舉越庶民，乃夫婦皆耕」者指國人，「至於邊縣，小大遠邇，亦夫婦皆耕」者指野人。《越公其事》和《子犯子餘》相類的句子「無小大，無遠邇」，但字不同，判斷《越公其事》此章與《子犯子餘》雖然同為清華簡且很可能是同一個抄手所書，但恐怕仍不是一個文化圈範圍的作品：

越國彼時僅百里之地，因此所說的邊縣，當是《周禮·地官·遂人》

〔註980〕程燕：〈清華七箚記三則〉，http://www.bsm.org.cn/show_article.php?id=2788，20170426。

〔註981〕王進鋒：〈周代的縣與越縣——由清華簡《越公其事》中的相關內容引發的論〉，〈清華簡〉國際會議論文集.澳門.浸會，20171026。

〔註982〕王進鋒：〈周代的縣與越縣——由清華簡〈越公其事〉中的相關內容引發的討論〉，香港浸會大學饒宗頤國學院，澳門大學中國語言文學系，清華大學出土文獻研究與保護中心：《〈清華簡〉國際會議論文集》，2017 年 10 月 26 日～28 日。

「五鄙為縣」的那種小縣，每縣大致方十幾、二十里的樣子。「舉越庶民，乃夫婦皆耕」者指國人，「至於邊縣，小大遠邇，亦夫婦皆耕」者指野人。比較清華簡《子犯子餘》的「無小大，無遠邇」，二者在措辭上的相似性和用字上的區別都是很明顯的。由於先秦時期貴族階層在文化方面的壟斷性，必然導致文字書寫方面師徒傳授具有顯著的書寫習慣影響，底本文字也必然會對抄手的抄寫構成影響，這類影響往往會比語言詞彙更為固化，因此由「邇」字用字的顯著區別也可以看出，《越公其事》此章與《子犯子餘》雖然同為清華簡且很可能是同一個抄手所書，但恐怕仍不是一個文化圈範圍的作品。

〔註983〕

秋貞案：

「夫婦」應指的是「男女」。夫婦皆耕，在平時狀態下是有點誇張，但是在非常狀態下，卻是不得不然之事，杜甫〈兵車行〉「縱有健婦把犁鋤，禾生隴畝無東西」，直到二十世紀初，很多窮人家的婦女仍然要下田工作。句踐一心復仇，增加生產，以非常方式鼓勵大家勤耕，夫婦皆耕，不算誇張。「遠迡」即「遠邇」，原考釋之說可從。

③亦夫【三五】〔註984〕婦皆【三六上】 耕

原考釋：

第三十六簡兩段不相連屬，據文義遙綴，疑僅缺一「耕」字。〔註985〕

子居認為簡36當分為簡36上和簡36下，並不能遙綴，此點前文提及的陳劍先生文已指出。〔註986〕

秋貞案：

原考釋認為第36簡上下兩段不相連屬，這個看法是對的，大多數的學者也

〔註983〕子居：〈清華簡七《越公其事》第五章解析〉，http://www.xianqin.tk/2018/06/05/579，20180605。

〔註984〕第35簡依陳劍：〈《越公其事》殘簡18的位置及相關的簡序調整問題之說〉一文調整接到第34簡之後，其下再接第36簡上半部。

〔註985〕清華大學出土文獻與保護中心編、李學勤主編：《清華大學藏戰國竹簡（柒）》，上海，中西書局，2017年4月，頁132，注19。

〔註986〕子居：〈清華簡七《越公其事》第五章解析〉，http://www.xianqin.tk/2018/06/05/579，20180605。

肯定這個看法。在本論文第三章曾討論過這一段落應該可以依照陳劍的說法，把第 18 簡「人還越百里」調整，形成「⋯⋯亦夫【35】婦皆[耕]【36上】⋯⋯[吳]人還越百里【18】⋯⋯旻（得）於越邦陵陸。陵稼，水則為稻，乃無有閒艸【34】⋯⋯越邦乃大多食。【36下】〔註987〕」新簡。另外，依金卓的意見，在第 18 簡結束後面可以直接銜接第 34 簡〔註988〕。除此外，筆者再調整斷句（和陳劍的斷句略有不同），整理後得到的段落簡文如下：「凡王左右大臣，乃莫不耕，人有私疇。舉雯庶民，乃夫婦皆耕，至于邊縣小大遠邇，亦夫【簡35】婦皆【簡36上】 耕 ，⋯⋯ 吳 人儇雯百里【簡18】，旻（得）于雯邦，陵陸，陵稼，水則為稻，乃無有閒艸【簡34】，雯邦乃大多食【簡36下】。」

原考釋認為簡 36「婦皆」兩字之後接「耕」字的看法，可從。從筆者重新整理的排序中看到第 35 簡末尾有「舉雯庶民，乃夫婦皆耕，至于邊縣小大遠邇，亦夫」一段，所以在簡 36 此處接「耕」字。「亦」字表示人與人、事物與事物之間的類同關係，可譯為「也」。例如：《尚書‧詔誥》：「我不可監于有夏，亦不可監于有殷。」〔註989〕前面已有「夫婦皆耕」，之後再接「夫婦皆耕」前加一個副詞「亦」，文從字順。

④□□□□□□□〔註990〕 吳 人儇（還）雯（越）百里【一八】，□（得）于雯（越）邦

原考釋認為殘簡第一個字是「卑」：

　　第三十四簡上段殘缺約十六字。簡首殘字或疑是「卑」字。〔註991〕

松鼠依書手的字跡來看，認為簡 34 的殘字為「得」字：

　　簡 34 殘字應為「得」字，參通篇簡 13 得字上也為「日」形。另《越
　　公其事》與《趙簡子》及《子犯子餘》、《晉文公入於晉》均為一人

〔註987〕陳劍：〈《越公其事》殘簡 18 的位置及相關的簡序調整問題〉，http://www.gwz.fudan.edu.cn/Web/Show/3044，20170514。

〔註988〕金卓：〈清華簡《越公其事》文獻形成初探──兼論其簡序問題〉，http://www.bsm.org.cn/show_article.php?id=3340，20190319。

〔註989〕中國社會科學院語言研究所古代漢語研究室編：《古代漢語虛詞詞典》，北京，商務印書館，1999 年，頁 722。

〔註990〕筆者認為此處缺字約在 7～9 字。

〔註991〕清華大學出土文獻與保護中心編、李學勤主編：《清華大學藏戰國竹簡（柒）》，上海，中西書局，2017 年 4 月，頁 132，注 14。

所寫，該抄手參與抄寫《皇門》、《鄭武夫人規孺子》等篇。整理者只言與《越公其事》與《鄭武夫人規孺子》等篇為同一抄手所寫。馬楠認為《越公其事》與《趙簡子》為同一人書寫，《子犯子餘》與《晉文公入於晉》為另一人書寫。我們認為這四篇為同一人書寫，無論從運筆特徵還是文字寫法上。如子犯簡 10「是」字與孺子 15、子儀 7「是」字；子犯簡 4 中「吾」字與孺子 3、太伯甲 4、太伯乙 1、子儀 7 的「吾」字；子犯簡 11 的「者」字，與孺子 2，太伯甲 12，太伯乙 10，子儀 12「者」字；子犯簡 10「寧」與皇門 6、孺子 12「寧」字；子犯簡 6「盤」字與皇門 12「盤」字（此外這些篇中的「皿」字寫法亦可參看）；子犯簡 11「夷」與太伯甲 11「夷」字；子犯簡 13「於」字與皇門 2、太伯甲 10、太伯乙 9、子儀 3；子犯簡 13「厥」字與皇門 10。另《晉文公入於晉》，亦可參照。（有關《皇門》、《鄭武夫人規孺子》等篇字跡為同一抄手的論證參看李松儒：《清華六〈鄭武夫人規孺子〉等四篇字跡研究》，「紀念于省吾先生誕辰一二〇周年、姚孝遂先生誕辰九十年學術研討會」會議論文）。《子犯子餘》、《晉文公入於晉》書寫更靈活，所以呈現出風格與《皇門》等篇視覺上略有不同的效果，這些字跡風格上的細微差別應該是書寫時間不同造成的。〔註992〕

子居認為松鼠所說較整理者之說更為可能，但此字已殘損，又無上文可以限定，此處似仍有存疑必要。〔註993〕

秋貞案：

原考釋認為「第三十四簡上段殘缺約十六字。簡首殘字或疑是『卑』字」。筆者針對這看法分兩部分說明：一、原考釋認為「簡首殘字或疑是『卑』字」但是沒有進一步的說明。《說文新證》「卑」字，「![字]」（戰.楚.郭 3.23）」、「![字]」（戰.楚.郭.老甲 20）」〔註994〕比對本簡「![字]」字是非常相似，只是「卑于雩

〔註992〕簡帛論壇：「清華七《越公其事》初讀」，第 23 樓，20170425。

〔註993〕子居：〈清華簡七《越公其事》第五章解析〉，http://www.xianqin.tk/2018/06/05/579，20180605。

〔註994〕季師旭昇：《說文新證》，福建人民出版社，2010 年 11 月第一次印刷，頁 213。

邦」的意思不易解釋，但也不能完全排除不是「卑」字的可能。至於松鼠和陳劍認為簡 34 的第一個字可能為「得」。查楚簡「得」字一般从「目」，但在《越公其事》簡 13 的「得」（）字寫作从「日」从「寸」，真的很特別，也算是訛書一例。在同一楚簡中同一書手的情況下，此字也極為可能作為「得」字〔註 995〕。「吳人儇雫百里」的「吳」字依陳劍在〈《越公其事》殘簡 18 的位置及相關的簡序調整問題〉提到據《吳越春秋》、《越絕書．越絕外傳記越地傳、《國語．越語上》等書記載，越國在戰敗後求和，吳國許成，最初僅予其方百里之大的封地，即簡文所謂「吳人還越百里」〔註 996〕，後面接「得于雫邦」的意思或許可以解釋為越人從吳國手中得到越國百里之地，也是「吳人儇雫百里」之意。不過再怎麼說都覺得這四個字很冗贅，吳人還給越人的土地，當然是奪自越人的，所以才用一個「還」字，既然用了「還」字，還需要再說「得于越邦」嗎？所以此字應如何補？恐怕還是要再斟酌。在沒有更好的說法是出之前，筆者姑且依「得」字補足。

至於原考釋說「第三十四簡上段殘缺約十六字」，此一說法在還未重新綴聯的前提下是有可能的，但是在接受陳劍等學者的看法後，重新綴聯的簡號為【簡 36 上段】＋【簡 18】＋【簡 34】，加上前面考釋的「耕」、「吳」和「得」字，其整句不標點的簡文如下：「婦皆耕□□□□□□□□吳人儇雫百里得于雫邦陵陸陵稼水則為稻乃無有閒艸」。那麼空缺的字會可能有幾個字呢？在本論文的第一章曾探討過第一簡殘簡缺字的問題，在這裡也可以依此方法類推。筆者把各簡從簡首到第二道編繩的字數統計為「字數 A」；把各簡從第二道編繩到簡尾的字數統計為「字數 B」。經統計，「字數 A」應該在 15～19 字左右，平均值為 16.54 字。「字數 B」在 14～18 字左右，平均值為 16.25 字。如今重新綴聯的簡姑稱「新簡」。其新簡第二道編繩處在「得」字以下，故新簡「字數 B」應為 17 字。新簡的「字數 A」應該和「字數 B」相差在 1 字左右，則可能「字數 A」在 16～18 字之間。所以扣掉「婦皆耕、吳人儇雫百里」9 個字，則剩 7～9 字左右。陳劍認為「此處有 8 字的缺文」〔註 997〕，不知道是

〔註 995〕本論文第三章考釋第 18 簡的簡序問題時已經有所說明。

〔註 996〕參考陳劍：〈《越公其事》殘簡 18 的位置及相關的簡序調整問題〉，http://www.gwz.fudan.edu.cn/Web/Show/3044，20170514。

〔註 997〕參考陳劍：〈《越公其事》殘簡 18 的位置及相關的簡序調整問題〉，http://www.gwz.

根據何種方法算出的，但是應屬合理。

⑤陞（陵）际（陸），陞（陵）稼（稼），水則為稻

原考釋：

> 陵陸，山地與平地。《管子‧地圖》：「名山、通谷、經川、陵陸、丘
> 阜之所在，苴草、林木、蒲葦之所茂，道里之遠近，城郭之大小，
> 名邑、廢邑，囷殖之地，必盡知之。」「稼」與「稻」對文，指旱地
> 種植的植物。《說文》：「禾之秀實為稼，莖節為禾。」「陵陸陵稼，
> 水則為稻」句中，第二個「陵」疑為「則」或「為」之誤書，「陵陸
> 則稼，水則為稻」或「陵陸為稼，水則為稻」。〔註998〕

暮四郎認為原考釋懷疑原文有誤，似不必要。只要將句讀調整為「□（得？）
於越邦陵陸，陵稼，水則為稻」，就可以避免簡文有誤的疑問。「陵稼」可以看
作「陵則稼」的簡省。〔註999〕

陳劍認為此句的斷句和暮四郎同，為「婦皆[耕]【36上】……[吳]人還越百
里【18】……旻（得）於越邦陵陸。陵稼，水則為為稻，乃無有閒艸【34】……
越邦乃大多食。」，他的解釋是：

> 其上下文大概意思是，吳人所返還給越國的百里大小的土地，其上
> 多山陵，本不利於發展農業。但越人仍「因地制宜」，山陵則種「稼」
> 即「旱地種植的植物」（原注釋語），水田則種稻，所有土地皆被利
> 用、其上無有穀物之外的植物；加上前文所述人人勉力務農，最終
> 仍使得越國「大多食」。〔註1000〕

蕭旭認為原考釋的斷句無誤，但是改字則誤，「陵陸陵稼」是「陵陸則為陵
稼」省文，「陵陸」是複言，「陵」，與「水」對文，古楚語謂陸地為陵：

> 整理者句讀不誤，但改字則誤。「陵陸陵稼」是「陵陸則為陵稼」省
> 文，探下省「則為」二字。陵亦陸也，複言曰「陵陸」，單言曰「陵」，

fudan.edu.cn/Web/Show/3044，20170514。

〔註998〕清華大學出土文獻與保護中心編、李學勤主編：《清華大學藏戰國竹簡（柒）》，上
　　　　海，中西書局，2017年4月，頁132，注15。

〔註999〕簡帛論壇：「清華七《越公其事》初讀」，第105樓，20170430。

〔註1000〕參考陳劍：〈《越公其事》殘簡18的位置及相關的簡序調整問題〉，http://www.gwz.
　　　　fudan.edu.cn/Web/Show/3044，20170514。

與「水」對文。《莊子‧達生》：「吾生於陵而安於陵，故也；長於水而安於水，性也。」《淮南子‧說林篇》：「褰衣涉水，至陵而不知下，未可以應變。」古楚語謂陸地為陵（參見蕭旭《〈越絕書〉古吳越語例釋》，收入《群書校補（續）》，花木蘭文化出版社 2014 年版，第 2015～2017 頁）。「陵」如是本義指大阜，則所引《管子》例與下「丘阜」犯複。〔註1001〕

羅小虎認為「陸」，可讀為「稑」，一種晚種早熟的農作物。這句話是說，在丘陵之地種稑和一般的農作物。如果是水田，就種植水稻：

整理報告意見可商。「陸」，可讀為「稑」。一種晚種早熟的農作物。《周禮‧天官‧內宰》：「上春，召王后帥六宮之人，而生穜稑之種，而獻之於王。」鄭玄注引鄭司農云：「先種後熟為之穜，後種先熟為之稑。」〔註1002〕

陳偉武讀為為「稑」，作名詞用，山地的黍稷就在山地種植，水田則種植稻穀：

上引簡文並無誤書，只是「陸」不讀為「陸」，當讀為「稑」，《說文》：「稑，疾孰（熟）也。從禾，坴聲。《詩》曰：黍稷種稑。」許引詩見於《詩‧魯頌‧閟宮》：「黍稷重穋，稙稺菽麥。」但此處「稑」作名詞用，《後漢書‧禮儀志上》「力田種各耰訖」劉昭注引干寶《周禮注》曰：「稑，陵穀，黍稷之屬。」簡文是說，山地的黍稷就在山地種植，水田則種植稻穀。網友「羅小虎」亦指出：整理報告意見可商。「陸」，可讀為「稑」。一種晚種早熟的農作物。《周禮‧天官‧內宰》：「上春，召王后帥六宮之人，而生穜稑之種，而獻之於王。」鄭玄注引鄭司農云：「先種後熟為之穜，後種先熟為之稑。」（《越公其事》簡34）這句話是說，在丘陵之地種稑和一般的農作物。如果是水田，就種植水稻。讀「陸」為「稑」與拙說相同，簡文的理解尚有差異。〔註1003〕

〔註1001〕蕭旭：〈清華簡（七）校補（二）〉，http://www.gwz.fudan.edu.cn/Web/Show/3061，20170605。

〔註1002〕簡帛論壇：「清華七《越公其事》初讀」，第 205 樓，20170726。

〔註1003〕陳偉武：《清華簡第七冊釋讀小記》，參加由澳門大學中國語言文學系、香港浸會

羅云君認為「陵陸」可理解為以陵為陸，在山陵地帶開闢旱田：

> 《國語・越語上》載「陸人居陸，水人居水」，「陵陸」則可理解為
> 以陵為陸，即在山陵地帶開闢旱田，種植旱地作物以保證糧食生產，
> 至於「水」，則種稻。〔註1004〕

吳德貞認為暮四郎所說可從。〔註1005〕

何家歡認為羅小虎之說為是，「稑」即表「疾熟」之穀物：

> 後文「稼」、「稻」均是農作物，則![稑]字亦當是農作物，乃先熟之
> 穀。《說文・禾部》：「稑，疾熟也。從禾坴聲。《詩》曰：『黍稷種稑。』」
> 段注：「謂凡穀有如此者。」是「稑」即表「疾熟」之穀物。〔註1006〕

子居認為從《管子・地圖》看到所說「陵陸」並非「山地與平地」，而是坡
度較平緩的高地。陸、阜孰大孰小注疏往往不同，但皆是指高地而非指平地是
很清楚的，因此《管子・地圖》所說「陵陸」實為同類地形：

> 因為整理者在注中往往只是照搬《漢語大詞典》的詞條而很少加以
> 辨識，所以往往至誤，此處的「陵陸」也是一例。由《管子・地圖》
> 「陵陸」後的「丘阜」即不難看出，《管子・地圖》所說「陵陸」並
> 非「山地與平地」，而是坡度較平緩的高地，其「陵」與「陸」的關
> 係正如「丘」與「阜」的關係，《詩經・衛風・考槃》：「考槃在澗，
> 碩人之寬。……考槃在陸，碩人之軸。」毛傳：「山夾水曰澗。」孔
> 穎達疏：「《釋山》文也。傳以『澗』為窮處，下文『阿』、『陸』亦
> 為窮處矣，故《釋地》云『大陸曰阿』，而下傳曰『曲陵曰阿』，以
> 《大雅》云『有卷者阿』，則阿有曲者，於隱遁為宜。《釋地》又云
> 『高平曰陸，大陸曰阜』，則陸與阜類，亦可以隱居也。」《楚辭・
> 九歎・憂苦》：「巡陸夷之曲衍兮，幽空虛以寂寞。」王逸注：「大阜
> 曰陸。」皆是其證，雖然陸、阜孰大孰小注疏往往不同，但皆是指

大學饒宗頤國學院、清華大學出土文獻研究與保護中心合辦的「清華簡國際研討
　　會」（中國・香港、中國・澳門），宣讀論文 2017 年 8 月 26～28 日。
〔註1004〕羅云君：《清華簡《越公其事》研究》，東北師範大學，2018 年 5 月，頁 65。
〔註1005〕吳德貞：《清華簡《越公其事》集釋》，武漢大學碩士論文，2018 年 5 月，頁 60。
〔註1006〕何家歡：《清華簡（柒）《越公其事》集釋》，河北大學碩士論文，2018 年 6 月，
　　頁 32。

高地而非指平地是很清楚的，因此《管子‧地圖》所說「陵陸」實為同類地形。

子居說先秦的平地往往是稱「原」而不是稱「陸」：

先秦的平地往往是稱「原」而不是稱「陸」，《莊子‧漁父》：「有漁父者，下船而來，鬚眉交白，被髮揄袂，行原以上，距陸而止。」《爾雅‧釋地》：「大野曰平，廣平曰原，高平曰陸，大陸曰阜，大阜曰陵，大陵曰阿。」即可見其區別。但「原」與「陸」的混同，也頗有淵源，《詩經‧小雅‧皇皇者華》：「皇皇者華，于彼原隰。」毛傳：「高平曰原，下濕曰隰。」《尚書大傳》：「大而高平謂之大原。」《水經‧汾水注》引《春秋說題辭》：「高平曰大原。」《離騷》王逸注：「高平曰原。」《說文‧辵部》：「邍，高平之野，人所登。」段注：「高平曰邍。此依《韻會》。各本作『高平之野』非也。《大司徒》『山林、川澤、丘陵、墳衍、邍隰。』鄭云：『下平曰衍，高平曰原，下濕曰隰。』《釋地》：『廣平曰原，高平曰陸。』此及鄭注皆以高平釋原者，謂大野廣平稱『原』。高而廣平亦稱『原』。下文所謂『可食者曰原』也。凡陸陵阜阿皆高地。其可種穀給食之處皆曰原。是之謂『高平曰原』也。《序官‧邍師》注云：『邍，地之廣平者。』與大司徒注不同者，單言『原』則為廣平，墳衍原隰並言則『衍』為廣平、『原』為高平也。」段注用大量篇幅說明「高平曰原」，原因就在於有「高平曰陸」這另一種說法。驗於先秦典籍，則「陸」往往與「陵」、「丘」、「阜」並稱，「原」往往與「隰」並稱，二者間的高下關係，不難判明。

子居認為即使是《墨子》、《鹽鐵論》等所述「陵陸」也同樣不是說現代意義上的所有陸地：

由「高平曰陸」引申出與「水」或「川穀」對言的「陸」雖是一種泛指，但仍然不是現在所說的陸地。由《墨子‧節用上》：「車以行陵陸，舟以行川穀。」《鹽鐵論‧本議》：「故聖人作為舟楫之用，以通川穀。服牛駕馬，以達陵陸。」看起來與「川穀」對言的「陵陸」似乎可以直接理解為現在所說的陸地，即非水皆陸，《墨子‧非樂

上》：「舟用之水，車用之陸。」《周禮・考工記》：「作車以行陸，作舟以行水。」《管子・輕重・揆度》：「共工之王，水處什之七，陸處什之三。」《國語・越語上》：「陸人居陸，水人居水。」《禮記・郊特牲》：「加豆，陸產也；其醢，水物也。」《戰國策・燕策二》：「陸攻則擊河內，水攻則滅大樑。」《戰國策・韓策一》：「陸斷馬牛，水擊鵠雁。」《屍子》：「孟賁水行不避蛟龍，陸行不避虎兕。」《莊子・秋水》：「夫水行不避蛟龍者，漁父之勇也；陸行不避兕虎者，獵夫之勇也。」《莊子・天運》：「夫水行莫如用舟，而陸行莫如用車。」《韓非子・姦劫弒臣》：「治國之有法術賞罰，猶若陸行之有犀車良馬也，水行之有輕舟便楫也。」《韓非子・顯學》：「水擊鵠雁，陸斷駒馬。」等等材料更會加深這種理解傾向，但對照《呂氏春秋・慎勢》：「水用舟，陸用車，塗用輴，沙用鳩，山用樏，因其勢也。」《楚辭・天問序》：「屈原放逐，憂心愁悴，彷徨山澤，經歷陵陸。」可見，即使這樣用法的「陸」也仍然不包括「山」、「塗」、「沙」等地形，牛、馬、車都不適合山行，所以即使是《墨子》、《鹽鐵論》等所述「陵陸」也同樣不是說現代意義上的所有陸地。

子居認為《越公其事》的「陵陸」即「高田」，「陵稼」即「黍稷」，或許還包括大麥等其他高地作物：

《周禮・地官・稻人》：「稻人，掌稼下地。」賈公彥疏：「以下田種稻麥，故云稼下地。」《淮南子・齊俗訓》：「其導萬民也，水處者漁，山處者木，穀處者牧，陸處者農。地宜其事，事宜其械，械宜其用，用宜其人。澤皋織網，陵阪耕田。」《初學記》卷五：「范子《計然》曰：『夫地有五土之宜，各有高下。』鄭玄注《孝經》曰：『分別五土，視其高下。若高田宜黍稷，下田宜稻麥，邱陵阪險宜種棗栗。』」比較之下，不難看出「陸處者農」即「陵阪耕田」，故《越公其事》的「陵陸」即「高田」，「陵稼」即「黍稷」。《莊子・雜篇・外物》：「《詩》固有之曰：青青之麥，生於陵陂。」宋代羅願《爾雅翼》：「古稱：『高田宜黍稷，下田宜稻麥。』今小麥例須下田，故古歌有曰：『高田種小麥，終久不成穗。』若大麥則不然。詩所謂『青青之麥，

生於陵陂』者，謂大麥也。」因此「陵稼」或許還包括大麥等其他高地作物。

子居認為「水則為稻」的「水」自然是水田，屬於「下田」，是陸地但並不屬於「陵陸」而是與「陵陸」對言，同樣可說明前文所言「『陸』雖是一種泛指，但仍然不是現在所說的陸地」。〔註1007〕

秋貞案：

在此各家包括斷句和釋字的討論眾說紛紜。筆者整理表列如下：

學　者	斷　句	釋　義	誤書與否
原考釋	陵陸陵稼，水則為稻	陵陸：山地和平地 稼：旱地種植的植物	疑誤書，應為「陵陸則稼」或「陵陸為稼」
暮四郎	陵陸，陵稼，水則為稻	無	疑「陵稼」為「陵則稼」的誤書
陳劍	陵陸，陵稼，水則為稻	山陵則種「稼」即「旱地種植的植物」（原注釋語） 水田則種稻	無誤書
蕭旭	陵陸陵稼，水則為稻	陵就是陸，古楚語謂陸地為陵	「陵陸陵稼」是「陵陸則為陵稼」的省文
羅小虎	陵陸陵稼，水則為稻	「陸」讀為「稑」，一種晚種早熟的農作物 水田則種水稻	無誤書
陳偉武	陵陸陵稼，水則為稻	「稑」作名詞用 山地的黍稷就在山地種植，水田則種植稻穀	無誤書
羅云君	無	以陵為陸 在山陵地帶開闢旱田，水則為稻	無誤書
吳德貞	認為暮四郎可從		
何家歡	認為羅小虎可從	「稑」即表「疾熟」之穀物	無誤書
子居	陵陸陵稼，水則為稻	「陵陸」為同類地形，即坡度較平緩的高地。「陵陸」即「高田」，「陵稼」即「黍稷」。 「水」是水田。	無誤書

以上我們看到「水則為稻」，各家均指水田，較無爭議。至於「陵陸陵稼」

〔註1007〕子居：〈清華簡七《越公其事》第五章解析〉，http://www.xianqin.tk/2018/06/05/579，20180605。

的問題，各家討論很多。「陵陸」當地形來說，是山地或平地？「陵稑」當植物來說，當是早熟的農作物或黍稷？各家所言都有道理。另外考量到書手誤書的可能性，如「陵陸陵稼」，書手在寫第三字時把原本要寫做「則」或「為」字，誤寫為「陵」字了，這種「涉上而誤」的情形也不無可能。不過，在尊重文本，改動最小的原則下，暮四郎、陳劍的斷讀也許是比較好的。至於「陵陸」的「陸」，子居說得很好，「陸」並不是高平無水，它只是陸地，陵才是高地，由子居所舉《詩經・衛風・考槃》「考槃在澗，碩人之寬。……考槃在陸，碩人之軸」就可以知道，陸與澗是同一處，詩中的主人翁貧窮而居，不可能一下子在水澗旁，一下子在高平無水處。同樣的，「鴻飛遵渚，公歸無所，於女信處。鴻飛遵陸，公歸不復，於女信宿。」也是一樣的意思，既說「九罭之魚、鱒魴」，此鴻當然是在河邊，其「遵陸」也不會是高平無水之陸。因此，「陵」為山陵是種一般耐旱作物，「陸」是高地有水。「水則為稻」應釋為高地有水之地則種稻。

⑥乃亡（無）又（有）閼（閒）卉（艸）。【三四】雪（越）邦乃大多飤（食）。

　　∟【三六下】〔註1008〕

　　原考釋：

　　　閼卉，閒艸，即雜艸。〔註1009〕

　　子居認為由文意來看，此處所說「乃無有閒卉」當是指沒有閒置的土地，而不是說沒有雜草。因為「人有私畦」，所以曾閒置的能耕作土地都已經被開發利用，故而「乃無有閒卉」。〔註1010〕

　　秋貞案：

　　原考釋所說可從，沒有閒草，就是土地上，長的都是可以食用的植物；子居改釋為「沒有閒置的土地」，意思類似，但是沒有必要。

2. 整句釋義

　　凡是在王身邊的大臣，沒有不耕作的，人人都有自己的私畦。舉全越國的

〔註1008〕承上依據，第 36 簡上半部後應缺 8 個字，之後再接第 18 簡，之後再接第 34 簡，後面再接第 36 簡下半部。

〔註1009〕清華大學出土文獻與保護中心編、李學勤主編：《清華大學藏戰國竹簡（柒）》，上海，中西書局，2017 年 4 月，頁 132，注 16。

〔註1010〕子居：〈清華簡七《越公其事》第五章解析〉，http://www.xianqin.tk/2018/06/05/579，20180605。

百姓，乃至男女都耕作。至於在邊縣或城市，無論大小遠近，也是男女皆耕作。……吳國所歸還給越國的百里之地，在山陵則種植旱地植物，在有水的地方則種水稻，於是舉國土地沒有雜草，越國因此而糧食大量增加。

二、《越公其事》第六章「好信修征」

【釋文】

　　雩（越）邦備（服）蓐（農）多食，王乃好詎（信），乃攸（修）市政（征）。凡群厇（度）之不厇（度）∟，群采勿（物）之不繥（真）、諑（佯）繪（偷）諒（掠）人則颳（刑）也。【三七】凡詽豫而口（價）賈女（焉），則劼（詰）燭（誅）之。凡市賈爭訟，詉（反）訐（背）訢（欺）巳（詒），戠（察）之而諄（孚），則劼（詰）燭（誅）之。因亓（其）貨（過）以為【三八】之罰。凡鄅（邊）鄝（縣）之民及又（有）管（官）帀（師）之人或告于王廷，曰：「初日政（征）勿若某，今政（征）砫（重），弗果。」凡此勿（物）也，【三九】王必親見而聖（聽）之，戠（察）之而訏（信），亓（其）才（在）邑司事及官帀（師）之人則發（廢）也。凡成（城）邑之司事及官帀（師）之【四〇】人，乃亡（無）敢增歷（斂）亓（其）政（征）以為獻於王。凡又（有）訧（獄）訟掌＝（至于）王廷，曰：「昔日與㠯（己）言員（云），今不若亓（其）言。」凡此聿（類）【四一】也，王必親聖（聽）之，旨（稽）之而訏（信），乃母（毋）又（有）貴賤，颳（刑）也。凡雩（越）庶民交隸（接）、言語、貨資、市賈乃亡（無）敢反不（背）訢（欺）巳（詒）。【四二】雩（越）則亡（無）訧（獄），王則閞＝（閒閒），隹（唯）訏（信）是迿（趣），囂于㪅（左）右，嬰（舉）雩（越）乃皆好訏（信）。

【簡文考釋】

　　（一）雩（越）邦備（服）蓐（農）多食①，王乃好詎（信），乃攸（修）市政（征）②。凡群厇（度）之不厇（度）③∟，群采勿（物）之不繥（真）④、諑（佯）繪（偷）諒（掠）人則颳（刑）也⑤。【三七】凡詽豫而口（價）賈女（焉）⑥，則劼（詰）燭（誅）之⑦。凡市賈爭

訟⑧，䛇（反）訐（背）訢（欺）巳（詒）⑨戠（察）之而諤（孚），則劼（詰）𧾷蜀（誅）之⑩。因亓（其）貨（過）以為【三八】之罰⑪。

1. 字詞考釋

①雫（越）邦備（服）𦾔（農）多食

原考釋：

> 備農，讀為「服農」，猶「服田」。《書．盤庚上》：「若農服田力穡，乃亦有秋。」〔註 1011〕

郭洗凡認為整理者觀點可從。「備」與「服」均為上古職部字，韻部相同，可以通假。〔註 1012〕

子居認為「備」當訓皆、盡；「農，耕也。」故「備農」即上一章的「皆耕」，下一章的「備信」也當解為「皆信」。多食，大致相當於傳世文獻所稱「足食」：

> 「備」當訓皆、盡，《儀禮．特牲饋食禮》：「主人備答拜焉。」鄭玄注：「備，盡。」《禮記．檀弓》：「士備入而後朝夕踴。」鄭玄注：「備，猶盡也。」《方言》卷十二：「備，該，鹹也。」《廣韻．至韻》：「備，具也，防也，咸也，皆也。」《說文．晨部》：「農，耕也。」故「備農」即上一章的「皆耕」，下一章的「備信」也當解為皆信。多食，大致相當於傳世文獻所稱「足食」，如《逸周書．大匡》：「財殖足食，克賦為征。」《孫子．九地》：「掠于饒野，三軍足食。」勾踐好信，又見於《國語．吳語》：「夫越王好信以愛民，四方歸之。」〔註 1013〕

秋貞案：

甲骨文的「𦍒」「」（商.鐵．2.4《甲》）為盛矢器，後來假借為備具義。到金文時下面訛為「用」形「」（周晚.毛公㾓鼎）。到春秋戰國演變為「」

〔註 1011〕清華大學出土文獻與保護中心編、李學勤主編：《清華大學藏戰國竹簡（柒）》，上海，中西書局，2017 年 4 月，頁 133，注 1。

〔註 1012〕郭洗凡：《清華簡《越公其事》集釋》，安徽大學碩士學位論文，2018 年 3 月，頁 67。

〔註 1013〕子居：〈清華簡七《越公其事》第六章解析〉，http://www.xianqin.tk/2018/07/06/657，20180706。

（戰.楚.望 1《楚》），〔註1014〕和本簡「備（）」一樣。原考釋說「備農」，讀為「服農」，看來似可從。「備」與「服」有聲音上的關係，這點無疑。但是「備」在釋義上，子居說的更好，當訓皆、盡。《荀子・禮論》：「故雖備家，必踰日然後能殯。」王先謙集解引郝懿行曰：「備，具也，皆也。」〔註1015〕第五章有句夫婦皆耕」，和本章的「越邦備（服）農」一樣的句式，「備農」即是「皆耕」的另一種說法。古人認為士農工商所有人中，只有農人是真正的「生產者」，農人能夠在土地上從無到有「生產」出糧食來，其他人都只是加工者、勞心者，無益於「生產」；其次，越國從越王自己有「私疇」，其下的「左右大臣乃莫不耕，人有私疇」、庶民也是「夫婦皆耕」，可以說有勞動力的人都參與農耕生產，這就是「備農」。「越邦備（服）農多食」，其意為「越國皆農耕，故糧食增多」。

②王乃好訐（信），乃攸（修）市政（征）

原考釋釋讀為「市政」：

市政，市場貿易之政。《周禮・司市》：「凡會同師役，市司帥賈師而從，治其市政。」〔註1016〕

王寧認為「政」當作「征」，「市征」即市場貿易要征收的賦稅：

「政」當作「征」，《管子・問》：「征於關者，勿征於市；征於市者，勿征於關。」《說苑・尊賢》：「趙簡子曰：『吾門左右客千人，朝食不足，暮收市征；暮食不足，朝收市征。』」「市征」即市場貿易要征收的賦稅。〔註1017〕

王進鋒認為在前一章「越邦乃大多食後」，再來就是先談「市政」，即城市地區的治理，再講「邊縣」地區的治理。〔註1018〕

郭洗凡認為整理者的觀點可從，與下文的「羣尼（度）」、「羣采勿（物）」

〔註1014〕參見季師旭昇：《說文新證》，福建人民出版社，2010 年 11 月第一次印刷，頁 259。
〔註1015〕宗福邦、陳世鐃、蕭海波主編：《故訓匯纂》，商務印書館，2007 年 9 月，頁 148。
〔註1016〕清華大學出土文獻與保護中心編、李學勤主編：《清華大學藏戰國竹簡（柒）》，上海，中西書局，2017 年 4 月，頁 133，注 2。
〔註1017〕簡帛論壇：「清華七《越公其事》初讀」，第 116 樓，20170501。
〔註1018〕王進鋒：《周代的縣與越縣——由清華簡〈越公其事〉中的相關內容引發的討論》，香港浸會大學饒宗頤國學院，澳門大學中國語言文學系，清華大學出土文獻研究與保護中心：《〈清華簡〉國際會議論文集》，2017 年 10 月 26 日～28 日。

相聯繫，「市政」指的是越王所管理改革的市場貿易。〔註1019〕

吳德貞認為整理者的解釋可從，市政包括賦稅在內。〔註1020〕

趙晶認為「市」為「市場貿易」，「政」指「行政管理」。簡文「凡群厃之不厃，群采勿之不繢、諫繪諒人則劃也。凡誑豫而囗（價）賈女，則劫燭之。凡市賈爭訟，飯訏訢巳，戠之而諄，則劫燭之。因亓貨以為之罰。」對應「市」；簡文「凡鄔鄂之民及又管帀之人或告于王廷，曰：『初日政勿若某，今政矴，弗果。』凡此勿也，王必親見而聖之，戠之而，亓才邑司事及官帀之人則發也。凡成邑之司事及官帀之人，乃亡敢增歷亓政以為獻於王。」對應「政」；簡文「凡又訣訟爭＝王廷，曰：『昔日與吕言員，今不若亓言。』凡此聿也，王必親聖之，旨之而訐，乃母又貴踐，劃也。」對應「市」與「政」。一般「市」的部分出現問題就由市司的官職斷訟；如涉及被告是施政的官吏，就可以直訴至越王處。〔註1021〕

子居認為「市政」一詞于先秦僅見于《周禮》和《越公其事》此章，且此章下文內容多是需要對照《周禮》才能更好地理解，因此或可推測《越公其事》此章的成文很可能是受到了《周禮》相關內容的影響。〔註1022〕

秋貞案：

簡文「市政」指的是什麼？原考釋認為「市政」指是市場貿易之政；王寧認為是「市征」即市場貿易要征收的賦稅；郭洗凡認為是管理改革的市場貿易；吳德貞認為市政包括賦稅在內；王進鋒認為是城市地區的治理。筆者認為王進鋒的「市政」是城市地區的管理，這是從大方向思考，他認為的「市」是「城市」，如此就不夠具體。而其他大部分的學者認為「市政」和貿易有關，應該是依據後文的敘述，例如「群度」、「群采物」、「市賈爭訟」等內容而判斷，所以「市」範圍應該只在市場而已。王寧更是把「政」當作「征」，解為賦稅，更為直接。《孟子・卷第三下》孟子曰：「市廛而不征，法而不廛，則

〔註1019〕郭洗凡：《清華簡《越公其事》集釋》，安徽大學碩士學位論文，2018年3月，頁67。

〔註1020〕吳德貞：《清華簡《越公其事》集釋》，武漢大學碩士論文，2018年5月，頁61。

〔註1021〕趙晶：〈清華簡柒《越公其事》閱讀札記二則〉，「第一屆出土文獻與中國古代文明青年學者研討會」會議論文，北京：清華大學出土文獻研究與保護中心，2018年6月25～26日），頁10～16。

〔註1022〕子居：〈清華簡七《越公其事》第六章解析〉，http://www.xianqin.tk/2018/07/06/657，20180706。

天下之商皆悅而願藏於其市矣。」〔註1023〕其中「市廛而不征」和市場的稅征有關。本簡「市政」也是「市征」之意。

筆者認為本段落是主要在講「好信」，越王在想要教育人民有所「誠信」，應該最能表現的場域就是在市場貿易上，所以原考釋認為「市政」是指「市場貿易之政」的觀點可從。另外後文有「初日政勿若某，今政硟（重）」、「乃亡敢增歷（益）元（其）政以為獻於王」，這兩句的「政」都是和「征」有關，故王寧提出「市場貿易要征收的賦稅」更為具體明確。尤其下文說「初日政（征）勿若某，今政（征）硟（重）」，更證明了本章「政」主要就是「征」，「征稅」。

本簡「攸」字，原考釋釋為「修」，和第四簡的「攸（修）柰（祟）叵」、「好攸（修）于民厽（三）工之堵」的「修」字解釋比較接近。《易‧井‧象傳》：「修井也。」李鼎祚集解引虞翻曰：「修，治也。」〔註1024〕這裡的「王乃好信，乃攸市政」指的是「越王於是愛好誠信，開始治理市場上的貿易之政。」

③凡群厇（度）之不厇（度）∟

原考釋：

> 羣度，各種制度。不度，不合法度，不遵禮度。《左傳》隱公元年「今京不度」，杜預注：「不合法度。」〔註1025〕

易泉認為第一個「厇」疑讀作「宅」，第二個「厇」從整理者讀作「度」，「群宅之不度」指群宅不合法度：

> 「厇」字二見，第一個「厇」疑讀作「宅」。第二個從「厇」整理者讀作「度」。「群宅之不度」指群宅不合法度。《管子‧立政》：「度爵而制服，量祿而用財，飲食有量，衣服有制，宮室有度，六畜人徒有數，舟車陳器有禁，修生則有軒冕服位谷祿田宅之分，死則有棺椁絞衾壙壟之度。」提及「生則有軒冕服位谷祿田宅之分」，其中「宅」之「分」，與量、度、數、禁、度對應，皆就當時的各種制度而言。越王勾踐修市政的時候所提及的「群宅」，應指商賈之宅。文

〔註1023〕（清）焦循撰、沈文倬點校：《孟子正義》，中華書局，1987年10月，頁227。
〔註1024〕宗福邦、陳世鐃、蕭海波主編：《故訓匯纂》，商務印書館，2007年9月，頁120。
〔註1025〕清華大學出土文獻與保護中心編、李學勤主編：《清華大學藏戰國竹簡（柒）》，上海，中西書局，2017年4月，頁133，注3。

獻中有提及賈經商營業固定處所「肆宅」。《尉繚子・將理》：「是農無不離田業，賈無不離肆宅，士大夫無不離官府。」《尉繚子・武議》：「兵之所加者，農不離其田業，賈不離其肆宅，士大夫不離其官府，由其武議在于一人，故兵不血刃，而天下親焉。」〔註1026〕

吳德貞認為易泉所說可從：

「易泉」認為第一個「厇」字讀為宅，可從。《上博二・容成氏》簡18有「宅不工（空），關市無賦」，宅字簡文亦作「厇」。〔註1027〕

子居認為此處的「厇」不是法度、禮度，而是指量度：

此處的度當是指量度，而非法度、禮度。《禮記・王制》：「有圭璧金璋，不粥於市；命服命車，不粥於市；宗廟之器，不粥於市；犧牲不粥於市；戎器不粥於市。用器不中度，不粥於市。兵車不中度，不粥於市。布帛精粗不中數，幅廣狹不中量，不粥於市。奸色亂正色，不粥於市。錦文珠玉成器，不粥於市。衣服飲食，不粥於市。五穀不時，果實未熟，不粥於市。木不中伐，不粥於市。禽獸魚鱉不中殺，不粥於市。」所說「不中度」、「不中數」、「不中量」等即對應《越公其事》此處的「不度」。〔註1028〕

秋貞案：

「厇」字作「宅」或「度」都有據。「宅」上古音在澄母鐸部，「度」上古音在定母魚部，聲韻可通。「厇」字在這裡應該是原考釋認為的「群度」？還是易泉、吳德貞認為的「群宅」呢？「宅」如果指的是商賈之宅，在文獻中若提及賈經商營業固定處所又稱「肆宅」。在先秦的文獻中只有兩處提及「肆宅」。〔註1029〕古代典籍會以「肆宅」或「市肆」作為商賈之場，例如：《楚辭》「聯蕙芷以為佩兮，過鮑肆而失香。」《莊子》：「吾得鬥升之水然活耳，君乃言

〔註1026〕簡帛論壇：「清華七《越公其事》初讀」，第220樓，20180126。

〔註1027〕吳德貞：《清華簡《越公其事》集釋》，武漢大學碩士論文，2018年5月，頁62。

〔註1028〕子居：〈清華簡七《越公其事》第六章解析〉，http://www.xianqin.tk/2018/07/06/657，20180706。

〔註1029〕兩處提及「肆宅」，一為《尉繚子・武議》：「兵之所加者，農不離其田業，賈不離其肆宅，士大夫不離其官府，由其武議在于一人，故兵不血刃，而天下親焉。」另一為《尉繚子・將理》：「是農無不離田業，賈無不離肆宅，士大夫無不離官府。」

此，曾不如早索我於枯魚之肆！」反觀以「宅」字獨作商賈之場的例子，反而不多。《韓詩外傳》：「周公趨而進曰：『不然。使各度其宅，而佃其田，無獲舊新。百姓有過，在予一人。』武王曰：『於戲！天下已定矣。』」但是，通觀本章要談的是市場的買賣稅收，與「宅」實在沒有任何關係，因此讀為「度」似乎是較為合理，楚簡「厇（厇）」字讀為「度」的很多，《上博三‧彭》1「失厇」、《上博五‧三》7「喜樂無堇（限）厇」等例證甚多，不備舉。「群度之不度」的第一個「度」指「制度、法度」，名詞；第二個「度」是「合制度或法度」，動詞。

④群采勿（物）之不纘（真）

原考釋釋「纘」讀為「對」：

> 采物，旌旗、衣物等標明身分等級的禮制之物。《左傳》文公六年「分之采物，著之話言」，孔穎達疏：「采物，謂采章物色、旌旗衣服，尊卑不同，名位高下，各有品制。」纘，疑從紐聲，讀為「對」，皆舌音物部。不對，不匹配，意思是有悖於常典。第五十五簡相同的意思表達為「羣物品采之愆於故常」。〔註1030〕

石小力認為「纘」字讀為「縝」：

> 「纘」字原作 ，整理者以為從紐，讀為「對」。今按，疑當釋「縝」，《上博三‧周易》簡25對應今本「顛」之字作 ，從辵，真聲，所從真旁上部也演變為「出」形，與此類似，下部鼎形則省作貝形，古文字當中鼎旁和貝旁作為偏旁常見混用，故 可釋作「縝」。縝，精緻，細密。《禮記‧聘義》：「縝密以栗，知也。」鄭玄注：「縝，緻也。」〔註1031〕

王寧認為「采物」本義是指用色彩紋飾區別貴賤等級的物品，這裡「群采物」蓋指各種不同價位的貨物商品；簡文「纘」當即「續」字「群采物之不續」，就是諸商品貨源斷絕供應不上的意思：

〔註1030〕清華大學出土文獻與保護中心編、李學勤主編：《清華大學藏戰國竹簡（柒）》，上海，中西書局，2017年4月，頁134，注4。

〔註1031〕石小力：〈清華七整理報告補正〉，http://www.tsinghua.edu.cn/publish/cetrp/6831/2017/20170423065227407873210/20170423065227407873210_.html，20170423。

按《康熙字典·補遺·酉集·貝部》收「贖」字，引《奚韻》：「普怪切，音派。出也。」由聲求之，實「賣」之簡省寫法，小篆「賣」從出、网、貝，此字形蓋省去「网」。簡文從糸當即「續」字。「群采物之不續」，就是諸商品貨源斷絕供應不上的意思。〔註1032〕

蕭旭認為「續」字從「出」得聲，讀為入。不入，猶言不符合標準：

> 「贖」字最早出於《字彙補》，音派，當是會意字，不是「賣」字。「邪揄」、「揶揄」《說文》作「歟瘉」，舉手相弄的輕笑貌，音轉亦作「冶由」、「冶夷」，與「諑繪」當無關係。「續」從出得聲，讀為入。《廣雅》：「入，得也。」《淮南子·主術篇》高誘注：「入，中。」不入，猶言不符合標準。〔註1033〕

易泉認為頗疑「繢」讀作「慎」。「不繢」，大致對應怨於故常。《國語·楚語》「慎其采服」，可以參看：

> 「繢」從石小力釋。石小力已指出簡文「群采勿（物）之不繢」，與同篇55號簡「群物品采之怨于故常」表述相近。那麼「不繢」，大致對應怨於故常，「繢」如訓作精緻，細密，似不能完全貼合。頗疑「繢」讀作「慎」。《國語·楚語》：「百姓夫婦擇其令辰，奉其犧牲，敬其粢盛，絜其糞除，慎其采服，禋其酒醴」，其中有「慎其采服」，可以參看。〔註1034〕

郭洗凡認為「采物」，原考釋的觀點可從，指的是用不同顏色和裝飾的衣服等物品來區分等級。簡文「續」，王寧的觀點可從。小篆「賣」從「出」、「网」、「貝」，此字形蓋省去「网」即「續」字，指的是供應來源跟上的意思。〔註1035〕

吳德貞認為石小力釋為「繢」字可從，楚文字中有將鼎形省為「貝」的案例：

〔註1032〕簡帛論壇：「清華七《越公其事》初讀」，第116樓，20170501。
〔註1033〕蕭旭：〈清華簡（七）校補（二）〉，http://www.gwz.fudan.edu.cn/Web/Show/3061，20170605。
〔註1034〕簡帛論壇：「清華七《越公其事》初讀」，第220樓，20180126。
〔註1035〕郭洗凡：《清華簡《越公其事》集釋》，安徽大學碩士學位論文，2018年3月，頁68〜69。

石小力釋為「繽」字可從。《清華陸‧鄭文公問太伯》甲篇簡 6「勛」字簡文作 ![圖], 乙篇簡 5「勛」字簡文作 ![圖], 甲篇「勛」字也是將鼎形省為「貝」。〔註1036〕

　　子居認為「繢」從「貴」和「貴」的異體字「貴」類似訛誤，故繢字似當讀為「繢」。「不軌」、「不度」、「不物」即「不繢」之意，「不繢」當即指不成文，也即所繪不合常制：

繢字疑當分析為從糸從貴，「貴」字異體或書為「貴」（《六朝別字記新編》第 57 頁，北京：書目文獻出版社，1995 年 3 月），所從之「止」似即「出」之訛，故繢字似當讀為繢，「繢」字先秦時多用為繪，《考工記》：「畫繢之事雜五色。東方謂之青，南方謂之赤，西方謂之白，北方謂之黑，天謂之玄，地謂之黃。青與白相次也，赤與黑相次也，玄與黃相次也。青與赤謂之文，赤與白謂之章，白與黑謂之黼，黑與青謂之黻，五采備謂之繡。土以黃，其象方，天時變，火以圜，山以章，水以龍，鳥獸蛇。雜四時五色之位以章之，謂之巧。凡畫繢之事，後素功。」《周禮‧春官‧司几筵》：「諸侯祭祀席，蒲筵繢純。」鄭玄注：「繢，畫文也。」《禮記‧曲禮》：「飾羔雁者以繢。」鄭玄注：「繢，畫也。」《禮記‧玉藻》：「緇布冠繢緌。」鄭玄注：「繢，或作繪。」《禮記‧深衣》：「具父母、大父母，衣純以繢。」鄭玄注：「繢，畫文也。」《禮記‧禮運》：「五色六章十二衣，還相為質也。」鄭玄注：「五色六章，畫繢事也。」孔穎達疏：「初畫曰畫，成文曰繢。」故「不繢」當即指不成文，也即所繪不合常制，《禮記‧樂記》：「五色成文而不亂，八風從律而不奸，百度得數而有常。」以「成文而不亂」、「從律而不奸」與「得數而有常」並言，可見合于常方為成文。《左傳‧隱公五年》：「凡物不足以講大事，其材不足以備器用，則君不舉焉。君將納民於軌物者也。故講事以度軌量謂之軌，取材以章物采謂之物，不軌不物謂之亂政。亂政亟行，所以敗也。」所言「不軌」即此處的「不度」，「不物」即此處的「不繢」，《周禮‧地官司徒‧司稽》：「司稽：掌巡市而察其犯禁者與其不物者而搏之，

〔註1036〕吳德貞：《清華簡《越公其事》集釋》，武漢大學碩士論文，2018 年 5 月，頁 63。

掌執市之盜賊以徇，且刑之。」鄭玄注：「不物，衣服視占不與眾同

及所操物不如品式。」賈公彥疏：「案《大司徒》，民當同衣服，今

有人衣服不與眾同，又視占亦不與眾人同，及所操物不如品式，此

皆違禁之物，故搏之也。」〔註1037〕

秋貞案：

子居提出《周禮・地官司徒・司稽》：「司稽：掌巡市而察其犯禁者與其

不物者而搏之，掌執市之盜賊以徇，且刑之。」這一段話和簡文「凡群氐（度）

之不氐（度），群采勿（物）之不繢（真），諒（佯）繪（偷）諒（掠）人則

剄（刑）也」有相似之處，指的是市場上販售<u>不如品式</u>。鄭玄為「不物」作

了注解：「衣服視占不與眾同及所操物不如品式」賈公彥作疏曰：「案《大司

徒》，民當同衣服，今有人衣服不與眾同，又視占亦不與眾人同，及所操物

不如品式，此皆違禁之物，故搏之也。」兩者都提到「不如品式」的「違禁

之物」，所以「凡群度宅之不度，群采物之不繢」指的應該是「不如品式的

違禁之物」。

至於「繢」字楚簡未識。先整理各家說法如下：

各家說法	釋　讀	釋　意
原考釋	疑從紬聲，讀為「對」	不對，不匹配，意思是有悖於常典
石小力	疑當釋「縝」	精緻，細密
王寧	當即「續」字	不續：供應不上
蕭旭	認為「繢」字從「出」得聲，讀為「入」	不入，猶言不符合標準
易泉	認為從石小力釋「縝」，頗疑「縝」讀作「慎」	《國語・楚語》「慎其采服」，可以參看
郭洗凡	從王寧的觀點即「續」字	不續：供應不上
吳德貞	認為石小力釋為「縝」字可從，楚文字中有將鼎形省為「貝」	
子居	認為「繢」從「賞」和「貴」的異體字「貣」類似訛誤，故繢字似當讀為「續」	即指不成文，也即所繪不合常制

綜合以上學者對「繢」字的看法可以分為四類：一是認為從「出」得聲，

〔註1037〕子居：〈清華簡七《越公其事》第六章解析〉，http://www.xianqin.tk/2018/07/06/657，20180706。

讀為「對」、「入」；二是認為從「真」得聲的，讀為「繽」、「慎」；三是釋為「賣」的簡省；四是釋為「貴」的異體。

後兩說字形差太多，可以不論。第一說以為右旁作「貴」，從貝、出聲，其實「貴」字晚出，首見明《四聲篇海》。石小力以為從「真」，其實是對的，但對字形的說明太簡略。季師《說文新證》所列「真」字字表如下：

1 周早.伯真甗	2 周早.真盤	3 周早.中方鼎	4 春戰.石鼓	5 戰.晉.古幣 142
6 戰.晉.四年邨令戈	7 戰.楚.清伍.厚 6	8 戰.楚.清叄.良 3（昌）	9 戰.楚.安 42（昌）	10 戰.楚.清柒.越 37（繽）
11 戰.楚.上三.易 24（遄）	12 戰.楚.上三.易 25（遄）	13 戰.楚.清伍.筶 18	14 戰.楚.曾 140	15 戰.楚.天策《楚》

釋形云：從貝𠤎（祧）聲，唐蘭云：「當是從貝，匕聲，『匕』非『變匕（化）』之『匕（化）』，實『祧』字古文之『𠤎』也。『真』在真部，『祧』在諄部，真諄音相近。」又云：「『真』本從『貝』而其後從『目』者，此文字變遷之通例。……由𠤎而𦣻、而𧴦，增而繁也。由𧴦而眞，變而省也。眞又變而為真，乃作篆者取姿媚而屈曲其畫耳。後人不知真字從匕從貝，後又增丌。」（《釋真》）舊釋甲骨文𧴦（前 6.34.6）、金文𧴦（段簋）為「眞」字從鼎，其實此形應為「鼏」之省體，陳劍釋為「肆」。〔註 1038〕據此，「真」字本從「貝」不從「鼎」。〔註 1039〕《越公其事》此字右旁下從見，上部類似「出」，正是保留古體的「真」字，因此原考釋所隸「繽」字應從石小力隸為「繽」。至於其釋讀，石小力釋為「繽密」。「采勿」當即「綵物」，又見《上博三・亙先》簡 4-5「業

〔註1038〕陳劍《甲骨金文舊釋「鼏」之字及相關諸字新釋》，《出土文獻與古文字研究》第二輯，2008。

〔註1039〕以上可參季師《說文新證》（臺北・藝文印書館，2014 年版）卷八上「真」字條下，頁 643。

業天地，紛紛而多采（綵）勿（物）」，董珊以為即「萬物」〔註1040〕，可從。季師以為綵物指萬物，不可能都要求「縝密」，因此似可讀為「真」；「群采勿之不縝」即「群綵物之不真」，萬物若有虛假不實、偷工減料之類，則施之以刑。

⑤諹（佯）綸（偷）諒（掠）人則剄（刑）也

原考釋釋「綸」為「媮」、釋「諒」為誠實：

> 諹，疑讀為「佯」，欺詐。《淮南子・兵略》：「此善為詐佯者也。」綸，字見《說文》：「綸𦂂，布也。」讀為「媮」，鄙薄。《左傳》襄公三十年「晉未可媮也……其朝多君子，其庸可媮乎」，杜預注：「媮，薄也。」諒人，誠實之人。後代有「諒士」，結構相同。剄，當為「剄」之異體。《說文》：「剄，刑也。」《左傳》定公四年「句卑布裳，剄而裹之」，杜預注：「司馬已死，剄取其首。」簡文中讀為「刑」。簡文的大意是：如果欺侮誠信之人，則予以刑處。〔註1041〕

暮四郎認為「諹」似當讀為「傷」；「綸」似當讀為「誅」。「傷」、「誅」連言。「諒人」似當讀為「良人」：

> 「諹」似當讀為「傷」。古「象」聲、「易」聲的字常常相通用。「綸」（侯部舌音聲母）似當讀為「誅」（侯部端母）。《莊子・達生》「紫衣而朱冠」，《釋文》朱冠「司馬本作俞冠」。「傷」、「誅」連言可參看《漢書・楚元王傳》「筦執樞機，朋黨比周，稱譽者登進，忤恨者誅傷」。

> 作名詞的「諒人」不見於先秦兩漢典籍。這裏的「諒人」似當讀為「良人」。古「諒」、「良」常相通用。其下似當斷開。〔註1042〕

王寧認為「諹」字疑是「詳」之或體。「佯綸」疑即後世所謂「邪揄」、「揶揄」，戲弄、侮辱、為難之意。揶揄量人就是擾亂市場上的度量衡，所以要殺。諒人疑是官名，「量人」，是負責丈量和營造的官：

〔註1040〕董珊〈楚簡恆先初探〉，「簡帛研究網站」，2004.5.12。

〔註1041〕清華大學出土文獻與保護中心編、李學勤主編：《清華大學藏戰國竹簡（柒）》，上海，中西書局，2017年4月，頁134，注5。

〔註1042〕簡帛論壇：「清華七《越公其事》初讀」，第107樓，20170430。

「諫」整理者括讀「佯」，此字疑是「詳」之或體，「佯」、「詳」古字通（《古字通假會典》，271～272 頁）。「繪」整理者括讀「媮」。「佯繪」疑即後世所謂「邪揄」、「揶揄」，戲弄、侮辱之意，在簡文裡應該是戲弄、為難的意思。「諒人」整理者解為誠信之人，可通。不過在市場的諒人疑是官名，即《周禮・夏官司馬》的「量人」，是負責丈量和營造的官，鄭玄注：「量猶度也，謂丈尺度地也。」簡文裡的「量人」可能是在市場上主管度量衡的官員，揶揄量人就是擾亂市場上的度量衡，所以要殺。〔註1043〕

蕭旭認為「邪揄」、「揶揄」和「諫繪」當無關係。他認為「諫」是「溙」異體字，讀為憓、惕。惕，放逸、恣縱義；繪，讀為愉；諒，讀為涼、倞（就），整句翻譯是采物不符合標準，恣縱、涼薄於人者都要受刑罰：

「邪揄」、「揶揄」《說文》作「歟瘉」，舉手相弄的輕笑貌，音轉亦作「冶由」、「冶夷」，與「諫繪」當無關係。「諫」是「溙」異體字，讀為憓、惕。《說文》：「憓，放也。」又「惕，放也。」二字音義全同。《方言》卷 10：「嬥、惕，遊也，江沅之間謂戲為嬥，或謂之惕。」《廣雅》：「惕，戲也。」字亦作婸，《方言》卷 6：「佚、婸，淫也。」《玉篇》：「婸，戲婸也。」《廣韻》：「婸，淫戲皃。」字亦作蕩，《廣雅》：「蕩、逸、放、恣，置也。」《慧苑音義》卷 1：「心馳蕩：蕩字正作惕，經本作蕩者，時共通用，古體又作婸、憓。」「蕩」即放逸、恣縱義。繪，讀為愉，託侯切。《說文》：「愉，薄也。」「媮」亦借字，字亦作偷。諒，讀為涼、倞（就）。《說文》：「涼，薄也。」又「倞，事有不善言倞也。《爾雅》：『倞，薄也。』」《廣韻》引《字統》：「事有不善曰就薄。」簡文是說采物不符合標準，恣縱、涼薄於人者都要受刑罰。〔註1044〕

羅小虎認為「諫」似可讀為「豫」，豫，有欺詐、欺誑之義。古有「市不豫價」之說：

諫，似可讀為「豫」，古有「市不豫價」之說。豫，有欺詐、欺誑之

〔註1043〕簡帛論壇：「清華七《越公其事》初讀」，第 116 樓，20170501。

〔註1044〕蕭旭：〈清華簡（七）校補（二）〉，http://www.gwz.fudan.edu.cn/Web/Show/3061，20170605。

義。《周禮·司市》注云:「防誑豫。」《晏子春秋·內篇問上十一》:「於是令完好不御,公市不豫。」《荀子·儒效》:「魯之粥牛馬者不豫賈,必蚤正以待之也。」《鹽鐵論·力耕》:「古者商通物而不豫,工致牢而不偽。」〔註 1045〕

易泉認為「謧」訓作「詐」;「緰」讀作「輸」,訓作取;諒,讀作「掠」,奪取。「謧(佯)緰(輸)諒(掠)人」即詐取、盜取、掠取人。「剄」是斬首之刑:

「謧」從整理者讀作佯,訓作「詐」。「緰」讀作「輸」,訓作取。諒,讀作「掠」,奪取。《左傳》昭公二十年:「輸掠其聚」杜預注:「掠,奪取也。」楊伯峻注引章炳麟云:「輸讀為愉。《詩·山有樞》『他人是愉』,《箋》云:『愉,取也。』輸亦掠也。說詳《左傳讀》。」按之鄭玄《箋》:「愉,讀作偷,偷,取也。」可見本簡「謧(佯)緰(輸)諒(掠)人」之「緰」,「他人是愉」之「愉」、「輸掠其聚」之「輸」。「緰」與「他人是愉」之「愉」、「輸掠其聚」之「輸」讀作「偷」而有「取」之義。不過先秦文獻還沒看到「偷掠」的說法。這裏比照《左傳》昭公二十年「輸掠其聚」的用例,把「緰」讀作輸,訓作取。佯、輸、掠三者並言而各有側重,佯為詐取,輸為偷取,掠即為奪取。「謧(佯)緰(輸)諒(掠)人」即詐取、盜取、掠取人。

從首從到之字二見,應是斬首之刑。整理者所指向的異體字「到」可指斬首之刑,似不煩破讀。〔註 1046〕

郭洗凡認為王寧的觀點可從,「佯」上古陽部字,「詳」也是上古陽部字,「佯緰」就是「揶揄」的意思。簡文中「揶揄量人」就是擾亂市場上的度量衡,所以要懲罰。〔註 1047〕

吳德貞認為「易泉」先生將「諒」讀為「掠」;「剄」,取其首,可從:

「易泉」先生將「諒」讀為「掠」可從。《睡虎地秦簡·封診式》

〔註 1045〕簡帛論壇:「清華七《越公其事》初讀」,第 209 樓,20170825。
〔註 1046〕簡帛論壇:「清華七《越公其事》初讀」,第 220 樓,20180126。
〔註 1047〕郭洗凡:《清華簡《越公其事》集釋》,安徽大學碩士學位論文,2018 年 3 月,頁 69。

簡 4 有「其律當笞掠者」，「掠」原文即寫作「諒」。（參見：陳偉
主編：《秦簡牘合集（壹）·睡虎地秦墓簡牘》，武漢大學出版社 2014
年，第 284 頁）

「剄」，「易泉」之說可從。《左傳》定公四年：「剄而裹之。」杜預
注：「剄，取其首。」〔註1048〕

子居認為「緰」可讀為「偷」訓為取：

筆者認為，「緰」可讀為「偷」訓為取，《詩經·唐風·山有樞》：「宛
其死矣，他人是愉。」鄭箋：「愉讀曰偷。偷，取也。」《申鑒·政
體》：「太上不空市，其次不偷竊，其次不掠奪。上以功惠綏民，下
以財力奉上，是以上下相與。空市則民不與，民不與則為巧詐而取
之，謂之偷竊。偷竊則民備之，備之而不得，則暴迫而取之，謂之
掠奪。民必交爭，則禍亂矣。」故「諫緰諒人」者可對應前文《周
禮·地官司徒·司稽》所說「市之盜賊」，「凡群度之不度，群采物
之不績，徉偷諒人則刑也。」一段即《周禮》司稽所司。〔註1049〕

秋貞案：

「諫緰諒人」這四個字所以會有這麼多不同的解釋，主要是大多數學者
把這四個字獨立解釋，其實這四個字應該要和上句連讀，全句作「群采（綵）
勿（物）之不績（真），諫（徉）緰（偷）諒（掠）人」。因為這一章講的是
「市政（征）」，因此全章都要扣緊這個主題來解釋。筆者認為「諫」可以從
原考釋的解釋，疑讀為「徉」，欺詐之意。「諫」字上古音邪母陽部，「徉」字
以母陽部，聲韻可通。當然，羅小虎認為「諫」可讀為「豫」，豫，有欺詐、
欺誆之義，「諫」、「豫」同從「象」聲，通讀似乎更直接。「緰」可從蕭旭讀
為「愉、偷」，讀為「薄」；「諒」可讀為「掠」，易泉舉《左傳》昭公二十年：
「輸掠其聚」杜預注：「掠，奪取也。」很有道理，後來吳德貞補充《睡虎地
秦簡·封診式》簡 4「其律當笞掠者」，「掠」即寫作「諒」〔註1050〕，就是很
好的證明，其說可從，但是易泉把「緰諒」和「輸掠」對比，認為「緰」讀

〔註1048〕吳德貞：《清華簡《越公其事》集釋》，武漢大學碩士論文，2018 年 5 月，頁 63。
〔註1049〕子居：〈清華簡七《越公其事》第六章解析〉，http://www.xianqin.tk/2018/07/06/657，
　　　　　20180706。
〔註1050〕參見張守中撰：《睡虎地秦簡文字編》，文物出版社，1994 年 2 月第一次印刷，頁 30。

作輸，訓作取，其實不必迂迴讀為「輸」，再讀為「偷」。其後子居認為「緰」可讀為「偷」，訓為取，又舉例《詩經・唐風・山有樞》：「宛其死矣，他人是愉。」鄭玄箋：「愉讀曰偷。偷，取也。」則可從。筆者認為「緰」字上古音在定母侯部，「偷」字上古音在透母侯部，聲韻皆同，可以直接把「緰」字讀為「偷」即可。陳新雄《古音研究》第三章古聲研究第 575 頁舉了很多從「俞」的字證明上古音定母喻母相通之理。如古讀渝（羊朱切）如頭、古讀逾（羊朱切）如頭、古讀愉（羊朱、以主二切）如偷，實如婾（託侯、羊朱二切）、古讀渝（羊朱切）如偷、古渝墮雙聲、古讀揄如舀。〔註 1051〕「劅」（ ）從「首」從「到」聲，易泉釋為斬首也是有道理的。筆者認為「諛緰諒人則劅也」的意思是「（綵物不真、）欺騙、偷薄，以此掠奪他人利益的人，就處以到刑」。

⑥【三七】 凡誑豫 而囗（債）賈女（焉）

原考釋釋簡首第三字為「㬇」：

> 簡首缺兩字。第三字殘存「兔」旁，疑為「㬇」。「而」下殘字右旁從賣，當為「債」字之殘。包山一二〇號簡：「竊馬於下蔡而債之於陽城。」《說文》：「債，賣也。」〔註 1052〕

Zzusd 認為簡 38 首字殘缺，僅餘右半，可能是「豫」字，簡文「豫而債賈之」，即「公市豫賈」、「魯之鬻牛馬者不豫賈」之「豫」，誑詐也。〔註 1053〕

王博凱認為第 38 簡所殘的第一字「」當為「豫」字之殘，第二字為「而」字，第三字整理者疑為「債」字之殘，應該可信。據上下文語境及古文獻中的有關辭例，指市場交易的不誠信行為，與此章開首所說「王乃好（信），乃攸（修）市政」的主題相合：

> 古文獻常見「豫賈」一詞，如《荀子・儒效》「魯之鬻牛馬者不豫賈」、《史記・循吏列傳》「市不豫賈」、《淮南子・覽冥訓》「市不豫賈」、《說苑・反質》「徒師沼治魏而市無豫賈」等，「豫」字舊注或

〔註 1051〕陳新雄：《古音研究》，五南圖書出版社，2000 年 11 月印刷二版，頁 575～576。
〔註 1052〕清華大學出土文獻與保護中心編、李學勤主編：《清華大學藏戰國竹簡（柒）》，上海，中西書局，2017 年 4 月，頁 134，注 6。
〔註 1053〕簡帛論壇：「清華七《越公其事》初讀」，第 71 樓，20170428。

誤解。《儒效》「豫賈」楊注：「定為高價也。」王引之謂：「『豫』
猶『誑』也。《周官·司市》注曰『使定物價防誑豫』，是也。《晏
子·問篇》曰『公市不豫，宮室不飾』，《鹽鐵論·力耕篇》曰『古
者商通物而不豫，工致勞而不偏』，『不豫』謂『不誑』也。又《禁
耕篇》曰『教之以禮則工商不相豫』，謂不相誑也。」（（清）王念
孫撰，徐煒君等校點：《讀書雜志》四，上海古籍出版社，2014 年
7 月，第 1711～1712 頁；又，《讀書雜志》三，第 1373 頁；又，（清）
王引之撰，虞思徵等點校：《經義述聞》二，上海古籍出版社，2016
年 11 月，第 485～486 頁；又可參看（清）孫詒讓撰，雪克、陳野
校點：《札迻》卷十二，齊魯書社，1989 年 7 月，第 381～382 頁）
可知 ▨ 雖左半殘去，且首兩字不存，但由上下文內容及上引古書
辭例，則將簡文「▨ 而□（賈）女（焉）」之 ▨ 釋讀為「豫」應
無可疑。〔註1054〕

郭洗凡認為原考釋觀點可從。「賈」，《段注》：「貝部賣下曰：『衙也。』衙
者，行且賣也。賣即《周禮》之『賈』字。」〔註1055〕

吳德貞認為簡首所缺兩字的第一個字可補為「凡」：

簡首所缺兩字的第一個字可補為「凡」，「【凡】□□而【賈】賈焉，
則劼之。」與下文「凡市賈爭訟……則劼之」句式相當。〔註1056〕

何家歡認為包山簡「豫」作 ▨ 及清華簡（六）《鄭文公問太伯甲》有字
「悗」，作 ▨ 都有本簡所殘之字有相同處：

簡 37 有一字 ▨，整理者隸定為諜，包山簡「豫」作 ▨，二字右
邊上部與簡文此字右上部書寫風格一致。清華簡（六）《鄭文公問太
伯甲》有字悗，作 ▨，讀為「逸」，訓「失」。其右所从亦與此字

〔註1054〕此條主要內容曾以「zzusdy」網名首發於簡帛網簡帛論壇簡帛研讀版塊「清華七
　　　　《越公其事》初讀」主題網帖下第 71 樓，http://www.bsm.org.cn/bbs/read.php?tid
　　　　=3456&page=8，2017 年 4 月 28 日。
〔註1055〕郭洗凡：《清華簡《越公其事》集釋》，安徽大學碩士學位論文，2018 年 3 月，頁70。
〔註1056〕吳德貞：《清華簡《越公其事》集釋》，武漢大學碩士論文，2018 年 5 月，頁64。

同。〔註1057〕

　　子居認為據上下文類似句式，第一個字當是「凡」，第二個字可以考慮補為「誙」或「詐」等字；王博凱判斷簡38首字殘缺可能是「豫」字，是對的。另外再引證古代典籍佐證「豫」，為誙詐也：

> 整理者所說「簡首缺兩字」，據上下文類似句式，第一個字當是「凡」，第二個字可以考慮補為「誙」或「詐」等字。網友zzusdy在《清華七〈越公其事〉初讀》帖71樓言：「簡38首字殘缺，僅餘右半，可能是『豫』字，簡文『豫而價賈之』，即『公市豫賈』、『魯之鬻牛馬者不豫賈』之『豫』，誙詐也。」比對原簡照片，網友zzusdy所說當是，清代王引之《經義述聞・周官上》「誙豫」條：「市之群吏，平肆展成莫賈。鄭注曰：『莫，讀為定。整敕會者，使定物賈，防誙豫也。』疏曰：『恐有豫為誙欺，故雲防誙豫。』引之謹案：賈未解豫字之義，故云『豫為誙欺。』如賈說則當言豫誙，不當言誙豫也。今案：豫，亦誙也。《晏子・問》篇曰：『公市不豫，宮室不飾。』《鹽鐵論・力耕》篇曰：『古者，商通物而不豫，工致牢而不偽。』不豫，謂不誙也。又《禁耕》篇曰：『教之以禮，則工商不相豫。』謂不相誙也。連言之，則曰誙豫矣。《荀子・儒效》篇：『仲尼將為司寇，魯之鬻牛馬者不豫賈。』亦謂市賈皆實，不相誙豫也（楊驚注：『豫賈，豫定為高價也。』誤與賈疏同。豫或作儲。《家語・相魯》篇：『孔子為政三月，則鬻牛馬者不儲賈。』儲與奢古聲相近。《說文》曰：『奢，張也。』《爾雅》曰：『侜、張，誙也。』亦古訓之相因者。《淮南・覽冥》篇：『黃帝治天下，市不豫賈。』《史記・循吏傳》：『子產為相，市不豫賈』（《索隱》曰：『謂臨時評其貴賤，不豫定賈。』誤亦與賈疏同）。《說苑・反質》篇：『徒師沼治魏而市無豫賈。』義並與《荀子》同。說者皆讀豫為凡事豫則立之豫，望文生義，失其傳久矣。」可參看。〔註1058〕

〔註1057〕何家歡：《清華簡（柒）《越公其事》集釋》，河北大學碩士論文，2018年6月，頁47。

〔註1058〕子居：〈清華簡七《越公其事》第六章解析〉，http://www.xianqin.tk/2018/07/06/657，20180706。

秋貞案：

先看第三個字「」，此字只剩右半邊。原考釋認為殘存的是「兔」旁，疑為「脆」，但沒有解釋字義，郭洗凡從之。王博凱認為是「豫」，詿詐之義，子居從之。季師旭昇在《說文新證》「兔」字條說明「兔」和「象」的大同與小異：

> 戰國文字「兔」和「象」字甚至有幾乎全同者，差別在「兔」字臀部有蹶起的短尾，「象」字則無。楚文字兩者均下從肉，但象頭本筆往右下垂，兔頭則無。〔註1059〕

在第 37 簡有「諫（）」字，其右邊的「象」形作「」比對第 38 簡的第三個殘字「」（原考釋認為是「兔」）筆畫真的有些不同。原考釋可能因此而認為「」是「兔」旁。但是季師旭昇在《說文新證》「豫」字條的字形例如：（戰.楚.包 11）、（戰.楚.包 72）〔註1060〕，其右旁「象」形和第三個殘字「」無別；再《清華六·鄭文公問太伯甲》簡 3 的「豫」字作，《清華七·晉文公》簡 6 的「豫」字作「」，其字形的右旁「象」字形和簡 38 的第三個殘字「」也是一模一樣的。《清華六》也有很多的「脆」字形的左旁和第三個殘字「」一樣，如（子儀 3）、（子產 15）。所以「」殘字可能是「兔」旁或「象」旁。戰國文字「兔」和「象」字甚至有幾乎全同者的情況下，筆者認為從「象」方向思考，此字釋為「豫」，有詐欺的意思和文意脈絡相承，故王博凱的判斷應是非常有可能的。此字釋為「豫」，清代王引之《經義述聞·周官上》「詿豫」條，可從，所以第二字也可以補上「詿」字。第四字為「而」字無疑。第五字只剩右旁的「賈」旁，字形上可從原考釋的說法為「價」（嚴格依形隸定應作儥，即《說文》「儥」，俗作「價」）。「價」字，《周禮·地官·胥師》「察其詐偽飾行價慝者」鄭玄注引鄭司農云：「價，賣也。」《周禮·地官·司市》「以量度成賈而徵價」、「掌其賣價之爭。」鄭玄注：「價，買也。」〔註1061〕第一個字為「凡」字的可能

〔註1059〕季師旭昇：《說文新證》，藝文印書館，2014 年 9 月 2 日出版，頁 749。
〔註1060〕季師旭昇：《說文新證》，藝文印書館，2014 年 9 月 2 日出版，頁 740
〔註1061〕宗福邦、陳世鐃、蕭海波主編：《故訓匯纂》，商務印書館，2007 年 9 月，頁 167。

性很高。因為在《越公其事》第六章裡有八處的句式都是以「凡」字開頭，例如（寬式隸定）：

一、凡群宅之不度，群采物之繢（真）、諫（佯）繪（偷）諒（掠）人則勵（刑）也。

二、凡市賈爭訟，詉（反）訏（背）訢（欺）巳（詒）戠（察）之而諄（孚），則劼（詰）斶（誅）之。因亓（其）貨（過）以為之罰。

三、凡鄥（邊）鄂（縣）之民及又（有）管（官）帀（師）之人或告于王廷，曰：「初日政勿若某，今政砫（重），弗果。」

四、凡此勿（類）也，王必親見而聽之，戠（察）之而訐（信），亓（其）才（在）邑司事及官帀（師）之人則發（廢）也。

五、凡成（城）邑之司事及官帀（師）之人，乃亡（無）敢增歷（益）亓（其）政以為獻於王。

六、凡又（有）訤（獄）訟爭〓（至于）王廷，曰：「昔日與吕（已）言員（云），今不若亓（其）言。」

七、凡此聿（類）也，王必親聖（聽）之，旨（稽）之而訐（信），乃母（毋）又（有）貴踐，勵（刑）也。

八、凡雩（越）庶民交謰（接）、言語、貨資、市賈乃亡（無）敢反不（背）訢（欺）巳（詒）。

所以筆者認為在此處的「□□□而□賈焉」可以是「凡誑豫而□（價）賈焉」。意指「凡是欺誑而從事買賣者」

⑦則劼（詰）斶（誅）之

原考釋：

> 劼，讀作「詰」。斶，從倒矢，蜀聲，疑為裝矢之囊，與「韣」為「弓衣」相類，或即為「韣」。簡文中讀為「誅」。詰誅，問罪懲罰。《禮記·月令》「（孟秋之月）詰誅暴慢，以明好惡」，鄭玄注：「詰，謂問其罪，窮治之也。」[註1062]

Xiaosong 認為「劼斶」一詞在《上博五·鮑叔牙》簡 5 出現過，整理者讀

〔註1062〕清華大學出土文獻與保護中心編、李學勤主編：《清華大學藏戰國竹簡（柒）》，上海，中西書局，2017 年 4 月，頁 134，注 7。

為詰誅，亦通：

> 《越公》簡38有「則 之」，《上博五‧鮑叔牙》簡5有「公弗 」現在來二者是同一個詞，意思也是一樣的。《鮑叔牙》詞語，學者讀為詰誅、詰逐（釋讀參范常喜《古文字研究》30輯文章），意思均可從；《越公》詞語整理者讀為詰誅，亦通。〔註1063〕

心包認為「劫」字，下部從「川」形，又見于晉姜鼎（集成 2826） ，故判斷《越公其事》的底本和晉國的文獻有很大的關係。〔註1064〕心包認為「歜」疑為「短」字異構。〔註1065〕

王寧認為讀「詰誅」應該是對的。他回心包，「短」和「誅」音懸隔：

> 「劫歜」讀「詰誅」應該是對的，而「短」是端紐元部字，與「誅」音懸隔。「矢＋蜀」的字可能是「屬矢」之「屬」的專字，典籍或作「注」，故得讀為「誅」。〔註1066〕

心包表示多謝王先生質疑，他並不反對原考釋的意見，只是對學者討論較多的元部合口字與侯東部的密切關係提供一點微弱的思路。〔註1067〕

蕭旭認為《上博簡（五）》簡5有一字「」，楊澤生認為此字從蜀從止，或是「躅」之異體，古音「蜀」和「逐」音近可通，「劫歜」即「詰躅」，亦讀為「詰逐」：

> 上博簡（五）《鮑叔牙與隰朋之諫》簡5：「公弗詰，臣唯（雖）欲訏（諫），或不得見。」楊澤生曰：「，此字從蜀從止，或是『躅』之異體。古音『蜀』和『逐』分別在禪母屋部和定母覺部，音近可通。如《易‧姤》：『羸豕孚蹢躅。』《釋文》：『躅，古文作蹗。』《集解》『躅』作『蹗』。我們懷疑此字可讀作『逐』。『詰逐』見於古文獻，如《新書‧先醒》：『昔者虢君驕恣自伐，諂諛親貴，諫臣詰逐，

〔註1063〕簡帛論壇：「清華七《越公其事》初讀」，第13樓，20170424。
〔註1064〕簡帛論壇：「清華七《越公其事》初讀」，第14樓，20170424。
〔註1065〕簡帛論壇：「清華七《越公其事》初讀」，第16樓，20170424。
〔註1066〕簡帛論壇：「清華七《越公其事》初讀」，第69樓，20170428。
〔註1067〕簡帛論壇：「清華七《越公其事》初讀」，第70樓，20170428。

政治蹐亂，國人不服。』」白于藍從楊說。劉信芳以「」屬下句，

讀為屬，非是。「刦斶」即「詰躅」，亦讀為「詰逐」。〔註1068〕

郭洗凡認為王寧的觀點可從：

> 「刦」與「詰」均為上古質部字，因此「刦」可讀為「詰」。「屬」
> 在典籍作「注」，「注」與「誅」均為為上古侯部字，因此「刦斶」
> 可讀為「詰誅」審問查詢，懲罰問責的意思。〔註1069〕

子居認為這裡的「詰誅」當比前文的「刑」要輕，只是責問和相應的財物
懲處：

> 對照後文的「因其貨以為之罰」可知，這裡的「詰誅」當比前文的
> 「刑」要輕，只是責問和相應的財物懲處，似體現了《越公其事》
> 作者對價格則不甚敏感的特徵，說明作者生活條件很可能非常優
> 渥。〔註1070〕

劉成群認為當句踐不充許「征重」之後，國家若要充實軍備，經費的來
源何在？統治者在不影響商業流通的情況下，利用嚴格的手段管控商業的分
配環節，以達到最大的利益，故本段為「刑」、「罰」、「詰誅」等一系列充滿
暴力、血腥的字眼很明顯體現了對私商的殘酷打擊。管控市場、打擊私商，
不僅可以使「游民」重新回到土地上，同時也可以使政權直接介入商業並管
控商業，在政治與軍事上增強國家的力量。〔註1071〕

秋貞案：

「刦斶」之「刦（）」讀為詰，可從。「斶（）」從矢從蜀，此字楚
文字未見，但是在《上博簡（五）《鮑叔牙與隰朋之諫》簡5有「公弗」
一句，最後一字明白地從「蜀」聲，和本簡的「斶」應該表示的是同一個詞，

〔註1068〕簡帛論壇：「清華七《越公其事》初讀」，第196樓，20170619。

〔註1069〕郭洗凡：《清華簡《越公其事》集釋》，安徽大學碩士學位論文，2018年3月，
　　　　　頁71。

〔註1070〕子居：〈清華簡七《越公其事》第六章解析〉，http://www.xianqin.tk/2018/07/06/657，
　　　　　20180706。

〔註1071〕劉成群：〈清華簡《越公其事》與句踐時代的經濟制度變革〉，「紀念徐中舒先生
　　　　　誕辰120周年國際學術研討會」會議論文（成都：四川大學歷史文化學院，2018
　　　　　年10月20～21日），頁1066～1077。

因此這兩個詞可能都應讀為「詰誅」、「詰逐」。和本簡的「劫燭」應是同一個詞，原考釋、Xiaosong、王寧和蕭旭之說可從。「則劫燭之」的意思是「就問罪懲罰他」。

⑧凡市賈爭訟

原考釋：

> 市賈，市肆中的商人。《左傳》昭公十三年：「同惡相求，如市賈焉。」爭訟，爭執訴訟。《韓非子‧用人》：「爭訟止，技長立，則彊弱不觳力，冰炭不合形，天下莫得相傷，治之至也。」〔註1072〕

子居認為這裡的「市賈」當理解為市場交易而不是整理者所說的「市肆中的商人」；「爭訟」如鄭玄注：「訟，謂賣買之言相負」。因為「爭訟」於先秦文獻目前僅見於《越公其事》和《韓非子》而認為兩者間當存在著文獻上的傳承脈絡：

> 由前文的「凡□豫而債賈焉」和後文的「凡越庶民交接、言語、貨資、市賈」可見，「市賈」當理解為市場交易而不是整理者所說的「市肆中的商人」。《周禮‧夏官司馬‧馬質》：「若有馬訟，則聽之。」鄭玄注：「訟，謂賣買之言相負。」《越公其事》的「爭訟」即用此義。「爭訟」於先秦文獻目前僅見於《越公其事》和《韓非子》，筆者在《清華簡七〈越公其事〉第十、十一章解析》中曾提到：「由於『走火』在先秦僅見稱於《越公其事》和《韓非子》，因此二者間當存在著文獻上的傳承脈絡，也即韓非當讀過源自《越公其事》而有所增益的某種語類材料。」（中國先秦史網站：http://www.xianqin.tk/2017/12/13/418，2017 年 12 月 13 日。）現在「爭訟」一詞的情況當可加強這一可能性。〔註1073〕

秋貞案：

此處的「市賈」以原考釋所釋「市肆中的商人」可從。因為後文的「戠

〔註1072〕清華大學出土文獻與保護中心編、李學勤主編：《清華大學藏戰國竹簡（柒）》，上海，中西書局，2017 年 4 月，頁 134，注 8。

〔註1073〕子居：〈清華簡七《越公其事》第六章解析〉，http://www.xianqin.tk/2018/07/06/657，20180706。

（察）之而誖（孚），則劫（詰）斶（誅）之。因亓（其）貨（貨）以為【三八】之罰」的幾個代詞可知。「戩（察）之而誖（孚）」的「之」、「則劫（詰）斶（誅）之」的「之」、「因亓貨以為之罰」的「亓」，若釋為「市場交易」則不通，故還是以原考釋所釋「市場商人」為佳。「凡市賈爭訟」意指「凡是市場的商人有爭執訴訟」。

⑨䛣（反）訴（背）訴（欺）巳（詒）

原考釋：

> 䛣訴訴巳，第四十三簡作「反不訴巳」，疑讀為「反背欺詒」。䛣、訴、訴、詒從言，指言語不實，顛倒欺詐等。䛣古書作「反」，違背。《國語·周語下》：「言爽，日反其信。」訴，讀為「背」，違背。《史記·項羽本紀》：「請往謂項伯，言沛公不敢背項王也。」反背，當是指背離事實真相。訴，讀為「欺」。巳，讀為「詒」，《說文》：「相欺詒也。」又作「紿」，欺紿，欺騙。桓寬《鹽鐵論·褒賢》：「主父偃以口舌取大官，竊權重，欺紿宗室。」〔註1074〕

> 蕭旭認為「訴」是「諆」古字，欺也；「巳」當是「已」形誤，故讀為詒：
> 「訴」是「諆」古字。《說文》：「諆，欺也。」同聲為訓，本乃一字。字亦作惎（惎），郭店簡《忠信之道》簡1：「不惎弗智（知），信之至也。」裘錫圭曰：「惎當讀為欺。」（《郭店楚墓竹簡》，文物出版社1998年版，第163頁）圖版作「」，即「惎」字。字亦作娸，《漢書·枚乘傳》：「故其賦有詆娸東方朔。」如淳曰：「娸，音欺。」「詆娸」即「詆欺」。字亦作期，阜陽漢簡《蒼頡篇》：「口口蒙期，柔（未）句口口。」整理者曰：「期，讀為欺。蒙，欺也。」（《阜陽漢簡〈蒼頡篇〉》，《文物》1983年第2期，第31頁）北大漢簡（一）《蒼頡篇》簡44-45：「娺欺蒙期，未旬隸氏。」娺讀為謾（某氏讀娺為嫚，尚未探本。「抱小」《北大漢簡〈蒼頡篇〉校箋（一）》，復旦古文字網2015年11月17日，http://www.gwz.fudan.edu.cn/SrcShow.asp?Src_ID=2644），四字皆欺義。「巳」當是「已」

〔註1074〕清華大學出土文獻與保護中心編、李學勤主編：《清華大學藏戰國竹簡（柒）》，上海，中西書局，2017年4月，頁134，注9。

形誤，故讀為詒。〔註1075〕

郭洗凡認為蕭旭的觀點可從：

「訮」從言，亓聲，「諆」，從言其聲，欺騙的意思，「惎」，從心其
聲，毒害，均為對別人進行欺詐行為。〔註1076〕

羅云君認為蕭旭對「訮」的解釋，可從。簡42之「訮巳」也解作「諆詒」。
〔註1077〕

子居認為「訮」較適合讀為倍，先秦傳世文獻中多作「倍反」；「詒」，「呼
欺曰詒」原是山東、汝南等地的方言，與《越公其事》這幾章很可能出於越地
正可對應：

由先秦用字習慣看，「訮」較適合讀為倍，「反倍」在先秦傳世文
獻中多作「倍反」，如《鬼穀子·捭闔》：「益損、去就、倍反，皆
以陰陽禦其事。」《鬼穀子·忤合》：「凡趨合倍反，計有適合。化
轉環屬，各有形勢。」《呂氏春秋·知士》：「太子之不仁，過頤涿
視，若是者倍反。」整理者所說的「詒」，據《穀梁傳·僖公元年》：
「內不言獲，此其言獲何也？惡公子之紿。紿者奈何？公子友謂
莒挐曰：『吾二人不相說，士卒何罪？』屏左右而相搏，公子友處
下，左右曰：『孟勞！』孟勞者，魯之寶刀也。公子友以殺之。然
則何以惡乎紿也？曰棄師之道也。」范寧注：「紿，欺紿也。」《方
言》卷三：「膠，譎，詐也。」郭璞注：「汝南人呼欺為譴，詑回
反，亦曰詒，音殆。」《集韻·海韻》：「詒，江南呼欺曰詒，通作
紿。」可見「呼欺曰詒」原是山東、汝南等地的方言，與《越
公其事》這幾章很可能出於越地正可對應。〔註1078〕

秋貞案：

〔註1075〕蕭旭：〈清華簡（七）校補（二）〉，http://www.gwz.fudan.edu.cn/Web/Show/3061，
20170605。

〔註1076〕郭洗凡：《清華簡《越公其事》集釋》，安徽大學碩士學位論文，2018年3月，頁
71。

〔註1077〕羅云君：《清華簡《越公其事》研究》，東北師範大學，2018年5月，頁71。

〔註1078〕子居：〈清華簡七《越公其事》第六章解析〉，http://www.xianqin.tk/2018/07/06/657，
20180706。

本簡「訒訐訐巳」，簡 42 作「反不訐巳」，原考釋釋為「反背欺詒」，可從。至於子居認為「欺詒」一詞是山東、汝南等地的方言，而認為《越公其事》是出於越地的作，此說還有待商榷。因為楚簡的來源複雜，可能是傳抄過多國或多人，不一定是第一手的資料，所以充其量只能說，《越公其事》篇章可能流傳到山東、汝南地方，或經過這些地方方言的洗禮。「訒訐訐巳」意指「違背事實及欺騙」。

⑩戲（察）之而評（孚），則劫（詰）蠋（誅）之

原考釋：

> 戲，與包山簡之「𣁬」（簡一二）當為一字異寫，讀為「察」。詳見《包山楚墓文字全編》（上海古籍出版社二〇一二年，第九六頁）。評，讀為「孚」，信，確實。《書・君奭》「若卜筮，罔不是孚」，孔傳：「如卜筮，無不是而信之。」〔註1079〕

子居認為此處所察的內容，對照《周禮》可知，很可能主要是訟辭和質人所掌管的「質劑」、「書契」等記錄憑證；亦可見《越公其事》與《周禮》的關係：

> 此處所察的內容，對照《周禮》可知，很可能主要是訟辭和質人所掌管的「質劑」、「書契」等記錄憑證。據《周禮・秋官司寇・鄉士》：「聽其獄訟，察其辭。」《周禮・天官塚宰・小宰》：「六曰聽取予以書契，七曰聽賣買以質劑。」鄭玄注：「書契，謂出予受入之凡要。凡薄書之最目，獄訟之要辭，皆曰契。《春秋傳》曰王叔氏不能舉其契」。質劑，謂兩書一箚，同而別之，長曰質，短曰劑。傳別質劑，皆今之券書也，事異，異其名耳。」《周禮・地官司徒・司市》：「以質劑結信而止訟。」鄭玄注：「質劑，謂兩書一箚而別之也。若今下手書，言保物要還矣。鄭司農云：『質劑，月平。』」賈公彥疏：「質劑謂券書，恐民失信，有所違負，故為券書結之，使有信也。民之獄訟，本由無信，既結信則無訟，故云『止訟』也。下《質人》云『大市以質，小市以劑』，故知質劑是券書。是以鄭云『兩書一箚而

〔註1079〕清華大學出土文獻與保護中心編、李學勤主編：《清華大學藏戰國竹簡（柒）》，上海，中西書局，2017 年 4 月，頁 134，注 10。

別之』。古者未有紙，故以箭書。《小宰職》注云：『兩書一箚，同而別之。』此不云同，明亦有同義也。鄭云『若令下手書』者，漢時下手書，即今畫指券，與古質劑同也。先鄭云『質劑，月平』，《小宰》先鄭注亦如此解，以為月平若今之市估文書，亦得為一義，故後鄭每引之在下也。」《周禮·地官司徒·質人》：「質人，掌成市之貨賄、人民、牛馬、兵器、珍異。凡賣儥者質劑焉，大市以質，小市以劑。掌稽市之書契。同其度量，壹其淳制。巡而考之，犯禁者舉而罰之。凡治質劑者，國中一旬，郊二旬，野三旬，都三月，邦國期。期內聽，期外不聽。」鄭玄注：「鄭司農云：『質劑，月平賈也。質大賈，劑小賈。』玄謂質劑者，為之券藏之也。大市，人民、馬牛之屬，用長券；小市，兵器、珍異之物，用短券。」

《周禮·地官司徒·司市》：「市師涖焉，而聽大治大訟；胥師、賈師涖於介次，而聽小治小訟。」《周禮·地官司徒·胥師》：「胥師，各掌其次之政令，而平其貨賄，憲刑禁焉。察其詐偽、飾行、儥慝者而誅罰之。聽其小治小訟而斷之。」即對應《越公其事》此處的「凡□豫而儥賈焉，則詰誅之。凡市賈爭訟，反倍欺詒，察之而孚，則詰誅之。因其貨以為之罰。」於此亦可見《越公其事》與《周禮》的關係。〔註1080〕

秋貞案：

《包山簡》第 12 簡「子左尹命漾陵宮夫=謹郘室人某痽之典之在漾陵之厶鈢」的「謹」字作「䚊」形〔註1081〕。第 126 簡「子左尹命漾陵之宮夫=謹州里人壆錯之與其父壆年同室與不同室」的「謹」字作「䚊」形〔註1082〕。第 27 簡「乙亥之日不以死於其州者之謹告」的「謹」字作「䚊」〔註1083〕所以䚊、䚊、䚊都作「謹」，讀為「察」。「謹」字从言从举。季師《說文新證》「举」字條：甲骨文此字雙手所持長柄平頭刃的丫可能是鑿、也可能是劃／鏟。〔註1084〕

〔註1080〕子居：〈清華簡七《越公其事》第六章解析〉，http://www.xianqin.tk/2018/07/06/657，20180706。

〔註1081〕張守中：《包山楚簡文字編》，文物出版社，1996 年 8 月第一版，頁 36。

〔註1082〕張守中：《包山楚簡文字編》，文物出版社，1996 年 8 月第一版，頁 36。

〔註1083〕張守中：《包山楚簡文字編》，文物出版社，1996 年 8 月第一版，頁 36。

〔註1084〕季師旭昇：《說文新證》修訂版，待刊。

讀劃／鑯時，就是楚文字上述字形的聲符「羊」，在楚簡讀為察、竊、質等字。本簡「戩」作形，如原考釋的說法當和《包山簡》的「謋」為同一字異寫。此字左旁字形從「羊」和「言」共筆，右旁從「戈」，應該是「羊」聲，所以讀為「察」可從。「諍」，「孚」《說文》：「從爪、從子，一曰信也，芳無切。」原考釋所說諍，讀為「孚」可從。「戩之而諍，則劫燭之」的意思是：「經過察證後可信，則問罪懲罰他」。

⑪因亓（其）貨（過）以為【三八】之罰。

原考釋：

> 貨，讀為「過」。此句謂根據其過錯以決定對其之懲罰。〔註1085〕

馬楠認為「貨」可如字讀，下文說「凡越庶民交捷（接）、言語、貨資、市賈乃亡敢反背欺詒。」〔註1086〕

斯行之認為「貨」可以讀如本字，這些與市賈有關的言語不實、顛倒欺詐之事如果屬實，則要根據其貨財多寡來「量刑」（決定懲罰等級）。〔註1087〕

王寧認為「貨」字當如字讀。「因其貨以為之罰」意思是沒收其財貨作為對他的懲罰。〔註1088〕

吳德貞認為「貨」讀本字可從。《禮記・禮器》：「是故昔先王之制禮也，因其財物而致其義焉爾。」「因其貨以為之罰」可與之相參照。〔註1089〕

何家歡認為馬楠、王寧說是。「因」字當訓為「依照、憑藉」：

> 馬楠、王寧說是。因字當訓為「依照、憑藉」，此訓先秦古書習見，《韓非子・外儲說左上》：「法者，見功而與賞，因能而受官。」（（清）王先慎撰鐘哲點校《韓非子集解》卷十一，中華書局，2003年，第285頁。）又成語「因材施教」、「因地制宜」，因字皆訓「依照」。〔註1090〕

〔註1085〕清華大學出土文獻與保護中心編、李學勤主編：《清華大學藏戰國竹簡（柒）》，上海，中西書局，2017年4月，頁134，注11。
〔註1086〕石小力：〈清華七整理報告補正〉，http://www.tsinghua.edu.cn/publish/cetrp/6831/2017/20170423065227407873210/20170423065227407873210_.html，20170423。
〔註1087〕簡帛論壇：「清華七《越公其事》初讀」，第116樓，20170501。
〔註1088〕簡帛論壇：「清華七《越公其事》初讀」，第47樓，20170427。
〔註1089〕吳德貞：《清華簡《越公其事》集釋》，武漢大學碩士論文，2018年5月，頁65。
〔註1090〕何家歡：《清華簡（柒）《越公其事》集釋》，河北大學碩士論文，2018年6月，頁32。

子居認為馬楠所說當是，「貨」不是過錯，而是交易商品價值：

> 「馬楠：貨可如字讀。」所說當是，前文已明言「反倍欺詒」，自然
> 不會是其他「過錯」，所以決定懲罰度的只會是應交易商品價值，故
> 「貨」當讀為原字。〔註1091〕

何有祖認為「因其貨以為之罰」大意是根據其所得貨價值的多少來決定懲罰。〔註1092〕

秋貞案：

原考釋認為「貨」字讀為「過」，根據其過錯以決定對其之懲罰，可從。但其他學者，如東楠、斯行之、王寧、吳德貞、何家歡、子居均認為應讀如本字，就是商品貨物之意。看起來讀如本字的聲量比較大，不過，原考釋的解釋才是合理的，原因有二：一、「因」字沒有「沒收」的意思，「因其貨」不能釋為「沒收他的貨物」。二、學者也知道「因」應釋為「依」，因此或釋為「依照交易商品價值來處罰」。筆者認為要處罰的是交易行為的過錯，與商品價值無關，處罰要依過錯的大小來決定，而不是依照貨物。所以原考釋一定要把從「貝」的「貨」字改讀為「過」，其實是很有道理的。

2. 整句釋義

越國人人皆農耕，故糧食增多。越王於是愛好誠信，開始治理市場上的稅征。若有度量器不符合標準的情形，各種綵物有不實或詐欺、偷薄、掠奪他人利益的，就處以到刑。凡是欺詒而從事買賣者，就問罪懲罰他。凡是市場的商人有爭執訴訟，違背事實及欺騙的情形，經過察證後屬實，則問罪懲罰他，並依據他的過失來處罰。

（二）凡鄴（邊）鄂（縣）之民及又（有）管（官）帀（師）之人或告于王廷①，曰：「初日政（征）勿若某，今政（征）砫（重），弗果②。」凡此勿（物）也③，【三九】王必親見而聖（聽）之④，戠（察）之而訐（信），元（其）才（在）邑司事及官帀（師）之人則發（廢）也⑤。

〔註1091〕子居：〈清華簡七《越公其事》第六章解析〉，http://www.xianqin.tk/2018/07/06/657，20180706。

〔註1092〕何有祖：〈《越公其事》補釋（五則）〉，「文字、文獻與文明：第七屆出土文獻青年學者論壇暨國際學術研討會」會議論文，廣州：中山大學古文字研究所，2018年8月18～19日，頁160～162。

凡成（城）邑之司事及官帀（師）之【四〇】人⑥，乃亡（無）敢增歷（斂）
亓（其）政（征）以為獻於王⑦。

1. 字詞考釋

①凡鄥（邊）鄝（縣）之民及又（有）管（官）帀（師）之人或告于王廷

原考釋：

> 官師，《國語・吳語》「陳王卒，百人以為徹行百行。行頭皆官師，
> 擁鐸拱稽」，韋昭注：「下言『十行一嬖大夫』，此一行宜為士」簡文
> 此處「有官師之人」當指有所執掌的各級官吏。〔註1093〕

王進鋒認為「鄝」通假為「縣」：

> 鄝通假為縣。鄝和㥜一樣，從睘得音，通假為縣。《古璽文字征》6・
> 5「鄪逸鄝」，就是指曹國逸縣之印；《古璽彙編》0302「修武鄝史」，
> 鄝通為縣。〔註1094〕

羅云君認為「又管帀之人」的「又」字是「佑」：

> 對「某」的解讀應聯繫簡文前後內容來看，該章的主題是「好信」，
> 在教導如何解決商賈之間糾紛以後，簡文「凡鄥（邊）鄝（縣）之
> 民及又管（官）帀（師）之人或告于王廷，曰：『初日政勿若某，
> 今政硅（重），弗果』。凡此勿（類）也，【三九】王必親見而聖（聽）
> 之，戡（察）之而許（信），亓（其）才（在）邑司事及官帀（師）
> 之人則發（廢）也」是說如何解決官民矛盾，「初日政勿若某，今
> 政硅（重），弗果」當是告發者說的話，所謂的告發者當指「民」，
> 及「又管（官）帀（師）之人」，「又管（官）帀（師）之人」之
> 「又」當解為「佑」，而非「有」，僅從名稱結構上來看，「又（佑）
> 管（官）帀（師）之人」是不同於「才（在）邑司事及官帀（師）

〔註1093〕清華大學出土文獻與保護中心編、李學勤主編：《清華大學藏戰國竹簡（柒）》，
　　　　　上海，中西書局，2017年4月，頁134，注12。
〔註1094〕王進鋒：《周代的縣與越縣——由清華簡〈越公其事〉中的相關內容引發的討論》，
　　　　　香港浸會大學饒宗頤國學院，澳門大學中國語言文學系，清華大學出土文獻研究
　　　　　與保護中心：《〈清華簡〉國際會議論文集》，2017年10月26日～28日，頁68
　　　　　～79。

之人」的。〔註1095〕

吳德貞認為「官師」等同於大夫之義，此處的「官師」就是負責征收交易稅的長官：

> 《上博四·曹沫之陳》有「大官之師」，與將軍、嬖大夫、公孫公子比次論列。孫思旺先生認為此「大官之師」與古籍舊典中用來泛稱一官之長、通常等同於大夫的「官師」義出一轍，如鄭國有「馬師」掌車馬兵甲，宋國衛國有「褚師」掌布帛穀物交易，魯國楚國有「工師」掌百工。（參見孫思旺：《論傳世典籍中的官師與出土竹簡中的大官之師》，《社會科學戰綫》2017年10月）《周禮·地官·司市》：「市師涖而聽大治大訟，胥師賈師涖於介次而聽小治小訟」《荀子·解蔽》：「農精於田而不可以為田師，賈精於市而不可以為市師。」由下文的「獻征為王」可知還有負責征收交易稅的「官師」。〔註1096〕

子居認為原考釋稱「有官師之人」當指有所執掌的各級官吏，不確。此處的「邊縣之民」即野人，「官師」為低級官吏，「有官師之人」指受官師統轄管理的人，也即國人。他說：

> 「邊縣之民」即野人。「官師」為低級官吏，「有官師之人」指受官師統轄管理的人，也即國人。整理者注所說「簡文此處『有官師之人』當指有所執掌的各級官吏」不確，此點比較下文「邑司事及官師之人」即不難看出。本節的「邊縣之民及有官師之人」是統指到市場進行交易的普通民眾。「初日政」即最初規定的市政，「勿若」即「無若」，指沒有超過，《呂氏春秋·召類》：「故三代之所貴，無若賢也。」即其辭例，「初日政勿若某」即最初規定的市政不過是某某情況。古人以「關市無征」為明主之政或上古之政，如《國語·齊語》：「通齊國之魚鹽於東萊，使關市幾而不征，以為諸侯利，諸侯稱廣焉。」《管子·內言·霸形》：「關譏而不征，市書而不賦。」《孟子·梁惠王下》：「昔者文王之治岐也，

〔註1095〕羅云君：《清華簡《越公其事》研究》，東北師範大學，2018年5月，頁73。
〔註1096〕吳德貞：《清華簡《越公其事》集釋》，武漢大學碩士論文，2018年5月，頁65。

耕者九一，仕者世祿，關市譏而不征，澤梁無禁，罪人不孥。」《孟子·公孫醜上》：「市廛而不征，法而不廛，則天下之商皆悅而願藏於其市矣。」《荀子·王霸》：「關市幾而不征，質律禁止而不偏，如是則商賈莫不敦愨而無詐矣。」《晏子春秋·內篇雜下》：「君商漁鹽，關市譏而不征。」《禮記·王制》：「古者：公田藉而不稅，市廛而不稅，關譏而不征。」《大戴禮記·主言》：「昔者明主關譏而不征，市廛而不稅。」與此相反，橫徵暴斂則是惡政，如《左傳·昭公二十年》：「偪介之關，暴征其私，承嗣大夫，強易其賄，布常無藝，征斂無度，宮室日更，淫樂不違，內寵之妾，肆奪於市，外寵之臣，僭令於鄙，私欲養求，不給則應，民人苦病，夫婦皆詛。」上博簡《容成氏》：「當是時，強弱不治伴，眾寡不聽訟，天地四時之事不修，湯乃溥為征籍，以征關市，民乃宜怨。」
〔註1097〕

他認為《國語·越語上》稱勾踐「十年不收于國，民俱有三年之食。」則和《越公其事》此處所說「初日政勿若某」有關，當即是最初規定市政無征，即在市場不能徵收賦稅：

再考慮《國語·越語上》稱勾踐「十年不收于國，民俱有三年之食。」則《越公其事》此處所說「初日政勿若某」當即是最初規定市政無征，即在市場不能徵收賦稅，則市政所允許的就只是讓「邑司事及官師之人」通過斂賒方式賺取差額利潤。蓋正因為如此，越國范蠡、計然的經商術才特別著名，如《史記·貨殖列傳》即記「昔者越王句踐困於會稽之上，乃用范蠡、計然。計然曰：『知鬥則修備，時用則知物，二者形則萬貨之情可得而觀已。故歲在金，穰；水，毀；木，饑；火，旱。旱則資舟，水則資車，物之理也。六歲穰，六歲旱，十二歲一大饑。夫糴，二十病農，九十病末。末病則財不出，農病則草不辟矣。上不過八十，下不減三十，則農末俱利，平糴齊物，關市不乏，治國之道也。積著之理，務完物，無息幣。以物相貿易，腐敗而食之貨勿留，無敢居貴。

〔註1097〕子居：〈清華簡七《越公其事》第六章解析〉，http://www.xianqin.tk/2018/07/06/657，20180706。

論其有餘不足，則知貴賤。貴上極則反賤，賤下極則反貴。貴出如糞土，賤取如珠玉。財幣欲其行如流水。』修之十年，國富，厚賂戰士，士赴矢石，如渴得飲，遂報強吳，觀兵中國，稱號五霸。」免稅會極大程度地刺激商業發展，這一點基本是經濟學中的常識，由諸書所記來看，越王勾踐彼時的舉措相當於將整個越國都建成了一個大範圍的十年免稅區，並依靠此點帶來的商業利益奠定了其稱霸的經濟基礎。〔註1098〕

秋貞案：

此處的「邊縣之民」比較好理解，就是縣民，一般百姓之意。古代典籍多稱「縣人」，如《史記‧張釋之馮唐列傳》：「『縣人來，聞蹕，匿橋下。久之，以為行已過，即出，見乘輿車騎，即走耳。』廷尉秦當，一人犯蹕，當罰金。」《韓非子‧外儲說左上》：「鄭縣人卜子，使其妻為褲，其妻問曰：『今褲何如？』夫曰：『象吾故褲。』妻子因毀新令如故褲。」

「官師」是什麼？在古代典籍「官師」有兩種意思。一是「官吏」，如《國語‧吳語》：「吳王昏乃戒，令秣馬食士。夜中，乃令服兵擐甲，系馬舌，出火灶，陳士卒百人，以為徹行百行。行頭皆官師，擁鐸拱稽，建肥胡，奉文犀之渠。」「行頭皆有官師」此處的「官師」是泛指「官吏」之意，沒有特別提到級別大小。二是「士大夫或低級別的官吏」，如：《荀子‧君道》：「材人：愿愨拘錄，計數纖嗇，而無敢遺喪，是官人使吏之材也。脩飭端正，尊法敬分，而無傾側之心，守職脩業，不敢損益，可傳世也，而不可使侵奪，是士大夫官師之材也。」「士大夫官師之材」可見「官師」是「士大夫」等級的官吏。另外，《新書‧階級》：「故古者聖王制為列等，內有公卿大夫士，外有公侯伯子男，然後有官師小吏，施及庶人，等級分明，而天子加焉，故其尊不可及也。」「官師小吏」可見官師的層級並不高。

此處在「又管師之人」的解釋上，原考釋者指有所執掌的各級「官吏」，而羅云君和子居認為是受官師統轄管理的「人民」，這是很不一樣的。此處「又管師之人」和後文的「官師之人」角色是否不同？筆者的看法是，簡39的「管師（𥷨𠂤）」和簡40的「官師（𠖇𠂤）」雖然寫的是不同字，

〔註1098〕子居：〈清華簡七《越公其事》第六章解析〉，http://www.xianqin.tk/2018/07/06/657，20180706。

但是可以作同一個解釋。在本簡中「邊縣之民」代表受害之民，「又（有）管師」和「官師」代表的是政府的官吏，當這兩種人有所爭執時，代表官吏的行政招致民怨時，即「初日政勿若某」，於是上告於王庭，由王親自仲裁是非。如此才順接後文「王必親見而聽之」。經過王的仲裁判斷，若是民怨屬實，則在邑司事及官師之人會被廢職，甚至之後不敢以要獻於王的藉口而向人民增加稅征。所以此處「管師之人」應指「各級行政官員」，原考釋所釋可從。

②曰：「初日政（征）勿若某，今政（征）砫（重），弗果。」

原考釋釋「政」為「政令」：

> 政重，指政令煩苛沈重。不果，完成不了。「政」或讀為「征」，亦通。〔註1099〕

王寧認為其中的「政」亦當讀「征」，指征收賦稅。「勿」字均當讀為「物」，《詩‧烝民》：「有物有則」，毛傳：「物，事也。」「政（征）勿（物）」即征收賦稅之事。〔註1100〕

陳劍認為這裡的「政」字可讀為「征」，讀「政重」為「征重」：

> 原注釋已疑兩「政」字可讀為「征」，網上多位研究者從此說。按《左傳‧哀公十一年》有「事充、政重」語，杜預注分別謂「繇役煩」、「賦稅多」，是亦即讀「政重」為「征重」，與此簡文可相印證。
> 〔註1101〕

陳劍認為兩個「勿」字所指不同，第一個「勿」指的是「征物」應非籠統的「征事」，而應指「所征之物」；而第二個「勿」則指諸人舉報云云之「事」，跟前文「征物」之「物」不同：

> 兩「勿（物）」字所指應該不是一回事。後者是諸人舉報云云之「事」，跟前文「征物」之「物」不同。關於「征物」，可聯繫後文所謂「以為獻」云云，參考下引兩條有關「以……為獻」、「以為獻」的文獻來理解：

〔註1099〕清華大學出土文獻與保護中心編、李學勤主編：《清華大學藏戰國竹簡（柒）》，上海，中西書局，2017年4月，頁135，注13。
〔註1100〕簡帛論壇：「清華七《越公其事》初讀」，第116樓，20170501。
〔註1101〕陳劍：〈簡談對金文「蔑懋」問題的一些新認識〉，http://www.gwz.fudan.edu.cn/Web/Show/3039，20170505。

《逸周書·王會》：湯問伊尹曰：「諸侯來獻，或無馬牛之所生，而獻遠方之物事實相反，不利。今吾欲因其地勢所有獻之，必易得而不貴，其為四方獻令。」伊尹受命，於是為四方令曰：「臣請正東；符婁、仇州、伊慮、漚深、九夷、十蠻、越漚，鬋髮文身，請令以魚皮之鞞、烏鰂之醬、鮫瞂、利劍為獻。正南……請令以……為獻。正西……請令以……為獻。正北……請令……為獻。」

《漢書·高帝紀下》所載「定口賦詔」：「欲省賦甚。今獻未有程，**吏或多賦以為獻**，而諸侯王尤多，民疾之。……」顏師古注：「諸侯王賦其國中，以為獻物，又多於郡，故百姓疾苦之。」

由此考慮，「征物」應非籠統的「征事」，而應指「所征之物」。當時的「征取、征求」（包括賦稅），應該有很大一部分是各種實物。〔註1102〕

王磊認為「政」讀「征」為是。「征」即「賦稅」的意思。「今政重」，即「現在賦稅繁重」的意思：

讀「征」為是。「征」即「賦稅」的意思。《左傳·僖公十五年》：「於是秦始征晉河東，置官司焉。」杜預注：「征，賦也。」《周禮·地官·均人》：「均人掌均地政。」鄭玄注：「政讀為征。地征，謂地守、地職之稅也。」是典籍中既有假「政」為「征」，來表示「賦稅」的例子。「今政重」，即「現在賦稅繁重」的意思，《左傳·哀公十一年》：「事充，政重。」杜預注：「賦稅多。」〔註1103〕

又《越公其事》第六章云：「凡城邑之司事及官師之人，乃無敢增益其政以為獻於王。」整理者注：「政，或可讀為征，增益其征，指加重賦稅負擔。」此說是，賦稅為財物，故可以為獻。〔註1104〕

又《越公其事》第七章云：「東夷、西夷、古蔑、句吳四方之民乃

〔註1102〕陳劍：〈簡談對金文「蔑懋」問題的一些新認識〉，http://www.gwz.fudan.edu.cn/Web/Show/3039，20170505。

〔註1103〕王磊：〈清華七《越公其事》札記六則〉，http://www.bsm.org.cn/show_article.php?id=2806，20170517。

〔註1104〕王磊：〈清華七《越公其事》札記六則〉，http://www.bsm.org.cn/show_article.php?id=2806，20170517。

皆聞越地之多食,政薄而好信,乃頗往歸之,越地乃大多人。」「政薄」即「賦稅輕少」,《周禮・地官司徒》:「以為地法而待政令,以荒政十有二聚萬民:一曰散利,二曰薄征,三曰緩刑,四曰弛力,……。」「薄征」即「減輕賦稅」的意思。〔註1105〕

陳偉武認為「勿」讀為「忽」,「忽」本為輕忽義,轉而可指輕微。「忽若」指輕微之狀,「政(征)勿(忽)若」表賦稅輕;「某」字屬下讀,「某今政(征)硅(重)」是告狀者說自己現在賦稅繁重。「某」為無指代詞,「某」亦為祝告者自稱:

> 「政」字整理者後說讀「征」可從,義即王氏所說的「賦稅」之類。「勿」整理者作否定副詞解,未加注,王氏讀為「物」指事情。其實,如上引之說,「勿若某」終覺難解。頗疑「勿」讀為「忽」。「忽」從「勿」聲,「勿」讀為「忽」文獻屢見。睡虎地秦簡《日書》甲種《詰咎》:「鬼入人宮室,勿見而亡,亡(無)已。」整理小組讀「勿」為「忽」。(睡虎地秦墓竹簡整理小組:《睡虎地秦墓竹簡》,第214頁,文物出版社,1990年)王輝先生指出「勿見」即「忽現」。(王輝:《古文字通假字典》,第576頁,中華書局,2008年。)「忽」本為輕忽義,轉而可指輕微。「忽若」指輕微之狀,戰國時代傳世文獻雖未見相似文例,但確有「忽若」一詞,義為恍忽,如宋玉《登徒子好色賦》:「於是處子怳若有望而不來,忽若有來而不見。」「政(征)勿(忽)若」表賦稅輕,猶如同篇簡49「政(征)溥(薄)而好(信)」之「政(征)溥(薄)」。「某」字屬下讀,「某今政(征)硅(重)」是告狀者說自己現在賦稅繁重。「某」為無指代詞,如清華三《祝辭》1:「句茲某也發揚。」祝禱者即自稱「某」,「句」讀為「苟」,姑且;「茲」讀為「使」。睡簡《日書》乙種《夢》:「某有惡夢……賜某大畐(福)……」「某」亦為祝告者自稱。〔註1106〕

〔註1105〕 王磊:〈清華七《越公其事》札記六則〉,http://www.bsm.org.cn/show_article.php?id=2806,20170517。

〔註1106〕 陳偉武:《清華簡第七冊釋讀小記》,參加由澳門大學中國語言文學系、香港浸會大學饒宗頤國學院、清華大學出土文獻研究與保護中心合辦的「清華簡國際研討會」(中國・香港、中國・澳門),宣讀論文2017年8月26~28日。

王進鋒認為「某」指執政者，代名詞；「果」通假為「和」，意為和睦、融洽：

> 某，代指執政者。《廣雅·釋詁三》：「某，名也」，王念孫《廣雅疏證》：「凡言某者，皆所以代名也」。〔註10107〕

> 果通假為和。馬王堆帛書《易之義》「是故履以果行也，謙以制禮也」，果通假為和，可作為證據。和，意為和睦、融洽。《尚書·皋陶謨》「同寅協恭，和衷哉」，孔傳「以五禮正諸侯，使同敬合恭而和善」；《孟子·公孫醜下》「天時不如地利，地利不如人和」中的「和」都是這種用法。〔註1108〕

易泉認為「勿若」，即「不相當」，「某」是指「鄸（邊）鄙（縣）之民及又（有）管（官）帀（師）之人」的自稱。「初日政（征）勿若某今政（征）硅（重）」大意是以前的征賦不如我現在的征賦重：

> 整理者在「某」下斷句，當連讀作「初日政（征）勿若某今政（征）硅（重）」，若，相當。《孟子·滕文公上》：「布帛長短同，則賈相若。」勿若，即不相當。「某」是「鄸（邊）鄙（縣）之民及又（有）管（官）帀（師）之人」的自稱。「初日政（征）勿若某今政（征）硅（重）」大意是以前的征賦不如我現在的征賦重。〔註1109〕

郭洗凡認為原考釋的觀點可從：

> 典籍中多假「政」為「征」，「政」，從攴從正，正亦聲，桂馥《義證》：「政者，正也。政，所以正不正者也。」「征」從辵，正聲，是延的或體，因而整理者觀點可從。〔註1110〕

羅云君認為「初日政勿若某，今政硅（重），弗果」當是告發者人民說的

〔註10107〕 王進鋒：《周代的縣與越縣——由清華簡〈越公其事〉中的相關內容引發的討論》，香港浸會大學饒宗頤國學院，澳門大學中國語言文學系，清華大學出土文獻研究與保護中心：《〈清華簡〉國際會議論文集》，2017 年 10 月 26 日～28 日。

〔註1108〕 王進鋒：《周代的縣與越縣——由清華簡〈越公其事〉中的相關內容引發的討論》，香港浸會大學饒宗頤國學院，澳門大學中國語言文學系，清華大學出土文獻研究與保護中心：《〈清華簡〉國際會議論文集》，2017 年 10 月 26 日～28 日。

〔註1109〕 簡帛論壇：「清華七《越公其事》初讀」，第 220 樓，20180126。

〔註1110〕 郭洗凡：《清華簡《越公其事》集釋》，安徽大學碩士學位論文，2018 年 3 月，頁72。

話。「初日政勿若某」是說昔日征發賦稅之物是那樣的（標準或情況），「今政砫（重）」則言今日征收賦稅加重，難以如數完成：

> 對「某」的解讀應聯繫簡文前後內容來看，該章的主題是「好信」，在教導如何解決商賈之間糾紛以後，簡文「凡鄹（邊）鄡（縣）之民及又管（官）帀（師）之人或告于王廷，曰：『初日政勿若某，今政砫（重），弗果』。凡此勿（類）也，【三九】王必親見而聖（聽）之，戠（察）之而訐（信），元（其）才（在）邑司事及官帀（師）之人則發（廢）也」是說如何解決官民矛盾，「初日政勿若某，今政砫（重），弗果」當是告發者說的話，所謂的告發者當指「民」，及「又管（官）鹽帀（師）之人」，「又管（官）帀（師）之人」之「又」當解為「佑」，而非「有」，僅從名稱結構上來看，「又（佑）管（官）帀（師）之人」是不同於「才（在）邑司事及官帀（師）之人」的，此外，從下文來看，造就「今政砫（重），弗果」的癥結在於「才（在）邑司事及官帀（師）之人」的擅自主張，所以「又（佑）管（官）帀（師）之人」才有告發或者參與告發可能。故此「初日政勿若某」之「勿」可從「【初讀】王寧」解「勿」為「物」的意見，「某」應代指某種情況，「初日政勿若某」是說昔日征發賦稅之物是那樣的（標準或情況），「今政砫（重）」則言今日征收賦稅加重，難以如數完成。對「才（在）邑司事及官帀（師）之人」違背王命的告發，越王親自審察，如果屬實，那些「才（在）邑司事及官帀（師）之人」就會受到「發（廢）」的處罰，這樣做才能保證王命取信於民，符合「好信」的章旨。於是後文才有「凡成（城）邑之司事及官帀（師）之【四〇】人，乃亡（無）敢增（益）元（其）政以為獻於王」的局面。〔註1111〕

吳德貞認為結合上下文意，「政」讀「征」較為合適。「易泉」之句讀可從。不果，整理者：完成不了。〔註1112〕

何家歡認為「勿」當讀為「物」：

〔註1111〕羅云君：《清華簡《越公其事》研究》，東北師範大學，2018年5月，頁73。
〔註1112〕吳德貞：《清華簡《越公其事》集釋》，武漢大學碩士論文，2018年5月，頁66。

當讀為「物」為是。整理者認為「勿」通「類」，雖二字均是物部字，但尚未有文獻用例。而「勿」通「物」者，楚簡則多見。郭店簡《忠信之道》簡二：「至忠女（如）土，蟎（化）勿而不肇（伐）。」其整理者讀「勿」為「物」。又《成之聞之》簡16至～17：「古（故）君子不貴徹（庶）勿而貴與民又（有）同也。」又《老子》甲簡12：「是古（故）聖人能專（輔）萬勿將自憑（化）。」上博簡《性情論》簡5：「凡勤（動）告（性）者，勿也。」又《緇衣》簡19：「君子言又（有）勿（物），行又（有）陞（格）。」是其證也。〔註1113〕

子居認為「政」指「市政」，故不宜讀為「征」。「弗果」即表示無法承擔。「今政重」即是說「邑司事及官師之人」違反原有規定而在市政中私自增加了若干內容以盤剝普通民眾：

> 「今政重」即是說「邑司事及官師之人」違反原有規定而在市政中
> 私自增加了若干內容以盤剝普通民眾。「政」指「市政」，故不宜讀
> 為「征」。「弗果」即表示無法承擔，由於普通民眾到市場所進行的
> 交易必然都只是很小宗的交易，因此稍加盤剝即會對普通民眾的利
> 益構成極大損害，所以才會「告于王廷」。〔註1114〕

何有祖認為「某」下應連讀。勿若，即不相當。「某」是「邊縣之民及有官師之人」的自稱。是此句簡文的大意是「以前的征賦不如我現在的征賦重」：

> 整理者在「某」下斷句，當連讀作「初日政（征）勿若某今政（征）
> 砫（重）」，若，相當。《孟子·滕文公上》：「布帛長短同，則賈相若。」
> 勿若，即不相當。「某」是「鄹（邊）鄳（縣）之民及又（有）管（官）
> 帀（師）之人」的自稱。「初日政（征）勿若某今政（征）砫（重）」
> 大意是以前的征賦不如我現在的征賦重。〔註1115〕

劉成群認為「政」釋為「征」更妥當。首先「政」和「征」可通用。《國語》

〔註1113〕 何家歡：《清華簡（柒）《越公其事》集釋》，河北大學碩士論文，2018年6月，頁33。

〔註1114〕 子居：〈清華簡七《越公其事》第六章解析〉，http://www.xianqin.tk/2018/07/06/657，20180706。

〔註1115〕 何有祖：〈《越公其事》補釋（五則）〉，「文字、文獻與文明：第七屆出土文獻青年學者論壇暨國際學術研討會」會議論文（廣州：中山大學古文字研究所，2018年8月18～19日），頁160～162。

中的「相地而衰征」《荀子‧王制》作：「相地而衰政」楊倞注云：「政，或讀為征。」（王先謙：《荀子集解》卷五，北京中華書局，1988 年版，第 160 頁）「征重」即所征租賦沉重，此又遠比「政令煩苛沉重」文義通暢得多。〔註1116〕

王青認為「初日」，意猶「當初」。「政勿」的「勿」，意同下句「凡此勿」的「勿」，讀為類。意思是說，當初所征類於某人較輕。「硅」，原整理者讀作「重」。可從。〔註1117〕

秋貞案：

原考釋前面說「政重」是「政令繁重」，後面又說「政」讀為「征」，其意義不明。不知道他的意思指的是「市政」或是「稅征」？有些人認為是「征物」一詞，把它釋為「所征之物」，筆者認為簡文作者一直都只有「政（征）」一個字就可以代表「征收之物」或「征收賦稅」，不一定要用「征物」一詞來表達。以下會說明第六章和第七章的「征」即代表名詞「征物」。

筆者認為第六章通篇以「越王好信」為主旨。文章開頭的「王乃好信，乃修市政」，指的是越王好信，其具體作法是透過整飭市場的稅征來達成的，而「市政」指的就是「市場的稅征」。後面又以「市賈爭訟」為例，說明越王如何懲治不誠信的賈人，以建立越王喜好誠信的形象。從「王乃好信，乃修市政」這個主旨開展，其後尚有四處提到「政」字，同樣也指的是「市場的稅征」，它們是一脈相承地延續著同一個主旨：「越王好信」。從改革市場的稅征，讓越王建立好信的形象。

其後四處是，其一、二「初日政勿若某，今政硅（重），弗果」，此處兩個「政」字皆是「稅征」。第六章簡文寫到此，前提是縣民和官師有爭訟不決時，便上告於王庭。縣人說：「剛開始，市場的稅征沒有像這樣，今天的稅征加重，讓我們做不到。」此話是縣人的口吻陳述的，簡文作者寫得比較口語化，以增加文章的生動性。其三是「乃無敢增益其政以為獻於王」，此處的「政」亦是指「市場的稅征」，整句的意思是：「於是不敢增加稅征以為要獻給越王」。其四是第七章的「越地之多食、政薄而好信」，此處的「政薄而好

〔註1116〕劉成群：〈清華簡《越公其事》與句踐時代的經濟制度變革〉，「紀念徐中舒先生誕辰 120 周年國際學術研討會」會議論文（成都：四川大學歷史文化學院，2018 年 10 月 20～21 日），頁 1066～1077。

〔註1117〕王青：〈清華簡《越公其事》補釋〉，「出土文獻與商周社會學術研討會」會議論文集，2019 年，頁 323～332。

信」呼應第六章的「乃修市征」指的是「市場的稅征變少了」，整飭了市場的稅征，同時亦建立了越王好信的形象。

綜合以上，筆者認為此句是以縣人的口吻為立場寫的。其斷句為「初日政勿若某，今政砡，弗果」。「政」一個字指的是「市征」；「勿若某」指的是「沒有像這樣（或那樣）」，「勿」是否定詞，不是「類」。「若」是「像……」，「某」字為指稱「征重」的代詞；「弗果」指的是「做不到所要求的事」，意指市征加重而達不到官師的要求。

③凡此勿（物）也

原考釋釋「勿」為「類」：

> 凡此勿也，第四十一簡作「凡此聿也」，疑「勿」、「聿」皆讀為「類」。
> 〔註1118〕

心包認為「勿」無由讀「類」，疑「勿」讀為「物」，本身就有「品」、「類」的意思。〔註1119〕

王寧認為「此勿（物）」猶言「此事」：

> 下文言「此勿（物）」猶言「此事」。此文意思是有人舉報說：「以前的時候征收賦稅的事情是象某個樣子的，現在征收得太重，完不成。」凡是遇到這樣的事情，越王必定會親自召見並聽取情況，察問如果確實，那麼他（指來舉報的人）所在城邑的管事的和相關官員就會被罷免。〔註1120〕

陳劍認為「凡此勿也」則指諸人舉報云云之「事」，跟前文「征物」之「物」不同：

> 兩「勿」字，前者整理者如字讀，後者讀為「類」。網上已有研究者將其皆讀為「物」，訓為「事」。王寧先生解釋謂（武漢大學「簡帛」網「簡帛論壇」2017 年 5 月 1 日，http://www.bsm.org.cn/bbs/read.php?tid=3456&page=13）：此文意思是有人舉報說：「以前的時候征收賦

〔註1118〕清華大學出土文獻與保護中心編、李學勤主編：《清華大學藏戰國竹簡（柒）》，上海，中西書局，2017 年 4 月，頁 135，注 14。
〔註1119〕簡帛論壇：「清華七《越公其事》初讀」，第 24 樓，20170425。
〔註1120〕簡帛論壇：「清華七《越公其事》初讀」，第 116 樓，20170501。

稅的事情是象某個樣子的，現在征收得太重，完不成。凡是遇到這樣的事情，越王必定會親自召見並聽取情況，察問如果確實，那麼他（指來舉報的人）所在城邑的管事的和相關官員就會被罷免。」其說大致可從。但兩「勿（物）」字所指應該不是一回事。後者是諸人舉報云云之「事」，跟前文「征物」之「物」不同。〔註1121〕

吳德貞認為心包所說可從，將「勿」讀為「物」文義可通：

「勿」與「類」沒有通用的直接證據，且將「勿」讀為「物」文義可通，因此「心包」之說可從。〔註1122〕

子居認為「勿」、「聿」與「類」的通假，在吳越方言中當是成立的：

筆者猜測，整理者之所以說「疑『勿』、『聿』皆讀為『類』」，蓋因為通假關係不是很明顯。對於此點，筆者認為，據《說文‧聿部》：「聿，所以書也。楚謂之聿，吳謂之不律，燕謂之弗。」一方面，「不」、「弗」與「勿」在音義上有著明確的對應關係，且存在通假例證（《古字通假會典》第430頁「不與弗」條、第601頁「弗與勿」條，濟南：齊魯書社，1989年7月）。另一方面，「律」為來母物部，與「類」字聲韻皆同，因此上「不律」完全可以寫為「不類」（《古字通假會典》第535頁「律與類」條，濟南：齊魯書社，1989年7月）。故「勿」、「聿」與「類」的通假，在吳越方言中當是成立的。〔註1123〕

秋貞案：

「聿」和「類」通假的關係無誤，但是「勿」和「類」在聲韻及字義上均不相通。《書‧立政》：「時則勿有閒之。」劉逢祿《今古文集解》引莊宗伯云：「勿，《論衡》引作物。」〔註1124〕所以「勿」可以釋作「物」，《易‧家人‧象傳》：「君子以言有物。」孔穎達疏：「物，事也」。《繫辭》：「遂知來物」孔

〔註1121〕陳劍：〈簡談對金文「蔑懋」問題的一些新認識〉，http://www.gwz.fudan.edu.cn/Web/Show/3039，20170505。

〔註1122〕吳德貞：《清華簡《越公其事》集釋》，武漢大學碩士論文，2018年5月，頁7～8。

〔註1123〕子居：〈清華簡七《越公其事》第六章解析〉，http://www.xianqin.tk/2018/07/06/657，20180706。

〔註1124〕宗福邦、陳世鐃、蕭海波主編：《故訓匯纂》，商務印書館，2007年9月，頁258。

《清華大學藏戰國竹簡（柒）·越公其事》考釋

穎達疏：「物，事也」〔註1125〕。所以「凡此勿也。」指的是「凡是這樣的事」。原考釋從字義上認為「勿」為「類」，大方向沒有問題，只是沒有說明「勿」為「物」的環節。「初日政勿若某，今政砫，弗果，凡此勿也」此句的兩個「勿」字是不同的解釋，第一個「勿」指否定；第二個「勿」指的是「物」，事。陳劍所說「凡此勿也」則指諸人舉報云云之「事」，可從。

④【三九】王必親見而聖（聽）之

原考釋：

> 見，《史記·廉頗藺相如列傳》：「秦王坐章臺見相如。」又疑為「視」之訛書。視，審查、視聽。《墨子·尚同中》：「夫唯能使人之耳目助己視聽，使人之吻助己言談。」〔註1126〕

郭洗凡認為「見」可能是「視」的訛書：

> 楚文字中見、視的寫很相似，例如：郭店老丙五九例 ⟨圖⟩、部店五二七 ⟨圖⟩ 視：郭店老乙三 ⟨圖⟩、郭店老甲二五例，見字重見 ⟨圖⟩，因此整理者觀點可從，「見」可能是「視」的訛書。〔註1127〕

子居認為此處只當是「親見」而不會是「親視」：

> 只要熟悉先秦文獻，就不難判明，此處只當是「親見」而不會是「親視」。整理者「又疑為『視』之訛書」，且將「視」解釋為「視聽」並列舉「視聽」辭例，不知何故。〔註1128〕

秋貞案：

《越公其事》篇中有九個「見」字：⟨圖⟩（簡15）「親見使者曰」、⟨圖⟩（簡19）「孤用願見越公」、⟨圖⟩（簡32）「其見農夫老弱勤歷者」、⟨圖⟩、⟨圖⟩（簡32）「其見農夫稽頂足見」、⟨圖⟩（簡33）「其見有列、有司及王左右」、⟨圖⟩（簡

〔註1125〕宗福邦、陳世鐃、蕭海波主編：《故訓匯纂》，商務印書館，2007年9月，頁1402。
〔註1126〕清華大學出土文獻與保護中心編、李學勤主編：《清華大學藏戰國竹簡（柒）》，上海，中西書局，2017年4月，頁135，注15。
〔註1127〕郭洗凡：《清華簡《越公其事》集釋》，安徽大學碩士學位論文，2018年3月，頁73。
〔註1128〕子居：〈清華簡七《越公其事》第六章解析〉，http://www.xianqin.tk/2018/07/06/657，20180706。

40）「王必親見而聽之」、（簡 45）「王見其執事人則怡豫憙也」、（簡 46）「王見其執事人」。另外，《越公其事》中有一個「視」字，簡 75「」釋為「視」，「孤余奚面目以視于天下」。很明顯，這裡的「視」應該釋為「見」而非「視」。在簡 15「親見使者曰」亦是寫「親見」，故在此「見」字並非訛書。「王必親見而聖之」意指越王必然親自接見並且傾聽他的陳述。

⑤戠（察）之而訐（信），元（其）才（在）邑司事及官帀（師）之人則發（廢）也

原考釋：

在，擔任官職。《孟子·公孫丑上》：「賢者在位，能者在職。」邑，《說文》：「國也。」司事，猶有司。《國語·周語中》：「今雖朝也不才，有分族於周，承王命以為過賓於陳，而司事莫至，是蔑先王之官也。」官師，見本章注〔一二〕。發，讀為「廢」，黜免。《書·康誥》：「弘于天，若德裕，乃身不廢，在王命。」〔註1129〕

吳德貞認為「官師」本篇出現三處。「官」，簡文寫法有別，簡 39 之「官」（原告）寫作即「管」，簡 40 的兩處「官」寫作本字「」：

在邑司事，上告者（邊縣之民）所在城邑的主事之人。結合注[12]可知，當有「邊縣之人」和「官師之人」向越王反映征稅情況，如若屬實，越王即會處置「在邑司事」和「官師之人」。「官師」本篇出現三處，「官」，簡文寫法有別，簡 39 之「官」（原告）寫作即「管」，簡 40 的兩處「官」寫作本字：。〔註1130〕

子居認為此處的「邑」即下文「城邑」的省稱，「邑司事」即「城邑之司事」。「邑司事」和「官師之人」當是以市政管理人員為主：

此處的「邑」即下文「城邑」的省稱，「邑司事」即下文的「城邑之司事」，對照《越公其事》第七章的「察省城市邊縣」，不難看出對於該作者而言，「邑」、「城邑」、「城市」可以混稱無別。因為所訟為「市政」，故此處的「邑司事」和「官師之人」當是以市政管理人員

〔註1129〕清華大學出土文獻與保護中心編、李學勤主編：《清華大學藏戰國竹簡（柒）》，上海，中西書局，2017 年 4 月，頁 135，注 16。
〔註1130〕吳德貞：《清華簡《越公其事》集釋》，武漢大學碩士論文，2018 年 5 月，頁 67。

為主，《周禮》在市政管理人員方面列有司市、質人、廛人、胥師、賈師、司虣、司稽、胥、肆長、泉府等專職，越地彼時很可能不會如此細化，但在職司上當也相去不遠。〔註1131〕

秋貞案：

此句的解釋以原考釋之說可從。「戡（察）之而訐（信）」即和第六章之前的「戡（察）之而評（孚）」意思相同，意指經過審查屬實而可信者。「在邑司事」在城邑中擔任官職的人。「官師」指有所執掌的各級官吏。「戡（察）之而訐（信），亓（其）才（在）邑司事及官帀（師）之人則發（廢）也」，意思是「經過審查屬實而可信者，在城邑中的管員及各級官吏就會被罷黜懲處。」

⑥凡成（城）邑之司事及官帀（師）之【四〇】人

原考釋：

成邑，即城邑，城與邑。《國語‧楚語上》：「且夫制城邑若體性焉，有首領股肱，至於手拇毛脉，大能掉小，故變而不勤。」〔註1132〕

子居認為《越公其事》中的「邑」、「城邑」、「城市」可以混稱無別，「城邑」只是區別于邊縣的稱謂：

前文已言，對於《越公其事》這幾章的作者而言，「邑」、「城邑」、「城市」可以混稱無別，因此「城邑」只是區別于邊縣的稱謂，「城邑」即國，「邊縣」即野。整理者以《漢語大詞典》的詞條解釋為「城與邑」，在此處並不確切。〔註1133〕

秋貞案：

此處的「成邑之司事」和前文的「在邑司事」無別，指的是在城邑中的官吏。前文的「凡邊縣之民及有官師之人或告于王廷」指的是「民」和「官」之間的爭執而告於王庭的情況，官吏們若是不合理加重征稅，有此事實者，則官

〔註1131〕子居：〈清華簡七《越公其事》第六章解析〉，http://www.xianqin.tk/2018/07/06/657，20180706。

〔註1132〕清華大學出土文獻與保護中心編、李學勤主編：《清華大學藏戰國竹簡（柒）》，上海，中西書局，2017年4月，頁135，注17。

〔註1133〕子居：〈清華簡七《越公其事》第六章解析〉，http://www.xianqin.tk/2018/07/06/657，20180706。

吏會被處以罷黜免職。

⑦乃亡（無）敢增歷（斂）亓（其）政（征）以為獻於王

　　原考釋釋「歷」為「益」：

> 歷，從麻聲，讀為「益」，皆錫部字。增益，增添。此處義為虛誇。
> 戰國宋玉《高唐賦》：「交加累積，重疊增益。」政，或可讀為「征」。
> 增益其征，指加重賦稅負擔。〔註1134〕

　　劉剛認為整理者讀「增歷」為「增益」，是把「歷」字從「麻」聲來看，但是在戰國文字中其實一直沒有出現過明確的從「麻」得聲的字。「歷」字可以分析為从土，甘省聲。他認為簡32的「歷」可以為「歉」；簡41號簡文的「增歷」可以讀為「增歉」，其義與「增減」、「增損」相近。他認為「增歉」為偏義複詞，其語義偏向于「增」：

> 簡41號簡文的「增歷」可以讀為「增歉」，其義與「增減」、「增損」相近。整理者讀「增歷」為「增益」，當是考慮了上文有「或告於王廷曰：…今征重」這樣的句子，「乃亡（無）敢增歷亓（其）政（征）以為獻於王」應該是整理者所言的「不敢增加稅賦」的意思。現在我們把「增歷」讀為「增歉」，似乎與簡文不很統一。這個問題應該怎麼解釋呢？我們知道古漢語中有一類偏義複詞，由兩個相反、相對的詞素組成，在具體的上下文中只取其中一個詞素義作為詞義。
> 例如：
>
> 《戰國策·魏策》：「懷怒未發，休祲降於天。」
>
> 《史記·刺客列傳》：「多人，不能無生得失。」
>
> 《漢書·外戚傳》：「將軍領天下，誰敢言者？緩急相護，但恐少夫無意耳。」
>
> 《列子》：「無羽毛以禦寒暑。」
>
> 「乃亡（無）敢增歷（歉）亓（其）政（征）以為獻於王」中的

〔註1134〕清華大學出土文獻與保護中心編、李學勤主編：《清華大學藏戰國竹簡（柒）》，上海，中西書局，2017年4月，頁135，注18。

「增歷（歉）」應該也屬於這樣一類詞語，其語義偏向于「增」。〔註1135〕

古氏曰他認為劉剛讀「歷」為「歉」是正確的，但是釋為偏義複詞「增歷（歉）」就有點迂曲，他認為這個詞或許可以直接讀為「增減」：

> 減、兼古音皆見紐談部字（咸，或歸侵部）「增減」不用理解成偏義複詞，簡文「凡成（城）邑之司事及官帀（師）之【簡40】人，乃亡（無）敢增減亓（其）政（征）以為獻於王」，句意是說，「成（城）邑之司事及官帀（師）之人」，亦即負責徵收賦稅之人，在徵收賦稅時不敢上下其手、從中漁利吧。「增減其征」意即，官吏向老百姓徵收時增加，向上交納時減少，這正是古今官吏慣用的牟取私利的手段吧？〔註1136〕

陳劍認為「歷」不會是从「秝」聲之字，若把釋「歷」為「厤／廉」聲字，單從字形上看雖有道理，但問題是，根據「厤／廉」聲的字的讀音，簡文很難講通。簡41的「增歷」據跟「桬／懋」相聯繫的設想，應該讀「增貿」，增貿亓政以為獻於王，謂征收賦稅、征取實物時，或是增加、或是改換（其種類數量等），以求進獻獲功及取媚於王：

> 簡41「增歷」可讀為「增貿」，《尚書‧皋陶謨》「懋遷有無化居」之「懋」字，多書引「懋」作「貿」，「貿遷」且後為成詞，是大家熟悉的例子。「增貿其征以為獻」，謂征收賦稅、征取實物時，或是增加、或是改換（其種類數量等），以求進獻獲功及取媚於王。此例的釋讀不如上例直接必然，但據跟「桬／懋」相聯繫的設想，如此講也還算說得過去。〔註1137〕

王磊認為原考釋所說為是，賦稅為財物，故可以為獻。〔註1138〕

〔註1135〕劉剛：〈試說《清華柒‧越公其事》中的「歷」字〉，http://www.gwz.fudan.edu.cn/Web/Show/3011，20170426。

〔註1136〕網友古氏曰在復旦網論壇討論區 http://www.gwz.fudan.edu.cn/forum/forum.php?mod=viewthread&tid=7969，20170427。

〔註1137〕陳劍：〈簡談對金文「蔑懋」問題的一些新認識〉，http://www.gwz.fudan.edu.cn/Web/Show/3039，20170505。

〔註1138〕王磊：〈清華七《越公其事》札記六則〉，http://www.bsm.org.cn/show_article.php?id=2806，20170517。

　　蕭旭認為原考釋所說為是。「歷」古音「歷」、「鬲」同，「鬲」與「益」音轉：

> 整理者說是，益亦增也，加也。古音「歷」、「鬲」同，「鬲」與「益」
> 音轉。《儀禮・士喪禮》：「苴絰大鬲。」鄭玄注：「鬲，搤也。」《儀
> 禮・喪服傳》「鬲」作「搹」（武威漢簡《服傳》甲、乙本簡 1 仍作
> 「鬲」），此是聲訓。《說文》：「搹，把也。扼，搹或從㔉。」《慧琳
> 音義》卷 80：「扼捥：《說文》：『扼，猶把也。』正作搹，亦作搤，
> 音義並同。《錄》作扼，俗字也。」《廣雅》：「搤、搹，持也。」王
> 念孫曰：「『搤』與下『搹』字同。」（王念孫《廣雅疏證》，收入徐
> 復主編《廣雅詁林》，江蘇古籍出版社 1992 年版，第 268 頁）「扼
> （扼）」、「搤」、「搹」互為異體字。P.2011《切韻》、《玉篇》、《集韻》
> 「鶍」同「鷁」，亦是其比。〔註1139〕

　　侯瑞華認為簡 32 和簡 41 的「歷」字都可以讀為「斂」：

> 其實簡文中的兩處「歷」字都可以讀為「斂」。「廉」「斂」皆為來
> 母談部字，《說文》：「庲，廣也。」段注：「侈斂，古字作庲廉。」
> 二字的聲符亦往往可通，如「嗛」，《說文通訓定聲》云：「嗛，字
> 亦作噞。」「險」，《說文通訓定聲》云：「左襄二十九年傳『險而
> 易行』又為隒」。「慊」，《說文通訓定聲》云：「又為溓為傔，《廣
> 雅・釋詁四》『傔，貧也。』《淮南・原道》『不以慊為悲』注：約
> 也。」「鹼」，《集韻・鹻韻》：「鹼，或作鹻。」凡此皆可證二字古
> 通。所以從音上來說讀「歷」為「斂」是沒有問題的。〔註1140〕

　　侯瑞華認為簡 41 的「增歷」就好比古書中習見的「聚斂」、「厚斂」、「重斂」等就是「增加賦斂」。舉例兩條證據，即不實事求是地按照國家制定的標準征收賦稅，而是加重賦斂財稅：

> 第一，這段簡文屬於越王勾踐「五政」中的「好信」，也就是強調
> 信實可靠，嚴懲欺瞞虛假。引文分述了兩種情況，一是邊縣地區

〔註1139〕蕭旭：〈清華簡（七）校補（二）〉，http://www.gwz.fudan.edu.cn/Web/Show/3061，
　　　　　20170605。

〔註1140〕侯瑞華：〈《清華七・越公其事》「歷」字補釋〉，http://www.gwz.fudan.edu.cn/Web/
　　　　　Show/3079，20170725。

的吏民，一是城邑內的官吏，兩者顯然有著內在的聯繫。而「初日政勿若某」（整理者指出「政」或讀為「征」，亦通。），今政（征）重，弗果」就是在征收賦稅或征發徭役的過程中出現了政令不一致，甚至超出本來所限定的情況。兩個政字讀為「征」，以及「征重」，可以證明後面的「增歷亓（其）政（征）」同樣與賦斂有關。而且「重」與「增」相呼應，亦說明這裡的「歷」讀為「斂」非常合適。「增斂」就好比古書中習見的「聚斂」、「厚斂」、「重斂」等。如《荀子·王制》：「故修禮者王，為政者彊，取民者安，聚斂者亡。」《左傳·宣公二年》：「晉靈公不君，厚斂以彫墙。」《國語·晉語》：「怠教而重斂。」只不過這裡是「增斂」作為動詞，後面跟賓語「征」。類似的句式如《周禮·地官·司徒》：「以待有司之政令，而徵斂其財賦。」《管子·輕重乙》：「亡君廢其所宜得，而斂其所強求，故下怨上而令不行。」《詩經·小雅·正月》：「民今之無祿，天天是椓。」孔疏云：「謂農時而役，厚斂其財。」都可以與簡文比照參考。

第二個證據是「乃亡（無）敢增歷（斂）亓（其）政（征）以為獻於王」，意即官吏將賦斂所得呈奉給越王。結合簡文內容圍繞「好信」，前一個方面又說了「征重」，那麼這種「增歷（斂）亓（其）政（征）」即不實事求是地按照國家制定的標準征收賦稅，而是加重賦斂財稅；這樣做或者是討好君王或者是虛誇政績。〔註1141〕

他還認為陳劍所引到的一條文獻更加值得注意：

而陳劍先生所引到的一條文獻更加值得注意：《漢書·高帝紀下》所載「定口賦詔」：「欲省賦甚。今獻未有程，吏或多賦以為獻，而諸侯王尤多，民疾之。……」顏師古注：「諸侯王賦其國中，以為獻物，又多於郡，故百姓疾苦之。」引文中的「吏或多賦以為獻」豈不正相當於簡文所言的「增斂其征以為獻於王」嗎？結合上下文義來看，將「歷」讀為「斂」文從字順、十分恰當。因此《清華七·越公其

〔註1141〕侯瑞華：《〈清華七·越公其事〉「歷」字補釋〉，http://www.gwz.fudan.edu.cn/Web/Show/3079，20170725。

事》的兩個「歷」字都應讀為「斂」。〔註1142〕

郭洗凡認為原考釋之說可從，「歷」从「厤」从「土」，「厤」聲，「厤」與「益」都是上古錫部字，「益」就是增，增加、增長的意思。〔註1143〕

Shenhao19 認為簡 32 和簡 41 的兩個「歷」字，一處讀為「埶」，一處讀為「設」，跟「蔑歷」沒太大關係，可能直接從三晉的「埶」來的。〔註1144〕

羅云君認為劉剛之說可從，但缺乏明確的辭例。姑從整理報告意見。〔註1145〕

子居認為陳劍把「歷」字讀為「貿」說當是，但是春秋戰國時期尚缺乏大規模批量生產商品的條件，這裡的「政」是市政，所以沒有增加、或是改換徵收賦稅的問題。故「增貿其政」當指增加、更易市政內容條款，市政管理者私下改易初政或增加新政，從中榨取利益以討好越王，屬於嚴重瀆職行為，會導致普通民眾不僅利益受損：

> 整理者釋為「曆」讀為「益」的「歷」字，陳劍先生讀為「貿」，說當是，但陳劍先生以為「謂徵收賦稅、征取實物時，或是增加、或是改換」則當不確，此章所言為市政，不是國政，市中之征為泉布或一般等價物，只有多征、少征還是不征的問題，因為春秋戰國之際尚缺乏大規模批量生產商品的條件，所以市場上交易的商品數量往往不甚多，一般是無從改換征取實物的。在上古缺乏比較廉價通行的一般等價物時，入市商品因為難以按交易價值的百分比收取交易商品實物來徵收賦稅，所以才有「市廛而不征」的情況。前文已言，「政」只當理解為「市政」，故「增貿其政」當指增加、更易市政內容條款，市政管理者私下改易初政或增加新政，從中榨取利益以討好越王，屬於嚴重瀆職行為，會導致普通民眾不僅利益受損，且失去對越王勾踐初政的信任，因此打擊

〔註1142〕侯瑞華：〈《清華七・越公其事》「歷」字補釋〉，http://www.gwz.fudan.edu.cn/Web/Show/3079，20170725。

〔註1143〕郭洗凡：《清華簡《越公其事》集釋》，安徽大學碩士學位論文，2018 年 3 月，頁 74。

〔註1144〕網友 Shenhao19 在復旦網論壇發表 http://www.gwz.fudan.edu.cn/forum/forum.php?mod=viewthread&tid=7969，20180407。

〔註1145〕羅云君：《清華簡《越公其事》研究》，東北師範大學，2018 年 5 月，頁 76。

此類行為仍是越王勾踐的「好信」舉措。〔註1146〕

秋貞案：

我們在簡32「亓見蓐夫老弱堇歷者」的「堇歷」一詞中討論了「歷」字。在簡41的「乃亡敢增歷亓政以為獻於王」中的「增歷」又如何解釋？原考釋認為「歷」在此讀為「益」，他的考量是因為「歷」從「麻」得聲，目前支持從「麻」得聲的學者除了原考釋外，還有王磊、蕭旭、郭洗凡。支持「歷」從「甘」聲的有劉剛釋為「歉」、古氏曰支持劉剛，釋為「增減」、侯瑞華釋為「增斂」。至於陳劍認為是從字形判斷「歷」應以「林（棥）」音為據，子居支持這個看法。季師旭昇認為「棥」字說文釋為「木盛也」，則「歷」字上部從「林」或從「林」會意，沒有不同。「歷／歷／歷／歷／壓」等字，由於有《繫年》及《上博·周易》的對照，它應該就是「廉」字。〔註1147〕筆者認為從文義來看，有司只會增加稅收以討好越王，不會減少稅收來討好人民。因此本詞釋為「增斂」最為合適。「增斂」沒有出現在先秦兩漢的典籍上，但文義妥適。「增減」一讀，雖然文獻多見，但放在本篇其實是說不過去的。

2. 整句釋義

凡是邊縣城市之民和有官職的人因為爭訟而上告於王庭，（縣民）說：「剛開始市征沒有像這樣的，今日加重稅征，根本達不到要求。」凡是這樣的事，王一定親自接見傾聽他的話，經過查證屬實，那個在縣為官的職員及官師就會被廢黜。於是所有在城邑為官的職員及官師們沒有敢隨意增加征稅來獻給越王的。

（三）凡又（有）訧（獄）訟㝠＝（至于）王廷①，曰：「昔日與弖（己）言員（云），今不若亓（其）言②。」凡此聿（類）【四一】也，王必親聖（聽）之，旨（稽）之而訐（信），乃母（毋）又（有）貴踐，戮（刑）也③。凡雫（越）庶民交倢（接）、言語、貨資、市賈乃亡（無）敢反不（背）訐（欺）巳（詒）④。【四二】雫（越）則亡（無）訧（獄），

〔註1146〕子居：〈清華簡七《越公其事》第六章解析〉，http://www.xianqin.tk/2018/07/06/657，20180706。

〔註1147〕季師旭昇：〈從《清華貳·繫年》談金文的「蔑廉」〉，第27屆中國文字學會，台中教育大學主辦，2016年5月13～14日。

王則閒＝（閒閒），隹（唯）訐（信）是趣（趣）⑤，嚞于右（左）右，塱（舉）雴（越）乃皆好訐（信）⑥。

1. 字詞考釋

①凡又（有）訣（獄）訟𡉈＝（至于）王廷

原考釋：

> 訣，「獄」之省形。獄訟，《周禮・大司徒》「凡萬民之不服教而有獄訟者，與有地治者聽而斷之，其附于刑者，歸于士。」鄭玄注：「爭罪曰獄，爭財曰訟。」〔註1148〕

子居此處所說「獄訟」當是指會涉及到刑事處罰的訴訟：

> 此處所說「獄訟」即前文「市賈爭訟」的升級版，前面的「爭訟」應是決於市，而當所訟內容較嚴重時，因為司市只是下大夫級別，就難免會難以裁定，所以會「至於王廷」，對照前文「爭訟」，再考慮到後文的「乃毋有貴賤，刑也」，則此處的「獄訟」當是指會涉及到刑事處罰的訴訟。〔註1149〕

秋貞案：

「凡又（有）訣（獄）訟𡉈＝（至于）王廷」的「獄訟」是否其犯罪情節比之前的「或告於王廷」嚴重？其實未必然。筆者認為此處簡文作者想要強調的是「乃毋有貴賤，刑也」一句。原考釋的解釋可從。「凡又（有）訣（獄）訟𡉈＝（至于）王廷」意指「凡是有獄訟之事上告到王庭」。

②曰：「昔日與呂（己）言員（云），今不若亓（其）言

原考釋：

> 此句意思是過去對我曾經如此說，現在不像那時說的那樣。意在責其不信。〔註1150〕

〔註1148〕清華大學出土文獻與保護中心編、李學勤主編：《清華大學藏戰國竹簡（柒）》，上海，中西書局，2017年4月，頁135，注19。

〔註1149〕子居：〈清華簡七《越公其事》第六章解析〉，http://www.xianqin.tk/2018/07/06/657，20180706。

〔註1150〕清華大學出土文獻與保護中心編、李學勤主編：《清華大學藏戰國竹簡（柒）》，上海，中西書局，2017年4月，頁135，注20。

子居認為「昔日」一詞最早出現在《楚辭·離騷》，故判斷《越公其事》第六章的成文時間很可能不早於屈原的時代：

> 「昔日」一詞，于傳世文獻最早見於《楚辭·離騷》：「何昔日之芳草兮，今直為此蕭艾也。」由此可見《越公其事》第六章的成文時間很可能不早於屈原的時代。〔註1151〕

秋貞案：

（百姓說）「昔日與吾言員，今不若亓言」此意指「過去跟我說的是那樣，現在卻不像之前所說的那樣。」原考釋之說可從。「員」字，諸家未釋，應讀為語詞「云」，猶「云云」，《上博七·君人者何必安哉》簡9有「先君靈王乾溪云爾」，「云」字用法類似。

③凡此聿（類）【四一】也，王必親聖（聽）之，旨（稽）之而訐（信），乃母（毋）又（有）貴踐，劓（刑）也

原考釋：

> 聿，讀為「類」，從聿聲的「律」與「類」皆來母物部字。類，種類。《易·乾》：「本乎天者親上，本乎地者親下，則各從其類也」〔註1152〕

吳德貞認為「聿」或可讀為「律」，述也：

> 「聿」或可讀為「律」，《禮記·中庸》「上律天時」，鄭玄注：「律，述也。」《爾雅·釋言》「律，述也。」郭璞注：「律，敘述也，方俗語耳。」〔註1153〕

子居認為「聿」為「類」是與吳越方言相應的。《越公其事》第四章至第九章只言「好農」、「好信」、「好征人」、「好兵」、「審刑」，絕無使用「君子」、「小人」之類標籤的習慣，此處更是直言「乃毋有貴踐，刑也」，當皆是體現出《越公其事》第四章至第九章作者所曾受到的兵家文化影響。先秦同時有兵家、法家特徵的文獻以《逸周書》最早。《越公其事》的「好農」、「好信」、

〔註1151〕子居：〈清華簡七《越公其事》第六章解析〉，http://www.xianqin.tk/2018/07/06/657，20180706。

〔註1152〕清華大學出土文獻與保護中心編、李學勤主編：《清華大學藏戰國竹簡（柒）》，上海，中西書局，2017年4月，頁135，注21。

〔註1153〕吳德貞：《清華簡《越公其事》集釋》，武漢大學碩士論文，2018年5月，頁68。

「好征人」、「好兵」、「審刑」也可與《逸周書》對應，故《越公其事》的作者所受文化影響當可溯至《逸周書》。另外，考慮到《越公其事》所述與《周禮》多有相合，不難推知，《周禮》在先秦並不是儒家文獻，與《儀禮》、《禮記》是判然有別的：

> 吳越方言讀「聿」為「不律」，見前引《說文》，故「聿，讀為『類』」可與吳越方音相應，此點前文已述。因為重「信」、重「人」、重「賞罰」，罕言「君子」、「小人」，主張「刑上極」、「賞下通」等內容，都是先秦兵家特色，故《越公其事》第四章至第九章只言「好農」、「好信」、「好征人」、「好兵」、「審刑」，絕無使用「君子」、「小人」之類標籤的習慣，此處更是直言「乃毋有貴賤，刑也」，當皆是體現出《越公其事》第四章至第九章作者所曾受到的兵家文化影響。但由各章內容可見，作者可能並不很熟悉軍事，其所記述內容更側重於執政措施，因此作者的思想傾向當在兵家與法家之間。考慮到先秦同時有兵家、法家特徵的文獻以《逸周書》最早，《越公其事》的「好農」、「好信」、「好征人」、「好兵」、「審刑」也可與《逸周書》對應，故《越公其事》的作者所受文化影響當可溯至《逸周書》。另外，考慮到《越公其事》所述與《周禮》多有相合，不難推知，《周禮》在先秦並不是儒家文獻，與《儀禮》、《禮記》是判然有別的。〔註1154〕

秋貞案：

古代典籍中未見「聿」可以作「類」解釋的，原考釋只是因為聲音相近而釋其為「類」。古書「聿」多作為發語詞，《詩・大雅・文王》：「聿脩厥德」，毛傳：「聿，述也。」《大雅・大明》：「聿懷多福」鄭玄箋：「聿，述也。」以上「聿」字，近代學者大都主張釋為語詞。《墨子》：「《湯誓》曰：『聿求厥德。』」孫詒讓《墨子閒詁》注云：「湯誓偽孔傳云：『聿，遂也。』」〔註1155〕古代注解的「述」，其實是「遂」之類的意思，為虛詞，不得釋為實詞。

〔註1154〕子居：〈清華簡七《越公其事》第六章解析〉，http://www.xianqin.tk/2018/07/06/657，20180706。

〔註1155〕（清）孫詒讓撰，孫啟治點校：《墨子閒詁》，北京中華書局，2001 年 4 月，頁 56。所引《墨子》及孫注俱見此。

吳德貞引《禮記・中庸》「上律天時」鄭玄注：「律，述也。」又引《爾雅・釋言》「律，述也」郭璞注：「律，敘述也，方俗語耳。」都是誤讀古書。《爾雅・釋言》的原文是「律、遹：述也。」意思是：「律」、「遹」，二詞都是「述」的意思，但是這兒的「律」其實是「聿」的假借、「述」則是「遂」的假借，意思都是「依循」，徐朝華《爾雅今注》說：

①「述」，遵循，依照。《禮記・中庸》：「父作之，子述之。」②「律」，法律，規則。引申為遵循。《禮記・中庸》：「上律天時，下襲水土。」③「遹」，遵循。《尚書・康誥》：「今民將在祇遹乃文考。」〔註1156〕

徐朝華的解釋大體是對的。讀《爾雅》需明《爾雅》體例，其書用字多非本義。原考釋於此訓「聿」為「類」，其實是有理的。

④凡羣（越）庶民交訣（接）、言語、貨資、市賈乃亡（無）敢反不（背）訢（欺）巳（詒）

原考釋：

訣，《廣韻》：「多言也。」讀為「接」，並為齒頭音葉部字。交接，交往。《禮記・樂記》：「射鄉食饗，所以正交接也。」言語，《易・頤》：「《象》曰：『山下有雷，頤。君子以慎言語，節飲食。』」貨、資，亦同義連用。《說文》：「資，貨也。」《周禮・考工記序》：「通四方之珍異以資之，謂之商旅。」鄭玄注：「商旅，販賣之客也。」市、賈同義連用。《孟子・滕文公上》：「從許子之道，則市賈不貳，國中無偽；雖使五尺之童適市，莫之或欺。」〔註1157〕

子居認為「交接」一詞主要流行於東方；「貨資」見於《韓非子・解老》，故《韓非子》中該詞的使用不排除是源自《越公其事》的影響。先秦出土文獻中上博簡《曹沫之陳》也有「貨資」一詞，可證《曹沫之陣》的成文時間很可能也接近於《越公其事》第六章的成文時間：

「交接」一詞，先秦傳世文獻見於《管子・國蓄》、《管子・輕重乙》、《墨子・尚賢》、《禮記・樂記》等篇，可見該詞主要流行於東方各

〔註1156〕徐朝華《爾雅今注》，天津：南開大學出版社，1987.7，頁79～80。
〔註1157〕清華大學出土文獻與保護中心編、李學勤主編：《清華大學藏戰國竹簡（柒）》，上海，中西書局，2017年4月，頁135，注22。

國。「貨資」又作資貨，先秦傳世文獻見於《韓非子・解老》，前文已言韓非當讀過衍生自《越公其事》的某種已佚文獻，故《韓非子》中該詞的使用不排除是源自《越公其事》的影響。先秦出土文獻中上博簡《曹沫之陳》也有「貨資」一詞，可證《曹沫之陣》的成文時間很可能也接近於《越公其事》第六章的成文時間。〔註1158〕

秋貞案：

「疌」的上古音在從母葉部字，「接」上古音在精母葉部字，都是齒頭音葉部字故在聲韻上可通，「交疌」原考釋釋為「交往」，可從。在此「交接、言語、貨資、市賈」四組詞彙均為同義複詞的組合。「反不訫巳」的解釋如前第三十八簡作「詆訫訫巳」一樣，原考釋釋為「反背欺詒」，可從。「凡雩庶民交疌、言語、貨資、市賈乃亡敢反不訫巳」意為「所有庶民百姓來往、說話、買賣、市場交易都不敢反背欺詒」。

⑤【四二】雩（越）則亡（無）訣（獄），王則閖＝（閖閖），隹（唯）訐（信）是趣（趣）

原考釋釋「閖＝」為「閑閑」悠閒貌：

> 閖閖，古書作「閑閑」，悠閒貌。《詩・十畝之間》「十畝之間兮，桑者閑閑兮，行與子還兮」，朱熹《集傳》：「閑閑，往來者自得之貌。」
> 〔註1159〕

郭洗凡引《莊子・齊物論》：「大知閑閑，小知閒閒」，認為「閖＝」在簡文裡指的是從容自得的樣子：

> 《莊子・齊物論》：「大知閑閑，小知閒閒。」成玄英疏：閒閒，分別也……小知狹劣之人，性靈褊促，有取有舍，故閒隔而分別。在簡文裡指的是從容自得的樣子。〔註1160〕

仲時認為「閖＝」疑與郭店《性自命出》、上博《性情論》「柬柬之信」之「柬

〔註1158〕子居：〈清華簡七《越公其事》第六章解析〉，http://www.xianqin.tk/2018/07/06/657，20180706。

〔註1159〕清華大學出土文獻與保護中心編、李學勤主編：《清華大學藏戰國竹簡（柒）》，上海，中西書局，2017年4月，頁136，注23。

〔註1160〕郭洗凡：《清華簡《越公其事》集釋》，安徽大學碩士學位論文，2018年3月，頁75。

東」同指。論壇發言簡略，未詳細說明「東東」何意？一般解為「誠信貌」：

> 簡 43「王則閖＝，唯信是趣」之「閖＝」，疑與郭店《性自命出》、上
> 博《性情論》「東東之信」之「東東」同指。〔註1161〕

子居認為「越則無獄，王則閑閑」的描述誇飾，顯示《越公其事》第四至第九章的作者很可能不是史官，可能只是後人追記：

> 「越則無獄，王則閑閑」的描述，一望可知絕無可能是實際情況，
> 由此也可以看出該章作者重在誇飾，並不在意史實究竟如何。因此
> 可以判斷，《越公其事》第四至第九章的作者很可能不是史官。所以
> 即使是《越公其事》中的核心內容「五政」，當也並非出自越史之手，
> 而只是後人追記。〔註1162〕

秋貞案：

「閖＝」，原考釋以為悠閑貌。季師以為與下文文義不協。下文云「唯信是趣」，並非悠閑無事；再下文「矗于左右」，各家所解也講得不夠清楚（是把「悠閑」貌矗于左右呢？還是把「唯信是趣」矗于左右？）。郭洗凡已經引了《莊子‧齊物論》「大知閑閑，小知閒閒。」及成玄英疏：「閒閒，分別也。」卻又說「簡文裡指的是從容自得的樣子」，非常可惜。其實成玄英的意思是「努力認真分辨是非」的樣子。簡文「越則無獄，王則閒閒」，兩句的「則」字功能不同，「越則無獄」的「則」字是順承連詞，由於越王好信修市政，於是「越則無獄」；後一句「王則閒閒」的「則」字是逆接連詞，全句的意思是越王卻仍舊「努力認真明察市政、分辨獄訟是非」。〔註1163〕採用這個解釋，下句「矗于左右」才能合理銜接。

「隹（唯）訐（信）是迊（趣）」是「唯趣信」的倒裝句。「趣」字即「趨」、「向」之意，《逸周書‧大聚》：「商賈趣市以合其用」，朱右曾集訓校釋：「趣，趨同。」《漢書‧鄭當時傳》：「常趨和承意」顏師古注：「趣，向也。」「雫（越）則亡（無）訧（獄），王則閖＝（閒閒），隹（唯）訐（信）是迊（趣）」

〔註1161〕簡帛論壇：「清華七《越公其事》初讀」，第229樓，20180410。

〔註1162〕子居：〈清華簡七《越公其事》第六章解析〉，http://www.xianqin.tk/2018/07/06/657，20180706。

〔註1163〕「則」的這兩種用法參中國社會科學院語言研究所古代漢語研究室編《古代漢語虛詞詞典》，北京：商務印書館1999年，頁811～813。

是說：越國則沒有獄訟之事，越王卻仍舊認真明察市政、分辨獄訟是非，越王一心趨喜好誠信。

⑥矗于右（左）右，嬰（舉）雫（越）乃皆好訐（信）。

原考釋讀「矗」為「及」：

> 驫羌鐘「矗」，讀為「襲」，簡文中讀為「及」。旁及，至也。《詩·蕩》：「覃及鬼方。」〔註1164〕

暮四郎認為「矗（襲）」似當讀為「逮」。「矗（逮）于左右」可參看《論語·季氏》「政逮於大夫，四世矣」，即及于左右：

> 「矗（襲）」似當讀為「逮」。古「襲」、「遝」通用。《史記·淮陰侯列傳》「魚鱗襍遝」，《漢書·蒯伍江息夫傳》作「魚鱗雜襲」。「遝」、「逮」通用。《禮記·中庸》「以逮賤也」，逮，《釋文》作「遝」，云：「遝，本又作逮，同音代。」「矗（逮）于左右」可參看《論語·季氏》「政逮於大夫，四世矣」，即及于左右。下文之「矗于左右」同此。〔註1165〕

林少平認為「矗於左右」。其中，「矗」當讀作「沓」，古文「沓」與「達」通假：

> 簡43「矗於左右」。其中，「矗」當讀作「沓」。古文「沓」與「達」通假。「沓生」又同「達生」。故可讀作「達於左右」，與前文「唯信是趣」相呼應。〔註1166〕

海天遊蹤認為「矗」讀為「襲」即可：

> 「矗」讀為「襲」即可。《相馬經》「一寸逮鹿，二寸逮麋，三寸可以襲歟（烏），四寸可以理天下，得兔4上與狐」《集成》注釋云：「襲烏：形容馬的速度快到可以襲擊烏鴉。」此說似無必要。蕭旭〈馬王堆帛書《相馬經》校補〉：「襲亦逮也。《廣雅》：『襲，及也。』」下文即作「遝（逮）歟（烏）雅（鴉）」。」又傳世文獻常見「襲于

〔註1164〕清華大學出土文獻與保護中心編、李學勤主編：《清華大學藏戰國竹簡（柒）》，上海，中西書局，2017年4月，頁136，注24。

〔註1165〕簡帛論壇：「清華七《越公其事》初讀」，第1樓，20170423。

〔註1166〕簡帛論壇：「清華七《越公其事》初讀」，第5樓，20170424。

某某」，此不贅。〔註 1167〕

明珍認為簡 43 及簡 48 的「譶于左右」的「譶」字不需要通讀為「及」，直接釋為「疾言」即可，「譶于左右」，即越王疾言於左右，即今之再三叮嚀、耳提面命：

> 譶，《說文》：「疾言也。」段玉裁注引：「譶，言不止也。」此字不需要通讀為「及」，直接釋為「疾言」即可。越王「譶于左右」，意思是越王疾言於左右，即今之再三叮嚀、耳提面命。〔註 1168〕

郭洗凡認為「譶」，疾言也，從三言，讀若沓，語言迅疾的意思。與「及」皆為上古緝部字，二字可通讀。〔註 1169〕

吳德貞認為「海天遊蹤」之說可從「譶」讀為「襲」，訓為「及」：

> 「海天遊蹤」之說可從，「譶」讀為「襲」，訓為「及」，簡 48 之「譶」亦如是。〔註 1170〕

何家歡「譶」即讀為「沓」，簡文譶字則不必破讀，徑訓為「語多」：

> 《說文‧言部》：「譶，疾言也。從三言，讀若沓。」郭沫若云：「金文多繁文，如福或作福若禶，即其證。此譶即讀為沓，《漢書‧禮樂志》：『騎沓沓。』師古云：『沓沓疾行也。』譶猶沓沓矣。」（李圃主編《古文字詁林》（全十二冊），第三冊，第 126 頁）又《說文‧水部》：「沓，語多沓沓也。」「沓沓」乃為語多之義，簡文譶字則不必破讀，徑訓為「語多」，整句話大意為：把「唯信是趣」的意思不厭其煩地表達給左右官員。〔註 1171〕

子居認為由前文的「越則無獄，王則閑閑」不難判斷，必然不能理解為此時才「及於左右」，因此「譶」當讀為「習」，指左右習慣於好信、守信。〔註 1172〕

〔註 1167〕簡帛論壇：「清華七《越公其事》初讀」，第 8 樓，20170424。
〔註 1168〕簡帛論壇：「清華七《越公其事》初讀」，第 139 樓，20170502。
〔註 1169〕郭洗凡：《清華簡《越公其事》集釋》，安徽大學碩士學位論文，2018 年 3 月，頁 75。
〔註 1170〕吳德貞：《清華簡《越公其事》集釋》，武漢大學碩士論文，2018 年 5 月，頁 68。
〔註 1171〕何家歡：《清華簡（柒）《越公其事》集釋》，河北大學碩士論文，2018 年 6 月，頁 34。
〔註 1172〕子居：〈清華簡七《越公其事》第六章解析〉，http://www.xianqin.tk/2018/07/06/657，20180706。

王青認為「譶」讀作同緝部的「習」更合適：

> 「譶」，《說文》訓為「疾言也，從三言，讀若遝。」((漢)許慎：《說文解字》卷三上，第57頁)「䜐」，見於驫羌鐘銘文。唐蘭先生認為此字與「襲」字有關，李家浩先生進一步指出「䜐」屬定母輯部，「襲」屬邪母輯部，二字韻部相同，聲母關係密切，可以相通。(李家浩：《釋上博戰國竹簡〈緇衣〉中的「茲臣」合文——兼釋兆域圖「䢳」和驫羌鐘「䜐」等字》，《康樂集——曾憲通教授七十壽慶論文集》，廣州，中山大學出版社，2006年，第24頁) 清華簡《系年》簡46「秦師將東䜐(襲)鄭」，「䜐」，讀作「襲」，可證李家浩先生的釋讀是非常正確的。然《越公其事》此處簡文「譶於左右」之「譶」，讀作「襲」，不若讀作同緝部的「習」更合適。《說文》訓遝為語多，與從三言字意同。「習於左右」，猶《禮記·檀弓》「習於禮者」、「孔子曰：『延陵季子，吳之習於禮者也』」(以上分別見於(清)孫希旦：《禮記集解》，北京：中華書局，1989年，第204、294頁)「習於」一辭多見。「習於左右」又見於第48簡。

秋貞案：

「譶」字應該怎麼解？由於大家沒有把「王則閒閒」的意思講明白，所以「譶于左右」的意思也都說不清楚，到底是「王則閒閒，譶于左右」呢？還是「唯信是趣，譶于左右」？現在我們既然已經把「王則閒閒」的意思講清楚了，本章的「王則閒閒，唯信是趣」就應該當成一件事，越王把這一件事「譶」于左右，應該怎麼解呢？各家所解似乎都有道理。但是，原考釋釋「及」，與「譶」聲母相距較遠；暮四郎釋「逮」，韻部與「譶」不同；林少平讀「沓」，聲韻都合，但再轉為「達」，韻部就不合了；海天釋為「襲」，以為同「逮」，但文獻中大部分的「襲」意義都不是「逮」；子居和王青都讀為「習」，筆者認為考量簡文的意思是越王要人民守刑罰，手段霹靂，不太可能等到人民習慣或不習慣。故明珍說「疾言」較可從。本篇有三個「譶」，如果能夠採用同一個解釋，似乎是最好，簡31「稱譶悚懼」，本論文已採用「譶」字的本義「疾言」，其實此處也可以採用此義，「越則無獄，王則閒閒，唯信

是趣，譶于左右，舉越乃皆好信」的意思是：越就沒有人入獄了，越王卻仍舊努力認真明察市政、分辨獄訟是非，並且疾言於左右之人（要他們也要努力好信），整個越國於是都好信了。

2. 整句釋義

凡有獄訟上告到王庭，（百姓）說：「過去跟我們說的是那樣，現在卻不像之前所說的那樣。」凡是有這類的事情，越王一定親自傾聽他，查核所言屬實，就會不分貴踐，處以剄刑。因此所有百姓來往、說話、買賣、市場交易都不敢反背欺詒。越國因此沒有獄訟之事，越王卻仍然努力認真明察市政、分辨獄訟是非，並且疾言於左右之人（要他們也要努力好信），整個越國於是都好信了。

三、《越公其事》第七章「徵人多人」

【釋文】

雩（越）邦備訐（信），王乃好陞（登）人，王乃趣（趨）徒（使）人戠（察）䁈（省）成（城）市鄸（邊）還（縣）尖=（小大）遠佖（邇）之匓（勼）、茖（落），王則䭾（䭾=，比視），隹（唯）匓（勼）、茖（落）是戠（察）䁈（省），【四四】䎽（問）之于右（左）右。王既戠（察）智（知）之，乃命上會，王必親聖（聽）之。亓（其）匓（勼）者，王見亓（其）執事人則怠（怡）悆（豫）憙（憙）也，不[illegible]擾【四五】芺=（懆懆）也，則必畬（飲）飤（食）賜巹（予）之。亓（其）茖（落）者，王見亓（其）執事人則顚（顰）慼不悆（豫），弗余（予）畬（飲）飤（食）。王既必（比／畢）聖（聽）之，乃品【四六】，埜（野／與）會厽（三）品，交于王寶（府），厽（三）品年（進）譸（酬）支（扑）䜌（逐）。由臤（賢）由毀，又（有）籅（爨）戠（劌），又（有）賞罰，善人則由（迪），朁（憯）民則伓（附）。是以【四七】蘳（勸）民，是以收敂（賓），是以匓（勼）邑，王則隹（唯）匓（勼）、茖（落）是徵（趣），譶于右（左）右。舉（舉）雩（越）邦乃皆好陞（登）人，方和于亓（其）埅（地）。東【四八】𡰥（夷）、西𡰥（夷）、古蔑、句虐（吳）四方之民乃皆

舗（聞）雩（越）陞（地）之多飤（食）、政（征）溥（薄）而好訐（信），乃波（頗）遻（往）遣（歸）之，雩（越）陞（地）乃大多人。【四九】

【簡文考釋】

（一）雩（越）邦備訐（信），王乃好陞（登）人①，王乃遯（趨）使（使）人戠（察）睹（省）成（城）市鄝（邊）還（縣）尖＝（小大）遠泟（邇）之訇（勺）、荅（落）②，王則毗（毗＝，比視），隹（唯）訇（勺）、荅（落）是戠（察）睹（省），【四四】舗（問）之于岙（左）右③。王既戠（察）智（知）之，乃命上會，王必親聖（聽）之④。

1. 字詞考釋

①雩（越）邦備訐（信），王乃好陞（登）人

原考釋釋「陞」為「徵」：

> 徵，徵召。徵人，類同《商君書》之「徠民」。〔註1173〕

薛后生認為「備」讀為「服」，正確可從。《中山王鼎》（集成 2804）銘文中的「吳人並越，越人修教備信」中的「備」。鼎銘中的「備」要讀為「服」：

> 「備」讀為「服」，正確可從，以往將《中山王鼎》（集成2804）銘文中的「吳人並越，越人修教備信」中的「備」如字讀，是不對的，鼎銘中的「備」要讀為「服」，訓為「行」。（參王睿碩論，2017年）〔註1174〕

王進鋒認為陞，即升。升，進：

> 陞，即升。《楚辭·九歎·遠遊》：「志升降以高馳」，舊注：「升，一作陞」。《周禮·春官·視祲》：「九曰隮」，鄭玄注：「隮者，升氣也」，孫詒讓《周禮正義》：「陞、升字通」。《方言》卷十二：「未陞天龍謂之蟠龍」，戴震疏證：「升、陞通」。升，進。《呂氏春秋·孟秋》：「農乃升穀」，高誘注：「升，進也」。《公羊傳·隱西元年》：「所聞異辭」，

〔註1173〕清華大學出土文獻與保護中心編、李學勤主編：《清華大學藏戰國竹簡（柒）》，上海，中西書局，2017年4月，頁137，注1。

〔註1174〕簡帛論壇：「清華七《越公其事》初讀」，第 25 樓，20170425。http://www.bsm.org.cn/bbs/read.php?tid=3456&page=3

何休注：「于所聞之世見治升平」，徐彥疏：「升，進也」。《文選‧張衡〈西京賦〉》：「升觴舉燧，既醲鳴鐘」，李善注：「升，進也」。《玉篇》：「進，升也」。〔註1175〕

子居認為「備」當讀為原字，訓為皆、盡；「升人」當讀為「登人」，登，上也：

> 備當讀為原字，訓為皆、盡，筆者《清華簡七〈越公其事〉第六章解析》已指出。整理者注：「征，徵召。征人，類同《商君書》之『徠民』。」「升人」當讀為「登人」，甲骨文習見。宋人為殷人之後，必然多有殷商時期的措辭遺存，清華簡中涉及伊尹的諸篇如《說命》、《尹至》、《尹誥》等皆可為證。越地近宋，因此受宋文化影響勢所難免。《周禮‧秋官司寇‧司民》「司民掌登萬民之數，自生齒以上皆書於版，辨其國中與其都鄙及其郊野，異其男女，歲登下其死生。」鄭玄注：「登，上也。」孫詒讓《周禮正義》：「引申之凡增上皆曰登。」〔註1176〕

秋貞案：

與「備」字字形有關的討論，已見第六章。第六章的「備農」應釋為「皆農」；同樣的，第七章這裡的「備信」也應該釋為「皆信」，不必讀為「服信」。在釋義上，以子居說的有道理，當訓皆、盡。因為這裡的「備信」是總結第六章句踐的作為，從市政（征）到獄訟，庶民交接、言語、貨資、市賈都不敢反背欺詒，這就是「皆信」。

「陞」字，原考釋釋為「徵」，徠民之意。查古代先秦兩漢文獻沒有「徵人」一詞，所以原考釋缺乏文獻可證，有待商榷。「陞」字，在簡1出現過：「赶陞（登）於會稽之山」，在此句中「陞」作「登」文意可通。筆者認為本簡此處的「陞」也可以作「登」解。子居引《周禮‧秋官司寇‧司民》「司民掌登萬民之數」孫詒讓《周禮正義》：「引申之凡增上皆曰登。」已經說明「登」可以釋作

〔註1175〕王進鋒：《周代的縣與越縣——由清華簡〈越公其事〉中的相關內容引發的討論》，香港浸會大學饒宗頤國學院，澳門大學中國語言文學系，清華大學出土文獻研究與保護中心：《〈清華簡〉國際會議論文集》，2017年10月26日～28日。

〔註1176〕子居：〈清華簡七《越公其事》第七、第八章解析〉，http://www.xianqin.tk/2018/08/04/663/，20180804。

為「增」。再補充一例：《經義述聞・左傳上・登降有數》：「桓二年傳，夫德，儉而有度，登降有數。」引之謹案，登，謂增其數，降謂減其數也。增謂之登，減謂之降也。〔註1177〕再者，因為從第六章開頭「越邦備農多食，王乃好信……舉越乃皆好信」，若是以第七章的開頭接續第六章的結尾的寫作慣例來看，第七章開頭：「越邦備信，王乃好陞人」文末有句「（越）陞（地）乃大多人」，筆者認為此處的「陞」依然可以讀為「登」，而「登人」即「增加人口數」的意思。「雩（越）邦備訐（信），王乃好陞（登）人」意即「越國皆誠信之後，王就希望增加國家人口數」。

②王乃逫（趨）使（使）人戠（察）睲（省）成（城）市鄸（邊）還（縣）
　尖＝（小大）遠徆（邇）之匔（勾）、茗（落）

原考釋釋「逫」為「疾」：

> 逫，即「趣」字。《說文》：「疾也。」《國語・晉語三》：「三軍之士皆在，有人坐待刑，而不能面夷，趣行事乎！」睲，即「靚」，讀為「省」。《禮記・禮器》「禮不可不省也」鄭玄注：「省，察也。」匔，《說文》：「飽也。从勹，㲃聲。民祭，祝曰：『厭匔。』」字見作冊大令簋（《集成》四三〇〇）、我公旅鼎（《集成》二七二四）等銅器銘文，簡文中讀為「勾」。《說文》：「聚也，从勹，九聲。讀若鳩。」古書中多作「鳩」，如鳩聚、鳩集等。茗，古書多作「落」，零落。《史記・汲鄭列傳》：「鄭莊、汲黯如列為九卿，廉，內行脩絜。此兩人中廢，家貧、賓客益落。」〔註1178〕

程浩認為由於此處的「睲」字與「察」聯用，很明顯應該讀為「省察」之「省」。〔註1179〕

難言認為見讀書會將「匔」括讀為「勾」，不當讀為「聚」嗎？未見語境上下文，姑猜測如此。〔註1180〕

〔註1177〕宗福邦、陳世鐃、蕭海波主編：《故訓匯纂》，商務印書館，2007年9月，頁1518。

〔註1178〕清華大學出土文獻與保護中心編、李學勤主編：《清華大學藏戰國竹簡（柒）》，上海，中西書局，2017年4月，頁137，注2。

〔註1179〕程浩：《清華簡第七輯整理報告拾遺》，李學勤：《出土文獻》（第十輯），中西書局，2017年，頁130～137。

〔註1180〕簡帛論壇：「清華七《越公其事》初讀」，第7樓，20170424。

王寧認為「靚」當讀為「省」。「察靚」整理者讀「察省」是。〔註1181〕

王寧認為「匃」、「落」均當為名詞，指人的居住之地，「匃」為「聚」，聚大於落，邑大於聚，都大於邑：

> 從全文的敘述觀之，「匃」、「落」均當為名詞，是指人的居住之地，「匃」為「聚」，即《史記‧五帝本紀》「一年而所居成聚，二年成邑，三年成都」之「聚」；「落」當從《廣雅‧釋詁二》訓「尻（居）」，《列女傳‧楚老萊妻》：「民從而家者，一年成落，三年成聚。」是聚大於落，邑大於聚，都大於邑。蓋「匃（聚）」大人多，「落」小人少，越王希望人口多，所以他見匃（聚）的首領就很高興，見落的首領就不痛快。〔註1182〕

王進鋒認為「趣」為疾，迅速；「城市邊縣小大遠邇」是「城市小大遠邇邊縣」的倒裝；匓，通假為匃，聚也；茖，通假為落，零落、散落之意：

> 趣，疾，迅速。《說文》：「趣，疾也」。《戰國策‧東周策》：「即且趣我攻西周」，鮑彪注：「趣，疾也」。

> 「城市邊縣小大遠邇」是「城市小大遠邇邊縣」的倒裝。清華簡《越公其事》35-36號簡「舉越庶民，乃夫婦皆耕，至於邊縣小大遠邇，亦夫婦皆[耕]，越邦乃大多食」也是「小大遠邇邊縣」的倒裝。用法與我們這裡討論的這段文字相同。

> 匓，通假為匃。此字也見於作冊矢令簋銘文和毛公旅方鼎銘文，其內容為：唯王于伐楚，伯在炎，唯九月既死霸丁丑，作冊矢令尊宜於王姜，姜賞令貝十朋、臣十家、鬲百人，公尹伯丁父䁧于戍，戍冀司乞。令敢揚皇王貯，丁公文報，用稽後人享，唯丁公報，令用深展于皇王，令敢展皇王貯，用作丁公寶簋，用尊事于皇宗，用饗王逆造，用匓（匃）察（僚）人，婦子後人永寶。（《集成》4300）

> 毛公旅鼎亦唯簋，我用飲厚眔我友，𦾾（匃）用友，亦引唯考，肆毋有弗諆，是用壽考。（《集成》2724）

〔註1181〕簡帛論壇：「清華七《越公其事》初讀」，第109樓，20170430。
〔註1182〕簡帛論壇：「清華七《越公其事》初讀」，第116樓，20170501。

《說文‧勹部》:「勹,聚也」。《釋名‧釋宮室》:「勹,聚也」。《玉篇‧勹部》:「勹,聚也」。

荅,通假為落(白于藍:《戰國秦漢簡帛古書通假字彙纂》,福州:海峽出版發行集團、福建人民出版社,2012 年,第 467 頁)。落,零落、散落。《逸周書‧酆保》:「五落」,朱右曾《逸周書集訓校釋》:「落,散也」。《漢書‧鄭當時傳》:「賓客益落」,顏師古注:「落,散也」。《史記‧汲鄭列傳》:「賓客益落」,司馬貞《史記索隱》:「落,猶零落,謂散也」。〔註 1183〕

　　子居認為「趣」當讀為促,訓為速;察省,即先秦傳世文獻中的「省察」;「落」當訓散,與「勹」對言,「落」義為「散」,是零落的引申。「勹落」猶言「聚散」,《越公其事》中用以指人口的增減;「城市」一詞又見於《戰國策‧趙策》及《韓非子‧愛臣》,因此《越公其事》第七章的成文時間當近于《楚辭‧九章‧惜往日》、《韓非子‧愛臣》、《戰國策‧趙策》的成文時間:

「趣」當讀為促,訓為速,《漢書‧曹參傳》:「蕭何薨,參聞之,告舍人趣治行。」顏師古注:「趣讀曰促,謂速也。」察省,即先秦傳世文獻中的「省察」,見《楚辭‧九章‧惜往日》:「弗省察而按實兮,聽讒人之虛辭。」「城市」一詞又見於《戰國策‧趙策》及《韓非子‧愛臣》,因此《越公其事》第七章的成文時間當近于《楚辭‧九章‧惜往日》、《韓非子‧愛臣》、《戰國策‧趙策》的成文時間。「落」當訓散,與「勹」對言,整理者所引《史記》句《索隱》:「落猶零落,謂散也。」可證這樣用法的「落」義為「散」,是零落的引申,《逸周書‧酆寶》:「外用四蠹、五落、六容、七惡。」朱右曾《集訓校釋》:「落,散。」《漢書‧鄭當時傳》同樣的「賓客益落」句,顏師古注:「落,散也。」亦皆可證,因此「勹落」猶言「聚散」,《越公其事》中用以指人口的增減。《國語‧吳語》:「申胥諫曰:不可許也。

〔註 1183〕王進鋒:《周代的縣與越縣——由清華簡〈越公其事〉中的相關內容引發的討論》,香港浸會大學饒宗頤國學院,澳門大學中國語言文學系,清華大學出土文獻研究與保護中心:《〈清華簡〉國際會議論文集》,2017 年 10 月 26 日～28 日。秋貞案:這篇文章所引金文斷讀有一些與我們習見的不完全相同,本文除調整繁簡字外,不做任何更動。

夫越非實忠心好吳也，又非懾畏吾兵甲之強也。大夫種勇而善謀，
將還玩吳國於股掌之上，以得其志。夫固知君王之蓋威以好勝也，
故婉約其辭，以從逸王志，使淫樂於諸夏之國，以自傷也。使吾甲
兵鈍獎，民人離落，而日以憔悴，然後安受吾爐。夫越王好信以愛
民，四方歸之，年谷時熟，日長炎炎。及吾猶可以戰也，為虺弗摧，
為蛇將若何？」更可見「離落」即「離散」。〔註1184〕

何有祖認為「靚」讀為「省」：

程浩先生把「睛」讀作「省察」之「省」，可從。上博簡《容成氏》
3號簡「凡民俾者，教而謀之，飲而食之，思（使）役百官而月青
之。」其中「思（使）役百官而月青之」的「青」，整理者讀作「請」，
也應當讀作「省」，訓作省察。《淮南子‧主術訓》：「月省時考，
歲終獻功，以時嘗谷，祀于明堂。」〔註1185〕

黃愛梅認為「匃」、「落」當為兩種聚居形態的名稱，或即「聚」、「落」。
在助詞「之」之後的「匃」、「落」當為名詞。再者下文「其匃者，王見其執
事人」、「其落者，王見其執事人」，也是言其名詞。《越公其事》或言「城市
邊縣」，或言「邊縣城市」，將「城市」與「邊縣」並言，兩者規模和級別應
相當，或有國家腹地稱「城市」，而邊地稱「邊縣」的細微區別。從「匃」、「落」
都有執事人的記錄看，城市和邊縣也都是有地方長官的。〔註1186〕

秋貞案：

原考釋認為「遫」釋作「疾也」。筆者認為若「使人」指「辦事員」當作名
詞，則「遫」釋作「疾」，很不好解釋。筆者認為「遫」作「趣」，《戰國策‧東
周策》：「君弗如急北兵趣趙以秦魏」吳師道注：「趣即趣，促也。」〔註1187〕此
處「遫使人」，即「趣促辦事員」之意，參筆者在《越公其事》第三章「用事徒

〔註1184〕子居：〈清華簡七《越公其事》第七、第八章解析〉，http://www.xianqin.tk/2018/
08/04/663/，20180804。
〔註1185〕何有祖：〈《越公其事》補釋（五則）〉，「文字、文獻與文明：第七屆出土文獻青
年學者論壇暨國際學術研討會」會議論文（廣州：中山大學古文字研究所，2018
年8月18～19日），頁160～162。
〔註1186〕黃愛梅：〈清華簡《越公其事》箚記三則〉，「第一屆文史青年論壇」會議論文（上
海：華東師範大學中文系，2018年10月21日），頁78～82。
〔註1187〕宗福邦、陳世鐃、蕭海波主編：《故訓匯纂》，商務印書館，2007年9月，頁2208。

遽遞聖命於……」一句「遞」下的解釋。

「靚」，讀為「省」。靚上古音在從母耕部，省上古音在心母耕部，聲韻可通。「匃」讀為「勼」，上古音在見母幽部。「聚」，上古音在從母侯部，兩者聲近韻旁轉，可通。〔註1188〕王寧認為「勼」、「落」均當為名詞，指人的居住之地，「勼」為「聚」，聚大於落，邑大於聚，都大於邑，此說不可從，文獻未見此種用法。觀全章文義，匃，糾聚也；落，散佚也。難言、王進鋒、子居所釋較佳。「王乃遞（趣）徙（使）人戠（察）睛（省）成（城）市鄗（邊）還（縣）尖＝（小大）遠伲（邇）之匃（勼）、茖（落）」意指「越王趨促辦事員省察城市邊縣大小遠近人口的增減」。

③王則𣬈（𣬈＝，比視），佳（唯）匃（勼）、茖（落）是戠（察）睛（省），【四四】凯（問）之于右（左）右

原考釋釋「𤇾」為「𣬈」字讀為「比視」沒有重文符號：

> 𣬈，疑讀為「比視」，與下文「必聽」相對應。所從必旁缺筆，字又見第五十一簡。比，考校。《周禮·內宰》：「比其大小與其麤良而賞罰之。」《漢書·石奮傳》：「是以切比閭里，知吏姦邪。」顏師古注：「比，考校也。」第四十六簡「王既必聽之」之「必」，用法相同。〔註1189〕

鄭邦宏認為「𣬈」字原作「𤇾」，和簡51之字作「𤇾」相比較之後，他以為簡44下漏掉合文符號，但是後又認為「𤇾」接近《清華簡（叄）·赤鵠之集湯之屋》）坒「坒」（簡13）、「坒」（簡14），此字劉樂賢釋為「坒」，為「埱」字的異體。〔註1190〕他認為「𤇾」應隸定作「䀢」，而「朮」應是「必」的形近訛寫。他認為簡45與46之「必」皆當讀為「比」，用為範圍副詞，語義相當於「皆、都」：

> 「𣬈」字原作「𤇾」，簡51之字作「𤇾」，據文例，二字為一字無疑，簡51「𤇾」此字下有合文符號，亦可證簡44「𤇾」下漏

〔註1188〕陳新雄：《古音學發微》，文史哲出版社，1983年二月三版，頁1053。

〔註1189〕清華大學出土文獻與保護中心編、李學勤主編：《清華大學藏戰國竹簡（柒）》，上海，中西書局，2017年4月，頁138，注3。

〔註1190〕劉樂賢：《釋〈赤鵠之集湯之屋〉的「埱」字》，清華大學出土文獻研究與保護中心網站，2013年1月5日。

寫了合文符號。但二字相較，右所從有異，整理者認為是「所從必旁缺筆」。「〔字〕」右所從，使我們聯想到了「〔字〕」（《清華簡（叁）‧赤鵠之集湯之屋》簡 13）」、「〔字〕」（《清華簡（叁）‧赤鵠之集湯之屋》簡 14）」。「〔字〕」，當從劉樂賢先生釋為「坴」，「埱」字的異體〔註1191〕。將「〔字〕」的右邊與「〔字〕」所從之「朮」相比較，「〔字〕」右邊所從較「朮」僅少右邊一短捺筆，這可能是省簡造成，因此，其右邊所從應也是「朮」，應隸定作「䚅」。按之文例以及簡 51 之「〔字〕」，「〔字〕」右邊所從之「朮」，應是「必」的形近訛寫。〔註1192〕

王寧認為「〔字〕」當釋「䚅」，「䚅視」當讀「督視」，義同典籍習見之「督察」：

> 鄭邦宏先生認為此字與簡 51「王則[見必]＝」之「[見必]」為一字，當釋「[見朮]」，簡 44 下漏寫了合文符號。（見石小力：《清華七整理報告補正》引）按：簡 51 整理者讀「比視」，據鄭說則非，當讀「督視」，義同典籍習見之「督察」。〔註1193〕

王進鋒認為「〔字〕」它的左部和「必」字不同，應隸作「賊」。賊，在本篇簡文中應當通假為「與」，參與：

> 賊，在簡文中作「〔字〕」，左部為「見」，右部為「戈」。整理專家隸定為「䚅」，則認為這個字的右部是「必」。實際上，「必」字也見於《越公其事》，作〔字〕（42 號簡）、〔字〕（61 號簡），下部的三撇相互平行，並不相交。但是，「戈」字的下部有兩撇相交，字形差別較大，應該不是「必」字；它反而與「戉」字結構相同（湯余惠主編：《戰國文字編》，福州：福建人民出版社，2001 年，第823 頁）應當就是「戉」。所以這個字正確的隸定應為「賊」。賊在本篇簡文中應當通假為「與」。應當是從戉得音，戉的古音在匣紐

〔註1191〕劉樂賢：《釋〈赤鵠之集湯之屋〉的「埱」字》，清華大學出土文獻研究與保護中心網站，2013 年 1 月 5 日。

〔註1192〕石小力：〈清華七整理報告補正〉，http://www.tsinghua.edu.cn/publish/cetrp/6831/2017/20170423065227407873210/20170423065227407873210_.html，20170423。

〔註1193〕簡帛論壇：「清華七《越公其事》初讀」，第 116 樓，20170501。

月部，與古音在喻紐魚部的「與」字音近，可以通假。（唐作藩主
編：《上古音手冊》，南京：江蘇人民出版社，1982 年。）《群經平
議・尚書三》：「在商邑越殷國滅無罹」，俞樾按：「『越』與『與』
同」。與，參與。《論語・八佾》：「吾不與祭，如不祭」；《禮記・
王制》：「五十不從力政，六十不與服戎，七十不與賓客之事」；《漢
書・王莽傳上》：「以光（孔光）為太師，與四輔之政」中的「與」
都是這種含義，可作為證據。〔註 1194〕

吳德貞認為鄭邦宏對 ⿰歺攵 的形體分析有一定道理，茲暫從整理者釋。
〔註 1195〕

何家歡認為鄭邦宏釋「坴」誤也。《赤鵠之集湯之屋》「坴」，整理者訓
「發」、「截」和簡文此處文義不通：

> 鄭說殆誤。《說文・土部》：「坴，气出也。一曰始也。」無論此字
> 訓「氣出也」還是訓「始也」，均不得通文意。且清華簡（三）《赤
> 鵠之集湯之屋》坴字所在之句為：「殺黃它（蛇）與白兔，坴陞（地）
> 斬（陵）。」坴字，整理者訓「發」，又疑訓「截」。其義簡文於此
> 處亦不通。〔註 1196〕

子居認為簡 45 之「必」當讀為「比」，明顯不確。他認為「必」有「皆、
都」義則當是。他認為「䀛」當讀為「畢見」；「問之於左右」句的「之」是補
寫的文字：

> 雖然以簡 45 之「必」當讀為「比」明顯不確，但認為「必」有「皆、
> 都」義則當是。筆者以為，䀛當讀為「畢見」，《墨子・所染》：「五
> 入必，而已則為五色矣。」孫詒讓《閒詁》：「必，讀為畢。」《呂氏
> 春秋・仲春紀》：「乃修闔扇，寢廟必備。」《禮記・月令》作「乃修
> 闔扇，寢廟畢備。」《尚書大傳》、《白虎通・諫諍》引《泰誓》：「必

〔註 1194〕王進鋒：《周代的縣與越縣——由清華簡〈越公其事〉中的相關內容引發的討論》，
香港浸會大學饒宗頤國學院，澳門大學中國語言文學系，清華大學出土文獻研究
與保護中心：《〈清華簡〉國際會議論文集》，2017 年 10 月 26 日～28 日。
〔註 1195〕吳德貞：《清華簡《越公其事》集釋》，武漢大學碩士論文，2018 年 5 月，p71。
〔註 1196〕何家歡：《清華簡（柒）《越公其事》集釋》，河北大學碩士論文，2018 年 6 月，
p48。

力賞罰，以定厥功。」《史記·周本紀》作「畢力賞罰，以定其功。」
皆可證必、畢相通。鄭邦宏提到的王念孫、王引之父子《經傳釋詞》
中訓「比」為「皆」的各條辭例中的「比」也當讀為「畢」。「畢」
訓「皆」，《儀禮·士昏禮》：「從者畢玄端。」鄭玄注：「畢，猶皆也。」
《禮記·月令》：「乃修闔扇，寢廟畢備。」鄭玄注：「畢，猶皆也。」
可證。

「問之於左右」句的「之」是補寫的文字，對照《越公其事》第八
章的「問於左右」可見，《越公其事》第七章此處的原文或當也是「問
於左右」，則補寫的「之」字很可能是為了更符合當時抄者或讀者的
語言習慣。〔註1197〕

秋貞案：

原考釋認為簡44的「（戉）」可能是和簡51的「」字一樣，只是所
從的「必」旁缺筆，而且漏掉合文符號。釋「比，考校也。」

鄭邦宏引劉樂賢釋《清華簡（叁）·赤鵠之集湯之屋》）「」（簡13）、「」
（簡14）為「坴」，為「埱」字的異體（此字舊釋「坐」）。〔註1198〕他認為「」
應隸定作「戉」，而「朱」應是「必」的形近訛寫。他認為簡45與46之「必」
皆當讀為「比」，用為範圍副詞；王寧也贊成把這個字形隸為「戉」，「戉=」讀
為「督視」。但是「必」和「朱」是否訛寫，有待商榷。

季師認為此字的兩個寫法應該是同一個字的誤書，簡51的「」字右
旁所從，確實和楚簡某些「必」字一模一樣（如《清壹·保》3「必」作「」）；
而簡44的「（戉）」的右旁和「」形較接近，只是少了右下那一短捺。
但是簡51辭例為「王則=，隹（唯）多兵、亡（無）兵者是戝（察），贔于
左右」、簡44的辭例為「王則，隹（唯）旬（勾）、苔（落）是戝（察）賭
（省），龡之于右（左）右」，二者的句法幾乎完全相同，因此這兩個字應該
是同一個字，只是簡51之字少了一撇，「八」形的左筆應該向左下撇；簡44
之字少了一短捺。二者的右旁可能都應該寫成「」。

〔註1197〕子居：〈清華簡七《越公其事》第七、第八章解析〉，http://www.xianqin.tk/2018/
08/04/663/，20180804。

〔註1198〕劉樂賢：《釋〈赤鵠之集湯之屋〉的「埱」字》，清華大學出土文獻研究與保護中
心網站，2013年1月5日。

　　羅凡晸老師對此問題提出看法：簡 44「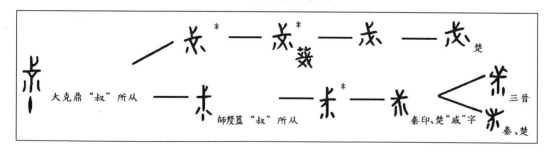」和簡 51「」兩字為同一字的不同寫法。它們被視為不同的原因可能是書法筆畫不同的緣故。簡 44「」字的「」形的下兩撇都往左撇；簡 51「」的「」形的下兩撇都往右撇，其一左一右而造成字形的不同。羅老師從書法的角度思考此字的變化，這個想法也很值得參考。

　　「」字介於「必」與「朮」之間，與習見的「必」與「朮」都有比較大的差距。楚系較常見的「必」作「」（《上二·民》2）；至於「朮」字，金文作「叔（ 　　）」（周晚.師𡠦簋）、「叔（ 　　）」（周晚.克鼎）、「鍒（　　）」（周晚.�伯簋），其所從都是「朮」字；到了戰國文字，晉、秦都作另一種形體： 　　（戰.晉.璽彙 1514）、 　　（戰.晉.璽彙 46）、 　　（秦.秦印編 55）（叔）。楚文字假「弔」為「叔」，以往看不到從「朮」之字，劉樂賢〈釋《赤鵠之集湯之屋》簡 13「 　　」、簡 14「 　　」字為「坴」，以為是「埱」字的異體〔註1199〕（此字舊釋「坣」）；網名溜達溜達在武漢網簡帛論壇 2013 年 1 月 12 日發言釋〈語叢〉4「莖酴」為「鮛鮪」〔註1200〕；鄭邦宏以〈越公其事〉簡 44 的「　　（觃）」可能是和簡 51 的「 　　」字都從朮，王寧同意，讀「賑＝」為「督視」，但文獻未見督視一詞。郭永秉在〈談談戰國楚地簡冊文字與秦文字值得注意的相合相應現象〉，一文中主張金文、晉秦文字和楚文字中的「朮」及從「朮」之字是同一個字，並擬了個字形演變表：〔註1201〕

〔註1199〕劉樂賢：《釋〈赤鵠之集湯之屋〉的「埱」字》，清華大學出土文獻研究與保護中心網站，2013 年 1 月 5 日。

〔註1200〕簡帛論壇：「《清華（叁）》〈赤鵠之集湯之屋〉初讀」http://www.bsm.org.cn/forum/forum.php?mod=viewthread&tid=3051，20130112。

〔註1201〕郭永秉〈談談戰國楚地簡冊文字與秦文字值得注意的相合相應現象〉，戰國文字研究的回顧與展望國際學術研討會，復旦大學出土文獻與古文字研究中心，2015.12.12～13。

陳劍在同一次研討會提交的論文〈清華簡字義零札兩則〉中贊成劉樂賢與郭永秉的意見。但是，由於郭永秉所提「朮」字字表中幾個打星號的字，應該是出土材料未見的虛擬字形。這些演變有其合理性，但所缺環節稍多，所以一時還無法完全說服人。在字形兩可（但又都有缺失）的情況下，辭例的釋讀往往是一個重要的決定標準。以下，我們比較一下楚文字「朮」的辭例釋讀：

清華叁〈赤鵠之集湯之屋〉簡13「■地」、簡14「■地」，原考釋釋為「坒（發）地」，劉樂賢釋為「坴（埱）地」。查「中國哲學書電子化計畫網」，先秦沒有「發地」一詞，只有「發地利」、「發地氣」、「發地藏」三詞；當然，也沒有「埱地」一詞。

郭店簡〈語叢四〉10 舊隸「莖酢」，有「醓盩」、「醓醢」、「密閣」、「鮂鮋」、「鮒鰌」、「蔽翳」、「鯢鰍」〔註1202〕。蹓達蹓達讀為「鮂鮋」，合於文義，又見於《爾雅》郭璞注。季師在〈談清華簡〈越公其事〉的「必視」及相關問題〉一文中提到：經季師研究典籍後認為「鮂鮋」的體型不合典籍所言。《爾雅》郭璞注所言的「鮂鮋」是生活在江河中的大魚，不是活在泥水中的小魚，所以把「莖酢」釋為「鮂鮋」可能還不是正解。從《清華簡（叁）‧赤鵠之集湯之屋》的「■」（簡13）、「■」（簡14），以及〈語叢四〉的「■」，這些字從「必」或從「朮」還未定，有待更多資料證明。〔註1203〕

綜上，回到《越公其事》的「■」、「■」兩字，筆者和季師討論後認為在未確定為從「朮」的情況下，還是認為不應釋為「眛」。《越公其事》的「■」字和「朮」旁無關，而是以簡原考釋所隸「覕」字為佳，和簡51的「覕＝」同義。「比視」，「比」為「考校」義，「比視」為「考校審視」之義。雖然目前在先秦文獻典籍中未見「比視」一詞，但在《廣韻‧質韻》：「必，審也。」〔註1204〕如果釋為「必視」也是有可能。

「隹䚦、蒡是戲（察）睛（省）」即「唯察省聚落」，強調省察人口的增減。

「閲（問）之于右（左）右」，的「佐右」出現過很多次。簡33「其見有列、有司及王左右」、簡35「凡王左右大臣，乃莫不耕」、簡43「唯信是趣，及

〔註1202〕參曾憲通、陳偉武主編《出土戰國文獻字詞集釋》，北京：中華書局，2018.12，頁376～378。
〔註1203〕季師旭昇：〈談清華簡〈越公其事〉的「必視」及相關問題〉，待發表於「《中國文字》出刊100期暨文字學國際學術研討會」預計2020年8月舉辦之論文集。
〔註1204〕宗福邦、陳世鐃、蕭海波主編：《故訓匯纂》，商務印書館，2007年9月，頁770。

于左右」、簡 45「訧之于左右」、簡 48「及于左右，舉越邦乃皆好登人」、簡 50「居諸左右」、簡 52「翕于左右」。以上的「左右」指的都是同樣的詞彙，指的是在越王身邊的官員。

「王則眓（眓＝，比視），隹（唯）飼（勾）、蕃（落）是戠（察）賮（省），詔（問）之于右（左）右」句意為：「越王於是審視了（使人帶回來的）人口增滅的情況，並且問過身邊的大臣。

④王既戠（察）智（知）之，乃命上會，王必親聖（聽）之

　　原考釋：

> 會，《周禮・職幣》「歲終，則會其出」，鄭玄注：「會，計也。」上會，即上計。《晏子春秋・外篇上二十》：「晏子曰：『臣請改道易行而治東阿，三年不治，臣請死之。』景公許。於是明年上計，景公迎而賀之。」〔註1205〕

　　鄭邦宏認為簡 45 與 46 之「必」皆當讀為「比」，用為範圍副詞，語義相當於「皆、都」：

> 簡 45 之「必」整理者如字讀；簡 46 之「必」，整理者讀為「比」，訓為「考校」。我們認為簡 45 與 46 之「必」皆當讀為「比」，用為範圍副詞，語義相當於「皆、都」。關於「比」的這一用法，清人王念孫、王引之父子早有論說（王引之撰，李花蕾校點：《經傳釋詞》，上海古籍出版社，2016 年，第 214～215 頁）。〔註1206〕

　　蕭旭認為「必」讀如字，副詞，「必定」之意。簡 40「王必親見而聽之」，簡 45「王必親聽之」，皆同。〔註1207〕

　　子居認為此處的「會」當解為「歲計」。《周禮》中數見「歲終則會」之說，由各書往往稱「計」、「上計」，上計往往是計於歲終：

> 據《周禮・天官・冢宰・小宰》：「八曰聽出入以要會。」鄭玄注引

〔註1205〕清華大學出土文獻與保護中心編、李學勤主編：《清華大學藏戰國竹簡（柒）》，上海，中西書局，2017 年 4 月，頁 138，注 4。

〔註1206〕石小力：〈清華七整理報告補正〉，http://www.tsinghua.edu.cn/publish/cetrp/6831/2017/20170423065227407873210/20170423065227407873210_.html，20170423。

〔註1207〕蕭旭：〈清華簡（七）校補（二）〉，http://www.gwz.fudan.edu.cn/Web/Show/3061，20170605。

鄭司農云：「月計曰要，歲計曰會。」可知，此處的「會」也當解為「歲計」。由整理者所引及《周禮‧天官塚宰‧大宰》：「歲終，則令百官府各正其治，受其會，聽其致事，而詔王廢置。」鄭玄注：「會，大計也。」《商君書‧禁使》：「十二月而計書以定，事以一歲別計，而主以一聽。」可見，上計往往是計於歲終，且《周禮》中數見「歲終則會」之說，由各書往往稱「計」、「上計」，而《周禮》稱「會」這一明顯區別可見，此處《越公其事》稱「上會」很可能也是受《周禮》的影響。〔註1208〕

秋貞案：

「王既戠（察）智（知）之」的「既」應該有終了之意。《易‧既濟‧象傳》：「水在火上，濟既。」焦循章句：「既，猶終也。」《詩‧小雅‧正月》：「既克有定」陳奐撰疏：「既，猶終也。」〔註1209〕「王既戠（察）智（知）之」意指越王已經審察完畢使人所帶回來各地人口增長的資料，也問過左右大臣，於是舉行「上會」

原考釋釋「會」為「計」，「上會」即「上計」，非常正確。《周禮‧天官‧序官》：「司會中大夫二人」鄭玄注：會，大計也。」《玉篇‧會部》：「會，歲計會也。」「一歲之計多，則總聚考校，故謂之會也。」《周禮‧天官‧冢宰‧小宰》：「八曰聽出入以要會。」鄭玄注引鄭司農云：「歲計曰會。」孫詒讓疏。〔註1210〕季師在〈《上博五‧鮑叔牙與隰朋之諫》「乃命有司著作浮」解——兼談先秦吏治的上計〉一文中對先秦的上計制度做了詳細的探討，該文謂上計應該在春秋時代已開始，有日計、月計、歲計。〔註1211〕窄義的會指歲計，寬義的會就是上計。在戰國時期趨於成熟，中央政府以此對地方政府實行監督和政績考核。《韓非子‧外儲說左下》：「西門豹為鄴令，清刻潔愨，秋毫之端無私利也，而甚簡左右，左右因相與比周而惡之，居期年，<u>上計</u>，君收其璽。」西門豹因為為官清廉，擋人財路，在上計時相關官吏聯合整他，使他歲計的

〔註1208〕子居：〈清華簡七《越公其事》第七、第八章解析〉，http://www.xianqin.tk/2018/08/04/663/，20180804。

〔註1209〕宗福邦、陳世鐃、蕭海波主編：《故訓匯纂》，商務印書館，2007年9月，頁1005。

〔註1210〕宗福邦、陳世鐃、蕭海波主編：《故訓匯纂》，商務印書館，2007年9月，頁1501。

〔註1211〕季師〈《上博五‧鮑叔牙與隰朋之諫》「乃命有司著作浮」解——兼談先秦吏治的上計〉，【簡帛‧經典‧古史】國際論壇，香港浸會大學，2011.11.29～12.3。

績效不好，君主因而把他的官璽沒收。這裡指越王要各地官吏上報人口增長的統計，再由相關單位考核地方官員人口政策的績效如何。

簡45的「王必親聖之」的「必」和簡46「王既必聽之」的「必」，和簡40「王必親見而聽之」的「必」都是同樣的意思。《論語・學而篇》：「雖曰未學，吾必謂之學矣。」「必」猶「定」也。〔註1212〕《周禮・天官・小宰》：「一日聽政役以比居」孫詒讓正義引吳廷華云：「聽，察也。」《書・洪範》：「四曰聽」孔安國傳：「聽，察是非。」〔註1213〕本句「王既戠（察）智（知）之，乃命上會，王必親聖（聽）之」意指「越王既審察清楚後，就傳令有關單位進行會計統算，越王一定親自前往審聽。」

2. 整句釋義

越國皆誠信之後，王就希望增加國家人口數。越王急著派人省察城市邊縣大小遠近人口的增減，於是考校視察了（使吏帶回來）人口增減的情況，並且問過身邊的大臣。越王既審察清楚後，就傳令有關單位進行會計，越王一定親自前往審聽。

（二）亓（其）匍（匊）者，王見亓（其）執事人則訇（怡）忞（豫）悥（憙）也①。不𧤛擾【四五】芺＝（懆懆）也，則必酓（飲）飤（食）賜金（予）之②。亓（其）茖（落）者，王見亓（其）執事人則顥（轟）感不忞（豫），弗余（予）酓（飲）飤（食）③。王既必（比／畢）聖（聽）之④，乃品【四六】坖（野／與）會厽（三）品，交于王寶（府）⑤，厽（三）品年（進）諿（酬）攴（扑）響（逐）⑥。

1. 字詞考釋

①亓（其）匍（匊）者，王見亓（其）執事人則訇（怡）忞（豫）悥（憙）也

原考釋：

句，讀為「怡」。忞，當為「豫樂」之「豫」。怡、豫，同義連用。《三

〔註1212〕裴學海：《古書虛字集解》，上海書店，1933年，頁866。
〔註1213〕宗福邦、陳世鐃、蕭海波主編：《故訓匯纂》，商務印書館，2007年9月，頁1841。

國志‧吳志‧諸葛恪傳》：「近漢之世，燕、蓋交遘，有上官之變，以身值此，何敢怡豫邪？」〔註1214〕

郭洗凡認為整理者觀點正確。「訇」可讀為「怡」：

整理者觀點正確。「怡」，從心，台聲，《段注》：「《玉篇》：『怡，悅也，樂也。』古多假台字。」因此「訇」可讀為「怡」。〔註1215〕

吳德貞認為悆或可讀如字，與「豫」義近，不必破讀為「豫」：

悆或可讀如字，與「豫」義近，不必破讀為「豫」。《說文‧心部》：「悆，忘也，嘾也。从心，余聲。《周書》曰：『有疾不悆』，悆，喜也。」段注：「金縢文今本作『弗豫』許所據者壁中古文，今本則孔安國以今文字易之也。」《玉篇‧心部》：「悆，豫也。」下文的「不悆」亦不煩破讀。「悆」字又見于包山簡簡5，為人名。〔註1216〕

子居認為「執事人」的寫法可見《越公其事》所受到的楚文化影響：

《尚書‧金縢》中的「執事」，清華簡《金縢》作「執事人」，「執事人」一稱又見於曾侯乙墓簡、葛陵楚簡、包山楚簡和上博簡《靈王遂申》、《陳公治兵》，因此可確定這是一個有明顯楚文化特徵的稱謂。這一方面可以說明清華簡《金縢》的楚化轉寫，另一方面也可以說明《越公其事》所受到的楚文化影響。〔註1217〕

子居認為「訇悆」一詞可釋為「怡豫」，當即《詩》中的「夷懌」，悅樂也：

《說文‧心部》：「《周書》曰：『有疾不悆。』悆，喜也。」段注：「《周書》曰：『有疾不悆。』《金縢》文。今本作『弗豫』。許所據者壁中古文，今本則孔安國以今文字易之也。悆、喜也。喜者、樂也。此引《書》而釋之。」是「悆」即「豫」之古文。《尚書‧顧命》：「惟四月哉生魄，王不懌。」《漢書‧律曆志》引《顧命》曰：「惟四月

〔註1214〕清華大學出土文獻與保護中心編、李學勤主編：《清華大學藏戰國竹簡（柒）》，上海，中西書局，2017年4月，頁138，注5。

〔註1215〕郭洗凡：《清華簡《越公其事》集釋》，安徽大學碩士學位論文，2018年3月，頁77。

〔註1216〕吳德貞：《清華簡《越公其事》集釋》，武漢大學碩士論文，2018年5月，頁71。

〔註1217〕子居：〈清華簡七《越公其事》第七、第八章解析〉，http://www.xianqin.tk/2018/08/04/663/，20180804。

哉生霸，王有疾不豫。」可見「豫」、「懌」音義皆通，且段注《說文》引《周書》認為是《金縢》文，實則也可能是引《顧命》。《爾雅‧釋詁》：「怡、懌、悅、欣、衎、喜、愉、豫、愷、康、媟、般，樂也。」邢昺疏：「皆謂喜樂。怡者，和樂也，《小雅‧節南山》云：『既夷既懌。』怡、夷音義同。懌者，悅樂也，《商頌‧那》篇云：『亦不夷懌。』是「怡」、「夷」音義同。由上舉內容可見，「怡豫」當即《詩》中的「夷懌」。〔註1218〕

秋貞案：

「亓酭者」的「亓」在此指「城市邊縣、小大遠邇」等各地方。「亓酭者，王見亓執事人則訂念憙也」，意指「那些人口增加的，越王見該地的負責官員，就露出怡悅歡喜之情」。「念」，《說文》訓為「忘也；嘾也。从心，余聲。《周書》曰：『有疾不念。』念，喜也。」〔註1219〕但畢竟《說文》所訓「念」的本義是「忘」，所引《周書》訓「念，喜也」，只能視為假借，出土材料的訓解，釋義應儘量明確，少用假借義。

②不□擾【四五】芺＝（懊懊）也，則必酓（飲）飤（食）賜釒（予）之

原考釋釋「芺」為「笑」：

> 笑笑當為喜樂貌。〔註1220〕

王進鋒認為「笑笑」的前一個缺字為「僅」：

> 疑「笑笑」前的□是一個意為「僅」的字。「不可□笑笑也」，意為不可以僅僅喜樂，還要有實際的獎賞行為。〔註1221〕

子居認為有可能是「□＝芺＝」的形態，也可能讀為「夭夭」。他認為原考釋釋為「笑笑」缺乏依據：

〔註1218〕子居：〈清華簡七《越公其事》第七、第八章解析〉，http://www.xianqin.tk/2018/08/04/663/，20180804。

〔註1219〕（漢）許慎撰，（宋）徐鉉校定：《說文解字》，北京，中華書局，2007年4月重印，頁220上。

〔註1220〕清華大學出土文獻與保護中心編、李學勤主編：《清華大學藏戰國竹簡（柒）》，上海，中西書局，2017年4月，頁138，注6。

〔註1221〕王進鋒：《周代的縣與越縣──由清華簡〈越公其事〉中的相關內容引發的討論》，香港浸會大學饒宗頤國學院，澳門大學中國語言文學系，清華大學出土文獻研究與保護中心：《〈清華簡〉國際會議論文集》，2017年10月26日～28日。

由於「笑」字前一字殘缺，因此原文也可能是「□=芺=」這樣的形式，若考慮到通假，則「芺=」也完全可能讀為「夭夭」等內容，且由於「怡豫喜也」已和下文的「憂戚不豫」對應，「□芺=」這之前又有「不可」一詞，故整理者讀為「芺=」為「笑笑」解為「喜樂貌」應該說尚缺乏足夠的證據支持。〔註1222〕

子居認為《越公其事》所用「賜夋」顯然是最可能是源自《周禮》。由此亦可見《周禮》對《越公其事》構成的影響：

「賜予」一詞，于先秦傳世文獻中，《周禮・天官塚宰》八見，《管子》的《經言》、《幼官》、《小匡》篇各一見，《荀子・大略》一見，《韓非子》的《二柄》、《說疑》、《外儲說右》各一見，該詞的另形式「賜與」，三見於《管子・幼官》，一見於《逸周書・諡法》，一見於《韓非子・外儲說右》，一見於《禮記・雜記》，一見於《大戴禮記・曾子立事》，因此，雖然是同一詞彙，但因為用字不同，仍然可以分出兩個略為有別的分支，《管子》和《韓非子》的兩種形式混用則是這兩個分支的交匯，《越公其事》所用「賜夋」顯然是最可能是源自《周禮》。由此亦可見《周禮》對《越公其事》構成的影響。〔註1223〕

秋貞案：

簡45的最後兩字「不可」後面缺字為一字。依據筆者在第一章曾推算第二道編繩到第三道編繩的「字數B」來看，原本「字數B」的字數在14～18字左右，平均值為16.25字，現在第45簡的字數b是16字，所以判斷應該缺1字的可能性很高。另外，第45簡的「字數A」（第一道編繩到第二道編繩之間的字數）是18字再加1個補字，若「字數A」和「字數B」之間相差1字左右的情況下，則第45簡缺1個字是非常有可能的。至於「不可□芺=也」缺什麼字？因為前面有「不可」兩字，故可以推斷「□芺=」應屬貶意詞。《上博五・鬼神之明》簡2「身不沒為天下笑」的「笑」字作，當作「恥笑」

〔註1222〕子居：〈清華簡七《越公其事》第七、第八章解析〉，http://www.xianqin.tk/2018/08/04/663/，20180804。

〔註1223〕子居：〈清華簡七《越公其事》第七、第八章解析〉，http://www.xianqin.tk/2018/08/04/663/，20180804。

的意思。《上博五・三德》簡 11「毋笑型」字作🗝，亦是「恥笑」意。《上博四・柬大王泊旱》簡 19「人將笑君」🗝，亦是「恥笑」意。故筆者認為「囗芺＝」應作貶意義解。

季師以為「可」字形稍短，底下留下的空間超過一個字的長度，較合理的推測應該是「蟲」，其下還有一個字的空間。「蟲（🗝）」（上一.容 19）「去～（苛）而行束（簡）、🗝（上二.容 33）「去～（苛）匿（慝）」〔註 1224〕。

「不蟲囗芺＝也，則必酓（飲）飤（食）賜夅（予）之」意指「不可以囗笑笑，王則一定賜予飲食獎賞」。

季師以為，「芺＝」有三種可能：芺芺（笑笑）、艸芺（嘲笑）、艸犬、犬芺，後二者很難成立，前二說何者為是？應從上下文推測。「不蟲囗芺＝也」則有兩種可能，其一是越王的動作，「其勾者，王見其執事人則怡豫憙也，不蟲囗芺＝也，則必飲食賜予之」，依此解，「不蟲囗芺＝也」和「怡豫憙也」、「必飲食賜予之」是三個並列的正面動作，可能是三個都加「則」或三個都不加「則」。也就是說從句法的觀點來看，「則必飲食賜予之」的「則」是多餘的，或「不蟲囗芺＝也」少了一個「則」，應作「則不蟲囗芺＝也」，無論用哪一說，都不好解。因此經過和季師討論後判斷，「不蟲囗芺＝也」應該是形容「執事人」的句子，全句應該讀為「其勾者，王見其執事人則怡豫憙也；不蟲囗芺＝也，則必飲食賜予之」，「蟲囗」似可補作「蟲擾」，「芺＝」似可讀為「懆＝」，《毛詩・小雅・白華》毛傳：「懆懆，憂愁貌。」《說文》：「懆，愁不安也，從心喿聲。」《詩》曰：「念子懆懆。」芺（笑），私妙切，心紐宵部；懆，采老切，清紐宵部，二字聲紐同為精系齒音，韻部相同，自可通假。「蟲擾懆＝」的意思是：「苛刻擾民，過於憂愁。」對於人口增加的城市，王看到就開心，而邊縣執行的態度不苛刻擾民、不過於憂愁的，越王一定賜予飲食賞賜。

③亓（其）茗（落）者，王見亓（其）執事人則顥（顰）感不悆（豫），弗余（予）酓（飲）飤（食）

原考釋隸「🗝」字為「顥」讀「憂」：

〔註 1224〕滕壬生：《楚系簡帛文字編（增訂本）》，武漢湖北教育出版社，2008 年 10 月，頁 1113。

憂慼，《墨子·尚賢中》：「是以美善在上，而所怨謗在下，寧樂在君，憂慼在臣。」〔註1225〕

斯行之認為顋（）此字應該分析為下从心、上从「[自／冊]＋頁」，讀為「顰」：

越公其事簡46有個整理者括注為「憂」的字，原隸定作「百心＋頁」，「心」上部分整理者隸定為「百」，實際是「自／冊」。整個字應該分析為下从心、上从「[自／冊]＋頁」。劉釗先生曾對「癟」字的源流進行考證（《「癟」字源流考》，收入《書馨集》305～319頁，上海古籍出版社2013年），指出「癟」字的聲符「自／侖」本來應該作「自／冊」形，从「侖」是訛變的寫法，可惜當時未能見到單獨成字的「自／冊」或除「癟」字外含有「自／冊」形的合體字。越公其事的這個字可以說補上了這個缺憾。此字从心，當是表示心理狀態。「[自／冊]＋頁」字最有可能是形聲字，其左右的兩個部分「自／冊」、「頁」都有可能作聲符。其所在辭例為：「其落者，王見其執事人，則～慼不豫，弗予飲食。」整理者讀為「憂」是很通順的。若此字確實應讀為憂，那麼「頁（首）」可以看作是全字的基本聲符，問題是「憂／戂」字楚文字多見，用這麼繁的一個字來表示一個常用字，感覺有點怪。此字最有可能以「自／冊」為基本聲符，「癟」字上古音為並母質部，「自／冊」字的讀音當與之接近。蒙鄔可晶先生提示，「～慼」可讀為「顰慼」。「顰」並母真部，與「自／冊」字聲母相同、韻部對轉，「慼」从戚得聲，相通均無問題。那麼「[自／冊]＋頁」字大概可以看作「顰」的異體了。《說文·頻部》：「顰，涉水顰慼。」段注：「顰慼，謂顰眉慼頞也。」《玉篇·頻部》：「顰，顰慼，憂愁不樂之狀也。」〔註1226〕

25日補：

〔註1225〕清華大學出土文獻與保護中心編、李學勤主編：《清華大學藏戰國竹簡（柒）》，上海，中西書局，2017年4月，頁138，注7。

〔註1226〕簡帛論壇：「清華七《越公其事》初讀」，第17樓，20170424。

蒙郭永秉先生提示，葛陵簡零 115、22 有個从首、从冊的字，高佑仁先生已經指出此字與「瘭」字有關，「首」大概是由「自」訛變的（見 http://www.gwz.fudan.edu.cn/Web/Show/783 劉釗先生文後評論）。〔註1227〕

劉云、袁瑩認為頤（）字是从心聲，从「嬰」聲，故「頤」讀為「憂」：

> 金文中有成語「柔遠能邇」，其中表示「柔」這個詞的字或作（逨盤，《銘圖》14543），的左旁為「西」，右旁為嬰。上古音「嬰」屬泥母幽部，「柔」屬日母幽部，兩者聲母都是舌音，韻部相同，語言很近。如此看來，所从的「嬰」應該是作聲旁的。我們認為可以分析為兩部分：「心」旁是一部分，其餘的是一部分。是從演變而來。所从的「頁」與「冊」，其實是一個整體，由所从的「嬰」演變而來。「嬰」與「憂」語言關係密切。《禮記·樂記》「獶雜子女」，鄭玄注：「獶，獼猴也。」《釋文》：「獶……依字亦作猱。」「獶」與《說文》中訓為「母猴」的「嬰」表示的顯然是同一個詞。《尚書·皋陶謨》「擾而毅」之「擾」，《玉篇·牛部》引作「㹛」。《玉篇·牛部》：「㹛同㹛。」有學者認為「憂（惡）」本从「心」「嬰」聲，「憂（惡）」除去「心」旁的部分，是從「嬰」演變而來的。从「心」聲，从「嬰」聲，顯然就是「憂」字。〔註1228〕

子居認為「憂戚」一詞，先秦文獻又或作「戚憂」；賜食是表示慰勞：

> 「憂戚」一詞，先秦文獻又或作「戚憂」，見《左傳·僖公十五年》：「且晉人戚憂以重我，天地以要我。」賜食是表示慰勞，勾者說明其執事人勤勞于登人之政，落者說明其執事人惰于登人之政，所以

〔註1227〕簡帛論壇：「清華七《越公其事》初讀」，第 17 樓，20170425。
〔註1228〕劉云、袁瑩：《清華簡文字考釋二則》，「中國文字學會第九屆學術年會」論文，貴陽 2017 年 8 月。

有賜食或不賜食之別。〔註1229〕

秋貞案：

季師以為斯行之用劉釗說是對的，「鼻」應就是「扁」，下面加「心」旁，隸定「惼」，心胸狹窄、性情急躁。通「褊」。《廣韻‧上聲‧銑韻》：「惼，惼憸，性狹。」《莊子‧山木》：「方舟而濟於河，有虛船來觸舟，雖有惼心之人，不怒。」再加義符「頁」則變成「顯」，「顯慼」可以從鄔可晶讀為「顰蹙」，指皺眉蹙額，心情不樂。〔註1230〕「亓莕者，王見亓執事人，則顯慼不悆，弗余啻歔」意指「那些人口減少的，越王見到那裡的官員，就會皺眉蹙額，心情不樂，也不給他們飲食獎賞」。

④王既必（比／畢）聖（聽）之

原考釋：

> 必，讀為「比」，考校。參本章注釋〔三〕。聽，審查。《周禮‧小司寇》：「以五聲聽獄訟，求民情。一曰辭聽，二曰色聽，三曰氣聽，四曰耳聽，五曰目聽。」〔註1231〕

鄭邦宏認為簡45與46之「必」皆當讀為「比」，用為範圍副詞，語義相當於「皆、都」：

> 簡45之「必」整理者如字讀；簡46之「必」，整理者讀為「比」，訓為「考校」。我們認為簡45與46之「必」皆當讀為「比」，用為範圍副詞，語義相當於「皆、都」。關於「比」的這一用法，清人王念孫、王引之父子早有論說（王引之撰，李花蕾校點：《經傳釋詞》，上海古籍出版社，2016年，第214～21頁）。〔註1232〕

郭洗凡認為原考釋的觀點可從，「必」，讀為「比」，考察比較：

> 整理者觀點可從，「必」，讀為「比」，與上文的「王見亓（其）執事

〔註1229〕子居：〈清華簡七《越公其事》第七、第八章解析〉，http://www.xianqin.tk/2018/08/04/663/，20180804。

〔註1230〕季師〈說扁〉，待刊。

〔註1231〕清華大學出土文獻與保護中心編、李學勤主編：《清華大學藏戰國竹簡（柒）》，上海，中西書局，2017年4月，頁138，注8。

〔註1232〕石小力：〈清華七整理報告補正〉，http://www.tsinghua.edu.cn/publish/cetrp/6831/2017/20170423065227407873210/20170423065227407873210_.html，20170423。

人」聯繫起來，指的是考察比較官員成績，審查越國人民的意思更

加合適。〔註1233〕

子居認為「必」字當如上文解析所言讀為「畢」：

「必」字當如上文解析所言讀為「畢」，「既畢聽之」即越王勾踐已

對各地區的情況有了全面瞭解，由此可知當已是經過了一年的時

間。〔註1234〕

秋貞案：

鄭邦宏讀為「比」，用為範圍副詞，語義相當於「皆、都」；子居讀為「畢」，

就上下文來看，是比較合理的。上文說「乃命上會，王必親聖（聽）之」，接著

此處的「王既畢聽之」，自然是「王全部都聽完了」。

⑤乃品【四六】，坓（野／與）會厽（三）品，交于王寶（府）

原考釋：

品，評價其等次。顏延之《赭白馬賦》：「料武藝，品驍騰。」「坓」

字見於楚璽「會亓坓鉢」（《古璽彙編》○二五三），清華簡《管仲》

作「![野字]」，當是一字之異，並讀為野，與都、縣相對應的行政區域。

《周禮・司會》「掌國之官府、郊野、縣都之百物財用」，鄭玄注：

「野，甸稍也。甸去國二百里，稍三百里。」〔註1235〕

三品交於王府，疑指優秀的三分之一交於王府，提拔使用。〔註1236〕

心包認為「交」要破讀為「效」，訓為「致」：

簡47：三品交于王府……按：「交」要破讀為「效」，訓為「致」，「上

授」，（參裘錫圭先生《釋受》）文獻常見。〔註1237〕

〔註1233〕郭洗凡：《清華簡《越公其事》集釋》，安徽大學碩士學位論文，2018年3月，頁
78。

〔註1234〕子居：〈清華簡七《越公其事》第七、第八章解析〉，http://www.xianqin.tk/2018/
08/04/663/，20180804。

〔註1235〕清華大學出土文獻與保護中心編、李學勤主編：《清華大學藏戰國竹簡（柒）》，
上海，中西書局，2017年4月，頁138，注9。

〔註1236〕清華大學出土文獻與保護中心編、李學勤主編：《清華大學藏戰國竹簡（柒）》，
上海，中西書局，2017年4月，頁138，注10。

〔註1237〕簡帛論壇：「清華七《越公其事》初讀」，第26樓，20170425。

ee 認為《越公其事》簡 47 疑讀為：三品年壽（籌）攴（枚）嚳（數）。
〔註 1238〕

暮四郎認為當斷讀為「王旣必（比）聖（聽）之，乃品。野會厽（三）品，
交（效）于王府厽（三）品，年壽攴數，由賢由毀」：

簡 46-47 之「王旣必（比）聖（聽）之，乃品【46】野會厽品交于
王府厽品年壽攴數由賢由毀」，整理報告斷讀為「王旣必（比）聖
（聽）之，乃品野會。厽（三）品交于王府，厽（三）品年（佞）
壽攴（扑）毆，由賢由毀」，我們懷疑應當斷讀為「王旣必（比）
聖（聽）之，乃品。野會厽（三）品，交（效）于王府厽（三）
品，年壽攴數，由賢由毀」（「交」讀為「效」，參見第 27 樓「心
包」的意見）。〔註 1239〕

王寧認為暮四郎的斷句可從：王旣必（比）聖（聽）之，乃品：厽會厽
（三）品，交于王府厽（三）品。年（進）譖（酬）攴（扑）嚳（逐），由臤
（賢）由毀。又（有）爂歲，又（有）賞罰。善人則由，替（譖）民則怀。
是以懽（勸）民，是以收敬（賓），是以匒（勾）邑：

筆者認為這段文字暮四郎先生之讀是，當斷讀如下：

王旣必（比）聖（聽）之，乃品：厽會厽（三）品，交于王府厽（三）
品。年壽攴嚳，由臤（賢）由毀。又（有）爂歲，又（有）賞罰。
善人則由，替（譖）民則怀。是以懽（勸）民，是以收敬（賓），是
以匒（勾）邑。

下面將其文略作訓釋：

王旣必（比）聖（聽）之，乃品：比，皆。鄭邦宏先生云：「我們
認為簡 45 與 46 之『必』皆當讀為『比』，用為範圍副詞，語義相
當於『皆、都』。關於『比』的這一用法，清人王念孫、王引之父
子早有論說。」（清華大學出土文獻讀書會（石小力整理）：《清華
七整理報告補正》，清華大學出土文獻研究與保護中心 2017-04-23）

〔註 1238〕簡帛論壇：「清華七《越公其事》初讀」，第 28 樓，20170425。
〔註 1239〕簡帛論壇：「清華七《越公其事》初讀」，第 112 樓，20170430。

品，整理者注：「評價其等次。」此句意思是越王勾踐已經都聽取
其情況，然後來時評定各級官員政績的等次。這裡說的「政績」
主要是征集、收聚人口方面的成績。〔註1240〕

　　王寧認為「坴」不讀「野」，簡文此字當是從刀從土，會其劃分、分割土地
義，從「刀」與從「兆」為「分」意正同，兼從刀聲：

　　坴會厽品：按：清華簡六《管仲》此字所在文句是：「大夫叚（假）
　　事（事）便俾（嬖）智（知）官事長，坴里（理）霝（零）落（落），
　　卉（草）木不辟（闢）。」【簡9】「坴」字原整理者徑釋「廷」（清
　　華大學出土文獻研究與保護中心：《清華大學藏戰國竹簡（陸）》
　　下冊，中西書局2016年，111頁）這個字無論釋「廷」還是「野」
　　都感覺不安，釋「廷」從文意上說更通一些，「廷里（理）」也是
　　古書常見的詞彙，但從字形上無義可說。釋「野」尤扞格，古無
　　「野里」以及國家舉行「野會」的說法，感覺很不順，此字是否
　　是「野」恐仍存疑。意者此字是從土刀聲，它可能本是《說文》「垗」
　　的或體字，云：「畔也。為四時界，祭其中。」段注：「畔者，田
　　畍（界）也。畍（界）者，竟（境）也。……《商頌》：『肇域彼
　　四海』，《箋》云：『肇當作兆，畍祭其中。』畍當作『介』，介，
　　畫也。從土兆聲，兆者，分也。形聲中有會意也。」

　　他認為此字在此疑讀為「朝」，「坴會」即「朝會」：

　　簡文此字當是從刀從土，會其劃分、分割土地義，從「刀」與從「兆」
　　為「分」意正同，兼從刀聲。在此疑讀為「朝」，「刀」、「朝」（陟遙
　　切）音同端紐宵部，「垗」、「朝」（直遙切）同定紐宵部，并音近。
　　清華簡《管子》的「里」當即邑里、廛里、郊里之「里」，是平民居
　　住之地，則「朝里」猶後世所言「朝野」，指朝廷與民間；本簡文「坴
　　會」可能讀為《左傳·僖公四年》「凡諸侯薨于朝會」的「朝會」，
　　是古書裡習見的詞語；注所引古璽文讀「會亓朝」也比較通順，即
　　《詩·大明》說武王伐商「會朝清明」之「會朝」，《楚辭·天問》

〔註1240〕王寧：〈清華簡七《越公其事》讀札一則〉，http://www.bsm.org.cn/show_article.php?id=2809，20170520。

作「會朝爭盟」，就是「朝會」，利簋銘文言「武王征商佳甲子朝歲鼎克䎽夙有商」（《集成》4131），此銘雖然有各種各樣的解釋，但根據傳世典籍記載看，分明應該讀為「武王征商，唯甲子朝歲（會），鼎克昏夙有商」，「甲子朝會」也就是《大明》的「會朝清明」，《毛詩正義》云「清明」就是「昧爽」，後世書或曰「朝」、或曰「旦」、或曰「晨」均一義。《逸周書‧世俘》言：「越五日甲子朝，至接于商，則咸劉商王紂」，《史記‧周本紀》裡說「二月甲子昧爽，武王朝至于商郊牧野，乃誓」，《後漢書‧西羌傳》說「及武王伐商，羌、髳率師會于牧野」，皆謂此事，是在牧野朝會諸侯而盟誓，「鼎」即《越公其事》簡74「丁役孤身」之「丁」，訓「當」。

他認為本簡文所謂的「朝會」就是每年舉行的年終會計，可能在朝廷舉行，以評定各級官員的功勞政績。「品」是等級、檔次，「朝會三品」即朝會時的評定有三個等次。「交」讀為「月計曰要」的「要」：

簡文的「會」既有會合義，也有即會計之義，《說文》：「計，會也。」《周禮‧天官冢宰》：「月終，則以官府之敘受群吏之要。贊冢宰受歲會。歲終，則令群吏致事。」又曰：「歲終，則令群吏正歲會；月終，則令正月要；旬終，則令正日成。而以考其治。治不以時舉者，以告而誅之。」又《司會》：「以參互考日成，以月要考月成，以歲會考歲成。以周知四國之治，以詔王及冢宰廢置。」賈《疏》：「司會，鈎考之官，以司書之等，相參交互，考一日之成。一日之中計算文書也。以月要考月成者，月計曰要，亦與諸職參互，考一月成事文書也。以歲會考歲成者，歲計曰會，以一歲之會計考當歲成事文書。」據這些記載可知，先秦時期每日、月、歲都要進行官員政績的評定，并以此來確定其「置廢」。本簡文所謂的「朝會」就是每年舉行的年終會計，可能在朝廷舉行，以評定各級官員的功勞政績。「品」是等級、檔次，「朝會三品」即朝會時的評定有三個等次。交于王府厽品：「交」讀為「月計曰要」的「要」，是每月在王府裡舉行的政績考評會，也有三個等次。〔註1241〕

〔註1241〕王寧：〈清華簡七《越公其事》讀札一則〉，http://www.bsm.org.cn/show_article.php?id=2809，20170520。

羅云君認為王寧之說可從，「坴會」即「朝會」。但「交」如字讀即可：

> 「坴」可從王說，訓為朝。綜合第七章全文來看，其主題是「徵人」，先言「王乃（趣）（使）人（察）（省）成（城）市（邊）還（縣）=（小大）遠（邇）之（勾）、茖（落），王則（比視），隹（唯）（勾）茖（落）是（察）（省）【四四】（聞）之於（左）右。王既（察）智（知）之，乃命上會，王必親聖（聽）之」，即派遣官吏到越國境內各處視察，聽取訪察結果，基本了解情況以後，讓各地「上會」；至於「上會」的情形，則如簡文所言：「亓（其）（勾）者，王見亓（其）執事人則（怡）（豫）（憙）也。不可□【四五】=（笑笑）也，則必酓（飲）飤（食）賜（予）之。亓（其）茖（落）者，王見亓（其）執事人，則（憂）戚不（豫），弗餘（予）酓（飲）飤（食）」，「亓（其）（勾）者」與「亓（其）茖（落）者」應該是互文，句踐一一接見各地執事聽取匯報，據其表現有不同的態度，「王既必（比）聖（聽）之」以後，「乃品（朝）會」，即在朝堂上對各地的「上會」作出評定，具體的做法是，「厽（三）品交于王（府）」即參加朝會的執事將「上會」之物交於王府，「厽（三）品年（佞）（禱）攴（扑）（殿）」即王府有司根據各地的「上會」之物來判定賞罰，其標準是「由臤（賢）由毀」，如此，前後文意通順，後文相關字詞及句讀亦可依此解讀。「三品」當泛指「上會」之物。《周易》：「田獲三品」。「交」可如字讀，訓為上交。〔註1242〕

子居認為「坴會」是「廷會」即「朝會」：

> 清華簡《子儀》有「臨上品之」句，與此處的「乃品」類似。清華簡《管仲》整理者讀「坴」為「廷」，原句為「廷里零落」，考慮到「廷里零落」改讀為「野里零落」明顯不辭，王者若非外事也少有會於野的情況，因此《越公其事》此處讀為「野會」自然不如讀為「廷會」合理，故「坴」字當從清華簡《管仲》整理者讀為「廷」而非讀為「野」。「廷會」即「朝會」，君南面坐於朝堂，臣北面立於

〔註1242〕羅云君：《清華簡《越公其事》研究》，東北師範大學，2018年5月，頁83。

廷中。〔註1243〕

他認為「厽品交于王賓」的「三品」指的是上年年末人口記錄的底檔：

> 「三品」義為三類而非「三分之一」，《史記·絳侯周勃世家》：「擊
> 章邯車騎，殿。」《集解》引孫檢曰：「一說上功曰最，下功曰殿，
> 戰功曰多。周勃事中有此三品，與諸將俱計功則曰殿最，獨捷則
> 曰多。」《史記·吳王濞列傳》：「卒踐更，輒與平賈。」《正義》：
> 「更有三品：有卒更，有踐更，有過更。」《說苑·政理》：「政有
> 三品：王者之政化之，霸者之政威之，強者之政脅之。」蔡邕《獨
> 斷》：「詔書者，詔誥也，有三品。其文曰：『告某官某』，如故事，
> 是為詔書。群臣有所奏請，尚書令奏之，下有司曰：『制』，天子
> 答之曰：『可』。若下某官云云，亦曰昭書。群臣有所奏請，無尚
> 書令奏制字，則答曰：『已奏』，如書本官下所當至，亦曰詔。」
> 皆可見「三品」即「三類」。《越公其事》此處的「三品」當是指
> 上年年末人口記錄的底檔，交於王府用於備查。《越公其事》的「三
> 品」，因為需要「交於王府」，所以不是向下頒佈的法令，又下文
> 稱「三品年討支數」，則可知會用於數字核對，所以最有可能是指
> 上年年末人口記錄的底檔。〔註1244〕

秋貞案：

此字原考釋隸為「罜」，筆者隸為「厽」。筆者認為「乃品」的語意應是指公開考核品等。原考釋「品」字為評價其等次，可從。《易·傳》：「田獲三品」焦循章句：「品，等也。」《國語·鄭語》：「以品處庶類者也。」韋昭注：「品，高下之品也。」〔註1245〕

原考釋釋「𡉚」為「野」，「野會」不太好解。王寧認為釋「廷」釋「野」都不好解，建議釋「朝」，羅云君從之。可是本簡此字和清華簡《管仲》簡9的「𡉚里零落」的「𡉚」為同一字，《管仲》的原考釋讀此字為「廷」〔註1246〕，

〔註1243〕子居：〈清華簡七《越公其事》第七、第八章解析〉，http://www.xianqin.tk/2018/08/04/663/，20180804。
〔註1244〕子居：〈清華簡七《越公其事》第七、第八章解析〉，http://www.xianqin.tk/2018/08/04/663/，20180804。
〔註1245〕宗福邦、陳世鐃、蕭海波主編：《故訓匯纂》，商務印書館，2007年9月，頁349。
〔註1246〕清華大學出土文獻與保護中心編、李學勤主編：《清華大學藏戰國竹簡（陸）》，

其後參考馬楠的意見，石小力釋為「野」，「野」指郊外，「里」指在邑，「野」、「里」對舉〔註1247〕，「野里零落」為公所認同。趙平安在〈談談戰國文字中用為「野」的「冶」字〉一文中提到〈越公其事〉簡47的「 ![野字] 」字應釋為「野」，跟都城相對。他認為「野會」就是在野外會見，和前文「上會」把人召集到宮廷的意思相對。〔註1248〕這個說法也未見文獻例證。

　　子居認為此字釋為「廷」最好。「廷」字形的討論歷來很多，但說法不一。《說文》「廷」字：「朝中也。从廴，壬聲。」段玉裁注：「朝中者，中於朝也。古外朝、治朝、燕朝、皆不屋。在廷。故雨霑服失容則廢。」〔註1249〕段注的解釋應該都是望文生義，沒有正確說明字的形音義及流變。董翹傑〈釋「廷」：從字形和文意探討「廷」字的源流演變〉一文提到廷字的流變。他分析了「廷」字，在西周早期的「廷」字是沒有「土」形的，如 ![字形] （周早・孟鼎《金》）。到西周中、晚期金文加上「土」形，如 ![字形] （周晚・師酉簋《金》）。到戰國楚文字時的「廷」字會保留「土」形，如 ![字形] （戰.楚.包7《楚》）、![字形] （戰.楚.包9《楚》），原本金文的「彡」形和人形結合訛成「彡」形，姑且稱它是「爪」形。我們還看到有些楚文字少了「丨」形，就和本簡「 ![野字] 」字形一樣了。董翹傑認為「土」形可能是「圭」，入覲周天子時用以表示身分的介圭。「廷」字象侯氏甫至中廷，將玉圭奠於地上後而站立的圖象。〔註1250〕以上作為釋「廷」的參考，有待更多的資料證明。

　　本簡「 ![野字] 」字就字形來看釋為「野」字有清華簡《管仲》簡9的「野里零落」為依據似乎比較佔優勢，但是文獻未見「野會」一詞，又無法確切斷定。筆者和季師討論後，鑑於「東野」姓〔註1251〕及「野里零落」一句，把「 ![野字] 」釋為「野」字較佳。但是「野會」不好理解，不明白為何越王要在

上海，中西書局，2016年4月，頁115，注24。

〔註1247〕清華大學出土文獻讀書會：《清華六整理報告補正》，清華大學出土文獻研究與保護中心網，2016年4月1日。

〔註1248〕趙平安：〈談談戰國文字中用為「野」的「冶」字〉，「新出簡帛與古文字古文獻研究續集」，商務印書館，2018年6月1日出版，頁110～117。

〔註1249〕段玉裁《說文解字注》中華書局，2013年7月第一版，頁78。

〔註1250〕董翹傑：〈釋「廷」：從字形和文意探討「廷」字的源流演變〉，「出土文獻與經學、古史國際學術研討會暨研究生論壇」會議論文（上海：華東師範大學中文系，2018年11月3～4日），上冊，頁47～57。

〔註1251〕![印] 《古璽彙編》3995（東野兜）、![印] 《古璽彙編》3995（東野蒼）。

郊外會見臣子？筆者認為「野」字可讀為「與」。「野」和「與」上古音均在以母魚部，聲韻可通。「與」作「參與」之意。《論語‧八佾》：「吾不與祭，如不祭。」《禮記‧王制》：「五十不從力政，六十不與服戎，七十不與賓客之事。」《左傳文公十七年》：「晉侯蒐于黃父，遂復合諸侯于扈，平宋也，公不與會，齊難故也。」〔註1252〕簡文「王既必聽之，乃品，野（與）會三品」意指「王全都聽完之後，於是評列等次，參與考評，列出三品」。

原考釋說「三品交於王府，疑指優秀的三分之一交於王府，提拔使用」。既然叫做「三品」，當然就是指「上品」、「中品」、「下品」，依原考釋之意，「優秀的三分之一交於王府」等於「上品交於王府」。簡文有「厽（三）品年（進）䛊（酬）攴（扑）嚳（毆），由臤（賢）由毀」，這是有賞有罰之意，表示應該有不夠優秀的三分之一會受罰，但是原考釋把「參品交於王府」認為是優秀的三分之一而已，故原考釋此說不太合理。暮四郎斷讀為「王既必（比）聖（聽）之，乃品。野會厽（三）品，交（效）于王府厽（三）品」，兩句話加起來就有「六品」了。「交于王府三品」應該是六品中的前三品，那麼野會三品是好的還是壞的呢？簡文的文義就顯得敘述不清了。

筆者和季師討論後認為這裡應該斷讀應為「王既必（比／畢）聖（聽）之，乃品，與會厽（三）品，交于王府，厽（三）品年（進）䛊（酬）攴（扑）嚳（毆），由臤（賢）由毀，又（有）夋（爨）戕（劓），又（有）賞罰」。「交」字如字讀即可，意指把三品的評列都交給王府去辦理獎懲。越王在品評會議中依人口增減的績效把執事者分三等，交給王府辦理獎懲，上等的進升獎酬，下等的扑毆，賢（好的）爨賞，毀（壞的）劓罰。

⑥厽（三）品年（進）䛊（酬）攴（扑）嚳（逐）。

原考釋釋「年」為「佞」、釋「䛊」為「譸」、釋「嚳」為「數」讀為「毆」：

> 年，讀為「佞」。《大戴禮記‧公符》「使王近於民，遠於年」，《說苑‧脩文》引「年」作「佞」。䛊，即「譸」，欺詒。《說文》：「譸，訕也。從言，壽聲。讀若醻。《周書》曰：『無或譸張為幻。』」佞、譸同義詞連用。攴，《說文》：「小擊也。」文獻多作「扑」。《戰國

〔註1252〕（周）左丘明傳、（晉）杜預注、（唐）孔穎達正義：《春秋左傳正義》，北京大學出版，2000年12月出版，頁655。

策·楚策一》:「吾將深入吳軍，若扑一人，若掊一人。」嚳，楚文
字多讀為「數」，簡文疑讀為「毆」。妻、區皆侯部字，妻聲之「屢」、
「寠」與區聲之「軀」、「摳」等皆牙音，讀音相近。三品佞禱扑
毆，大意是對於下三品佞禱之執事人予以扶擊懲罰。〔註1253〕

ee 認為《越公其事》簡 47 疑讀為:三品年禱（籌）攴（枚）嚳（數）。意
思是三品人民數量每年用算籌計數，一支支統計。〔註1254〕

王寧認為「年禱」當即《周禮·大祝》中的「年祝」。「年禱」疑是定期舉
行的祝禱儀式，根據神示確定官員任職期限的長短。「年祝枚數，由賢由毀」，
這兩句是倒裝，意思是根據別人對官員的讚揚和批評，通過年祝和占卜來確定
其評定的等次:

> 「年禱」當即《周禮·大祝》中的「年祝」，「禱」、「祝」端、章準
> 雙聲、幽覺對轉疊韻，音近可通。《大祝》云:「大祝:掌六祝之辭，
> 以事鬼神示，祈福祥，求永貞。一曰順祝，二曰年祝，三曰吉祝，
> 四曰化祝，五曰瑞祝，六曰策祝。」鄭司農注:「年祝，求永貞也。」
> 鄭玄注:「求多福，歷年得正命也。」《疏》:「以祈永貞是命年之事，
> 故知年祝當求永貞也。」按:此處的「年禱」疑是定期舉行的祝禱
> 儀式，根據神示確定官員任職期限的長短，《書·召誥》:「今天其
> 命哲，命吉凶，命歷年」，所謂「歷年得正命也」。

> 年祝枚數，由賢由毀，這兩句是倒裝，意思是根據別人對官員的
> 讚揚和批評，通過年祝和占卜來確定其評定的等次。《風俗通義·
> 怪神》及《後漢書·第五鍾離宋寒列傳》皆言「會稽俗多淫祀，
> 好卜筮」，是越人的遺風，故在考評官員時也要用祝禱和卜筮來確
> 定。〔註1255〕

蕭旭認為「年」，讀為「任」，任用。「禱」，讀為「酬」，酬報、賞賜。「攴」
讀如字。「嚳」為「毆」，或讀為「誅」，責也。「攴毆」，撻擊也。「攴誅」，撻擊

〔註1253〕清華大學出土文獻與保護中心編、李學勤主編:《清華大學藏戰國竹簡（柒）》，
　　　　　上海，中西書局，2017 年 4 月，頁 138，注 11。
〔註1254〕簡帛論壇:「清華七《越公其事》初讀」，第 28 樓，20170425。
〔註1255〕王寧:〈清華簡七《越公其事》讀札一則〉，http://www.bsm.org.cn/show_article.php?
　　　　　id=2809，20170520。

責讓也：

> 「年壽攴嚳」是說獎懲，故下句「由賢由毀」與之相應。年，讀為
> 任，任用。壽，讀為酬，酬報、賞賜。「攴」讀如字。整理者讀嚳為
> 毆，是也；或讀為誅，責也。攴毆，撻擊也。攴誅，撻擊責讓也。
> 〔註1256〕

林少平認為整理者讀「年壽」作「佞壽」似也可行；「攴（撲）△」似不必
讀作「撲毆」，可徑讀為「撲數」，即鞭撲與數責；「由賢由毀」則與數量多少無
涉，乃是贊毀之詞：

> 整理者讀「年壽」作「佞壽」似也可行。《公羊傳・襄公三十年》「年
> 夫」，《釋文》：「年音佞。二傳作佞夫。」《大戴禮・公符》：「使王近
> 於民，遠於年，嗇於時，惠於財，親賢使能。」馬王堆《成法》：「滑
> （猾）民將生，年（佞）辨用知（智）。」韓愈《上宰相書》：「妖淫
> 諛佞壽張之說，無所出於其中。」「攴（撲）△」似不必讀作「撲毆」，
> 可徑讀為「撲數」，即鞭撲與數責。如此，後文「由賢由毀」則與數
> 量多少無涉，乃是贊毀之詞。〔註1257〕

郭洗凡認為整理者觀點可從，但又認為「年壽」即「年祝」，和王寧一樣：

> 整理者觀點可從。「年壽」即《周禮・大祝》中的「年祝」。鄭玄注：
> 「求多福，歷年得正命也。」指的是古代一種特別的祭祀儀式，用
> 神的指示來決定任命官員的官職和時間。〔註1258〕

何家歡認為原考釋所說可從。王寧所說「年祝」乃是「事鬼神」之辭，不
合於「五政之律」務實之內容。「枚數」，義為門釘之數，則文意不通：

> 疑王寧之說非是。《周禮・大祝》：「掌六祝之辭，以事鬼神示，祈福
> 祥，求永貞。一曰順祝，二曰年祝，三曰吉祝，四曰儀祝，五曰瑞
> 祝，六曰筮祝。」（（清）阮元校刻《十三經注疏》，第808頁下欄）
> 「年祝」乃是「事鬼神」之辭，不合於「五政之律」務實之內容。「枚

〔註1256〕蕭旭：〈清華簡（七）校補（二）〉，http://www.gwz.fudan.edu.cn/Web/Show/3061，
　　　　20170605。
〔註1257〕簡帛論壇「清華七《越公其事》初讀」，第222樓，20180127。
〔註1258〕郭洗凡：《清華簡《越公其事》集釋》，安徽大學碩士學位論文，2018年3月，頁80。

數」，義為門釘之數。《左傳・襄公二十一年》：「東閭之役，臣左驂迫，還于門中，識其枚數。」（（清）阮元校刻《十三經注疏》，第1972 頁上欄。）「![枚數]」若讀為「枚數」，則文意不通。整理者之說可從。〔註1259〕

子居認為「年」字讀為原字當是，譖讀為討，訓為治；攴即撲，撲與策同，「攴數」即「策數」；「年討攴數」即在年末與上年的人口數核對比較：

> 筆者以為，「年」字讀為原字當是，譖讀為討，訓為治，《說文・言部》：「討，治也。」《左傳・宣公十二年》：「楚自克庸以來，其君無日不討國人而訓之。」杜預注：「討，治也。」《左傳・襄公九年》：「使華閱討右官，官庀其司。」杜預注：「討，治也。」「攴」又見於北大簡《禹九策》：「禹九策，黃臺之攴，以藅天下之幾。」筆者在《北大簡〈禹九策〉試析》中曾提到：「攴即撲，撲與策同，《左傳・文公十八年》：『二人浴于池，歜以撲扶職。』杜預注：『撲，棰也。』《說文・竹部》：『策，馬棰也。』」（中國先秦史網站：http://www.xianqin.tk/2017/08/26/389，2017 年 8 月 26 日）因此「攴數」即「策數」，《管子・乘馬數》：「君不知其失諸春策，又失諸夏秋之策數也。」故「年討攴數」猶言「歲終則會」，蓋勾踐之前越國並未把這一措施作為硬性規定加以嚴格貫徹執行。《商君書・去強》：「強國知十三數：境內倉口之數，壯男壯女之數，老弱之數，官士之數，以言說取食者之數，利民之數，馬牛芻槀之數。」《越公其事》本章主旨為「登人」，因此這裡的「攴數」考核當也是主要以人口數字為准，「年討攴數」即在年末與上年的人口數核對比較。〔註1260〕

王青認為「三品」，猶下品之人。以下幾句指出這類人的惡行。「年」，原考釋讀為「佞」，甚是。當訓為偽善。「譸張為幻」，見《尚書・無逸》，意為製造假像。「佞譸」，意即造謠生事。「撲毆」，意為打架鬥毆。由賢由毀，意謂用賢

〔註1259〕何家歡：《清華簡（柒）《越公其事》集釋》，河北大學碩士論文，2018 年 6 月，頁 48。

〔註1260〕子居：〈清華簡七《越公其事》第七、第八章解析〉，http://www.xianqin.tk/2018/08/04/663/，20180804。

用毀，肆意虛美詆毀別人。三品之人既下文所言「僭人」。〔註1261〕

秋貞案：

「厽（三）品年（進）䜌（酬）攴（扑）豾（逐）」的「年」原考釋釋「佞」，可能是因為「䜌」字釋為「譸」的關係，因為「譸」作「欺誑」解。前面簡46曾描述面露憂戚的官員，越王不給予飲食獎賞，「憂戚」不是「張誑」之人，所以此處若釋為「佞譸」張誑者很難理解。季師以為此四字多數學者釋為四種懲處手段，則「賢」者沒有獎勵，簡文敘述前後不夠對應。蕭旭釋「年譸」為「任酬」，可以避開這種缺陷，但「年」讀為「任」，《漢字通用聲素研究》頁843雖然列了兩條例證，但就文義而，並不是很適當，因為這些執事人本來就是被任用的人，現在因為表現良好而被「任」，似乎表現不出獎賞的意義（「任」沒有「晉陞」的意義）。不妨改讀為「進」，「年」，奴顛切，上古聲紐屬泥，韻部屬真；「進」，即刃切，聲屬精紐，韻屬真部。二字聲紐舌齒音近，韻同屬真部，應該可以通假。《釋名》：「年，進也，進而前也。」「卜數」，原考釋讀「扑毆」，也嫌文義重複。蕭旭以為或讀「卜誅」，撻擊責讓也；林少平讀「撲數」，即鞭撲與數責，可以避免文義重複的缺失，但是責讓、數責，似嫌太輕，句踐生聚教訓，勵精圖治，全篇下的功夫極深，所用的手段應該比責讓、數責要重，疑可讀為「逐」，即黜免官職，驅逐、放逐，「數」，桑谷切，心紐屋部；「逐」直六切，澄紐（上古歸舌頭）覺部，二字聲為舌齒音近，韻為旁轉。〔註1262〕「年（進）䜌（酬）攴（扑）豾（逐）」是四種獎懲動作，表現最好的晉陞，其次獎賞，表現不好的扑擊，最不好的罷黜。

2. 整句釋義

那些人口增加的地方，越王見到該地的官員，就歡喜高興；（能增加人口）而不苛薄擾民、不過於憂愁的，王就會給他飲食和賞賜。對那些人口減少的，越王見到那裡的官員，就會皺眉蹙額，心情不樂，也不給他們飲食獎賞。越王全部都聽完之後，於是評列等次，參與考評，列出三品。依人口增減的績效把執事分三等，交給王府辦理獎懲，這三等中，上等的進升獎酬，下等的扑毆罷

〔註1261〕王青：〈清華簡《越公其事》補釋〉，「出土文獻與商周社會學術研討會」會議論文集，2019年，頁323～332。

〔註1262〕見陳新雄：《古音學發微》，文史哲出版社，1983年二月三版，頁1064。

黜，好的爨賞，不好的劘罰。三品的「進酬扑逐」，是依據表現的良好或缺失，有飲食利傷，有獎賞處罰。

（三）由臤（賢）由毀①，又（有）奐（爨）戕（劘），又（有）賞罰②，善人則由（迪），暜（惛）民則伓（附）③。是以【四七】鞻（勸）民，是以收敬（賓），是以匓（勼）邑，王則隹（唯）匓（勼）、茖（落）是徹（趣），譶于右（左）右④。譻（舉）雩（越）邦乃皆好陞（登）人，方和于亓（其）陞（地）。東【四八】尼（夷）、西尼（夷）、古葭、句虘（吳）四方之民乃皆馘（聞）雩（越）陞（地）之多飤（食）⑤、政（征）溥（薄）而好訐（信）⑥，乃波（頗）逞（往）逯（歸）之，雩（越）陞（地）乃大多人。【四九】⑦。

1. 字詞考釋

①由臤（賢）由毀

原考釋：

> 由，依據。賢，善。毀，損。此句申述或交於王府、或扑毆的理由。
>
> 〔註 1263〕

王寧認為「由臤（賢）由毀」，「賢」訓「善」當是誇獎、讚揚的意思。「毀」即毀謗、批評的意思。他又認為「年祝枚數，由賢由毀」，這兩句是倒裝，意思是根據別人對官員的讚揚和批評，通過年祝和占卜來確定其評定的等次：

> 由臤（賢）由毀，整理者注：「由，依據。賢，善。毀，損。此句申述或交於王府、或扑毆的理由。」按：「賢」訓「善」當是誇獎、讚揚的意思，「毀」即《說文》之「嫛」，云：「惡也」，段注：「許意葢謂毀物為『毀』，謗人為『嫛』」，即毀謗、批評的意思。《論衡・答佞》：「故曰：『觀賢由善，察佞由惡。』」
>
> 年祝枚數，由賢由毀，這兩句是倒裝，意思是根據別人對官員的讚揚和批評，通過年祝和占卜來確定其評定的等次。《風俗通義・

〔註 1263〕清華大學出土文獻與保護中心編、李學勤主編：《清華大學藏戰國竹簡（柒）》，上海，中西書局，2017 年 4 月，頁 139，注 12。

怪神》及《後漢書‧第五鍾離宋寒列傳》皆言「會稽俗多淫祀，
好卜筮」，是越人的遺風，故在考評官員時也要用祝禱和卜筮來確
定。〔註1264〕

王進鋒認為臤（賢），通假為牽。毀，撤除、廢除。「有牽有毀」就是指有
擢升也有廢除。由賢由毀，指依據（年籌枚數的）多（增加）與少（減損）（來
確定執事人一年功勞）：

> 臤，通假為牽。（白于藍：《戰國秦漢簡帛古書通假字彙纂》，福州：
> 海峽出版發行集團、福建人民出版社，2012年，第860～861頁。）
> 《說文‧牛部》「牽，引前也」；《玉篇‧牛部》「牽，引前也」。在簡
> 文中意指擢升某些人員。毀，撤除；廢除。《梁書‧儒林傳‧司馬筠》
> 「吳太妃既朝命所加，得用安成禮秩，則當祔廟，五世親盡乃毀」
> 就是這種用法。毀的這種用法與《越公其事》40號簡「其在邑司事
> 及官師之人則發（廢）也」是一致的。「有牽有毀」就是指有擢升也
> 有廢除。〔註1265〕

易泉認為賢、毀，就「年籌枚數」而言，當指數目的多少。賢，多也。
毀，減損：

> 賢、毀，就「年籌枚數」而言，當指數目的多少。《玉篇‧貝部》：
> 「賢，多也。」《詩‧大雅‧行葦》：「序賓以賢」鄭玄注：「謂以
> 射中多少為次第。」毀，減損。《左傳》莊公三十年：「自毀其家，
> 以紓楚國之難。」杜預注：「毀，減」。馮勝君先生在《說毀》據
> 文獻梳理出「毀」在常見的「毀壞」、「減損」義之外，還有「改
> 造」、「改作」之義。（馮勝君：《說毀》，《「戰國文字研究的回顧與
> 展望」國際學術研討會論文集》，復旦大學出土文獻與古文字研究
> 中心，第52～56頁，2015年12月）此處與訓作「多」的「賢」
> 相對應，「毀」當指「減損」。由賢由毀，指依據（年籌枚數的）

〔註1264〕王寧：〈清華簡七《越公其事》讀札一則〉，http://www.bsm.org.cn/show_article.php?id=2809，20170520。

〔註1265〕王進鋒：《周代的縣與越縣——由清華簡〈越公其事〉中的相關內容引發的討論》，香港浸會大學饒宗頤國學院，澳門大學中國語言文學系，清華大學出土文獻研究與保護中心：《〈清華簡〉國際會議論文集》，2017年10月26日～28日。

多（增加）與少（減損）（來確定執事人一年功勞）。賢、毀并言
也見于《清華陸・鄭武夫人規孺子》「既得圖乃為之毀，圖所賢者
焉，申之以龜筮，故君與大夫晏焉，不相得惡」，蔣偉男先生指出
「毀」理解為與「圖」語義相近的「計劃」、「圖謀」。「圖其賢者
焉」則是指慎重考慮計策之中更善者，（蔣偉男：《簡牘「毀」字
補說》簡帛網 2016 年 4 月 23 日。）現在看來，這裏「賢者」應指
多出或多餘的部分，與上文「既得圖乃為之毀」的「為之毀」（毀，
可指減損，這算是一種改造）相呼應。既得圖乃為之毀，圖所賢
者焉，申之以龜筮，指得「圖」之後進一步推敲改造（做減損），
謀劃「圖」中多餘的（不妥的）部分。再申之以龜筮（用占卜結
果將其固化）。

補記：關於《鄭武夫人規孺子》這段我成文較早，但囿于專案成果
的查重要求，一直未敢發佈。剛剛得知，沈培先生在 2017 年 12 月
9 日在單周堯先生七秩華誕研討會上已有專文指出《鄭武夫人規孺
子》的「賢」指多餘，沈先生的斷句似也更佳。請同好們參看。本
條失引，謹向沈先生、各位致歉！〔註 1266〕

　　林少平認為整理者讀「年壽」作「佞壽」似也可行；「攴（撲）△」似不必
讀作「撲毆」，可徑讀為「撲數」，即鞭撲與數責；「由賢由毀」則與數量多少無
涉，乃是贊毀之詞：

整理者讀「年壽」作「佞壽」似也可行。《公羊傳？襄公三十年》「年
夫」，《釋文》：「年音佞。二傳作佞夫。」《大戴禮・公符》：「使王近
於民，遠於年，嗇於時，惠於財，親賢使能。」馬王堆《成法》：「滑
（猾）民將生，年（佞）辨用知（智）。」韓愈《上宰相書》：「妖淫
詖佞壽張之說，無所出於其中。」「攴（撲）△」似不必讀作「撲毆」，
可徑讀為「撲數」，即鞭撲與數責。如此，後文「由賢由毀」則與數
量多少無涉，乃是贊毀之詞。〔註 1267〕

　　子居認為易泉所說當是。「賢」當訓多、增益，與「毀」為減、損對言：

〔註 1266〕「ee」：《清華柒〈越公其事〉初讀》，「易泉」於 2018 年 1 月 27 日在 221 樓的發言。
〔註 1267〕簡帛論壇「清華七《越公其事》初讀」，第 222 樓，20180127。

「賢」當訓多、增益，與「毀」為減、損對言，《呂氏春秋·順民》：
「得民心則賢於千里之地，故曰文王智矣。」高誘注：「賢，猶多也。」
《說文·貝部》：「賢，多才也。」段注：「賢本多才之稱，引申之凡
多皆曰賢。人稱賢能、因習其引伸之義而廢其本義矣。《小雅》：『大
夫不均，我從事獨賢。』傳曰：『賢，勞也。』謂事多而勞也。故孟
子說之曰：『我獨賢勞。』戴先生曰：《投壺》『某賢於某若干純。』
賢、多也。」〔註1268〕

秋貞案：

「由臤（賢）由毀」可依原考釋所釋「由，依據。賢，善。毀，損」。
「由」，不可釋為「有」，因為後一句就是「又（有）夐（爨）歲（劇），又（有）
賞罰」的「又」釋為「有」，故筆者判斷這麼接近的兩句，以不同的字釋同一
義，豈不怪哉？此處「由臤（賢）由毀」的「由」可以釋為「從也」、「因也」。
如：《漢書·魏相傳》：「未得所繇。」顏師古注。「帥繇先帝盛德以撫海內。」
故「由臤（賢）由毀」可以釋為「因善因損」，意指依據執事人員表現良或缺
失而有後面的「又（有）夐（爨）歲（劇），又（有）賞罰」。

②又（有）夐（爨）歲（劇），又（有）賞罰

原考釋：

> 爨歲，疑讀為「算會」，又疑是反義，「爨」，讀為「贊」，「歲」讀為
> 「劇」，傷也。〔註1269〕

王寧認為「又（有）夐（爨）歲（劇），又（有）賞罰」二句當讀為「有選
竄，有賞罰」，「選竄」蓋對政績評定好的官員予以選拔使用，對於政績評定差
的官員則驅逐流放：

> 「爨歲」與「賞罰」對舉，當也是一種獎罰的手段。本來「爨」、
> 「竄」古音同，是流放、放逐之意，但「歲」不好解釋。意者此
> 「歲」當讀為《左傳·昭公元年》「周公殺管叔而蔡蔡叔」之「蔡」，

〔註1268〕子居：〈清華簡七《越公其事》第七、第八章解析〉，http://www.xianqin.tk/2018/ 08/04/663/，20180804。

〔註1269〕清華大學出土文獻與保護中心編、李學勤主編：《清華大學藏戰國竹簡（柒）》， 上海，中西書局，2017 年 4 月，頁 139，注 13。

「蔡」、「歲」清、心旁紐雙聲、同月部疊韻音近。杜預注：「蔡，放也。」「蔡」應當是「竄」的假借字，《集韻‧去聲七‧十四泰》「竄」取外切，訓「逃匿也」，是與「蔡」同清紐月部，音近可通。《廣韻‧去聲‧換韻》：「竄，誅也、放也」是其義，故杜注訓「蔡」為「放」，古書也多言周公「放蔡叔」。故「歲」應該就是「竄」，那麼「爨」字很可能是一個與之含義相反的詞，猶「賞罰」然。疑讀為選賢之「選」，二字清心旁紐雙聲、同元部疊韻音近。「選」謂選拔使用（如果單就讀音上說，讀「竄選」亦可，「爨」、「竄」音同，「歲」、「選」同心紐雙聲、月元對轉疊韻音近）。故此二句當讀為「有選竄，有賞罰」，「選竄」蓋對政績評定好的官員予以選拔使用，對於政績評定差的官員則驅逐流放。〔註1270〕

郭洗凡認為「爨」與「贊」均為上古元部字，韻部相同，可以通假。〔註1271〕

子居認為歲當讀為原字，算歲即歲計。「有算歲，有賞罰」即將歲計與相關賞罰列為常制。〔註1272〕

秋貞案：

簡文「又（有）夐（爨）戠（劃），又（有）賞罰」王寧說其為對舉。「賞罰」為對舉，「爨」和「歲」也是對舉，此說可參考。

原考釋認為「爨」，讀為「贊」，沒有說明，放在簡文中也不好解釋。從字形分析：「夐」字形「🐾」是戰國六國時特有的寫法，到秦時才採用會意兼形聲字的「爨（🀫）」（秦睡 42.192《篆》）。從「爨」字形看從臼持甑置竈上，其下從林從火，會爨炊之意。〔註1273〕《詩‧小雅‧楚茨》：「執爨踖踖，為俎孔碩」毛傳：「爨，饔爨、廩爨也。」〔註1274〕孔穎達疏：「其當持爨灶之人，皆踖踖然恭慎於事而有容儀矣。」簡文「爨」可以如字讀，表示有薪火炊食，和之前越王賜飲食的意義同。

〔註1270〕王寧：〈清華簡七《越公其事》讀札一則〉，http://www.bsm.org.cn/show_article. php?id=2809，20170520。

〔註1271〕郭洗凡：《清華簡《越公其事》集釋》，安徽大學碩士學位論文，2018 年 3 月，頁 80。

〔註1272〕子居：〈清華簡七《越公其事》第七、第八章解析〉，http://www.xianqin.tk/2018/08/ 04/663/，20180804。

〔註1273〕季師旭昇：《說文新證》，福建人民出版社，2010 年 11 月第一次印刷，頁 185。

〔註1274〕宗福邦、陳世鐃、蕭海波主編：《故訓匯纂》，商務印書館，2007 年 9 月，頁 1383。

原考釋認為「歲」讀為「劌」，傷也，此說可以參考。從字形分析：「歲」字的甲骨文為「ㄐ」（商。甲635《甲》）、金文「戉」（周早。利簋《金》）、戰國齊文字「戉」（戰。齊。子禾子釜《金》）、「歲」（戰。楚。包216《楚》）郭沫若以為歲戉本一字。故歲借用「戉（鉞）」形。春秋以後「戉」逐漸訛變為「戈」或「戌」形。「歲」（戰。晉。璽彙 4425）字的「止」形和「戌」形合併訛變聲化為殺聲。〔註1275〕原考釋說「歲」讀為「劌」，傷也，此說可從。《老子。五十八章》：「廉而不劌」王弼注：「劌，傷也。」《禮記。聘義》：「廉而不劌」鄭玄注：「劌，傷也。」《荀子‧不苟》：「廉而不劌」楊倞注引說文云：「劌，利傷也。」〔註1276〕

「又（有）戗（饗）戉（劌），又（有）賞罰」即意指「有飲食利傷，有獎賞處罰」。

③善人則由（迪），譖（憯）民則怀（附）

原考釋釋「由」為「用」、釋「譖」為「譖」、釋「怀」為「背」：

> 善人，《論語‧述而》「善人，吾不得而見之矣；得見有恒者，斯可矣。」邢昺疏：「善人，即君子也。」《國語‧周語下》：「唯善人能受盡言，齊其有乎？」由，用。譖民，與「善人」相對，猶「譖人」。《詩‧巷伯》：「取彼譖人，投畀豺虎。」怀，讀為「背」，棄。《史記‧孟嘗君列傳》：「客見文一日廢，皆背文而去，莫顧文者。」或可讀為「否」。〔註1277〕

王寧認為「譖民」即古書習見之「讒人」；「怀」當讀為「否」，是對前一個動詞的否定詞，「否」即「不由」，即不用：

> 《玉篇》：「譖，讒也」，「譖民」即古書習見之「讒人」，《詩‧青蠅》：「讒人罔極，交亂四國。」《呂氏春秋‧論人》：「讒人困窮，賢者遂興」是也。「怀」當讀為「否」，是對前一個動詞的否定詞，如《禮記‧曲禮上》：「若仆者降等，則受；不然，則否」，「否」即「不受」；

〔註1275〕季師旭昇：《說文新證》，福建人民出版社，2010 年 11 月第一次印刷，頁 116。
〔註1276〕宗福邦、陳世鐃、蕭海波主編：《故訓匯纂》，商務印書館，2007 年 9 月，頁 240。
〔註1277〕清華大學出土文獻與保護中心編、李學勤主編：《清華大學藏戰國竹簡（柒）》，上海，中西書局，2017 年 4 月，頁 139，注 14。

又《檀弓上》:「群居則絰,出則否」,「否」即「不絰」,等等。簡文
此處的「否」即「不由」,即不用。〔註1278〕

王進鋒認為由,通假為迪,「不迪」作「不用」;譖,不信:

由,通假為迪。(白于藍:《戰國秦漢簡帛古書通假字彙纂》,福州:
海峽出版發行集團、福建人民出版社,2012 年,第 96 頁。)迪,
進用,任用。《尚書·牧誓》:「昏棄厥遺王父母弟不迪」,王引之
《經傳釋詞》卷六:「《史記·周本紀》『不迪』作『不用』,迪為
『不用』之用」。《詩經·大雅·桑柔》:「維此良人,弗求弗迪」,
毛傳:「迪,進也」,鄭玄箋:「國有善人,王不求索,不進用之」。

譖,不信。《詩·大雅·瞻卬》:「鞫人忮忒,譖始竟背」,鄭玄箋:
「譖,不信也」。通假為否。譖民則否,意思為「不信的人則不會
被任用」。總之,清華簡《越公其事》中有多個字句有重新釋讀的
可能。文字通讀之後,我們發現《越公其事》這幾段文字都是關
於越國縣制的內容,這為我們重新探討西周春秋時期的縣制和春
秋時期越國的縣制提供了契機。〔註1279〕

郭洗凡認為「伓」從人不聲和「背」字對轉通假,「背棄」,「拋棄」的含意:

整理者觀點可從,「伓」從人不聲,「不」為上古之部字,「背」是職
部字,二字對轉可通假。此字讀「背」合適,指的是「背棄」,「拋
棄」的含意。〔註1280〕

子居認為「賢人」與「讒民」對言;「背」字的「棄」義指的是背棄,而
君主無論如何評定、處置臣屬都顯然不宜說是「背棄」,因此「伓」當讀為
「否」:

善人指賢人,譖與讒通(《古字通假會典》第 243 頁「譖與讒」條,

〔註1278〕王寧:〈清華簡七《越公其事》讀札一則〉,http://www.bsm.org.cn/show_article.php?
id=2809,20170520。

〔註1279〕王進鋒:《周代的縣與越縣——由清華簡〈越公其事〉中的相關內容引發的討論》,
香港浸會大學饒宗頤國學院,澳門大學中國語言文學系,清華大學出土文獻研究
與保護中心:《〈清華簡〉國際會議論文集》,2017 年 10 月 26 日～28 日。

〔註1280〕郭洗凡:《清華簡《越公其事》集釋》,安徽大學碩士學位論文,2018 年 3 月,頁
81。

濟南：齊魯書社，1989 年 7 月。）馬王堆帛書《黃帝書·成法》：「夫是故讒民皆退，賢人咸起。」以「賢人」與「讒民」對言，用法與《越公其是》此處以「善人」與「譖民」對言同。因為考核的是各地區人口增減情況，所以考核物件皆是官吏，先秦所說「賢人」罕有一般民眾，此點人所盡知，故由此亦可見「譖民」之「民」同樣不是指現在所說的民眾。「背」字的「棄」義指的是背棄，而君主無論如何評定、處置臣屬都顯然不宜說是「背棄」，因此「伓」當讀為「否」。〔註1281〕

秋貞案：

綜合各家之說，此處有三種可能：一、把「善人」跟「譖民」解為名詞，即好的官吏就獎賞，壞的官吏就懲罰，原考釋及大多數學者似乎是這麼主張的。但是要把「譖民」解為壞的官吏，不妥；「譖民則伓」的「伓」也很費解。二、把「善人」、「譖民」解為動賓結構，就是「好好對待人民」就有獎賞；「不好好對待人民」就有處罰。筆者認為第二個思考不太合理是因為《越公其事》簡文至此未言及好對待人民的措施作為，前面只提到依據人口數之增減來品等官員，沒有進一步說明如何治理、對待人民的方法，似乎不能把人口數增加當作好好對待人民的證據。三、「善人則由，譖民則伓」解為「好人得到鼓勵，譖民也都服從領導／來歸附」。「譖民」到底是什麼種類的人？還要再思考，可能是低層人民（僭民），或是不太能配合施政的人民（讒民）。

季師以為此處講的是越王句踐要增人口，而不是選拔人才。增加人口有兩個主要方法，一個是自己多生，《吳越春秋·卷第十·句踐伐吳外傳·句踐十五年》說：

> 令壯者無娶老妻，老者無娶壯婦。女子十七未嫁，其父母有罪；丈夫二十不娶，其父母有罪。將免者以告於孤，令醫守之。生男二，貺之以壺酒、一犬，生女二，賜以壺酒、一豚。生子三人，孤以乳母；生子二人，孤與一養。〔註1282〕

〔註1281〕子居：〈清華簡七《越公其事》第七、第八章解析〉，http://www.xianqin.tk/2018/08/04/663/，20180804。

〔註1282〕（漢）趙曄《吳越春秋》，劉曉東等點校《二十五別史》本（濟南：齊魯書社，2000.5），頁 91～92。

　　另外一種則是從越邦以外招徠人口，從後文說「東夷、西夷、古蔑、句吳四方之民乃皆聞越地之多食、征薄而好信，乃波往歸之」來看，本章的「登人」所說的，主要應該是以昭徠外邦人口為主，尤其是「邊縣」地區。

　　據此，「善人則由（迪），瞽（憯）民則怀（附）」應該是指外地來的人，「善人」指好人、好的人才，「由」似可讀為「迪」，進用，任用。《書‧牧誓》：「昏棄厥遺王父母弟不迪。」王引之《經傳釋詞》卷六：「《史記‧周本紀》『不迪』作『不用』，迪為『不用』之用。」《詩‧大雅‧桑柔》：「維此良人，弗求弗迪。」毛傳：「迪，進也。」鄭玄箋：「國有善人，王不求索，不進用之。」也就是在登人的過程中，外地來的善人、人才會被任用。「瞽民」各家之說都不好理解，疑讀為「憯民」，憯，憂傷，《毛詩‧小雅‧雨無正》「憯憯日瘁」，箋云：「憯憯，憂之。」馬王堆漢墓帛書乙本《老子‧德經》：「禍莫大于不知足，咎莫憯于欲得。」《淮南子‧人間訓》：「子發視決吾罪而被吾刑，吾怨之憯於骨髓。」高誘注：「憯，痛也。」「怀」讀為「附」，來歸附。上博五《鮑叔牙與隰朋之諫》競3＋競8「不出三年，遂人之怀（附）者七百邦」。

　　「善人則由（迪），瞽（憯）民則怀（附）」意指「從外邦來的好的人才會被錄用，生活困苦的人也都來歸附」。

④是以【四七】蕙（勸）民，是以收敬（賓），是以訇（勾）邑，王則隹（唯）訇（勾）、茖（落）是徹（趣），矗于右（左）右

　　原考釋：

　　　　勸，字多異寫。收，聚。《詩‧維天之命》「假以溢我，我其收之。」，毛傳：「收，聚也。」敬，讀為「賓」。「收賓」與下文「訇邑」結構與語義相類。〔註1283〕

　　　　訇邑，使人聚集成邑。〔註1284〕

　　Zzusdy 認為簡 48 所謂「收」並不是「收」，左邊是「以」右邊似是「反」或「攵」？〔註1285〕

〔註1283〕清華大學出土文獻與保護中心編、李學勤主編：《清華大學藏戰國竹簡（柒）》，上海，中西書局，2017 年 4 月，頁 139，注 15。
〔註1284〕清華大學出土文獻與保護中心編、李學勤主編：《清華大學藏戰國竹簡（柒）》，上海，中西書局，2017 年 4 月，頁 139，注 16。
〔註1285〕簡帛論壇：「清華七《越公其事》初讀」，第 74 樓，20170428。

王寧認為「敂」字當是擯棄之「擯」的或體，古與「賓」通用，這裡當是指從越國以外的地方前來歸附的人口。「收賓」可能是指收聚這些人，故與「匈邑」對舉，「匈（勾）邑」即「聚邑」，謂聚人而成邑：

是以收敂（賓）：整理者注：「敂，疑讀為『賓』。『收賓』與下文『匈邑』結構與語意相類。」按：此字從攴㝬聲，當是擯棄之「擯」的或體，古與「賓」通用，（高亨纂著，董治安整理：《古字通假會典》，齊魯書社 1989 年，106 頁【賓與擯】條）《爾雅‧釋詁》：「賓、協，服也」，郭璞注：「皆謂喜而服從。」邢疏「賓者，懷德而服也。《旅獒》云：『四夷咸賓。』」這裡當是指從越國以外的地方前來歸附的人口，「收賓」可能是指收聚這些人，故與「匈邑」對舉，「匈（勾）邑」即「聚邑」，謂聚人而成邑。由上所舉，這段簡文應該是：

「王既比聽之，乃品：朝會三品，要於王府三品。年祝枚數，由賢由毀。有選竄，有賞罰。善人則由，譖民則否。是以勸民，是以收賓，是以勾邑。」〔註 1286〕

郭洗凡認為「匈」作「勾」聚集的意思：

「匈」作「勾」，古同「鳩」、「解」，聚集的意思。邵瑛《群經正字》：「今經典統借用鳩字。」《說文》：「勾，聚也。」又如：「勾合」，集合、匯合的意思。〔註 1287〕

子居認為整理者定為「收」的字應該為是「敀」字，為「施」字異體，「施」與「延」通。「敀敂」可讀為「延賓」：

關於整理者定為「收」的字，網友 zzusdy 提出：「簡四八所謂『收』並不是『收』，左邊是『以』右邊似是『反』或『攴』？」（《清華七〈越公其事〉初讀》帖 74 樓，簡帛論壇：http://www.bsm.org.cn/bbs/read.php?tid=3456，2017 年 4 月 28 日。）說是，該字在原書字表中似是影像處理有問題，由書中原簡照片可見，「以」形與「攴」形間

〔註 1286〕王寧：〈清華簡七《越公其事》讀札一則〉，http://www.bsm.org.cn/show_article.php?id=2809，20170520。

〔註 1287〕郭洗凡：《清華簡《越公其事》集釋》，安徽大學碩士學位論文，2018 年 3 月，頁 81。

存在明顯的間隔，筆者以為，該字或即「敆」字，「敆」為「施」字異體，「施」與「延」通（《古字通假會典》第 680 頁「施與延」條，濟南：齊魯書社，1989 年 7 月），可訓為引、進，因此「敆敔」可讀為「延賓」，《呂氏春秋・重言》：「乃令賓者延之而上，分級而立。」高誘注：「延，引也。」《爾雅・釋詁》：「延，進也。」邢昺疏：「引而進之。《射義》云：子路出延射。」〔註1288〕

由「勾邑」可見，越國被吳王夫差遷移後，當是置於吳國邊地，此時的越國周邊多有未開化地區，因此可以通過聚集遷居者的方式形成新的居邑。〔註1289〕

明珍認為「𠱃」不需要通讀為「及」直接釋為「疾言」：

簡 43：唯信是趣，𠱃于左右；簡 48：唯䎽荅是趣，𠱃于左右。原考釋於簡 43 下將「𠱃」讀為「及」。𠱃，《說文》：「疾言也。」段玉裁注引：「𠱃，言不止也。」此字不需要通讀為「及」，直接釋為「疾言」即可。越王「𠱃于左右」，意思是越王疾言於左右，即今之再三叮嚀、耳提面命。〔註1290〕

子居此處的「𠱃」也當讀為「習」：

此處的「𠱃」也當讀為「習」，見筆者《清華簡七〈越公其事〉第六章解析》。之所以說「方和於其地」，當即是因為越人本是被吳王新遷至此地，因此不難想見與原住民有較多的利益衝突，經過《越公其事》此章所述「登人」舉措，才使得各級行政皆以民心向背為重，獲得周邊地區民眾的支援。〔註1291〕

王青認為「䣴（勾）、荅（落）」是「聚、落」為居住點，非零落：

原考可從，但「聚落」為居住點，非零落也。《風俗通・怪神》「渤

〔註1288〕子居：〈清華簡七《越公其事》第七、第八章解析〉，http://www.xianqin.tk/2018/08/04/663/，20180804。

〔註1289〕子居：〈清華簡七《越公其事》第七、第八章解析〉，http://www.xianqin.tk/2018/08/04/663/，20180804。

〔註1290〕簡帛論壇：「清華七《越公其事》初讀」，第 139 樓，20170502。

〔註1291〕子居：〈清華簡七《越公其事》第七、第八章解析〉，http://www.xianqin.tk/2018/08/04/663/，20180804。

海都邑鄉亭聚落，皆為立祠」，注謂：《文選·東京賦》注：「小於鄉曰聚。」又《吳都賦》注：「落，居也。」（（漢）應劭撰，王利器校注：《風俗通義校注》，北京：中華書局，1981 年，第 396 頁，注釋（一八））。《漢書》卷二九：「稍築室宅，遂成聚落」（（漢）班固：《漢書》，中華書局，1962 年，第 1692 頁），是皆為證。〔註 1292〕

范天培認為此字從構形來看，似非是「敬」或「從攴宁聲」，應當為「寇」字。楚文字中的「寇」字通常從「戈」，寫作「」（《鄭武夫人規孺子》簡 9）。晉系文字中的「寇」有從「攴」的例子如「」（《侯馬盟書》九六：八），《侯馬盟書》中的「寇」亦有從「戈」的字形寫作「」（《侯馬盟書》二〇三：二）。他還舉「寇」所從「戈」形有時會寫在「宀」形之外，使得文字成為左右結構，如「」（《古璽彙考》103 頁）。他推論〈越公其事〉簡 48 中的「」字即是「寇」字。〔註 1293〕

秋貞案：

「勸（）」字原考釋沒有解釋，但是同一句式連三句，可見「勸」、「收」、「飼」意思相類。「勸」有「勉」之意。《說文。力部》段玉裁注：「勉之而悅從曰勸。」「勸民」意指勸勉人民從善如流。筆者認為「」字應為「收」字無誤。此字可以分為左邊的「丩（）」和右邊的「攵（）」。Zzusdy 和子居把此字看作「以」字，可能是受上一字「以」字影響。原考釋釋「收」為「聚」；「（敬）」，原考釋釋為「賓」，可從。范天培釋「敬」為「寇」有待商榷。季師《說文新證》頁 245「寇」字其義為「暴也，殘害人之謂寇」。「寇」字如（戰.楚.包 2.102）、（戰.晉.璽彙 3834）、（春戰.晉.侯馬 156:23）、（戰.燕.璽彙 5691）。〔註 1294〕筆者觀「寇」字和簡 48 的「」確實很類似，但是否可以逕釋為「寇」還有待字義的研判。若簡文釋為「收寇」為「拘捕盜賊」，在〈越公其事〉第七章為「登人」的主旨下，若把一些盜賊拘捕起來有助於人口的增加嗎？這些為盜為寇的麻煩人物恐會

〔註 1292〕王青：〈清華簡《越公其事》補釋〉，「出土文獻與商周社會學術研討會」會議論文集，2019 年，頁 323～332。

〔註 1293〕范天培：〈說《越公其事》簡四八的「收寇」〉，http://www.bsm.org.cn/show_article.php?id=3475，20191217。

〔註 1294〕季師旭昇：《說文新證》，藝文印書館，2014 年 9 月 2 日出版，頁 245。

增加越國治理的難度吧！故筆者認為本章的主旨在「登人」，除了增加人口之意，釋為「收賓」也有納賢人之意，不太可能是收一些賊寇或敗敵招致困擾。目前楚文字的「賓」多作「（圖）」（戰.楚.上七.吳5）形未見从「攴」或「戈」形，〔註1295〕如何釋為「賓」？王寧認為「敬」字當是擯棄之「擯」的或體，古與「賓」通用，也補充指從越國以外的地方前來歸附的人口，符合本章「好徵人」的主旨，此說可從。「是以蠶民，是以收敬，是以敻邑」句式中的「是以」當「因此，所以」解，《左傳‧隱公十一年》：「既無德政，又無威刑，是以及邪？」〔註1296〕

王則隹（唯）敻（勾）、苕（落）是徹（趣）」的「是」字是用來指前置賓語「敻、苕」。《詩‧小雅‧節南山》：「秉國之君，四方是維。」〔註1297〕「四方是維」就是「維四方」之意，故「王則隹敻、苕是徹」則是「王則唯徹敻、苕」。「徹」通「趣」字即「趨」、「向」之意，《逸周書‧大聚》：「商賈趣市以合其用」，朱右曾集訓校釋：「趣，趨同。」《漢書‧鄭當時傳》：「常趣和承意」顏師古注：「趣，向也。」

「是以收敬（賓），是以敻（勾）邑，王則隹（唯）敻（勾）、苕（落）是徹（趣）」的「敻（勾）、苕（落）」還是指人口的聚增或零落為主，非名詞。全句意指「因此勸勉人民，因此收服前來歸附之人，因此聚集人口形成為城邑，越王唯有以人口之聚增或零落為心之所向」。

第六章簡43的「矗于右（左）右，舉（舉）雽（越）乃皆好訐（信）」，原考釋認為「矗」可讀為「襲」，於理有據。明珍直接釋為「疾言」海天遊蹤認為「矗」讀為「襲」即可。《楚辭‧九歌‧少司命》：「芳菲菲兮襲予。」王逸注：「襲，及也。」〔註1298〕簡文「矗于右（左）右，舉（舉）雽（越）乃皆好訐（信）」意指，從延及越王左右臣子，再到越國全境都喜好誠信。明珍之說更能凸顯越王興邦復仇的急切。本章此處的「矗于右（左）右」意思和簡43一樣，越王疾言於左右臣子。二說皆可通。

〔註1295〕參見季師旭昇：《說文新證》「賓」字條，藝文印書館，2014年9月2日出版，頁598。

〔註1296〕王力主編：《王力古漢語字典》，北京中華書局，2006年6月第6次印刷，頁430。

〔註1297〕王力主編：《王力古漢語字典》，北京中華書局，2006年6月第6次印刷，頁430。

〔註1298〕宗福邦、陳世鐃、蕭海波主編：《故訓匯纂》，商務印書館，2007年9月，頁2080。

⑤譽（舉）雫（越）邦乃皆好陞（登）人，方和于亓（其）陞（地）。東
【四八】尸（夷）、西尸（夷）、古蔑、句虗（吳）四方之民乃皆龢（聞）
雫（越）陞（地）之多飤（食）

原考釋：

> 東夷、西夷多見於古書，多為中原對東、西邊裔之稱謂。越之西是
> 楚，東是海，「東夷」、「西夷」或為誇大的辭。古蔑，《國語》作「姑
> 蔑」；句吳，《國語》作「句無」。此指四方諸侯之國。《詩‧下武》：
> 「受天之祜，四方來賀。」此以越地為中心之四方。〔註1299〕

王磊認為「政薄」即「賦稅輕少」。東夷、西夷、古蔑、句吳四方之民乃皆
聞越地之多食，政薄而好信，乃頗往歸之，越地乃大多人：

> 又《越公其事》第七章云：「東夷、西夷、古蔑、句吳四方之民乃皆
> 聞越地之多食，政薄而好信，乃頗往歸之，越地乃大多人。」「政薄」
> 即「賦稅輕少」，《周禮‧地官司徒》：「以為地法而待政令，以荒政
> 十有二聚萬民：一曰散利，二曰薄征，三曰緩刑，四曰弛力，……。」
> 「薄征」即「減輕賦稅」的意思。〔註1300〕

子居認為，越人被吳王遷徙後，新居地很可能是在此時的吳國都城東北：

> 筆者認為，越人被吳王遷徙後，新居地很可能是在此時的吳國都城
> 東北，因此大致上可將東夷、西夷、姑蔑、句吳定為越國的「四方」，
> 東夷當即是東海海濱之夷，《左傳‧僖公四年》：「若出於東方，觀
> 兵於東夷，循海而歸，其可也。」《左傳‧僖公十九年》：「宋公使
> 邾文公用鄫子于次睢之社，欲以屬東夷。」《左傳‧襄公二十九年》：
> 「杞，夏餘也，而即東夷。」皆是。西夷當即城父等地之夷，《左
> 傳‧僖公二十三年》：「秋，楚成得臣帥師伐陳，討其貳於宋也。遂
> 取焦、夷，城頓而還。」杜預注：「夷，一名城父，今譙郡城父縣。」
> 此時姑蔑大致在越國西北，《春秋‧隱西元年》：「三月，公及邾儀

〔註1299〕清華大學出土文獻與保護中心編、李學勤主編：《清華大學藏戰國竹簡（柒）》，
上海，中西書局，2017年4月，頁139，注17。

〔註1300〕王磊：〈清華七《越公其事》札記六則〉，http://www.bsm.org.cn/show_article.php?
id=2806，20170517。

父盟于蔑。」杜注:「姑蔑,魯地。魯國卞縣南有姑城。」句吳大致則在越國西南,彼時吳國都邗,石泉先生已指出在清江市西(《中國歷史地理專題》第 99 頁,武漢:湖北人民出版社,2013 年 4 月),北大簡《周訓・五月》:「越之城旦發墓于邗,吳既為虛,其孰衛闔廬?」〔註1301〕

王青認為「陞」,本義即進、登、升,不必讀為表示「召」義的「徵」,「陞人」,意思是鼓勵人向善向上,此是將人分為三品的用意所在。第 50 簡的「陞人」,指上品之人。〔註1302〕

秋貞案:

「覓(舉)雪(越)邦乃皆好陞(登)人」意指「越國全境都喜好增加人口。」

「方和于亓(其)墜(地)」指的是越地大大地和諧,「方」釋為「大」,參《故訓彙纂》頁 990 第 141～154 義項。「東尸(夷)、西尸(夷)、古蔑、句虖(吳)四方之民」即四方鄰國。「乃皆稱(聞)雪(越)墜(地)之多飤(食)」指的是「都知道越國糧食充裕,此呼應第五章之「越邦乃大多食」。

⑥政(征)溥(薄)而好訐(信)

原考釋:

> 政溥,讀為「政薄」,與第三十九簡「政重」相對。〔註1303〕

郭洗凡認為整理者觀點可從。「溥」,從水,尃聲,「薄」從艸,溥聲,「溥」可讀為「薄」。〔註1304〕

子居認為先秦時形容政事時所用的「薄」,多是指稅賦而言,據《國語・越語上》勾踐曾「十年不收于國」,自然是「政薄」之極。〔註1305〕

〔註1301〕子居:〈清華簡七《越公其事》第七、第八章解析〉,http://www.xianqin.tk/2018/08/04/663/,20180804。

〔註1302〕王青:〈清華簡《越公其事》補釋〉,「出土文獻與商周社會學術研討會」會議論文集,2019 年,頁 323～332。

〔註1303〕清華大學出土文獻與保護中心編、李學勤主編:《清華大學藏戰國竹簡(柒)》,上海,中西書局,2017 年 4 月,頁 139,注 18。

〔註1304〕郭洗凡:《清華簡《越公其事》集釋》,安徽大學碩士學位論文,2018 年 3 月,頁 82。

〔註1305〕子居:〈清華簡七《越公其事》第七、第八章解析〉,http://www.xianqin.tk/2018/08/04/663/,20180804。

秋貞案：

原考釋所釋「政溥」，讀為「政薄」，不夠明確。第六章簡 37 有「王乃好訐，乃攸市政」，此「市政」為「市征」意即市場貿易稅收，故此處的「政薄」指的是「征薄」，解釋為市場貿易的稅收很輕。第 39 簡的「政重」也是指「征重」即和「政薄」相對。

⑦ **乃波（頗）逞（往）遄（歸）之，雫（越）墍（地）乃大多人。【四九】**

原考釋釋「波逞」為「波往」：

> 波往，比喻之辭，喻其多。〔註1306〕

陳偉認為古書未見「波往」一類說法，「波」恐當讀為「頗」，皆、悉義：

> 古書未見「波往」一類說法。「波」恐當讀為「頗」，皆、悉義。劉淇《助字辨略》卷三「頗」字條：「《漢書‧田竇傳》：『于是上使御史簿責嬰所言灌夫頗不讎，劾繫都司空。』此頗字，猶云皆也。頗不讎者，言嬰為夫白冤皆不實也。若略不實，不應遂囚繫嬰矣。如《趙充國傳》：『將軍獨不計虜聞兵頗罷，且丁壯相聚攻擾田者，及道上屯兵復殺略人民，將何以止之。』《李廣傳》：『李蔡以丞相坐詔賜冢地陽陵，當得二十畝。蔡盜取三頃，頗賣得四十餘萬。』此頗字竝是盡悉之辭。頗本訓略，而略又有盡悉之義，故轉相通也。盡悉則是遂事之辭。故頗、巨又得為遂也。」（劉淇：《助字辨略》，中華書局 1954 年版，第 161～162 頁）以皆或盡悉之義解釋簡文，似無不合。〔註1307〕

胡敕瑞認為認為「波」古漢語有奔跑一義：

> 「波往」恐非如整理者所說為比喻之辭，「波」也可能並非如陳先生所釋的皆或盡悉之義。「波」古漢語有奔跑一義。例如：
>
> （1）汝等便當東西波迸，乃至喪命。（三國吳支謙《菩薩本緣經》

〔註1306〕清華大學出土文獻與保護中心編、李學勤主編：《清華大學藏戰國竹簡（柒）》，上海，中西書局，2017 年 4 月，頁 139，注 19。

〔註1307〕陳偉：〈清華簡七《越公其事》校讀〉，http://www.bsm.org.cn/show_article.php?id=2790，20170427。另刊於〈清華簡七《越公其事》校釋〉，「出土文獻與傳世典籍的詮釋國際學術研討會」會議論文集，復旦大學出土文獻與古文字研究中心，2017 年 10 月 14～15 日。

卷 3）

（2）彼軍盡皆疫病，或<u>波迸</u>逃竄。（唐大廣智不空譯《菩薩成就儀
軌經》卷 1）

（3）戀土懷舊，人之本情。<u>波迸</u>流離，蓋不獲已。（唐李延壽《北
史·隋房陵王勇傳》）

（4）曷可去之，于黨孔盛。敏爾之生，胡為<u>波迸</u>。（唐顧況《左車》
詩之一）

（5）或時行聚落，或投竄山林，人眾以<u>波逃</u>。（唐流志譯《大寶積
經》卷 3：）

（6）自知虛誕，仍更<u>波逃</u>。（《冊府元龜》卷一百五十三）

（7）餧殘相望，眾侶<u>波奔</u>。（唐道宣撰《續高僧傳》卷 20）

（8）急顧發的處，獵戶群<u>波奔</u>。（《居士傳》卷 55）

（1）～（4）例的「波迸」、（5）（6）例的「波逃」、（7）（8）例的
「波奔」均是同義連用結構，與簡文的「波往」結構和意義相近。

這些詞語中的「波」均非比喻之詞，「波」義為奔跑。

胡敕瑞認為蔣禮鴻對「波」的這一詞義有所研究，其實東漢已見「奔波」
一詞。表示奔跑義的方言詞「波」早古已有之：

蔣禮鴻先生對「波」的這一詞義曾有討論：張淮深變文：『莫遣波
逃星散去。』（頁 121）廬山遠公話：『是時眾僧例總波逃走出。』
（頁 171）韓擒虎話本：『遂乃波逃入一枯井。』（頁 203）周一
良說『波逃』是奔波逃亡的意思。案，『波逃』應是『逋逃』的
假借。……《太平廣記》卷二百六十三引唐人張鷟《朝野僉載》：
『李宏，汴州浚儀人也。兇悖無賴，……嚇庸調租船綱典動盈數
百貫，彊貨商人巨萬，竟無一還。商旅驚波，行綱側膽。』（今本
不載此條）『驚波』就是驚逃。……王貞珉說：《樂府詩集》梁鼓
角橫吹曲，無名氏企喻歌：『鷂子經天飛，群雀兩向波。』正是把
『波』當作『波逃』用，則梁時已然如此。禮鴻案：《晉書》孔坦
傳，坦與石聰書：『神州振蕩，遺氓波散。』《資治通鑑》卷一百

二十七，宋紀九，文帝元嘉三十年：『臧質子敦等在建康者，聞質舉兵，皆逃亡。劭欲相慰悦，下詔曰：「臧質，國戚勳臣，方翼贊京輦，而子弟波迸，良可怪歎。……」』《法苑珠林》卷二十六引南齊王琰《冥祥記》：「蘇峻之亂，都邑人士皆東西波遷。」可知以「波」為逃，還在梁以前。（蔣禮鴻《敦煌變文字義通釋》（第四次增訂本）第 152、153 頁，上海古籍出版社，1981 年）

蔣禮鴻先生將『波』的奔逃義追溯到南齊王琰的《冥祥記》。其實東漢已見『奔波』一詞，例如：（9）救患赴急，跋涉奔波者，憂樂之盡也。（仲長統《昌言·佚文》）（《正論校注·昌言校注》（孫啓治校注）第 420 頁，中華書局，2012 年。《昌言》一書早已散佚，今所據為清人嚴可均輯本）

「奔波」猶如「波奔」，「波」「奔」同義連文，次序顛倒而詞義不變。這種次序顛倒而詞義不變的現象，也有助於說明「波」並非比喻之詞。「奔波」這個詞語中古並不少見，他如：（10）迦葉惶怖投座而走，五百弟子奔波迸散（波＝播【宋】【元】【明】【聖】）。（晉法炬共法立譯《法句譬喻經》卷 3）（11）諸修羅等以不如故，驚怖奔波迷失方所。（隋闍那崛多譯《大法炬陀羅尼經》卷 14）（12）大小奔波往趣兒所，呼天號哭，斷絕復蘇。（梁僧旻寶唱等集《經律異相》卷 40）（9）～（12）的「奔波」與（7）（8）的「奔波」詞義並無差異，都是奔跑義。表示奔跑義的「波」也許是一個古已有之的方言詞。蔣禮鴻先生以為其本字為「逋」，項楚先生認為「『波』是唐人口語（不限於唐人），跑的意思，並非『逋』的假借。」〔註1308〕現在清華簡出現了「波」的奔跑義，一下子把源頭追溯到了上古，由此可見出土文獻對歷史詞彙研究的價值。〔註1309〕

〔註1308〕引自黃征、張湧泉《敦煌變文校注》卷一第 187 頁，中華書局，1997 年。表示奔跑義的「波」見於三國吳地支謙的譯品以及南方樂府民歌中，據此或可推測這個詞有可能是一個古代吳越方言詞。當然這只是一種推測，還有待證明。

〔註1309〕胡敕瑞：〈《清華大學藏戰國竹簡（柒）·越公其事》札記三則〉，http://www.ctwx.tsinghua.edu.cn/publish/cetrp/6842/2017/201704292116511149325737/2017042921165 1149325737_.html，20170429。

Cbnd 認為「波」字疑讀作「播」有遷徙義：

其中的「波」字疑讀作「播」。「播」有遷徙義。《後漢書・獻帝紀贊》：「獻生不辰，身播國屯。」李賢注：「播，遷也。」「波（播）往歸之」是說東夷、西夷、姑蔑、句吳四方之民遷徙歸往越地。〔註1310〕

郭洗凡認為陳偉先生的觀點可從，「皆」、「都」的意思：

陳偉先生的觀點可從。上博簡中有這種寫法。「波」和「頗」均為上古歌部字，二者音可通，「頗」在這裡是「皆」、「都」的意思。簡文的意思是說東夷、西夷、姑蔑、句吳的越國人民都回到了越國的地方。〔註1311〕

王凱博認為胡敕瑞將清華簡《越公其事》簡49「乃波往逞（歸）之」的「波」釋為奔跑義，也是可以講通的：

可見胡敕瑞將清華簡《越公其事》簡49「乃波往逞（歸）之」的「波」釋為奔跑義，也是可以講通的。蔣禮鴻以為「波」是「逋」之假借，項楚則以為是「『波』是唐人口語（不限於唐人），跑的意思，並非『逋』的假借」。（黃征、張涌泉：《敦煌變文校注》，中華書局，1997年5月，第187頁。按近見沈培對文獻中「波」、「播」等詞作深入考論（《說古書中跟「波」、「播」相關的幾個問題》，《北京大學第一屆古典學國際學術研討會論文集》，2017年11月17～20日，北京大學人文學部主辦，第62～78頁），可參看。如胡敕瑞對清華簡「波」的解釋可信，就將「波」的最早文獻用例提前至先秦了。〔註1312〕

子居認為陳偉之說所說甚是。〔註1313〕

王青認為「波」當讀為「彼」，指前一句簡文所提東夷、西夷、古蔑、句吳等邦國之人。「乃彼」，意若「彼乃」。〔註1314〕

〔註1310〕簡帛論壇：「清華七《越公其事》初讀」，第156樓，20170506。

〔註1311〕郭洗凡：《清華簡《越公其事》集釋》，安徽大學碩士學位論文，2018年3月，頁82。

〔註1312〕王凱博：《出土文獻資料疑義探析》，吉林大學博士學位論文，2018年6月，頁124。

〔註1313〕子居：〈清華簡七《越公其事》第七、第八章解析〉，http://www.xianqin.tk/2018/08/04/663/，20180804。

〔註1314〕王青：〈清華簡《越公其事》補釋〉，「出土文獻與商周社會學術研討會」會議論文集，2019年，頁323～332。

秋貞案：

「波往」的意義，各家所釋都有一定的道理。原考釋以「波往」為比喻之辭，大約是說像波浪一樣湧往，但先秦未見此種比喻。陳偉讀為「頗」，釋為「皆」，屬東漢常用義，先秦未見。〔註1315〕胡敕瑞釋為奔跑，最多也只能提早到東漢末年的仲長統，能否驟然提早到戰國，恐怕還要更多的證據。Cbnd疑讀作「播」有遷徙義，乍看很好，不過細看典籍中用此義的，多半是搭配戰敗流亡的背景，《越公其事》「波往」越國的「東夷、西夷、古蔑、句吳」等四方之民只是因為「聞越地之多食，政薄而好信」而願意過來，並非「東夷、西夷、古蔑、句吳」有戰亂活不下去而流亡往越。王青的把「波」讀為「彼」，變成「乃彼……」，先秦典籍不見此用法。本文贊成陳偉讀為「頗」，但釋為「多」。「頗」在先秦最早多釋為「少（略有）」，其後漸漸釋為「多」，到了《漢書》，才多到「皆」。後世近代較常用的是「多」。《越公其事》「乃波往歸之」也以釋為「頗往歸之」最為合適。

2. 整句釋義

三品的「進酬扑逐」，是依據表現的良好或缺失，有飲食利傷，有獎賞處罰。外地來的好的人才得到任用；生活憂苦的窮人也都來依附。因此勸勉人民，因此收服前來歸附之人，因此聚集人口形成為城邑，越王唯有以形成聚落為心之所向，並且疾言於左右之人，越邦因此都愛好增加人口。越地大大地和諧，東夷、西夷、姑蔑、句吳等四周的邦國，都知道越國糧食充裕，賦稅輕而有信用，於是很多人民就前往歸附越邦，越地人口就大大地增多。

四、《越公其事》第八章「好兵多兵」

【釋文】

雫（越）邦備陞（登）人，多人，王乃好兵。凡五兵之利，王必忎（研）之，居者（諸）左右；凡金革之攻，王日侖（論）眚（省）【五〇】亓（其）事，以訋（問）五兵之利。王乃歸（逅）徙（使）人情（省）訋（問）群

〔註1315〕陳偉所舉書證，都見《漢書》，雖然書證中的人物屬西漢，但能否代表西漢的用義，有待商榷。

大臣及鄝（邊）郙（縣）成（城）市之多兵、亡（無）兵者，王則眡=（比視）。隹（唯）多【五一】兵、亡（無）兵者是戠（察），翻（問）于左右。與（舉）雫（越）羍=（至于）鄝（邊）還（縣）成（城）市乃皆好兵甲，雫（越）乃大多兵。⌐【五二】

【簡文考釋】

（一）雫（越）邦備陞（登）人，多人，王乃好兵。凡五兵之利，王必悉（研）之，居者（諸）左右①；凡金革之攻②，王日侖（論）賸（省）【五〇】亓（其）事，以訊（問）五兵之利③。

1. 字詞考釋

①雫（越）邦備陞（登）人，多人，王乃好兵。凡五兵之利，王必悉（研）之，居者（諸）左右

原考釋釋「陞」為「徵」、釋「悉」讀為「瓽」：

五兵，《周禮‧司兵》「掌五兵、五盾」，鄭玄注引鄭司農云：「五兵者，戈、殳、戟、酋矛、夷矛。」此指車之五兵。步卒之五兵，則無夷矛而有弓矢，見《司兵》鄭玄注。悉，讀為「瓽」，習[瓽]〔註1316〕，鑽研。嵇康《琴賦序》：「余少好音聲，長而瓽之。」居，安置。〔註1317〕

蘇建洲認為《越公其事》簡 50 ![字形]、簡 52 ![字形]、簡 67 ![字形]與西周金文、曾侯乙簡寫法相合，這保存了早期文字的寫法特點：

《越公其事》的「左」除寫作楚簡常見的 ![字形]（字形表 178 頁），另有與西周金文、曾侯乙簡寫法相合的字形作![字形]50、![字形]52、![字形]67，這也是保存了早期文字的寫法特點。〔註1318〕

郭洗凡認為「悉」可看作「忨」今本《左傳》「忨」作「瓽」。〔註1319〕

〔註1316〕秋貞按：此處之「習」字應為「瓽」字之訛。

〔註1317〕清華大學出土文獻與保護中心編、李學勤主編：《清華大學藏戰國竹簡（柒）》，上海，中西書局，2017 年 4 月，頁 140，注 1。

〔註1318〕蘇建洲：〈談清華七《越公其事》簡三的幾個字〉，http://www.gwz.fudan.edu.cn/Web/Show/3050，20170520。

〔註1319〕郭洗凡：《清華簡《越公其事》集釋》，安徽大學碩士學位論文，2018 年 3 月，頁 88。

子居認為越人當是習於水戰而不擅長使用戰車，因此《越公其事》的「五兵」當非車之五兵；悉即忨字，已見於《越公其事》第三章，翫即玩：

> 由《國語‧吳語》：「越王乃中分其師以為左右軍，以其私卒君子六千人為中軍。明日將舟戰于江。」《國語‧越語上》：「子胥諫曰：不可。夫吳之與越也，仇讎敵戰之國也。三江環之，民無所移，有吳則無越，有越則無吳，將不可改於是矣。員聞之，陸人居陸，水人居水。夫上黨之國，我攻而勝之，吾不能居其地，不能乘其車。夫越國，吾攻而勝之，吾能居其地，吾能乘其舟。」《墨子‧魯問》：「昔者楚人與越人舟戰于江。」等內容及諸書所記「焚舟失火」故事可見，越人當是習於水戰而不擅長使用戰車，因此《越公其事》的「五兵」當非車之五兵。悉即忨字，已見於《越公其事》第三章，翫即玩，《易傳‧繫辭上》：「所樂而玩者，爻之辭也。」陸德明《釋文》：「玩，研玩也。」焦循《章句》：「玩，習也。」《廣雅‧釋詁》：「忨，貪也。」王念孫《疏證》：「忨、翫、玩並通。」因此悉可徑讀為玩。〔註1320〕

王青認為「備」可讀為「服」，「服」字即保留了「備」的盡、皆、咸的意蘊，謂皆擁有那些向善之人，因東夷等歸化之人故而有眾多的人：

> 依古無輕唇音之例，「備」可讀為「服」，但備之意仍然是存在的。如《左傳》桓公六年「粢盛豐備」（楊伯峻：《春秋左傳注》（修訂本），第111頁）、《唐虞之道》第3簡「聖道備嘻」（荊門博物館編：《郭店楚墓竹簡》，北京：文物出版社，1998年，第157頁），等皆為齊備之義，不可改用「服」之義。（通假字有一些是和被通假字在意義上有一定聯繫的，即被通假字的個別意蘊保留在所通假字的字義裡面，如，《越公其事》簡6「男女備」的「備」通假為「服」，「服」字即保留了「備」的盡、皆、咸的意蘊。參見拙作《從〈越公其事〉「男女備」的釋讀說到古字通假的一問題》，北京師範大學，「商周國家與社會國際學術研討會」（2019年10月11～14日）會

〔註1320〕子居：〈清華簡七《越公其事》第七、第八章解析〉，http://www.xianqin.tk/2018/08/04/663/，20180804。

議論文）。此簡文意謂皆擁有那些向善之人，因東夷等歸化之人故
而有眾多的人。〔註1321〕

秋貞案：

第八章開頭「雪邦備陞人，多人，王乃好兵」和第六章、第七章開頭一
致的寫法。「雪邦備陞人」的「備」如第六、七章一樣，如字讀即可，均為「皆
盡」之意。「陞」讀為「登」，「越邦盡登人，多人，王乃好兵」，意即「越邦
皆盡完成增力人口的措施後，人口愈來愈多，越王於是喜好兵事」。

原考釋的「車之五兵」為「戈、殳、戟、酋矛、夷矛」和「步卒之五兵」
為「戈、殳、戟、酋矛、弓矢」，但是原考釋沒有說明在這裡究竟是「車之五
兵」還是「步卒之五兵」，只有子居認為越人習於水戰，不習陸戰，故應該不
是原考釋所說的「車之五兵」。「五兵」究竟是什麼？有待了解。

從本章最末句來看，句踐要的是「多兵」，因此筆者認為此處的「利」應該
採最寬義解釋，可以釋為「銳利、利害、利益（包括品質與數量）」，「五兵之利」
指「五兵的銳利、利益、利害」。

「悉」字，在簡19 「孤用悉（願）見雪公」、簡24 「孤之悉（願）
也」都讀為「願」。在本簡的「悉」字原考釋讀為「翫」，習，鑽研；郭洗凡
認為「悉」可看作「忨」今本《左傳》「忨」作「翫」；子居認為「翫」即「玩」。
筆者認為原考釋解釋為「鑽研」較好。郭洗凡並沒有進一步說明。子居之說
與文義不合，而且以嵇康《琴賦序》「余少好音聲，長而翫之」為書證，時代
也太晚。「翫」多當作「習慣、滿足」例如：《左傳・昭公元年》：「趙孟將死
矣。主民，翫歲而愒日，其與幾何？」楊伯峻注：「此言趙孟之習厭于日月之
流逝又急于己之難長久。」《文選・張衡〈東京賦〉》：「凡人心是所學，體安
所習。鮑肆不知其臭，翫其所以先入。」薛綜注：「翫，習也；先入，言久處
其俗也。」「翫」字又當作「戲弄」《左傳・昭公二十年》：「夫火烈，民望而
畏之，故鮮死焉；水懦弱，民狎而翫之，則多死焉。」《北史・魏收傳》：「邪
翰者，故尚書令陳留公繼伯之子，愚癡有名，好自入市肆，高價買物，商賈
共所嗤翫。」以上的「翫」字都不是很正經的意思，當「鑽研」解雖好，但

〔註1321〕王青：〈清華簡《越公其事》補釋〉，「出土文獻與商周社會學術研討會」會議論
文集，2019年，頁323～332。

是時代太晚。這裡若把越王「好兵」認為是較輕慢的態度就不適合，故筆者認為「恐」字可以讀為「研」，「恐」，上古音在疑母元部，「研」的上古音也在疑母元部，聲韻皆同，故把「王必恐之」釋為「王必研之」，指的是「越王必定鑽研五兵之利」比較合乎文意。

「居者左右」的「居」，原考釋釋「安置」可從。「左右」，在此不指「近臣」，而是指「身邊」。《詩·大雅·文王》：「文王陟降，在帝左右。」「凡五兵之利，王必恐之，居者左右」指「凡五兵之利，王必定鑽研它，把它安置在身邊」。

②凡金革之攻

原考釋：

> 金革，武器裝備。《禮記·中庸》「衽金革，死而不厭。」孔穎達疏：「金革，謂軍戎器械也。」金革之攻，指武器製作。〔註1322〕

子居認為金是金屬制的兵器，革是皮革制的甲盾，所以「金革」猶下文的「兵甲」。《越公其事》此章「五兵」仍是源自《周禮》舊說：

> 金是金屬制的兵器，革是皮革制的甲盾，所以「金革」猶下文的「兵甲」。《越公其事》此章的作者一方面說「五兵」，另一方面又說「金革」、「兵甲」，可見在《越公其事》此章作者的觀念中，甲盾是在五兵之列的，《管子·幼官》：「旗物尚青，兵尚矛。……旗物尚赤。兵尚戟。……旗物尚白，兵尚劍。……旗物尚黑，兵尚脅盾。」《太平御覽》卷三三九引《太公六韜》曰：「春以長矛在前，夏以大戟在前，秋以弓弩在前，冬以刀楯在前，此四時應天之法也。」《五行大義·論治政》引《周官》云：「春為牡陳，弓為前行；夏為方陳，戟為前行；六月為圓陳，矛為前行；秋為牝陳，劍為前行；冬為伏陳，楯為前行。」引《家語》云：「孟春正月……其兵矛；孟夏四月……其兵戟；季夏六月……其兵弓；孟秋七月……其兵劍；孟冬十月……其兵楯。」因此不難看出，這是一種由齊地影響到周邊的故說，由《五行大義》引《周官》可見，《周禮》五兵當是舊有此說，因此《越

〔註1322〕清華大學出土文獻與保護中心編、李學勤主編：《清華大學藏戰國竹簡（柒）》，上海，中西書局，2017年4月，頁140，注2。

公其事》此章「五兵」仍是源自《周禮》舊說。〔註1323〕

秋貞案：

原考釋「金革，武器裝備」可從。至於是否為子居所言的《越公其事》此章「五兵」仍是源自《周禮》舊說。筆者認為《越公其事》本是傳抄的作品，書手抄寫版本來源不清楚，尚不可斷言。

「攻」是「攻治」。《周禮·考工記序》：「凡攻木之工七，攻金之工六，攻皮之工五。」鄭注：「攻，猶治也。」〔註1324〕

③王日侖（論）胜（省）【五〇】亓（其）事，以卲（問）五兵之利

原考釋：

論，研究。《管子·七法》：「故聚天下之精財，論百工之銳器。」省，察也。〔註1325〕

子居認為勾踐不大可能每天親自研究兵器，應該只會交給專門的工匠來做，所以「論」不當訓為研究，而當訓為考、察，與「省」是同義連用：

勾踐不大可能每天親自研究兵器，應該只會交給專門的工匠來做，所以「論」不當訓為研究，而當訓為考、察，與「省」是同義連用，《禮記·王制》：「凡官民材，必先論之。」鄭玄注：「論，謂考其德行道藝。」《大戴禮記·盛德》：「是故古者天子孟春論吏德行。」王聘珍《解詁》：「論，考也。」《呂氏春秋·論人》：「八觀六驗，此賢主之所以論人也。」高誘注：「論，猶論量也。」《韓非子·外儲說右下》：「乃論宮中有婦人而嫁之。」陳奇猷《集釋》：「論，察也。」〔註1326〕

秋貞案：

原考釋釋「侖」為「論，研究」，可從，呼應前面的「王必恋（研）之」的

〔註1323〕子居：〈清華簡七《越公其事》第七、第八章解析〉，http://www.xianqin.tk/2018/08/04/663/，20180804。

〔註1324〕（漢）鄭玄注，（唐）賈公彥疏《周禮注疏·考工記》，藝文印書館，1997.8，頁596。

〔註1325〕清華大學出土文獻與保護中心編、李學勤主編：《清華大學藏戰國竹簡（柒）》，上海，中西書局，2017年4月，頁140，注3。

〔註1326〕子居：〈清華簡七《越公其事》第七、第八章解析〉，http://www.xianqin.tk/2018/08/04/663/，20180804。

「忢（研）」。吳越的兵器是天下有名的，越王句踐劍至今出土甚多，完好如新，考古學家以之割紙，一次可以劃破十二張。〔註 1327〕所以越王句踐「日論省其事」，也是很合理的。

圖 011　越王句踐劍

「眚」原考釋釋作「省，察也」，可從。「眚」上古音在生母耕部，「省」也在生母耕部，聲韻皆同。「省」有「視察、察看」的意思。《易·復》：「先王以至日閉關，商旅不行，后不省方。」程頤傳：「人君不省視四方。」《禮記·禮器》：「禮不可不省也。」鄭玄注：「省，察也。」「亓事」指「金革之攻」；「訋」可釋為「問」，考察、過問。《詩·小雅·節南山》：「弗問弗仕，勿罔君子。」故「王日侖眚亓事，以訋五兵之利」指「越王每日研究視察和金革之攻有關的事，以考察過問五兵之利」。

2. 整句釋義

越邦皆盡完成增加人口的種種措施後，人口愈來愈多，越王於是喜好兵事。凡是五兵之利，王每日鑽研它，把它安置在身邊；凡是金革等武器裝備，越王每日研究視察和其有關之事，以考察過問五兵之利。

（二）王乃歸（迵）徙（使）人情（省）訋（問）群大臣及鄹（邊）鄙（縣）成（城）市之多兵、亡（無）兵者①，王則眦=（比視）。隹（唯）多【五一】兵、亡（無）兵者是戠（察），䚃（問）于左右。與（舉）雩（越）㠯=（至于）鄹（邊）還（縣）成（城）市乃皆好兵甲，雩（越）乃大多兵。【五二】②

1. 字詞考釋

①王乃歸（迵）徙（使）人情（省）訋（問）群大臣及鄹（邊）鄙（縣）

〔註1327〕陳振裕《越王勾踐青銅劍發現記》，光明日報 2016 年 4 月 7 日，第 16 版。原文網址：https://kknews.cc/culture/vk6prvy.html。

成（城）市之多兵、亡（無）兵者

原考釋釋「歸」讀為「親／急」，義同「趣」、「促」等；釋「鄘」為「達」，當係訛書：

> 歸，疑讀為「親」。又疑讀為緝部之「急」，義同「趣」、「促」等。情，讀為「請」，詢問。《禮記・樂記》「賓牟賈起，免席而請」，孔穎達疏：「此一經是賓牟賈問詞也。」請、問同義詞連言。鄘，簡文所從「舌」旁與楚文字「達」所從相同，當係訛書。前異文作「猨」、「還」、「鄘」，讀為「縣」。

ee 認為「」應是從「歸」省，可讀為「饋」；斷句為「王乃歸使人，請（省）問？羣大臣及邊縣城市之多兵無兵者」：

> 《越公其事》簡 51：「王乃[視＋帚]使人，請（省）問羣大臣及邊縣城市之多兵無兵者」，[視＋帚]字應是從「歸」省（參見 49 之「歸」字寫法），可讀為「饋」，此句並改斷如上。包山簡 145 反：「[□＋帚＋貝]客之□金十兩又一兩」，其「[貝＋帚]」我們以前也讀為「饋」。〔註1328〕

易泉認為斷句似可為「王乃歸（歸），使人請（省）問羣大臣及邊縣城市之多兵、無兵者，王則比視。唯多兵、無兵者是察問於左右」。〔註1329〕

海天遊蹤認為若將「使人」理解一個詞組「使者」，則可以考慮「」讀為「謂」。「歸」、「謂」聲音極為密切：

> 簡文「使人」的理解存在兩種可能。整理者在 119 頁注 1 指出「使，使者。簡文「使者」之「使」與「使令」之「使」多異寫。而對比：
>
> （1）簡 15 下「君雩（越）公不命使（使）人而夫=（大夫）親辱」，
>   123 頁注 2「使人，奉命出使之人」
>
> （2）簡 23「以須【二二】使（使）人。」
>
> （3）簡 24「使（使）者反（返）命」
>
> 「使」字確實可作為「使人」、「使者」的專字。但在簡 72 卻又有「乃

〔註1328〕簡帛論壇：「清華七《越公其事》初讀」，第 28 樓，20170425。
〔註1329〕簡帛論壇：「清華七《越公其事》初讀」，第 98 樓，20170429。

使（使）人告於吳王曰」這裡的「使」又是使令的意思。

上述網友 ee 是將「徒人」理解為使者，是一個詞組；易泉則是視「徒」為使令的意思。但他們的解釋似乎都存在著問題，比如王為何要饋食使者？而讀為「王乃歸」也屬前無所承，天外飛來一筆。特別是比對簡 44「王乃迚（趣）使（使）人察省城市邊縣小大遠邇之匀、落」，這裡的「迚（趣）使（使）人」與「歸使（使）人」相對應，可知「歸」與「使」之間不能斷開。

裘錫圭先生已在多篇文章中指出「歸」從「帚」聲。「歸」可分析為「帚」聲，讀為歸。《湯處於湯丘》05「遀（歸）必夜」便是很好的證明。筆者認為「徒人」若是動賓結構，整理者釋為「親」不失為一種好說法。但是歸與親、急聲音距離較遠，只能理解為寫錯字。即「歸（親）」這種說法存在不確定性。若是將「徒人」理解一個詞組——使者，則可以考慮讀為「謂」。「歸」、「謂」聲音極為密切。

他認為「乃謂」、「王乃謂」古書很常見，「謂」是使、令的意思。簡文句讀為「王乃謂使（使）人情（省）舓（問）群大臣及邊縣城市之多兵、無兵者」：

「乃謂」、「王乃謂」古書很常見。「謂」是使、令的意思。《詩‧小雅‧出車》：「自天子所，謂我來矣。」馬瑞辰通釋：「《廣雅》：『謂，使也。』謂我來，即使我來也。」高亨注：「謂，猶命，口頭命令。」簡文讀為「王乃謂使（使）人情（省）舓（問）群大臣及邊縣城市之多兵、無兵者」意思是說：王乃命令使人⋯⋯。

至於簡 44 一樣有兩種理解方式，整理將「趣」訓為疾，應該是將「徒人」理解為動賓結構，若將「徒人」理解為「使者」，則「趣」當訓為督促；催促的意思。〔註1330〕

王寧認為「歸」字不讀「親」。此字當即後世字書中的「䢔」字，又作「䠓」、「䢔」等形。此處則借「䢔」為「委」，任、屬義：

「歸」字整理者讀「親」不確。ee 先生在 29 樓指出此字應是從「歸」

〔註1330〕簡帛論壇：「清華七《越公其事》初讀」，第 115 樓，20170430。

省，讀為「饋」；海天遊蹤先生在 119 樓認為可分析為「帚」聲，讀為「歸」，可以考慮讀為「謂」，命令義。按：ee 和海天遊蹤先生對字形的分析可從，此字當即後世字書中的「覞」字，又作「覬」、「睸」等形，《廣韻》、《集韻》訓「大視」或「視貌」。簡文中讀為「謂」可通，亦可讀為「委」，簡 21 有「匽」的「委」字，言「孤用（因）委命重臣」，此處則借「覞」為「委」，任、屬義。〔註1331〕

難言認為「賟」字也有可能讀「潛」：

> 簡 51【見帚】也有可能讀「潛」？暗地派人、、、檢索文獻有「潛使人＋VP」，但時代較晚。〔註1332〕

心包認為「賟」字如果從「歸」／「慧」聲考慮的話，是否可以讀「微」，意思和「潛」、「竊」差不多，暗中或私下之意：

> 「視／帚」，難言兄讀為「潛」，意思很好，如果從「歸」／「慧」聲考慮的話，是否可以讀「微」，這樣「視」旁亦可以得到合理的解釋（職），《列女傳·仁智·魯臧孫母》「文仲微使人遺公書，恐得其書……」，意思和「潛」、「竊」差不多，暗中。當然，也可以用「私下」這個義項來解釋，更加貼切。〔註1333〕

蕭旭認為原考釋的句讀是，蘇建洲對文義的理解亦得之。賟，讀為歸，字亦作歸。用為使動，猶言使……往、使……去，故又訓使也：

> 整理者句讀是，蘇建洲對文義的理解亦得之。賟，讀為歸。《方言》卷 13：「歸，使也。」《玉篇》同。《集韻》：「歸，往也，使也。」賟使人，猶言派遣使者。字亦作歸，《廣雅》：「歸，往也。」用為使動，猶言使……往、使……去，故又訓使也。〔註1334〕

陳偉武認為「賟」從古文「視」，「侵省聲」，在此當讀為「侵」，指悄然侵犯：

> 試比較簡 44-45：「王乃迊（趣）徲（使）人戬（察）靚（省）成（城）

市（邊）還（縣）=（小大）遠衹（邇）之觡（勾）、苔（落），王則
眱（比視）。」 〔圖〕可隸定為「𥊽」，從古文「視」，「侵省聲」。在此
當讀為「侵」，《說文》：「侵，漸進也。」簡 51 句式與簡 44～45 相
當，「𥊽（侵）」字適與表急速的「迻（趣）」反義。簡 67「不鼓不
枭（噪）以滯攻之」，「滯」亦用為「侵」，指悄然侵犯。〔註1335〕

郭洗凡認為原考釋之說可從。「親」密切之至，指的是為了使兩國之間關係
變得親密的使者：

> 整理者的觀點可從。「親」，至也，密切之至，《段注》：「李斯刻石文
> 作親，左省一畫。」在簡文中指的是為了使兩國之間關係變得親密
> 的使者。〔註1336〕

子居認為歸當為微部字，歸讀為「催」，促也；「情」當是前文「靚」字異
文，所以仍當讀為「省」而非「請」：

> 推測歸當為微部字，再結合整理者所言「義同『趣』、『促』等」，則
> 歸或即「睢」字，讀為「催」，《說文‧人部》：「催，相儔也。從人
> 崔聲。《詩》曰：室人交徧催我。」《集韻‧隊韻》：「催，促也。」
> 《正字通‧人部》：「催，本作趣。古有趣無催，催、促皆後人所增。
> 催、趣同聲，實一字。」「情」當是前文「靚」字異文，所以仍當讀
> 為「省」而非「請」。〔註1337〕

> 由整理者提到的《越公其事》「縣」字異文作「『儇』、『還』、『鄹』」
> 可見，簡 18 的「人還越百里」也不排除讀為「人縣越，百里」的可
> 能。〔註1338〕

秋貞案：

這一段討論最多的是「歸」字、「情」字和斷句問題。先整理一下各家對

〔註1335〕陳偉武：《清華簡第七冊釋讀小記》，參加由澳門大學中國語言文學系、香港浸會
　　　　大學饒宗頤國學院、清華大學出土文獻研究與保護中心合辦的「清華簡國際研討
　　　　會」（中國‧香港、中國‧澳門），宣讀論文 2017 年 8 月 26～28 日。
〔註1336〕郭洗凡：《清華簡《越公其事》集釋》，安徽大學碩士學位論文，2018 年 3 月，頁 84。
〔註1337〕子居：〈清華簡七《越公其事》第七、第八章解析〉，http://www.xianqin.tk/2018/08/
　　　　04/663/，20180804。
〔註1338〕子居：〈清華簡七《越公其事》第七、第八章解析〉，http://www.xianqin.tk/2018/08/
　　　　04/663/，20180804。

「歸」字的看法。

各家對「歸」字的釋讀句讀眾說紛紜，整理如下：

各家說法	釋　　讀	釋　　意
原考釋	隸作「歸」，疑讀為「親」；又疑讀為緝部之「急」	義同「趣」、「促」等
ee	「」應是從「歸」省，可讀為「饋」	
易泉	認為「歸」為「歸」	
海天遊蹤	認為「歸」為「謂」	使、令
王寧	認為「歸」字當即後世字書中的「覽」字，又作「瞥」、「睨」等形。	「覽」為「委」，任、屬義
難言	「歸」字也有可能讀「潛」	
心包	「歸」字如果從「歸」／「慧」聲考慮的話，是否可以讀「微」	意思和「潛」、「竊」差不多，暗中或私下之意
蕭旭	歸，讀為儔，字亦作歸	用為使動，猶言使……往、使……去，故又訓使也
陳偉武	「歸」從古文「視」，「侵省聲」，在此當讀為「侵」	侵犯
子居	「歸」當為微部字，歸讀為「催」	促也

「親」字在《越公其事》中不少，例如：簡 4「親辱於寡人之敝邑」、簡 8「王親鼓之」、簡 15「親見使者曰」、簡 30「王親自耕」、簡 30「王親涉溝淳淵塗」、簡 40「王必親見而聽之」、簡 42「王必親聽之」、簡 45「王必親聽之」。在本簡中原考釋把「」隸作「歸」，疑讀為「親」，不禁令人懷疑兩者字形為什麼差那麼多。

簡 49 的「歸」字作「（乃波遅遲之）」和本簡的「」所從的「帚」旁一樣。所以「」字從「帚」聲是比較合理的，故原考釋釋讀為「親」，不可從。筆者認為本簡這裡的「<u>王乃歸徒人情剅群大臣及鄾鄗成市之多兵</u>」和第七章「<u>王乃逝徒人戠賭成市鄾還尖=遠徙之匒、著</u>」句式相類似，所以原考釋可能因此認為釋義同「趣」、「促」等，但是不是如此，有待商榷。

《說文新證》「歸」字，甲骨文（商.甲 3342《甲》）、（周中晚.應侯鐘《金》）、（戰.楚.包 43）、（戰.楚.上博一詩 10）。甲骨、金文的「歸」都不做女嫁。《詩經》解女嫁「之子于歸」都是在國風中出現。疑甲骨

文的「歸」从「𠂤」是指軍隊掃除敵人乃歸，歸字从「𠂤」从「帚」會意，這可能是「歸」的本義，「帚」也兼聲。裘錫圭〈殷墟甲骨文彗字補說〉以為「帚」在甲骨可讀「彗」，故甲骨「歸」應釋為从𠂤、彗聲。「歸」屬見紐微部、「彗」有于歲切一讀，屬匣紐月部。聲同屬喉牙，韻可旁對轉。〔註1339〕

本簡的「𧻚」从「見」从「帚」，應該和「遧」一樣，大部分的學者認為讀為「歸」的可能性很大。「歸」的上古音在見母微部，「潛」的上古音在從母侵部，聲韻不近，故難言說的不可能。若从「歸」音，則讀為「饋」、「謂」、「微」和「催」也是有可能的。

要探究「𧻚」字的意義，應先看「使人」作什麼解？筆者認為「王乃歸使人」的「使人」可以理解為一個動賓結構，和簡44的「趣使人」的「使人」即「使者」一樣。「趣」為「趨」，筆者認為這裡的「逮」作「趨」，《戰國策。東周策》：「君弗如急北兵趨趙以秦魏」吳師道注：「趨即趣，促也。」〔註1340〕筆者認為此處「歸使人」，簡44的「趣使人」一樣也和第三章「用事徒遽逮聖命於……」一句的「逮」也一樣，都有「趨使」的意思，但是「歸」和「趣／趨」的上古音不近。所以回到「𧻚」字本身，它是否有可能从「帚」聲呢？「帚（之九切）」，上古音在章（莊）母幽部，「趣」在清母侯部。上古正齒音莊初牀疏古歸精清從心，故聲母章（莊）母和清母可通〔註1341〕，韻部侯幽旁轉〔註1342〕，所以「歸」字和簡3的「逮聖命」的「逮」及簡44「逮使人」的「逮」一樣，只是換一個聲音相似的字。我們可以逮讀為「歸」本字，釋為「趨」、「促」之意即可，不讀為「歸」或是其他讀音相類的字。帚字在先秦較少當做聲符，所以學者大部分从「歸」聲去考慮，其實「帚」字在先秦已經可以當聲符用，《說文》：「𡐫，棄也，从土从帚。」段注本改為：「𡐫，棄也，从土帚。」注云：「會意，帚亦聲也。」（如果不贊成「帚」亦聲，此字讀「𡐫」其實就是「帚」音，因此「𡐫」字可以看成「帚」字加義符「土」的分化字）《詩經。唐風。山有樞》：「子有廷內、弗洒弗𡐫」。《詩經。鄘風。牆有茨》：牆有茨、不可𡐫也。中冓之言、不可道也。」《儀禮。大射》：「司

〔註1339〕裘錫圭〈殷墟甲骨文彗字補說〉，《華學》第2期，1996。

〔註1340〕宗福邦、陳世鐃、蕭海波主編：《故訓匯纂》，商務印書館，2007年9月，頁2208。

〔註1341〕陳新雄：《訓詁學》上冊，台灣學生書局，2012年9月出版，頁111。

〔註1342〕陳新雄：《古音學發微》，文史哲出版社，1983年二月三版，頁1053。

宮壏所畫物，自北階下。」可見先秦已有「埽」字，以「帚」為聲，則「歸」從「帚」聲，自有可能。

筆者認為本簡的「情卲」的「𤶠（情）」應讀為「省」。原考釋的釋讀為「請」，詢問之意，非也。「情卲」的「情」應和第七章「戠（察）睛（省）」的「睛」一樣，該章原考釋認為「睛」即「靚」，讀為「省」，故應為「省問」之意，和「察省」一樣，筆者認為在這裡也一樣。「𤶠」字從「青」，上古音在從母耕部，「省」上古音在心母耕部，聲韻俱通。故筆者認為「𤶠」應釋為「省」，視察、察看之意。《易・復》：「先王以至日閉關，商旅不行，后不省方。」程頤傳：「人君不省視四方。」《禮記・禮器》：「禮不可不省也。」鄭玄注：「省，察也。」《漢書・韓安國傳》：「安國為梁史，見大長公主而泣曰：『何梁王為人子之孝，為人臣之忠，而太后曾不省也？』」顏師古注：「省，視也。」清唐甄《潛書・權實》：「日省於鄉，察其勤怠。「省問」也有「審察詢問」之意。漢王符《潛夫論・述赦》：「下土冤民，能至闕者，萬無數人；其得省問者，不過百一。」

原考釋認為鄑（𨜓），簡文所從「𡴎」旁與楚文字「達」所從相同，以為當係訛書。但筆者認為不必視為訛書。季師《說文新證》提到「達」的甲骨文（商。合322229）、（商。合6040）從止從夲，夲形「↑」像針形，所以治病（趙平安）。到金文（周晚・保子達簋）時上部訛成羊形，到楚文字「達」（戰・楚・郭・老甲8）、（戰・楚・郭・窮8）時「夲」的下部簡化為兩橫，有加「口」形，或加「月」形，如（戰・楚・郭、性54）。〔註1343〕原考釋說「簡文所從『𡴎』旁與楚文字『達』所從相同」指的可能是因為楚文字「達」下從「口」或「月」形和「𨜓」很相類似，所以認為是寫作似「達」的「縣」字。再因為此處的「鄑鄑成市」和前有異文「邊縣小大遠近之聚、落」相似，所以把「鄑」釋為「縣」並沒有錯，但是「達」的上古音在定母月部，「縣」的上古音在匣母元部，聲韻相去太遠。若要把「鄑」釋為「縣」不知有何關聯，故原考釋認為「鄑」有訛書的可能，

〔註1343〕季師旭昇：《說文新證》，藝文印書館，2014年9月2日出版，頁127。

但是筆者不能同意這種說法。

本簡「鄗」字形「」的左旁和「達」字形「」的左旁其實不類，因為在楚文字「達」沒有同時加「口」及「月」的，頂多是單一出現「口」形或「月」形而已，例如：徐在國：《上博楚簡文字聲系（一～八）》，合肥，安徽大學出版社，2013 年 12 月，p2840，有幾個例子：

單一口形：（郭店。老子甲 8）、（郭店。窮達以時 15）、（郭店。語叢一 60）、（郭店。窮達以時 11）、（九。A30）、（上博五.三 4）、（上博一。孔 19）、（上博六。用 10）、（上博八.蘭 2）〔註 1344〕

單一月形：（上博二。民 2）〔註 1345〕、（戰。楚。郭、性 54）〔註 1346〕

筆者從以上字形綜合結論：沒有同時有口形和月形的「達」字。所以本簡「鄗」字形「」和達字應該無涉。

楚簡有一個與「宛」音很近的字，作以下諸形：

A. 上一‧緇 6

B. 上二‧容 36

C. D1 上一.孔 3

很清楚地，本簡此字右旁所從與 C 形非常接近，而 C 形很明顯地就是 A＋B 的複合寫法。至於此一偏旁的字形結構，或以為從「胃」聲、或以為從「冤」省聲、或以為從「獄」省聲、或以為從「蟲」省聲。〔註 1347〕不論做何

〔註 1344〕徐在國：《上博楚簡文字聲系（一～八）》，合肥，安徽大學出版社，2013 年 12 月，頁 2839。

〔註 1345〕徐在國：《上博楚簡文字聲系（一～八）》，合肥，安徽大學出版社，2013 年 12 月，頁 2839。

〔註 1346〕季師旭昇：《說文新證》，藝文印書館，2014 年 9 月 2 日出版，頁 127。

〔註 1347〕參曾憲通、陳偉武主編《出土戰國文獻字詞集釋》（北京：中華書局，2018.12），頁 2230～2233。按：此書還漏收了一些說法，如季師旭昇〈由上博詩論「小宛」談楚簡中幾個特殊的從胃的字〉，中國文字學會第十三屆全國學術研討會發表論，花連師院，2002.5.24～25；又《漢學研究》第 20 卷第 2 期，頁 377～397，2002.12。

主張，凡是從這個聲旁的字，都讀與「宛」音近同，趙平安在相關文章中已經把從這個偏旁得聲的一些釋為「縣」。〔註1348〕從《越公其事》此字來看，趙說有一定的道理。」

　　有關斷句的問題，簡文「王乃歸使人情卲群大臣及鄝郢成市之多兵」筆者認為以原考釋的斷句可從，就像第七章「王乃迎使人戠賄成市鄝還尖＝遠伲之訇、茖」，此句的「使人」應作為一個動賓結構，即「辦事員」之意。整句的意思是「王於是急派人去省問各大臣子及邊縣城市多兵器或無兵器的情況」。

②王則𨚗＝（比視）。隹（唯）多【五一】兵、亡（無）兵者是戠（察），龠（問）于左右。與（舉）雽（越）㠯＝（至于）鄝（邊）還（縣）成（城）市乃皆好兵甲，雽（越）乃大多兵。【五二】

　　原考釋：

　　　　𨚗，合文，讀為「比視」，比校，治理。參看第七章注釋〔三〕。

　　〔註1349〕

　　鄭邦宏認為「比」當訓為「密切」；「視」則應訓為「監視」。「王則比視」，賓語承前省略，似當理解為：王則對這事（指「城市邊縣小大遠近之訇、落」、「羣大臣及邊縣之多兵、無兵者」兩事）密切監視：

　　　　我們認為，將「必視」讀為「比視」是正確的，但將「比」訓為「考校」（見簡44注釋），「比視」訓為「比校，治理」，於文意較為突兀。據文意「王則比視」前是王派使者去了解情況，也就是說王對現實情況是不清楚的，無從談「比校，治理」。「比」當訓為「密切」；「視」則應訓為「監視」。「王則比視」，賓語承前省略，似當理解為：王則對這事（指「城市邊縣小大遠近之訇、落」、「羣

〔註1348〕趙平安〈戰國文字中的「宛」及其相關問題研究——以與縣有關的資料為中心〉，「第四屆國際中國古文字學研討會論文集——新世紀的古文字學與經典詮釋」，香港中文大學中國語言及文學系，2003年10月，第529～540頁；又，趙平安：〈戰國文字中的「宛」及其相關問題研究（附補記）〉，「簡帛網」，2006年4月10日，http://www.bsm.org.cn/show_article.php?id=322。

〔註1349〕清華大學出土文獻與保護中心編、李學勤主編：《清華大學藏戰國竹簡（柒）》，上海，中西書局，2017年4月，頁140，注5。

大臣及邊縣之多兵、無兵者」兩事）密切監視；換句話說就是王對「城市邊縣小大遠近之勹、落」、「羣大臣及邊縣之多兵、無兵者」兩事密切關注。這樣也就自然過渡到下文「唯勹、落是察省，問之于左右」、「唯多兵、無兵者是察，問于左右」。〔註1350〕

王寧認為「虒」當是「眎」字，讀為「督視」，其說已見上一章。〔註1351〕郭洗凡認為「比」指的是密切，鄭邦宏的觀點正確：

> 比，密也，二人為從，反從為比，凡比之屬皆從比，指的是密切，親密的含義，卜辭「比」、「从」為同一個字，因此鄭邦宏的觀點正確。〔註1352〕

子居認為「虒」當讀為「畢見」。《越公其事》第八章此段內容明顯是第七章類似部分的簡單改寫。在第七章的「登人」舉措之後，越國周邊已逐漸形成了若干新的聚邑、城市。越王「兵甲」崇武尚勇風氣，《韓非子・內儲說上》、《尹文子・大道上》均提到「怒蛙可式」的故事，與《越公其事》列「好兵」在蹈火事前可相應：

> 虒當讀為畢見，前文解析已言。《越公其事》第八章此段內容明顯是第七章類似部分的簡單改寫，此章所述也當同是歲會時的核查內容，因此實際上並不宜單獨成章，《越公其事》第四至九章的作者之所以將此內容單列一章，推測蓋即因為舊傳勾踐「五政」內容有衍生自《逸周書》的「好兵」之說，而對於具體情況，該章作者顯然瞭解有限，故敘述上只是簡單重複了上一章的內容，而別無新內容可述。
>
> 《越公其事》第七章中越王勾踐使人察省的是「城市邊縣小大遠邇之勹落」，然後施政成果為「舉越邦乃皆好登人，方和於其地」，故不難看出此時的城市尚仍是指越國國都，而至第八章此處則稱「舉越邦至於邊縣城市」，可知在第七章的「登人」舉措之後，越國周邊已逐漸形成了若干新的聚邑、城市，相應而言，越國的疆域也必然擴大了很多，已不再是徙居初期的百里之地了。「兵甲」

〔註1350〕石小力：〈清華七整理報告補正〉，http://www.tsinghua.edu.cn/publish/cetrp/6831/2017/20170423065227407873210/20170423065227407873210_.html，20170423。

〔註1351〕簡帛論壇：「清華七《越公其事》初讀」，第116樓，20170501。

〔註1352〕郭洗凡：《清華簡《越公其事》集釋》，安徽大學碩士學位論文，2018年3月，頁90。

即前文的「金革」，越國此時大量儲備武器，自然是為了帶動崇武尚勇風氣，以便日後與吳國爭霸。《韓非子‧內儲說上》：「越王句踐見怒蛙而式之，御者曰：『何為式？』王曰：『蛙有氣如此，可無為式乎？』士人聞之曰：『蛙有氣，王猶為式，況士人之有勇者乎！』是歲人有自剄死以其頭獻者。故越王將複吳而試其教，燔台而鼓之，使民赴火者，賞在火也，臨江而鼓之，使人赴水者，賞在水也，臨戰而使人絕頭刳腹而無顧心者，賞在兵也，又況據法而進賢，其助甚此矣。」《尹文子‧大道上》：「越王句踐謀報吳，欲人之勇，路逢怒蛙而軾之，比及數年，民無長幼，臨敵雖湯火不避。」皆列軾怒蛙事在使民蹈火和報吳事之前，與《越公其事》列「好兵」在蹈火事前可相應，故軾怒蛙事很可能就是發生在《越公其事》第八章所記時段。〔註1353〕

秋貞案：

這裡簡51的「王則毖=（圖）」和簡44的「王則毖（圖）」句形相同，差別只在簡51的「毖=」有合文符號，而簡44的「毖」則無。筆者在第七章的「王則毖」一句已經討論過「毖=」，為「比視」，原考釋釋「比」為「考校」義，可從。「比視」為「考校審視」之義。

「王則毖=（比視）。佳（唯）多兵、亡（無）兵者是戠（察），醽（問）于左右」此句式和第七章「王則毖（比視），佳（唯）匓（勾）、荂（落）是戠（察）睹（省），訋（問）之于右（左）右」一樣。此處的翻譯為「越王就詳細周密地視察，邊縣城市多兵或無兵的情況，並且問身邊的大臣」。「與（舉）㝊（越）㽷=（至于）鄙（邊）還（縣）成（城）市乃皆好兵甲，㝊（越）乃大多兵」意指：全越國至於邊縣城市都好兵甲，越國於是兵力充足。

2. 整句釋義

越王於是催促辦事員去審問各大臣子及邊縣城市有關兵器之多寡，越王會考校視察各邊縣城市多兵或無兵的情況，並且詢問身邊的大臣。後來全越國至於邊縣城市都好兵甲，越國兵器於是就大大地充足了。

〔註1353〕子居：〈清華簡七《越公其事》第七、第八章解析〉，http://www.xianqin.tk/2018/08/04/663/，20180804。

五、《越公其事》第九章「刑令敕民」

【釋文】

雩（越）邦多兵，王乃整（敕）民。攸（修）命（令）、審（審）刑（刑）。乃出共（恭）敳（敬）王孫（孫）之䔧（等／志），以受（授）夫=（大夫）住（種），則賞敦（穀）之；乃出不共（恭）不敳（敬）【五三】王孫（孫）之䔧（等／志），以受（授）靶（范）羅（蠡），則謬（戮）殺之。乃徹（趣）詢（徇）于王宮，亦徹（趣）取謬（戮）。王乃大詢（徇）命于邦，寺（時）詢（徇）寺（時）命，及羣【五四】敳（領）御，及凡庶眚（姓）、凡民司事。秨（爵）立（位）之宋（次）尻（舍）、備（服）衸（飾）、羣勿（物）品采之侃（愆）于耆（故）棠（常），及風音誦詩訶（歌）謠（謠）【五五】之非鄦（越）棠（常）聿（律），㠯（夷）訐（歈）䜌（蠻）吳（謳），乃徹（趣）取謬（戮）。王乃徹（趣）㠯=（至于）沟（溝）塦（塘）之工（功），乃徹（趣）取謬（戮）于遂（後）至遂（後）成。王乃徹（趣）【五六】執（設）戍于東㠯（夷）、西㠯（夷），乃徹（趣）取謬（戮）于遂（後）至不共（恭）。王又（有）遳（失）命，可逡（復）弗逡（復），不茲（使）命賸（疑），王則自罰。少（小）遳（失）【五七】酓（飲）飤（食），大遳（失）蠿=（徽纆），以礪（勵）萬民。雩（越）邦庶民則皆譽（震）僮（動），犰（荒）鬼（畏）句戈（踐），亡（無）敢不敳（敬），詢（徇）命若命，敳（領）御莫【五八】徧（偏），民乃整（敕）齊。凵【五九上】

【簡文考釋】

（一）雩（越）邦多兵，王乃整（敕）民。攸（修）命（令）、審（審）刑（刑）①。乃出共（恭）敳（敬）王孫（孫）之䔧（等／志），以受（授）夫=（大夫）住（種），則賞敦（穀）之②；乃出不共（恭）不敳（敬）【五三】王孫（孫）之䔧（等／志），以受（授）靶（范）羅（蠡），則謬（戮）殺之③。乃徹（趣）詢（徇）于王宮，亦徹（趣）取謬（戮）④。王乃大詢（徇）命于邦，寺（時）詢（徇）寺（時）命⑤，及羣【五四】敳（領）御，及凡庶眚（姓）凡民司事⑥。

1. 字詞考釋

①雩（越）邦多兵，王乃整（敕）民。攸（修）命（令）、審（審）荊（刑）

原考釋：

> 整，字從止，敕聲，讀為「敕」，整治。《漢書‧息夫躬傳》「可遣大將軍行邊兵，敕武備」顏師古注：「敕，整也。」審刑，審罰。「審刑」一詞見於《管子‧問》：「審刑當罪，則人不易訟。」〔註1354〕

王挺斌認為「整」字在簡59有例「」和本簡「」字形一致。此字在晉侯穌編鐘銘文及上博簡諸例都是整頓、整理之義。在此「整」字的下部從「止」是由意符兼聲符的「正」減省為「止」，此例如同戰國文字「是」，原本下部是「正」，後來省減為「止」形：

> 「整」也見於59號簡，辭例為「民乃～齊」。兩個字形寫作「」、「」，有可能就是「整」字。「整」字的古文字形體如下：

蔡侯申盤（《集成》10171）	晉侯穌編鐘	上博九‧陳公治兵‧簡7	上博九‧陳公治兵‧簡9	上博九‧陳公治兵‧簡11

> 晉侯穌編鐘銘文之「整」，辭例作「公族整師」；上博簡諸例「整」，辭例為「整師徒」。這些「整」都是整頓、整理之義，與《越公其事》「整」字用法相合。《越公其事》的「整」，意符兼聲符「正」減省為「止」，這種情況與「是」字相類似。戰國文字正常寫法的「是」字，下部都是「正」。「正」、「是」古音也很近，「正」在耕部，「是」在支部，兩者有嚴格的對轉關係，所以「正」也可以看成是「是」的聲符。然而，有些「是」字所從的「正」卻省寫為「止」，如上博簡《志書乃言》1號簡「▨」、2號簡「▨」。蘇建洲先生曾專門討論過這種「是」字寫法，例證翔實，讀者可參（蘇建洲《由〈志書乃言〉兩個特殊的「是」談「是」、「胥」二字形混的現象》，《楚文字論集》，萬卷樓圖書有限股份公司，2011 年

〔註1354〕清華大學出土文獻與保護中心編、李學勤主編：《清華大學藏戰國竹簡（柒）》，上海，中西書局，2017 年 4 月，頁 141，注 1。

12 月，第 560～570 頁）。〔註1355〕

趙嘉仁認為「整」字，不必釋為「敕」。「整民」即整齊人民之意：

> 「整」字，不必釋為「敕」，訓為「整」。「整民」典籍多見，「整民」
> 即整齊人民之意。「整齊」更是成詞。〔註1356〕

郭洗凡認為解釋「整」為是，王挺斌的觀點可從，指的是越王整頓越國人
民：

> 解釋「整」為是，王挺斌的觀點可從，指的是越王整頓越國人民，
> 《左傳‧莊公二十三年》：夫禮，所以整民也。故會以訓上下之則，
> 制財用之節，貢賦多少；朝以正班爵之義，帥長幼之序：征伐以
> 討其不然。〔註1357〕

羅云君認為王挺斌之說可從，且文意相合。〔註1358〕

子居認為此處的「敕民」、「修令」、「審刑」間不當點頓號，而當讀為「王
乃敕民，修令審刑」，因為「敕民」是本章的核心，而「修令審刑」則是具體
舉措。「修令」即針對于之前第四章「縱經遊民」的寬政而改變，其內容主要
為禁令；「審刑」則是為推行禁令而在懲治措施上的嚴屬化。《管子‧法法》
有「修令」一詞，《管子‧問》有「審刑」一詞，故認為《越公其事》受齊文
化的影響。而《越公其事》第九章中則是以恭敬、不恭及循常、非常為「敕
民」標準，強調的是聽命守職，其中的等級意識與保守傾向顯然皆更為原始，
更接近周文化：

> 此處的「敕民」、「修令」、「審刑」間不當點頓號，而當讀為「王乃
> 敕民，修令審刑」，「敕民」是本章的核心，而「修令審刑」則是具
> 體舉措。這次「修令」即針對于之前第四章「縱經遊民」的寬政而
> 實行的改變，其內容主要為禁令，「審刑」則是為推行禁令而在懲治
> 措施上的嚴屬化。「敕民」一詞，傳世文獻見於《晏子春秋‧內篇問

〔註1355〕石小力整理：〈清華七整理報告補正〉，http://www.tsinghua.edu.cn/publish/cetrp/6831/
2017/20170423065227407873210/20170423065227407873210_.html，20170423。
〔註1356〕趙嘉仁：〈讀清華簡（七）散札（草稿）〉，復旦網「學術討論區」，20170424。
〔註1357〕郭洗凡：《清華簡《越公其事》集釋》，安徽大學碩士學位論文，2018 年 3 月，頁
86。
〔註1358〕羅云君：《清華簡《越公其事》研究》，東北師範大學，2018 年 5 月，頁 91。

上》:「舉賢以臨國，官能以敕民，則其道也。」「修令」一詞，傳世文獻見於《左傳‧昭西元年》:「君子有四時:朝以聽政，晝以訪問，夕以修令，夜以安身。」《國語‧吳語》:「王曰:越國之中，吾寬民以子之，忠惠以善之。吾修令寬刑，施民所欲，去民所惡，稱其善，掩其惡，求以報吳。願以此戰。」《管子‧法法》:「法而不行，則修令者不審也。」結合整理者所引《管子‧問》，不難看出《越公其事》所受齊文化的影響，且其用詞中猶與《管子》的用詞接近。值得注意的是，《晏子春秋》中「敕民」的措施是舉賢官能，反應的是齊地的尚賢傾向，而《越公其事》第九章中則是以恭敬、不恭及循常、非常為「敕民」標準，強調的是聽命守職，其中的等級意識與保守傾向顯然皆更為原始，更接近周文化。〔註1359〕

秋貞案:

「整」字在此章中兩見，原考釋認為「整」字「敕」聲。王挺斌、趙嘉仁、郭洗凡和羅云君都把它釋讀為「整」，整齊、整治之意。筆者認為還是把「整」字讀為「敕」為佳，而且在意義上，「敕」有「整飭」之意。《詩‧小雅‧楚茨》:「既齊既稷，既匡既敕。」朱熹集傳:「敕，戒。」「敕」也有「誡飭、告誡」之意。《史記‧樂書序》:「余每讀《虞書》，至於君臣相敕，維是幾安，而股肱不良，萬事墮壞，未嘗不流涕也。」筆者認為「整」字讀為「敕」釋為「整治」、「整飭」都很符合越王要教民「恭敬」、「徇命若命」的主旨。

「整」字有如從「止」的「整」字也有從「正」的情形，這可能是因為從「正」是聲符的關係，但是「是」字不從「正」。季師在重新修訂《說文新證》「是」字條中說到「是」最早甲骨文從子從止。陳劍指出甲骨的「智」字左旁即從「是」，智、是兩字聲近韻同，古音可通。到金文時在「子」頭加點像「日」形，下面繁化為「內」。他說:

> 甲文為族氏名，張亞初《〈漢語古文字字形表〉訂補》釋 ♀ 為「是」，以為是商人的子姓氏族，甲骨文有媞氏作 ♀♀（合 18039）。陳劍彰師講義進一步指出甲骨當「冊」用的「智」字又作 ♀♯♯（合 30692），

〔註1359〕子居:〈清華簡七《越公其事》第九章解析〉，http://www.xianqin.tk/2018/09/02/667，20180902。

其左旁即「是」字，因此「是」為「䇫（智）」的截取分化字。案：
「䇫」是「䇫」的異體，去「大」加「止」聲。智（知支）、止（章之）二
字聲都屬舌頭，韻為支之旁轉。智與是（禪支）二字韻同聲近，古
音可通。金文「子」之頭部或加點、下部或繁化為「内」，訛變日甚
而本形漸不可識。〔註1360〕

「是」字很特別，不能做為「正」、「止」的例證。只有「是」字因為形音義
和「正」接近，「日」形又訛為「旦」，下面的「止」字和上面的一橫合併起
來似乎像從「正」，此外找不到任何一字「止」偏旁和「正」偏旁可以互用。
如我們在戰國文字所見的「是」字如（清華簡壹‧金縢4）、（清華簡
貳‧繫年15）、（清華簡參‧琴8）。字形像是從「正」實際上從「止」。
所以把「䇫」字釋為「整」的均不可從。

「修令」的「修」可以釋為「治」，《易‧井‧象傳》：「修井也」李鼎祚集
解引虞翻曰：「修，治也。」《論語‧堯曰》：「修廢官」，黃侃疏：「治故曰修」。
〔註1361〕「審刑」的「審」有詳細、仔細之意。《書‧顧命》：「病日臻。既彌留，
恐不獲誓言嗣，茲予審訓命汝。」孫星衍疏：《說文》云：『詳，審議也。』審
亦為詳」《廣韻‧寑韻》：「審，詳審也。」簡文中的「修令、審刑」也可以是「修
審令刑」的互文。「修審令刑」可以釋為「修審考核命令刑罰」。

子居認為開頭的句子應該讀為「王乃敕民，修令審刑」。《越公其事》第十
章的最後一簡（簡59）最後一句：「民乃整齊」。若依前面第五、六、七、八章
的慣例，開頭是「敕民」而「修令審刑」是具體舉措，這也是不錯的想法，可
從。而原考釋把它斷句為「雩邦多兵，王乃整民、攸命、審刑」把它分列為三
個並列的詞語，也不影響文意。筆者認為此句斷句為「雩邦多兵，王乃整民」
這裡先斷開，後面的「攸命、審刑」可以承接後面的「乃出恭敬王孫」及「乃
出不恭不敬王孫之等」的文句，因為「攸命、審刑」以測試考核王孫是否唯命
是從，是否對王下的命令恭敬地遵從不貳。

「雩邦多兵，王乃整民。攸命、審刑」意即「越國大大增加兵器後，越王
於是開始整治人民。他修審考核命令和刑罰。」

〔註1360〕季師旭昇20190305修改《說文新證》「是」字條，待出版。
〔註1361〕宗福邦、陳世鐃、蕭海波主編：《故訓匯纂》，商務印書館，2007年9月，頁120。

②乃出共（恭）戠（敬）王孫（孫）之尋（等／鈗志），以受（授）夫＝（大
夫）住（種），則賞敦（穀）之

原考釋釋「孫」為「訊」或「詢」；釋「尋」為「等」，區別：

「乃出恭敬」的主語是所整敕的臣民。出，顯露。孫，疑從孫聲，
讀為「訊」或「詢」，詢問。《詩·正月》「召彼故老，訊之占夢」毛
傳：「訊，問也。」〔註1362〕

尋，疑讀為「等」，區別。《國語·魯語上》：「夫宗廟之有昭穆也，
以次世之長幼，而等胄之親疏也。」〔註1363〕

賞穀，賞賜俸養。穀，養，給以俸祿。《詩·小弁》：「民莫不穀，我
獨于罹。」〔註1364〕

王寧認為簡53、54的「王孫之」均當與「尋（等）」讀為一句。「愻之等」
即敘之等，意指：先由王排列出等級、檔次，然後交給大夫種和范蠡根據等
級來賞、罰：

簡53、54的「王孫之」均當與「尋（等）」讀為一句，「孫」整理者
讀為「訊」，疑非，當讀「愻」，《說文》：「愻，順也。」《爾雅·釋
詁》：「順，敘也。」「愻之等」即敘之等，簡文意思是先由王排列出
等級、檔次，然後交給大夫種和范蠡根據等級來賞、罰。〔註1365〕

紫竹道人懷疑「等」可能即《包山》司法文書簡的大題「廷等」之「等」，
當讀為所記文書之「志」，在這裏用為動詞，當記錄成文書講：

簡53～54：「乃出恭敬，王訊之，等以授大夫種，則賞穀之；乃出
不恭不敬，王訊之，等以授范蠡，則戮殺之。」整理者訓「等」為
「區別」。我懷疑「等」可能即包山司法文書簡的大題「廷等」之「等」
（此類「等」字包山簡數見），當讀為所記文書之「志」（參看李家

〔註1362〕清華大學出土文獻與保護中心編、李學勤主編：《清華大學藏戰國竹簡（柒）》，
　　　　　上海，中西書局，2017年4月，頁141，注2。
〔註1363〕清華大學出土文獻與保護中心編、李學勤主編：《清華大學藏戰國竹簡（柒）》，
　　　　　上海，中西書局，2017年4月，頁142，注3。
〔註1364〕清華大學出土文獻與保護中心編、李學勤主編：《清華大學藏戰國竹簡（柒）》，
　　　　　上海，中西書局，2017年4月，頁142，注4。
〔註1365〕簡帛論壇：「清華七《越公其事》初讀」，第99樓，20170429。

浩《談包山楚簡「歸鄧人之金」一案及相關問題》，《安徽大學漢語文字研究叢書‧李家浩卷》163〜164 頁）；在這裏用為動詞，當記錄成文書講。其意謂把王所訊問之恭敬者與不恭不敬者的情況記錄在案，然後授予文種、范蠡，據此以行賞罰。〔註1366〕

悅園認為「等」疑此字讀為「寔」（參《古字通假會典》407 頁「時與是」、「時與寔」條），屬上讀，即斷作「乃出恭敬，王訊之寔，以授大夫種，則賞穀之；乃出不恭不敬，王訊之寔，以授范蠡，則戮殺之」，「王訊之寔」謂勾踐訊問這件事情屬實：

> 簡 53〜54「乃出恭敬，王訊之，等以授大夫種，則賞穀之；乃出不恭不敬，王訊之，等以授范蠡，則戮殺之」，「等」整理者讀為「等」，疑此字讀為「寔」（參《古字通假會典》407 頁「時與是」、「時與寔」條），屬上讀，即斷作「乃出恭敬，王訊之寔，以授大夫種，則賞穀之；乃出不恭不敬，王訊之寔，以授范蠡，則戮殺之」，「王訊之寔」，謂勾踐訊問這件事情屬實。〔註1367〕

王青認為「王綜之等」當連讀。「孫」在古文獻裡多假借讀為「順」用為動詞，理而順也：

> 「王綜之等」，當連讀。「孫」在古文獻裡多假借讀為「順」，（（清）朱駿聲：《說文通訓定聲》，北京：中華書局，1984 年，第 806 頁）用為動詞，理而順也。簡 53 這四個字依然如此讀，意即分門別類，讓不同的人（如大夫種、范蠡）加以管理。〔註1368〕

胡敕瑞認為「賞穀」不如讀為「賞購」好，簡文中「則賞購之」與「則戮殺之」形成對文：

> 整理者讀「賞穀」為「賞穀」可備一說。不過似乎不如讀為「賞購」好。簡文中「則賞購之」與「則戮殺之」形成對文。《廣雅‧釋言二》：「購，償也。」《說文‧戈部》：「戮，殺也。」《廣雅》

〔註1366〕簡帛論壇：「清華七《越公其事》初讀」，第 88 樓，20170429。

〔註1367〕簡帛論壇：「清華七《越公其事》初讀」，第 95 樓，20170429。

〔註1368〕王青：〈清華簡《越公其事》補釋〉，「出土文獻與商周社會學術研討會」會議論文集，2019 年，頁 323〜332。

以「償」訓「購」，同義連用正好構成「償購」；《說文》「戮」訓「殺」，同義連用正好構成「戮殺」。「償」是「賞」的分化字，「償購」猶「賞購」。(《說文·貝部》：「賞，賜有功也。」徐鍇《繫傳》曰：「賞之言尚也，尚其功也。賞以償之也。」《說文古籀補》：「古『償』字不從人。」《說文·貝部》：「購，以財有所求也。從貝、冓聲。」《漢書·項籍傳》：「吾聞漢購我頭千金、邑萬戶。」顏師古注曰：「購，以財設賞。」)「賞購」謂獎勵有功而為善者，「戮殺」謂懲罰有過而為不善者。(《管子·九守》：「為善者，君予之賞；為非者，君予之罰。」《墨子·公孟》：「為善者賞之，為不善者罰之。」)「賞購」同義連用，也有倒序作「購賞」者，如：

敞到膠東，明設購賞，開羣盜令相捕斬除罪。(《漢書·張敞傳》)

若猥發明詔，兼開購賞，則異典必臻。(牛弘《請開獻書表》)

他認為「戮」和「購」聲同韻對轉。簡文的大意是，越王勾踐授任大夫種獎賞那些恭敬的人，授任範蠡殺戮那些不恭敬的人：

簡文中的「戮」從敄得聲，古音為見紐屋部；「購」從冓得聲，古音為見紐侯部。「戮」「購」聲紐相同，韻部為陰入對轉。從敄聲的字有不少可與從冓聲的字相通。他如《說文·犬部》：「獀，犬屬。腰已上黃，腰已下黑，食母猴。從犬、敄聲。讀若構。」此即從敄聲的「獀」讀若從冓聲的「構」。又如《漢書·敘傳》：「楚人謂乳『穀』，謂虎『於檡』。」如淳注曰：「『穀』音『構』。」此即從敄聲的「穀」音同從冓聲的「構」。再如《清華大學藏戰國竹簡（壹）·金縢》簡 3：「劅（遘）遹（害）虐（虐）疾」整理者注：「劅，敄聲，在溪母屋韻，讀為見母侯部之『遘』，《說文》：『遇也。』」(清華大學出土文獻與古文字研究中心編，李學勤主編：《清華大學藏戰國竹簡（壹）》第 158 頁釋文、159 頁注釋，中西書局，2011 年)。此即從敄聲「劅」通從冓聲的「遘」。就以「穀」字來說，它既可與從冓聲的「購」相通，也可與從「冓」聲的「溝」相通。《說文·子部》：「穀，乳也。從子、敄聲。一曰：穀瞀也。」朱駿聲《說文通訓定聲》云：「《說文》一曰『穀瞀』即《荀子·儒效》之『溝瞀』，

愚無知之皃。」（參丁福保編《說文解字詁林》第 14178 頁，中華書局，1988 年。《荀子‧儒效》：「其愚陋溝瞀，而冀人之以己為知也，是眾人也。」楊倞注：「溝，音寇，愚也。溝瞀，無知也」）無論從詞義文意，還是從聲音假借，把簡文中的「賞毃」讀為「賞購」都很合適。簡文的大意是，越王勾踐授任大夫種獎賞那些恭敬的人，授任範蠡殺戮那些不恭敬的人。（仲長統《昌言‧損益》所謂「審賞罰以驗勸懲也」）。〔註1369〕

　　暮四郎認為「毃」字讀為「購」（可參看胡敕瑞《〈清華大學藏戰國竹簡（柒）〉札記》）。「乃出」的主語是「王」。此句的斷句為：乃出恭敬王孫（孫）之寽（等），以受（授）大夫種，則賞毃（購）之；乃出不恭不敬王孫（孫）之寽（等），以受（授）范羅（蠡），則戮殺之。「之等」猶之類，可能是說恭敬的王孫、不恭敬的王孫。句踐欲整飭民眾，修其政令，先挑選王孫之中恭敬者予以賞賜，不恭敬者施以刑戮，自然可以收到很好的儆示民眾的效果：

> 從上下文看，似可得出如下初步判斷：第一，「乃出」的主語似乎仍然是王。第二，「乃出」與後文「以授」相應。《漢書‧元后傳》：「太后聞舜語切，恐莽欲脅之，乃出漢傳國璽，投之地，以授舜，曰：……。」是類似的表達。所以，我們認為，這一節應當斷讀為：
>
> 乃出恭敬王孫（孫）之寽（等），以受（授）大夫種，則賞毃（購）之；乃出不恭不敬王孫（孫）之寽（等），以受（授）范羅（蠡），則戮殺之。
>
> 「等」意為疇類，「之等」猶之類。《新書‧淮難》「聚罪人、奇狡少年，通棧奇之徒、啟章之等，而謀為東帝，天下孰弗知」，《史記‧日者列傳》「公之等喁喁者也，何知長者之道乎」，「等」即此義。「恭敬王孫（孫）之寽（等）」、「不恭不敬王孫（孫）之寽（等）」，可能是說恭敬的王孫、不恭敬的王孫。句踐欲整飭民眾，修其政令，先挑選王孫之中恭敬者予以賞賜，不恭敬者施以刑戮，自然可以收到

〔註1369〕胡敕瑞：《清華大學藏戰國竹簡（柒）‧越公其事》札記三則，http://www.ctwx. tsinghua.edu.cn/publish/cetrp/6842/2017/20170429211651149325737/2017042921165 1149325737_.html，20170429。

很好的儆示民眾的效果。〔註1370〕

月有彗認為簡53之「穀」字也有可能讀作「購」，獎賞之義：

> 其中簡53之「穀」字，整理者讀作「穀」，訓作養，供給俸祿。結
> 合上下文看，也有可能讀作「購」，獎賞之義。睡虎地秦簡《法律答
> 問》：「甲告乙賊傷人，問乙賊殺人，非傷殹（也），甲當購，購幾可
> （何）？當購二兩。」〔註1371〕

祈永年回月有彗說胡敕瑞先生《〈清華大學藏戰國竹簡（柒）〉札記》已經
有此說，見清華大學出土文獻研究與保護中心網站。〔註1372〕

心包認為「羽／寺」或屬下讀，讀為「是」，訓為「理」、「正」。此處是說
由王定奪，然後授予大臣賞罰之：

> 㝅，整理者屬下，讀為「等」，學者或以其用為動詞「志」，或屬上
> 讀，讀為「寔」，都有一定道理，這裡提供另一種思路，或屬下讀，
> 讀為「是」，訓為「理」、「正」。《說文》「諟，理也」，《左傳・襄公
> 二十六年》「君與大夫不善是也」，杜註：「不是其曲直」，《國語・楚
> 語上》「或譖王孫啟於成王，王弗是」，注曰：「是，理也」，此處是
> 說由王定奪，然後授予大臣賞罰之。〔註1373〕

羅小虎認為暮四郎其說甚確，並以《史記孫子吳起列傳》殺王寵妾以立威
信、《史記滑稽列傳》「一鳴驚人」的資料補充。「賞一人、殺一人」都是為了達
到警示他人的目的：

> 回113樓（暮四郎）的帖子，此說甚確。《史記孫子吳起列傳》有孫
> 武為闔閭勒兵事：闔廬曰：「可試以婦人乎？」曰：「可。」於是許
> 之，出宮中美女，得百八十人。孫子分為二隊，以王之寵姬二人各
> 為隊長，皆令持戟⋯⋯乃欲斬左古隊長⋯⋯遂斬隊長二人以徇。用其
> 次為隊長，於是複鼓之。婦人左右前後跪起皆中規矩繩墨，無敢出

〔註1370〕簡帛論壇：「清華七《越公其事》初讀」，第113樓，20170430。
〔註1371〕網友月有彗在復旦網論壇發表 http://www.gwz.fudan.edu.cn/forum/forum.php?mod
　　　　 =viewthread&tid=7968，20170501。
〔註1372〕網友祈永年在復旦網論壇發表 http://www.gwz.fudan.edu.cn/forum/forum.php?mod
　　　　 =viewthread&tid=7968，20170501。
〔註1373〕簡帛論壇：「清華七《越公其事》初讀」，第140樓，20170502。

聲。」其事雖異，然殺王寵妾以立威信，與此處有相通之處。

《史記滑稽列傳》：「齊威王之時喜隱，好為淫樂長夜之飲，沈湎不
治，委政卿大夫。百官荒亂，諸侯並侵，國且危亡，在於旦暮，左
右莫敢諫……淳於髡說之以隱曰：『國中有大鳥，止王之庭，三年不
蜚又不鳴，不知此鳥何也？』王曰：「此鳥不飛則已，一飛沖天；不
鳴則已，一鳴驚人。』於是乃朝諸縣令長七十二人，賞一人，誅一
人，奮兵而出。諸侯振驚，皆還齊侵地。」

此例子中的「賞一人、殺一人」與簡文中所記載的「王孫之中恭敬
者予以賞賜，不恭敬者施以刑戮」也有相通之處。之所以為此，都
是為了達到警示他人的目的。〔註1374〕

郭洗凡認為王寧的觀點可從。簡文意思是越王事先排列出順序和等級，再
交給大夫種以及范蠡根據劃分好的等級來進行賞罰：

王寧的觀點可從。「愻」和「孫」都為上古文部字，二者音可通。簡
文意思是越王事先排列出順序和等級，再交給大夫種以及范蠡根據
劃分好的等級來進行賞罰。〔註1375〕

郭洗凡認為網友「紫竹道人」的觀點可從「䇂」讀為「志」：

網友「紫竹道人」的觀點可從。「䇂」讀為「志」意思是把越王經過
訊問把態度恭敬或者不恭敬的人全部記錄下來，然後告訴文種、范
蠡，根據這些記錄對這些官員獎勵或者懲罰。〔註1376〕

郭洗凡認為「敩」、「購」上古音聲紐相同，韻部為陰入對轉。「賞敩」讀為
「賞購」，胡敕瑞的觀點可從。大意是越王勾踐命令大夫種獎勵那些態度恭敬的
人，同時讓范蠡處決那些態度不恭敬的人：

簡文中的「敩」從得聲，古音為見紐屋部；「購」從冓得聲，古音為
見紐侯部。「敩」「購」聲紐相同，韻部為陰入對轉。朱駿聲《說文
通訓定聲》：《說文》一曰「敩瞀」即《荀子·儒效》之「溝瞀」愚

〔註1374〕簡帛論壇：「清華七《越公其事》初讀」，第203樓，20170726。
〔註1375〕郭洗凡：《清華簡《越公其事》集釋》，安徽大學碩士學位論文，2018年3月，頁86。
〔註1376〕郭洗凡：《清華簡《越公其事》集釋》，安徽大學碩士學位論文，2018年3月，頁86。

無知之貌。「賞敎」讀為「賞購」，胡敕瑞的觀點可從，簡文的大意是，越王勾踐命令大夫種獎勵那些態度恭敬的人，同時讓范蠡處決那些態度不恭敬的人。〔註1377〕

吳德貞認為句讀應從「暮四郎」。〔註1378〕

吳德貞認為「敎」從胡敕瑞說讀為「購」：

> 從胡敕瑞說讀為「購」。購从冓得聲，侯部見紐；敎，屋部見紐，兩個字古音很近。古溝、敎通用。《說文》：「敎，穀瞀也。」《荀子‧儒效篇》：「愚陋溝瞀。」王念孫《廣雅疏證》謂「敎瞀」與「溝瞀」字異而義同。則「敎」「購」二字可通假。〔註1379〕

王凱博認為《清華簡‧金縢》「𤕟（遘）遳盧（虐）疾」對照傳本《書‧金縢》作「遘厲虐疾」，對照之下，知整理者將「𤕟」讀為「遘」無誤：

> 清華簡《金縢》「𤕟（遘）遳盧虐）疾」與新蔡簡「奉（逢）遳戲（虐）□」清華簡《金縢》記周武王病重、周公請以身代之之祝禱辭，其首曰「尔（爾）元孫發（發）也▅，𤕟遳盧（虐）疾，尔（爾）母（毋）乃又（有）備子之責才（在）上▅」（清華大學出土文獻研究與保護中心編，李學勤主編：《清華大學藏戰國竹簡（壹）》，中西書局，2010年12月，上冊放大圖版第77頁，下冊釋文第158頁），其中「𤕟遳盧（虐）疾」句，傳本《書‧金縢》作「遘厲虐疾」，對照之下，知整理者將「𤕟」讀為「遘」毫無問題。〔註1380〕

子居認為以暮四郎所說當是，主語應指的是「恭敬的王孫」和「不恭不敬的王孫」。此處「恭敬」所指主要是能聽命守職為「恭敬」，棄命違常為「不恭」、「不敬」：

> 對照下文的「乃趣詢于王宮」可見，整理者所言「『乃出恭敬』的主語是所整敕的臣民」顯然不確，故暮四郎所說當是。此處「恭敬」

〔註1377〕郭洗凡：《清華簡《越公其事》集釋》，安徽大學碩士學位論文，2018年3月，頁87。

〔註1378〕吳德貞：《清華簡《越公其事》集釋》，武漢大學碩士論文，2018年5月，頁81。

〔註1379〕吳德貞：《清華簡《越公其事》集釋》，武漢大學碩士論文，2018年5月，頁81。

〔註1380〕王凱博：《出土文獻資料疑義探析》，吉林大學古籍研究所博士論文，2018年6月，頁143。

所指主要是能聽命守職，《左傳·僖公五年》：「守官廢命，不敬。」
《左傳·成公二年》：「蠻夷戎狄，不式王命，淫湎毀常，王命伐之，
則有獻捷，王親受而勞之，所以懲不敬，勸有功也。」《國語·晉語
一》：「受命不遷為敬，敬順所安為孝。棄命不敬，作令不孝，又何
圖焉？」《國語·晉語八》：「祁奚曰：公族之不恭，公室之有回，內
事之邪，大夫之貪，是吾罪也。」皆可見受命盡職為「恭敬」，棄命
違常為「不恭」、「不敬」。王孫往往會職掌重職，此點《左傳》習見。
〔註1381〕

子居認為「等」當訓為「疇類」，前引暮四郎之說已指出，「之等」用為「之
類」：

> 「等」當訓為疇類，前引暮四郎之說已指出。《吳子·料敵》：「一軍
> 之中，必有虎賁之士，力輕扛鼎，足輕戎馬，搴旗取將必有能者。
> 若此之等，選而別之，愛而貴之，是謂軍命。」即「之等」用為「之
> 類」的先秦辭例。〔註1382〕

子居認為「賞穀」一詞可直接讀為「賞祿」。大夫種負責越國的文政和范蠡
負責兵刑事務，二人的分職非常明顯。但是在傳世典籍文獻中，大夫種在對越
國的影響上較范蠡為重：

> 「賞穀」一詞，傳世文獻多作「賞祿」或「祿賞」，故此處也不排
> 除直接讀為「賞祿」的可能。由此處大夫種負責「賞穀」，范蠡負
> 責「戮殺」可見，二人的分職非常明顯。大夫種主要負責越國的
> 文政，范蠡則主要負責兵刑事務。從傳世文獻來看，大夫種在越
> 國的影響上似較范蠡為重，其直接參政也較早。《左傳》未載范蠡，
> 大夫種則見於哀西元年：「使大夫種因吳大宰嚭以行成，吳子將許
> 之。」至《國語·吳語》則是在「吳王夫差既殺申胥，不稔於歲，
> 乃起師北征。闕為深溝，通于商、魯之間，北屬之沂，西屬之濟，
> 以會晉公午于黃池。」後才有「於是越王句踐乃命范蠡、舌庸，

〔註1381〕子居：〈清華簡七《越公其事》第九章解析〉，http://www.xianqin.tk/2018/09/02/667，
20180902。

〔註1382〕子居：〈清華簡七《越公其事》第九章解析〉，http://www.xianqin.tk/2018/09/02/667，
20180902。

率師沿海泝淮以絕吳路。敗王子友于姑熊夷。越王句踐乃率中軍泝江以襲吳，入其郛，焚其姑蘇，徙其大舟。」而此戰《左傳·哀公十三年》則記為「六月丙子，越子伐吳，為二隧。疇無餘、謳陽自南方，先及郊。……乙酉，戰，彌庸獲疇無餘，地獲謳陽。越子至，王子地守。丙戌，複戰，大敗吳師，獲大子友、王孫彌庸、壽于姚。丁亥，入吳。」顯然除非認為「疇無餘、謳陽」即「范蠡、舌庸」，否則無從調和二書記載上的矛盾，而若「疇無餘、謳陽」並非「范蠡、舌庸」則《吳語》所記唯一的范蠡事蹟也並不確實。將此點對照《國語·吳語》中吳王夫差將許越成時伍子胥的諫言「夫越非實忠心好吳也，又非懾畏吾兵甲之強也。大夫種勇而善謀，將還玩吳國於股掌之上，以得其志。」是《吳語》該節作者認為越國「勇而善謀」的是大夫種，作者筆下的伍子胥似乎此時尚全然不知范蠡其人或不認為范蠡對越國的政事有更重要影響，凡此皆是大夫種在對越國的影響上較范蠡為重的證明。

〔註1383〕

秋貞案：

各學者對「乃出共戡王鯈之畀以受夫＝住則賞敎之」一句有不同的討論：一、斷句不同。二、「鯈」字的解釋不同。三、「畀」字的解釋不同。四、「賞敎」的解釋不同。分列如下：（寬式隸定）

各　家	斷　　句	鯈	畀	賞　敎
原考釋	乃出恭敬，王訊之，等以受大夫種，則賞穀之	訊或詢，詢問	等，區別	賞穀，賞賜俸養
王寧	「王愻之等」	愻，順，敊	等，等級	賞
紫竹道人	乃出恭敬，王訊之，等以授大夫種，則賞穀之	訊	等，志，紀錄	賞穀
悅園	乃出恭敬，王訊之寔，以授大夫種，則賞穀之；乃出不恭不敬，王訊之寔，以授范蠡，則戮殺之	訊	寔	賞穀
王青	「王鯈之等」連讀	順	等	
胡敕瑞				賞購

〔註1383〕子居：〈清華簡七《越公其事》第九章解析〉，http://www.xianqin.tk/2018/09/02/667，20180902。

暮四郎	乃出恭敬王孫之等，以授大夫種，則賞購之；乃出不恭不敬王孫之等，以授范蠡，則戮殺之	孫	等，疇類	賞購
月有暈				賞購，獎賞
心包	乃出恭敬，王訊之，是以授大夫種，則賞穀之	訊	是，「理」、「正」	賞穀
羅小虎	乃出恭敬王孫之等，以授大夫種，則賞購之；乃出不恭不敬王孫之等，以授范蠡，則戮殺之（從暮四郎）	孫	等	賞購
郭洗凡	從王寧：「王愻之等」	愻，順，紋，越王事先排列出順序和等級	等，等級	賞購（從胡敕瑞）
	從紫竹道人：王訊之，等以授大夫種	越王經過訊問	等讀為「志」，紀錄	獎勵
吳德貞	乃出恭敬王孫之等，以授大夫種，則賞購之；乃出不恭不敬王孫之等，以授范蠡，則戮殺之（從暮四郎）			賞購（從胡敕瑞）
王凱博				「勢」讀為「遷」
子居	乃出恭敬王孫之等，以授大夫種，則賞購之；乃出不恭不敬王孫之等，以授范蠡，則戮殺之（從暮四郎）	孫	等，疇類	賞祿
季師旭昇	乃出共戠王孫之勢，以受夫＝住，則賞敪之	孫	等讀為「志」，紀錄	賞穀或賞祿

　　筆者認為要解決以上問題，要先由句讀開始，把句讀作一番梳理後，對字與詞的理解都會有幫助，而且從這一句開始，後面相類的句子也可以一併梳理得到解答。

　　本小節由於原考釋把「愻」字讀為「訊」誤導了很多學者，即使是王孫也沒有必要由王親自審訊，王審訊完還親自分等，再交給文種、范蠡去處理，君臣的權責錯置。季師從暮四郎的說法釋為「王孫」，從紫竹道人的說法釋為「志」，他說：

　　　　越王於是先把王孫（「王孫」的解釋採用「暮四郎」的說法）[註1384]

〔註1384〕「王孫」的解釋採用「暮四郎」在「武漢大學簡帛研究中心網」之「簡帛論壇〈簡帛研讀〉清華六《子產》初讀」討論區的發言，2017 年 4 月 30 日，第 112 樓。

中「恭敬」與「不恭敬」的判決記錄（「等」的解釋採用「紫竹道人」的說法）〔註1385〕交付執行恭敬的有賞，不恭敬的殺戮之。〔註1386〕

圖 012　管理層

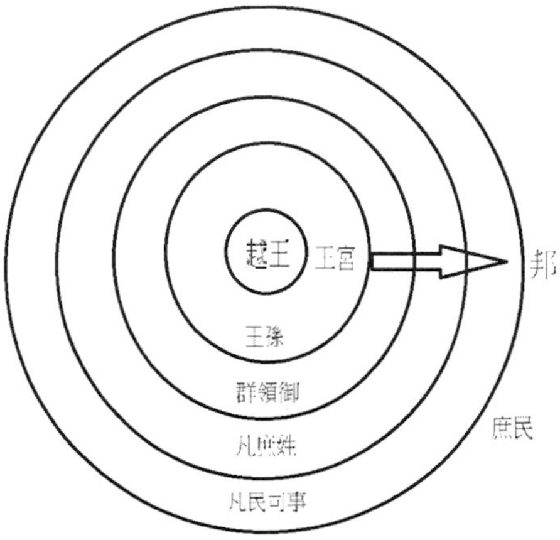

如此解釋後讓文意得到合理的釋義，越王以「敕民」為主要的宗旨，其作法為「修令審刑」。先是考核王宮中的貴族層次，依據他們是否對王下的「令刑」以「恭敬」的態度接受它，做為優劣的評鑑指標，恭敬王命的就給予賞賜俸祿，不恭敬王命的就殺戮處罰。越王想透過「修令審刑」讓身邊的王孫貴族要能恭敬遵從王的命令，再漸漸向外擴及到更外圍的管理階層。以 012 圖示說明以「越王」為核心，以王宮內的「王孫」開始擴及到「群領御」，再到「凡庶姓」，再擴及到「民司事」，最後讓最外圍的「庶民」都能夠唯王命是從。整個就是讓邦國從上（王孫）到下（庶民），從內（王孫）到外（庶民）都唯越王之命是遵。

「王孫之等」的「等」作「翌」字形從羽從寺，大部分學者解釋為「疇類、區別、等級」（原考釋、王寧、暮四郎、羅小虎、子居等）；有學者釋讀為「志」（紫竹道人、季師）。筆者認為釋作「志」比「等」更好。原考釋釋「等」為「區別」，在先秦兩漢典籍中「……之等」的文例，如《禮記·文王世子》：「正君臣之位、貴賤之等焉。」《禮記·祭統》：「凡餕之道，每變以眾，所以別貴賤之等」。這裡作「貴與賤之間的區別」，表示兩個極端者的差別。

〔註1385〕「等」的解釋採用「紫竹道人」在「武漢大學簡帛研究中心網」之「簡帛論壇〈簡帛研讀〉清華六《子產》初讀」討論區的發言，2017 年 4 月 29 日，第 88 樓。
〔註1386〕季師旭昇：《清華柒「流 XX」、「領御」試讀》，復旦大學出土文獻與古文字研究中心：《「出土文獻與傳世典籍的詮釋」國際學術研討會論文集》，2017 年 10 月 14～15 日。

但簡文這裡「出……之等」的「出」釋為「產出」，《義府·出於其類》「出，猶產也。」〔註1387〕「出恭敬之等」就只能做為「產出恭敬之類」講，不是「區別」。筆者認為「等」作「志」解釋更好：如包簽「」作「志」（廷～）〔註1388〕、（包山文書132號簡）、（包山文書133號簡）〔註1389〕都是文書紀錄等文件。紫竹道人提出李家浩研究包山簡的司法文書時對大題「廷等」的「等」為「志」的看法非常好。李家浩說：

> 舊多認為簡文「等」的意思，即《說文》所說的「齊簡也」。後來公布的郭店楚墓竹簡《緇衣》3-4號，與傳本《禮記·緇衣》「為上可望而知也，為下可述為志也」之「志」相當的字作「等」。陳偉先生據此認為包山楚簡的「等」，應該讀為「志」，說「志」有記錄、記載的意思……將包山簡原先釋為「等」的字，改釋為「志」看作記錄或文書，似無不允當，像包山楚簡這種用法的「等」還見於上海博物館藏戰國竹書《曹沫之陣》和《季庚子問於孔子》。《曹沫之陣》41號：「……可以又（有）治邦，周等是鷹（存）」整理者說「周等」疑讀為「周志」，並引《左傳》文公二年的《周志》為證；又說包山楚簡 133、132 反的「等」疑亦讀為「志」。《季庚子問於孔子》14號：「且夫戰今之先人，世三代之傳史，幾（豈）敢不以其先戈之傳等告。」陳劍先生將「傳等」讀為「傳志」這些意見都是可取的。「志」本有記載的意思，所以古人把所記文字稱為「志」。〔註1390〕

所以簡文「出……之志」也可以把它釋為「做出……的文書紀錄」，筆者採用後者的看法。

「賞教」如果釋作「賞購／購賞」一詞不妥，原因是在先秦古代典籍中「購賞」多用為負面的懸賞，而不是一般的賞賜。胡敕瑞釋舉例：敞到膠東，明設購賞，開羣盜令相捕斬除罪（《漢書·張敞傳》）、若狠發明詔，兼開購賞，則異典必臻（牛弘《請開獻書表》）。月有量所例舉的文例：睡虎地秦簡《法律答問》：

〔註1387〕宗福邦、陳世鐃、蕭海波主編：《故訓匯纂》，商務印書館，2007年9月，頁216。

〔註1388〕滕任生：《楚系簡帛文字編》，湖北教育出版社，20018年10月第一版，頁434。

〔註1389〕字形取自武大簡帛網：「中國古代簡帛字形、詞例數據庫」。

〔註1390〕李家浩：〈談包山楚簡「歸鄧人之金」一案及其相關問題〉，《出土文獻與古文字研究（第一輯）》2006年，復旦大學出版社，頁16～32。

「甲告乙賊傷人，問乙賊殺人，非傷殹（也），甲當購，購幾可（何）？當購二兩」在這裡「告」為舉告，此「購」也是負面的「賞」。筆者認為原考釋釋「賞穀」、子居釋「賞祿」，當作賞賜俸祿都是很不錯的解釋。

「乃出共戴王孫之等，以受夫=住，則賞敦之」意指「（越王修審考核命令刑罰），於是做出恭敬的王孫之類的紀錄文書，把他們交給文種大夫，就賞賜他們俸祿。

③乃出不共（恭）不戴（敬）【五三】王孫（孫）之等（等／志），以受（授）軛（范）羅（蠡），則瘳（戮）殺之

原考釋：

> 軛羅，即范蠡，見清華簡《良臣》等。戮殺，疑指懲罰與誅殺，或即殺戮。《史記·大宛列傳》：「郁成食不肯出，窺知申生軍日少，晨用三千人攻，戮殺申生等。」〔註1391〕

子居認為「戮」當訓為刑，「戮殺」即刑殺：

> 「戮」當訓為刑，「戮殺」即刑殺，《管子·立政》：「孟春之朝，君自聽朝，論爵賞校官，終五日。季冬之夕，君自聽朝，論罰罪刑殺，亦終五日。」《管子·法禁》：「法制不議，則民不相私。刑殺毋赦，則民不偷於為善。」所言「刑殺」即對應此處的「戮殺」。《管子·立政》雖然將刑賞的時間與季節對應了，但所述刑賞之事則與《越公其事》此段「乃出恭敬王孫之等，以授大夫種，則賞穀之，乃出不恭不敬王孫之等，以授範蠡，則戮殺之。」類似，這樣的內容還可見于《管子·君臣上》：「是故為人君者，因其業，乘其事，而稽之以度。有善者，賞之以列爵之尊，田地之厚，而民不慕也。有過者，罰之以廢亡之辱，僇死之刑，而民不疾也。」不難看出，《君臣上》的「有善者」、「有過者」就大致對應《越公其事》本章的「恭敬」、「不恭不敬」，區別只在於《管子》中已不再以「恭敬」與否為衡量標準了。〔註1392〕

〔註1391〕清華大學出土文獻與保護中心編、李學勤主編：《清華大學藏戰國竹簡（柒）》，上海，中西書局，2017年4月，頁142，注5。
〔註1392〕子居：〈清華簡七《越公其事》第九章解析〉，http://www.xianqin.tk/2018/09/02/667，20180902。

秋貞案：

有上一句的解釋之後，這句簡文其實是相對應的。「乃出不共不敬王孫之
等，以受軑羅，則戮殺之」應釋為「（越王修審考核命令刑罰），於是做出不恭
敬的王孫之類的紀錄文書，把他們交給范蠡，就殺掉他們」。

④乃徹（趣）詢（徇）于王宮，亦徹（趣）取戮（戮）

原考釋：

> 簡文「詢」作「誐」，從昀聲，讀為「徇」，當眾宣布教令。《左傳》
> 桓公十三年：「莫敖使徇于師曰：『諫者有刑。』」杜預注：「徇，宣
> 令也。」王宮，越王之宮殿。取，逮捕。《詩‧七月》：「取彼狐狸，
> 為公子裘。」《新唐書‧權懷恩傳》：「賞罰明，見惡輒取。」指對王
> 宮之內不恭不敬之人予以懲罰。戮，懲罰。〔註1393〕

悅園認為簡54、56、57「取戮」一詞與簡54「戮殺」同義，取從手持耳會
意，引申則當有殺義：

> 簡54、56、57均有「取戮」一詞，整理者訓取為逮捕，戮為懲罰，
> 疑「取戮」與簡54「戮殺」同義，取，《說文》：「捕取也。從又，
> 從耳。《周禮》：『獲者取左耳。』」取從手持耳會意，引申則當有殺
> 義。《文選‧阮瑀〈為曹公作書與孫權〉》「若能內取子布」，劉良注：
> 「取，謂殺也。」簡56～57「王乃趣設戍于東夷、西夷，乃趣取戮
> 于後至不恭」，與簡53「乃出不恭不敬，王訊之寔，以授范蠡，則
> 戮殺之」，文意有相近的地方。〔註1394〕

季師旭昇認為「王宮」指「王宮中人」。〔註1395〕

子居認為《越公其事》此處所「徇」只當訓為巡行、巡示，先秦時的「徇」
字本身並無「宣令」義：

> 《越公其事》此處所「徇」的內容尚不是後文的「令」，而只是按前

〔註1393〕清華大學出土文獻與保護中心編、李學勤主編：《清華大學藏戰國竹簡（柒）》，
　　　　上海，中西書局，2017年4月，頁142～，注6。

〔註1394〕簡帛論壇：「清華七《越公其事》初讀」，第95樓，20170429。

〔註1395〕季師旭昇：《清華柒「流XX」、「領御」試讀》，復旦大學出土文獻與古文字研究
　　　　中心：《「出土文獻與傳世典籍的詮釋」國際學術研討會論文集》，2017年10月
　　　　14～15日，頁194。

文的「不恭不敬」這樣的標準執行刑戮，整理者注中也已言明是「對
王宮內之不恭不敬之人」，故此處的「徇」只當訓為巡行、巡示，先
秦時的「徇」字本身並無「宣令」義，整理者所引《漢語大詞典》
所列該義實不確，此點由下文「徇命」一詞也不難判明。〔註1396〕

秋貞案：

原考釋把「詢」釋為當眾宣令，子居則認為只有巡行之意，沒有宣令之
意。筆者認為簡文這裡的「詢于王宮」可以是一邊巡行，一邊宣令，《史記．
司馬穰苴列傳》：「以徇三軍」張守節正義：「徇，行示也。」《漢書．高帝紀
上》：「攻二世使使斬之以徇」顏師古注：徇，行示也。」「《周禮．地官．司
市》：「中刑徇罰」鄭玄注：「徇，舉以示其地之眾也」〔註1397〕「徇」可以作
為一邊巡行，一邊宣令示眾的意思。「王宮」也是針對王宮之人。「詢于王宮」
就是對王宮中之人巡行並宣示教令。「取戮」有「逮捕懲罰」之意也有「殺戮」
之意。《爾雅．釋詁下》：「俘，取也」邢昺疏引李巡曰：「伐執之曰取」〔註1398〕
簡文有「取戮于遂至不恭」，故「取戮」應為「逮捕殺戮」之意。

「乃徹詢于王宮，亦徹取戮」意指「（王）於是急著巡行宣令於王宮之，也
急著（把不恭敬宣令者）逮捕殺戮」。

⑤王乃大詢（徇）命于邦，寺（時）詢（徇）寺（時）命

原考釋：

寺，疑讀為「時」，適時。《孟子．萬章下》「孔子，聖之時者也」趙
歧注：「孔子時行則行，時止則止。」徇，命，同義詞連用，發布命
令。〔註1399〕

ee認為《越公其事》簡54：「王乃大徇命于邦，寺（是）詢（徇）寺（是）
命」，第一個「寺」也應讀為「是」。〔註1400〕

暮四郎認為應當讀為「寺（時）詢（徇）寺（時）命（令）」，第一個

〔註1396〕子居：〈清華簡七《越公其事》第九章解析〉，http://www.xianqin.tk/2018/09/02/667，
　　　　20180902。
〔註1397〕宗福邦、陳世鐃、蕭海波主編：《故訓匯纂》，商務印書館，2007年9月，頁745。
〔註1398〕宗福邦、陳世鐃、蕭海波主編：《故訓匯纂》，商務印書館，2007年9月，頁306。
〔註1399〕清華大學出土文獻與保護中心編、李學勤主編：《清華大學藏戰國竹簡（柒）》，
　　　　上海，中西書局，2017年4月，頁142，注7。
〔註1400〕簡帛論壇：「清華七《越公其事》初讀」，第50樓，20170427。

「時」是副詞，意為適時，第二個「時」是形容詞。「時令」指根據不同的季節、月份頒佈的命令：

> 我們懷疑此句應當讀為「寺（時）詢（徇）寺（時）命（令）」，簡53「修命」之「命」即用作「令」。第一個「時」是副詞，意為適時，第二個「時」是形容詞，「時令」見《禮記‧月令》「天子乃與公、卿、大夫共飭國典，論時令，以待來歲之宜」，指根據不同的季節、月份頒佈的命令，如《月令》孟春禁止伐木、毋覆巢之類。〔註1401〕

羅小虎認為「徇命」為「徇令」，動詞，「大徇令於邦」即「大令於國」；「寺詢寺命」兩個「寺」為「時時」、「經常」義，「命」也是令，動詞：

> 「徇命」之「命」，應該讀為「令」。簡五三「修命」，整理報告理解為「修令」。《說文‧卩部》：「令，發號也。」「徇令」同義連文，用作動詞。「大令」用作動詞，古書可見：《國語‧吳語》：「王乃命有司大令於國曰：『苟任戎者，皆造於國門之外。』」簡文中的「大徇令於邦」與此例子中的「大令於國」，意思幾乎完全相同。寺（時）詢（徇）寺（是）命，這兩個「寺」都可理解為「時」，「時時」、「經常」。此句中的「命」也當理解為「令」，都是動詞。〔註1402〕

季師旭昇認為「邦」指「邦人」（「與王同姓的貴族」）。〔註1403〕

郭洗凡認為「徇命」可讀為「徇令」，在簡文中作發號施令的意思：

> 整理者觀點可從。「徇」從彳旬聲，「旬」與「昀」均為上古真部字，「命」和「令」都是上古耕部字，因此「徇命」可讀為「徇令」，在簡文中作發號施令的意思。〔註1404〕

吳德貞認為「命」讀「令」可從，「徇令」即是指下文的「時令」和「群禁御」。〔註1405〕

〔註1401〕簡帛論壇：「清華七《越公其事》初讀」，第114樓，20170430。
〔註1402〕簡帛論壇：「清華七《越公其事》初讀」，第206樓，20170727。
〔註1403〕季師旭昇：《清華柒「流XX」、「領御」試讀》，復旦大學出土文獻與古文字研究中心：《「出土文獻與傳世典籍的詮釋」國際學術研討會論文集》，2017年10月14～15日，頁194。
〔註1404〕郭洗凡：《清華簡《越公其事》集釋》，安徽大學碩士學位論文，2018年3月，頁88。
〔註1405〕吳德貞：《清華簡《越公其事》集釋》，武漢大學碩士論文，2018年5月，頁82。

吳德貞認為「寺（是）詢（徇）寺（時）命（令）」指隨時之政令：

> 第一個「寺」讀為「是」。第二個「寺」從「暮四郎」讀為「時」，「命」
> 破讀為「令」，「時令」即指「隨時之政令」，「群禁御」是指「固定
> 的禁令」，不隨節令變化而改動。「是徇時令及群禁御」可與後文「詢
> （徇）命若命，敔（禁）御莫衞（躐）」相對應。〔註1406〕

子居認為「大徇命於邦」的「大」字是補寫的，補寫行為本身尚有為了凸
顯抄者認為需要著重渲染的內容：

> 「大徇命於邦」的「大」字是補寫的，考慮到《越公其事》中補寫
> 的文字在不補寫的情況下也並不會影響到文意理解，筆者在《清華
> 簡七〈越公其事〉第七、第八章解析》曾提到這些補寫應該很可能
> 皆屬於「是為了更符合當時抄者或讀者的語言習慣。」（中國先秦史
> 網站：http://www.xianqin.tk/2018/08/04/663/，2018 年 8 月 4 日），對比「大」
> 字的補寫情況，則補寫行為本身尚有為了凸顯抄者認為需要著重渲
> 染的內容這一情況。〔註1407〕

子居認為 ee 將「寺詢寺命」理解為「是徇是命」、以「民司事」與「粺位
之次序」連讀皆當是，但是「群禁禦」不能包括下文的「及凡庶姓……」等內
容：

> 將「寺詢寺命」理解為「是徇是命」、以「民司事」與「粺位之次序」
> 連讀皆當是，但以「及凡庶姓、凡民司事粺位之次序……」云云皆
> 為「群禁禦」的內容則不確。「及群禁禦」、「及凡庶姓……」、「及風
> 音……」必然是並列關係，所以從句法上講，「群禁禦」不能包括下
> 文的「及凡庶姓……」等內容。〔註1408〕

秋貞案：

「大詢命于邦」的「大」字為書手增補上的字，可能的原因是：一、原
本典籍即有「大」字，書手抄寫時忘記而遺漏了，後來發現錯誤又增補上去。

〔註1406〕吳德貞：《清華簡《越公其事》集釋》，武漢大學碩士論文，2018 年 5 月，頁 83。
〔註1407〕子居：〈清華簡七《越公其事》第九章解析〉，http://www.xianqin.tk/2018/09/02/667，20180902。
〔註1408〕子居：〈清華簡七《越公其事》第九章解析〉，http://www.xianqin.tk/2018/09/02/667，20180902。

二、可能是原本典籍上沒有，而書手考量簡文此處文意必須強調「詢命」一詞，故自行增補上去。筆者認為後的可能性不大，因為職業性的書手都是有經驗者，具有相當的職業水準和倫理，不太可能自行增損文句，以更動經典。所以應該以第一個原因為較有可能。「大詢命于邦」的「邦」就是「國」之意，比「王宮」的概念範圍更大。「時詢時命」，可以釋為「時時詢命」，「時時」有「常常」之意。《史記·袁盎晁錯列傳》：「袁盎雖家居，景帝時時使人問籌策。」簡文「時詢時命」可以釋為「常常巡行示令」之意。今天各家學者認為「是詢是命」或「是詢時命」都可以解釋得通，「是」和「時」均可，「是」字強調在空間上，「時」可以強調在時間上。「王乃大詢命于邦，寺詢寺命」意指「越王於是擴大巡行宣令於整個邦國，時時巡行宣令。」

⑥及羣【五四】歔（領）御，及凡庶眚（姓）、凡民司事。

原考釋讀為「禁御」：

> 歔，見於西周金文楚公家鐘（《集成》四三～四五），從高聲。歔御，讀為「禁御」，身邊親近的侍從。〔註1409〕

> 凡，所有的。《易·益》：「凡益之道，與時偕行」庶姓，與越王不同的眾姓。司事，有司，參看第六章注釋〔一六〕。〔註1410〕

ee 單育辰認為「禁御」都是禁止防禦的意思：

> 「禁御」似無「身邊親近的侍從」的意思，清華六《子產》簡 25「以咸御」、《左傳》昭公六年「昔先王議事以制，不為刑辟，懼民之有爭心也。猶不可禁禦，是故閑之以義，糾之以政，行之以禮，守之以信，奉之以仁。」「禁御」都是禁止防禦的意思。「歔御」當讀為「禁禦」其義也是禁止防禦，下文所述種植則是「群禁禦」的內容。
>
> 這段話句讀為：「王乃大徇命于邦，是徇是命，及羣禁禦：及凡庶姓、凡民司事唯位之次序、服飾、羣物品采之愆于故常，及風音誦詩歌謠之非越常律，夷歈蠻謳，乃趣取戮；王乃趣至于溝塘之功，乃趣取戮于後至後成；王乃趣設戍于東夷西夷，乃趣取戮于後至不恭。

〔註1409〕清華大學出土文獻與保護中心編、李學勤主編：《清華大學藏戰國竹簡（柒）》，上海，中西書局，2017 年 4 月，頁 142，注 8。

〔註1410〕清華大學出土文獻與保護中心編、李學勤主編：《清華大學藏戰國竹簡（柒）》，上海，中西書局，2017 年 4 月，頁 142，注 9。

王有失命：可復弗復、不茲（使）命疑，王則自罰。」〔註1411〕

暮四郎認為「群禁御」則泛化，指諸種禁令。〔註1412〕

ee 認為在「羣禁禦」之下為冒號，即以下種種都是「羣禁禦」的措施內容：

> 《越公其事》簡 54＋55＋56 改標點如下：「王乃大徇命於邦，是徇是命，及羣【54】禁禦：及凡庶姓、凡民司事唯位之次序、服飾、羣物品采之愬于故常，及風音誦詩歌謠【55】之非越常律，夷歔蠻謳，乃趣取戮；王乃趣至於溝塘之功，乃趣取戮於後至後成；王乃趣【56】設成於東夷西夷，乃趣取戮於後至不恭。王有失命：可復弗復、不茲（使）命疑，王則自罰。」下面所述種種都是「羣禁禦」的內容。〔註1413〕

羅小虎認為「數（禁）御」應該理解為名詞，義為禁令，簡 59 的「禁御莫蹕」也是一樣：

> 整理報告對「數（禁）御」的解釋不確。「御」，其實也有禁止之意。《左傳·襄公四年》：「匠慶用蒲圃之檟，季孫不御。」杜預注：「御，止也。」《睡虎地秦墓竹簡·田律》：「田嗇夫、部佐謹禁御之，有不從令者有罪。」不過此處的「禁御」應該理解為名詞，義為禁令。簡五九有「禁御莫蹕」，與此「禁御」當等同視之。簡五九「禁御」的確解，ee（單育辰）先生已經指出（0 樓發言）。〔註1414〕

季師旭昇認為「數」應讀為「領」〔註1415〕，「御」應該讀為「領御」，即「領導統御者」〔註1416〕。「羣領御」可以管得到「凡庶姓」，更是「凡民司事」

〔註1411〕單育辰：《《清華大學藏戰國竹簡（柒）》釋文訂補》。觀點首見於「ee」：《清華柒〈越公其事〉初讀》，「ee」於 2017 年 4 月 23 日在 0 樓的發言和 2017 年 5 月 14 日在 175 樓的發言。

〔註1412〕簡帛論壇：「清華七《越公其事》初讀」，第 114 樓，20170430。

〔註1413〕簡帛論壇：「清華七《越公其事》初讀」，第 174 樓，20170514。

〔註1414〕簡帛論壇：「清華七《越公其事》初讀」，第 206 樓，20170727。

〔註1415〕季師旭昇認為《清華陸·子產》簡 25「以咸數御」的「數」釋為「領」。銅器楚公𣄴「數鐘」一詞中讀如「林」，和「領」二字上古聲同，韻為耕侵旁轉。

〔註1416〕季師旭昇認為《清華柒·越公其事》第九章的「數御」也應該讀為「領御」，即「領導統御者」，要百姓遵守「故常」，而不是從反面要禁止他們做什麼：我們以為「數御」應該讀為「領御」，即「領導統御者」，他是管得到「凡庶姓」，更是「凡民長事」的長官。「羣（爵）立（位）之宗（次）尻、備（服）衼（飾）、羣勿（物）品采之侃（愬）於者（故）業（常），及風音誦詩詞（歌）誅（謠）之非

的長官：

> 「羣**敫**御」與「王宮」、「邦」、「庶姓」、「民司事」等構成五類人，「**敫**」
> 應讀為「領」，「御」應該讀為「領御」，即「領導統御者」，「羣領御」
> 可以管得到「凡庶姓」，更是「凡民司事」的長官。〔註1417〕

季師旭昇認為「民司事」指「管理人民的有司」。〔註1418〕

郭洗凡認為羅小虎的觀點可從，「**敫**御」的意思是禁止的命令，在簡文中作名詞使用。〔註1419〕

吳德貞認為「群禁御」指不隨節令變化而改動的禁令：

> 「群禁御」是指「固定的禁令」，不隨節令變化而改動。「是徇時令
> 及群禁御」可與後文「詢（徇）命若命，**敫**（禁）御莫徹（蹷）」相
> 對應。〔註1420〕

子居認為原考釋所說「身邊親近的侍從」，不確。「群禁御」當是指各種刑禁內容，如宮中之禁、山澤苑囿之禁、市井之禁、水火之禁等。先秦典籍所記各種刑禁內容頗多，其中以《周禮》最為詳細，《周禮》中多稱為「刑禁」或「禁令」可與《越公其事》本章內容對比參看：

> 整理者所說不確，「群禁御」當是指各種刑禁內容，如宮中之禁、山
> 澤苑囿之禁、市井之禁、水火之禁等。先秦典籍所記各種刑禁內容
> 頗多，其中以《周禮》最為詳細，《周禮》中多稱為「刑禁」或「禁
> 令」，如《周禮‧天官塚宰‧小宰》：「正歲，帥治官之屬而觀治象之
> 法，徇以木鐸，曰：『不用法者，國有常刑。』乃退，以宮刑憲禁于
> 王宮，令於百官府曰：『各修乃職，考乃法，待乃事，以聽王命。其

> 邗（越）裳（常）聿（律），尸（夷）吁（歈）繺（蠻）吳（謳），乃徹（趣）取㵤
> （戮）」則是對以上這些宣達命令的主要內容，從這些內容來看，都是要他們遵
> 守「故常」，而不是從反面要禁止他們做什麼。

〔註1417〕《清華柒「流XX」、「領御」試讀》，復旦大學出土文獻與古文字研究中心：《「出
土文獻與傳世典籍的詮釋」國際學術研討會論文集》，2017年10月14～15日，
頁194。

〔註1418〕《清華柒「流XX」、「領御」試讀》，復旦大學出土文獻與古文字研究中心：《「出
土文獻與傳世典籍的詮釋」國際學術研討會論文集》，2017年10月14～15日，
頁194。

〔註1419〕郭洗凡：《清華簡《越公其事》集釋》，安徽大學碩士學位論文，2018年3月，頁
89。

〔註1420〕吳德貞：《清華簡《越公其事》集釋》，武漢大學碩士論文，2018年5月，頁83。

有不共，則國有大刑。』」《周禮・秋官司寇・士師》：「士師之職，
掌國之五禁之法，以左右刑罰，一曰宮禁，二曰官禁，三曰國禁，
四曰野禁，五曰軍禁，皆以木鐸徇之於朝，書而縣於門閭。」所記
即頗可與《越公其事》本章內容對比參看。〔註1421〕

子居認為《越公其事》中由「王孫」至「王宮」至「庶姓」至「民司事」，
當是有親疏、貴賤逐級降低的關係。「徇于王宮」所針對的即是之前各章的「左
右」，「庶姓」大致對應異姓諸「大臣」，「民司事」、「邑司事」、「官師之人」則
基本多為低級官吏：

> 《越公其事》中由「王孫」至「王宮」至「庶姓」至「民司事」，當
> 是有親疏、貴賤逐級降低的關係，對照《越公其事》前幾章內容可
> 見，「王孫」對應越國王族，「徇于王宮」所針對的即之前各章的「左
> 右」，「庶姓」大致對應異姓諸「大臣」，「民司事」、「邑司事」、「官
> 師之人」則基本多為低級官吏。〔註1422〕

秋貞案：

先看「數御」的釋讀為何？「數御」有兩見，一是簡55「羣數御」，一是
簡59「數御莫躐」。各家對「數御」的意見不同，整理如下表：

各家說法	釋　　讀	釋　　意
原考釋	禁御	指身邊親近的侍從
ee 單育辰	禁御／禦	都是禁止防禦
暮四郎	群禁御	則泛化，指諸種禁令
羅小虎	禁御	就是禁令
季師旭昇	領御	領導統御者
郭洗凡	數御	禁止的命令
吳德貞	群禁御	指不隨節令變化而改動的禁令
子居	群禁御	當是指各種刑禁內容

筆者為越王擴大妄巡行示令於邦，所以這裡的「及羣數御，及凡庶眚、
凡民司事」指的應該是擴及到三種人身上：羣數御、凡庶眚、凡民司事。「數」

〔註1421〕子居：〈清華簡七《越公其事》第九章解析〉，http://www.xianqin.tk/2018/09/02/667，
　　　　　20180902。
〔註1422〕子居：〈清華簡七《越公其事》第九章解析〉，http://www.xianqin.tk/2018/09/02/667，
　　　　　20180902。

字原考釋釋為「身邊親近的侍從」，可從。「斁御」非指各種禁令。「斁」應該讀為「領」，季師旭昇也充分說明：《清華陸‧子產》簡25「以咸斁御」的「斁」釋為「領」。此處亦是，指的是領導統御者，也是越王身邊的侍從近臣，較為核心的統御者。

「凡庶眚」的「凡」指的是所有，原考釋可從。「庶眚」在《越公其事》中（不含庶民、庶民百眚）有兩見：一、第一章簡6「孤其率越庶眚（姓），齊郤同心」。二、第九章簡55「凡庶眚（姓）、凡民司事」。這兩例原考釋的說法如下：

第一章簡6「庶眚」：庶，眾也。「庶姓」與「庶官」、「庶民」結構相同，當指越之諸姓。

第九章簡55「庶眚」：與越王不同的眾姓。

筆者認為原考釋在第一章簡6的「庶姓」解釋不清楚。筆者於第一章中已引裘錫圭之說，那裡的「庶姓」應該指越國的整個統治階層，非一般百姓。[註1423]第九章簡55的「庶姓」也是指不同生的宗親，和一般百姓的「庶民」是有區別的。子居認為「庶姓」大致對應異姓諸「大臣」，大致是對的。

「司事」一詞在《越公其事》有三見：一、第六章簡40「其在邑司事及官師之人則廢也」。二、第六章簡40「凡城邑之司事及官師之人」。三、第九章中簡55「凡民司事」。筆者在第六章的簡40「其在邑司事及官師之人則廢也」對「在邑司事」及「官師」做過探討，原則上「司事」指的是「城邑中擔任官職的人」，「官師」指的是「有所執掌的各級官吏」。子居認為「民司事」、「邑司事」、「官師之人」則基本多為低級官吏，筆者認為若相對於「群領御」、「庶姓」的話，「民司事」、「邑司事」、「官師之人」都是指各級官員，職階不高，但是否是接定義為低級官吏，則有待更多的探討。

「及羣斁御，及凡庶眚、凡民司事」意指「（越王擴大宣令）擴及到身邊的侍從近臣、及各個異姓諸大臣及各個管理人民事務的官吏」。

2. 整句釋義

越國大大增加兵器後，越王於是開始整治人民。他修審考核命令和刑罰。他對恭敬的王孫進行紀錄文書，把他們交給文種大夫，就賞賜他們俸祿。對不

[註1423] 參見本論文第一章「孤亓衒庶眚，齊郤同心」條。

恭敬的王孫之類的進行紀錄文書，把他們交給范蠡，然後就殺掉他們。越王於是急著巡行宣令於王宮之中，也急著把不恭敬宣令者逮捕殺戮。越王擴大巡行宣令於整個邦國，時時在巡行宣令。越王擴大宣令遍及到身邊的侍從近臣，以及各個異姓諸大臣，以及各個管理人民事務的官吏。

　　（二）粞（爵）立（位）之宋（次）尻（舍）、備（服）衭（飾）、舋勿（物）品采之侃（愆）于者（故）裳（常）①，及風音誦詩訶（歌）諑（謠）【五五】之非邸（越）裳（常）聿（律）②，叵（夷）訐（歆）繺（蠻）吳（謳），乃徹（趣）取㣇（戮）③。

1. 字詞考釋

①粞（爵）立（位）之宋（次）尻（舍）、備（服）衭（飾）、舋勿（物）品采之侃（愆）于者（故）裳（常）

原考釋釋粞，疑讀為「唯」：

> 粞，疑讀為「唯」。立，讀為「位」，職位。《詩・小明》：「靖共爾位，正直是與。」次尻，次舍。《周禮・宮正》「次舍之眾寡」孫詒讓《正義》：「凡吏士有職事常居宮內者為官府，官府之小者為舍。」服飾，《周禮・典瑞》「辨其名物與其用事，設其服飾」鄭玄注：「服飾，服玉之飾，謂繶藉。」品采、種類及其等差。《禮記・郊特牲》：「籩豆之薦，水土之品也。」《國語・周語中》：「品其百籩，修其簠簋。」侃，讀為「愆」，過失。《詩・假樂》：「不愆不忘，率由舊章。」故常，舊規常例。《莊子・天運》：「變化其一，不主故常。」〔註1424〕

秦樺林認為「侃（愆）于者裳」之「愆」當訓「過」：

> 「愆于故常」……愆訓違背。「愆」當訓「過」，《左傳・宣公十一年》：「不愆于素。」陸德明《經典釋文》卷一四：「愆，過也。」〔註1425〕

〔註1424〕清華大學出土文獻與保護中心編、李學勤主編：《清華大學藏戰國竹簡（柒）》，上海，中西書局，2017年4月，頁142，注10。

〔註1425〕復旦大學出土文獻與古文字研究中心「學者評論區」，第1樓：http://www.gwz.fudan.edu.cn/Web/Show/3007，20170423。

趙嘉仁認為「粠（唯）立（位）之宋（次）尻……」，「尻」應讀為「序」。
〔註1426〕

袁金平認為「粠」或可讀作「集」。簡文「集立」，猶言「會立」也：

> 「粠」或可讀作「集」（具體論證可參劉釗先生《「集」字的形音義》
> 一文）。《爾雅・釋言》：「集，會也。」簡文「集立」，猶言會立也。
> 《史記・張釋之馮唐列傳》：「三公九卿盡會立。」〔註1427〕

王寧認為此句疑當讀為「粠立（位）之次，尻、服飾、羣物品采之愆于故
常」。「粠」字可能是雜米之「雜」的專字，是雜糅、混同之義，「雜位之次」
就是使位次雜糅無所分別：

> 此句疑當讀為「粠立（位）之次，尻、服飾、羣物品采之愆于故常」。
> 「粠」字《龍龕手鑑》以為「精」字或體，可能正弄反了。這個字
> 可能是雜米之「雜」的專字，是雜糅、混同之義，「雜位之次」就是
> 使位次雜糅無所分別。〔註1428〕

Zzusdy認為「粠」字讀為「爵」，「爵位之次處、服飾、群物品采之愆于故
常」，比較通適：

> 簡55「粠立（位）」的「粠」，一般讀為「唯」，或讀為「集」（http://
> www.gwz.fudan.edu.cn/Web/Show/3007 下評論），188 樓釋為「雜」
> 之專字。按此字當釋與金文中「粠（穙—稱）」字同，讀為「爵」，
> 可參看周忠兵先生《適簋銘文中的「爵」字補釋》一文。「爵位之次
> 處、服飾、群物品采之愆于故常」，比較通適。〔註1429〕

心包回 194 樓 Zzusdy 的帖子：

> 水根師兄的一篇未刊稿也是持這種看法。《越公其事》這種用字存古
> 的現象很值得探討。（PS：以此字為例，別的地方，字形源頭不解
> 決，只會徒增各種異說。）〔註1430〕

〔註1426〕趙嘉仁：〈讀清華簡（七）散札（草稿）〉，復旦網，20170424。
〔註1427〕復旦大學出土文獻與古文字研究中心「學者評論區」，第 5 樓：http://www.gwz.
　　　　fudan.edu.cn/Web/Show/3007，20170512。
〔註1428〕簡帛論壇：「清華七《越公其事》初讀」，第 188 樓，20170526。
〔註1429〕簡帛論壇：「清華七《越公其事》初讀」，第 194 樓，20170619。
〔註1430〕簡帛論壇：「清華七《越公其事》初讀」，第 195 樓，20170619。

易泉認為「粃」，從米從隹，如以米為聲，疑可讀作「敉」，安也：

粃，從米從隹，如以米為聲，疑可讀作「敉」。《尚書．立政》：「率惟敉功」《尚書．洛誥》：「亦未克敉公功」，孫星衍疏引鄭玄曰：「敉，安也」。《爾雅．釋言》：「敉，撫也。」「粃（敉）……故常」應與上文的「民司事」連讀。其文句作「凡庶眚（姓）、凡民司事粃（敉）立（位）之（次）尻、備（服）衽（飾）、羣匆（物）品采之侃（愆）于故常」，指凡庶眚（姓）、民司事安撫「立（位）之（次）尻、備（服）衽（飾）、羣匆（物）品采」不合故常的。

簡文斷句作「王乃大詢（徇）命於邦，寺（是）詢（徇）寺（是）命，及羣禁禦，及凡庶眚（姓）、凡民司事粃（敉）立（位）之（次）尻、備（服）衽（飾）、羣匆（物）品采之侃（愆）于故常，及風音誦詩訶（歌）之非越常律、夷訏（譁）絲（蠻）吳，乃趣取戮。」〔註 1431〕

王凱博（Zzusdy）認為「粃」字和金文中「穛」的省體或異體字「穛」、「𥢌」有關係。「粃立」應讀為「爵位」：

當與金文中「穛」的一種省體「粃」釋為同字，金文「粃」、「穛」及其異體如：

《集成》4628.1　《集成》4628.2／伯公父簠

《通鑒》4989／伯句簋　《集成》4627／彌仲簠

《新收》41／䍙奐叔父盨　《通鑒》5100／伯紳簋

《集成》5431／高卣 5

金文「粃」、「穛」等在銘文中指早熟的穀物，即《說文．米部》「穛，早取穀」的「穛」，字又作「穛」、「𥢌」。遹簋（《集成》4207）銘文中有，辭例「穆穆王窺（親）易（賜）遹～」，是一種賞賜品。

此字舊多歧釋，周忠兵分析指出下從「斗／升」，作義符，其上

〔註 1431〕簡帛論壇：「清華七《越公其事》初讀」，第 215 樓，20180110。

部分即用為「穛」、「稱」的「粗」，從「斗／升」、「粗（穛）」

聲，當是器物「爵」的一種異體。〔註1432〕

而《越公其事》簡55正來源於金文中「粗」，其與伯公父盨銘左

右寫的最相近，而這類「粗」的字形並不能簡單據形分析為從

「米」、「隹」聲之字，更不能據隸定後的「粗」，將其與後世字書中

「粗」相聯繫。

知道當釋為「穛」後，則由辭例「粗立（位）之（次）尼（處）」

可知其當讀為「爵」，文獻中「爵位」一詞多見（如《禮記·禮運》

「頒爵位」），是指封爵、職位。〔註1433〕

郭洗凡認為「粗」如易泉所說，安撫、安定的意思，指安定的地方或者建

築：

> 網友「易泉」的觀點可從，「粗」從米從隹，「救」通「弭」。《說文》
> 「救，撫也。鄭注：「救，安也。」安撫、安定的意思，在簡文中指
> 的是名詞，安定的地方或者建築。〔註1434〕

羅云君認為「次尼」中「尼」是「處」：

> 清華簡《趙簡子》篇簡【七】有「昔（吾）先君獻公是尼（居）」，整
> 理報告另有「尼」是「處」的見解（說詳清華大學出土文獻與古文
> 字研究中心編，李學勤主編：《清華大學藏戰國竹簡（柒）》，上海：
> 中西書局，2017年，第107～109頁）〔註1435〕

子居認為 zzusdy（王凱博）所說「粗」讀為「爵」，甚是。ee 之說「次尼」

讀為「次序」。「服飾」一詞證明《周禮》與《越公其事》間密切的相關性。越

被吳王夫差東遷之後，因多任用當地異姓和民間豪族，所以才會出現「爵位之

〔註1432〕周忠兵：《遹簋銘文中的「爵」字補釋》，中國文字學會第七屆學術年會論文，吉林大學古籍研究所主辦，2013年9月21～22日；後刊載《吉林大學古籍研究所建所三十周年紀念論文集》，上海古籍出版社，2014年11月，頁48～52。

〔註1433〕王博凱：《出土文獻資料疑義探析》，吉林大學歷史研究所博士論文，2018年6月，頁4、36～37。

〔註1434〕郭洗凡：《清華簡《越公其事》集釋》，安徽大學碩士學位論文，2018年3月，頁90。

〔註1435〕羅云君：《清華簡《越公其事》研究》，東北師範大學，2018年5月，頁97。

次序、服飾、群物品采之愆于故常」的情況，越王初採「縱經遊民」的寬政，待經濟有基礎後，在新遷徙地推行舊越文化，以此「敕民」：

> 網友 zzusdy 指出「簡 55『稚立（位）』的『稚』，……當釋與金文中『稚（穛—爵）』字同，讀為『爵』，可參看周忠兵先生《適簋銘文中的『爵』字補釋》一文。『爵位之次處、服飾、群物品采之愆于故常』，比較通適。」所說是。
>
> 「次𡰥」前引網友 ee 之說已讀為「次序」，亦當是，以《周禮》的用詞習慣，「次序」多作「次敘」。「服飾」一詞，先秦傳世文獻僅見于《周禮》，也可以證明《周禮》與《越公其事》間密切的相關性。由此處內容可見，越之王孫、越王左右多只有「恭敬」與否的問題，而越的庶姓、民司事則普遍存在「爵位之次序、服飾、群物品采之愆于故常」的情況。這裡所說的「故常」，當即是越被吳王夫差東遷之前，原居於淮北徐西時的意識形態和文化習俗，考慮到彼時越國的位置，是「故常」當原是較接近于宋、鄭、陳、蔡等國文化的，而在東遷之後，由於無可避免地要多任用當地異姓和民間豪族，所以才會出現「爵位之次序、服飾、群物品采之愆于故常」的情況。在遷徙之初，為了融合當地勢力，自然要選擇「縱經遊民」的寬政，而在有足夠的經濟基礎和民力支持作為後盾之後，包括越王本人在內的舊越統治勢力整體轉向保守意識抬頭，因此在新遷徙地推行舊越文化，以此「敕民」，即是《越公其事》本章所述的內容。〔註 1436〕

秋貞案：

「稚立」在各家說法如下表列：

各家	釋　讀	釋　意
原考釋	稚，疑讀為「唯」。	
趙嘉仁	稚，「唯」	
袁金平	稚，「集」	簡文「集立」，猶言「會立」
王寧	稚，「雜」的專字	是雜糅、混同

〔註 1436〕子居：〈清華簡七《越公其事》第九章解析〉，http://www.xianqin.tk/2018/09/02/667，20180902。

易泉	粗，從米從隹，如以米為聲，疑可讀作「敉」	安也
王凱博（Zzusdy）	粗，和金文中「糬」的省體或異體字「穛」、「穛」有關係。	「粗立」應讀為「爵位」
郭洗凡	如易泉所說	安撫、安定
子居	王凱博（Zzusdy）所說甚是	「粗立」應讀為「爵位」

「粗」的字形「」，从米从隹。「粗」釋讀作「唯」則「粗立」釋「唯位」，未見先秦兩漢典籍有此一詞，原考釋釋「唯位」有待商榷。「粗」應如王凱博（Zzusdy）所說釋為「爵」比較好。「粗」可分析為从「米」从「雀」省，「隹」和「雀」通，劉釗〈「集」字的形音義〉一文中已說明〔註1437〕。雀、爵上古音都在精母藥部，王凱博（Zzusdy）在博論中也提出戰國楚簡中「雀」作「爵」的案例〔註1438〕，故「粗」字應釋為「爵」甚是。「粗立」釋為「爵位」在文意心也通適。

「宋尻」，原考釋讀為「次舍」為住在官府中之小者為「舍」，這可能是因為「尻」多釋為「處」的關係，把「尻」字當做處所之意。簡文「尻」作「」在季師《說文新證》「處」字條說明清楚，「尻」可以讀為「處」，也可以讀為「居」。〔註1439〕筆者認為「尻」在此釋為「舍」可從。「次舍」古代典籍多見。《史記‧書‧天官書》：「其失次舍以下，進而東北。」《史記‧列傳‧司馬穰苴列傳》：「士卒次舍井灶飲食問疾醫藥，身自拊循之。」《史記‧吳王濞列傳》：「治次舍，須大王。大王有幸而臨之。」《周禮‧天官冢宰》：「以時比宮中之官府、次舍之眾寡，為之版以待。」「令于王宮之官府、次舍，無去守而聽政令」

「侃」原考釋釋「愆」，可從，兩字的上古音都在溪母元部。「」（上博一‧緇16）「不～（愆）〔於儀〕」簡文侃，讀為愆，違背、違失。《詩‧大雅‧假樂》：「不愆不忘，率由舊章」鄭玄箋：「成王之令德，不過誤，不遺失。」〔註1440〕

〔註1437〕劉釗：〈「集」字的形音義〉，《中國語文》2018年第1期，頁106～116。

〔註1438〕王博凱：《出土文獻資料疑義探析》，吉林大學歷史研究所博士論文，2018年6月，頁4、36～37。

〔註1439〕師旭昇：《說文新證》，藝文印書館，2014年9月2日出版，頁931。

〔註1440〕徐在國：《上博楚簡文字聲系（一～八）》，合肥，安徽大學出版社，2013年12月，頁2996。

簡文「糇立之宋尻、備袿、羣勿品采之侃于耆棠」可以釋讀為「爵位之次舍、服飾、群物采之愆於故常」，意思是「爵位的住宅、服飾、及各種采章品制之物〔註1441〕和故舊不同而有所過失」。

②及風音誦詩訶（歌）詠（謠）【五五】之非邺（越）棠（常）聿（律）

原考釋：

> 風，《管子·輕重己》：「吹塤篪之風，鑿動金石之音。」誦，《詩·蒸民》「吉甫作誦，穆如清風。」，鄭玄箋：「吉甫作此工歌之誦，其調和人之性如清風之養萬物然。」歌謠，《詩·園有桃》「心之憂矣，我歌且謠」毛傳：「曲合樂曰歌，徒歌曰謠。」常律，《國語·越語下》「肆與大夫觴飲，無忘國常」韋昭注：「常，舊法。」風音、歌謠等後皆凝結成詞。〔註1442〕

斯行之認為此處的「風」當指民間歌樂：

> 整理者引文中的「風」一般理解為「聲音」的意思（見《漢語大字典》、《故訓匯纂》），後世「風音」一詞表示「風聲」或「音訊」（見《漢語大詞典》），似與之無關。此處的「風」當指民間歌樂。《左傳·成公九年》載鐘儀彈琴操南音，范文子評價其「言稱先職，不背本也；樂操土風，不忘舊也。」《呂氏春秋·音初》：「塗山氏之女乃令其妾待禹于塗山之陽，女乃作歌，歌曰：『候人兮猗。』實始作為南音（高注：南方國風之音）。周公及召公取風焉，以為《周南》、《召南》。（高注：取塗山氏女南音為樂歌）」〔註1443〕

郭洗凡認為「風」指的是流傳於民間人民大眾中的歌謠，與《詩經》中的風部相對應。〔註1444〕

吳德貞不知「越」字和「常」字中間為何空白：

> 「越」字與「常」字之間有空白，從形制上看不是編繩處。整理者

〔註1441〕見《清華大學藏戰國竹簡（柒）》第六章注釋四，頁134。
〔註1442〕清華大學出土文獻與保護中心編、李學勤主編：《清華大學藏戰國竹簡（柒）》，上海，中西書局，2017年4月，頁142，注11。
〔註1443〕簡帛論壇：「清華七《越公其事》初讀」，第65樓，20170427。
〔註1444〕郭洗凡：《清華簡《越公其事》集釋》，安徽大學碩士學位論文，2018年3月，頁90。

將「越常」連讀，文義可通。未詳此處為何留白。〔註1445〕

子居認為「風」在清華簡《子犯子餘》有「吾當觀其風」句，風當訓為音聲。誦詩並稱中的「詩」即誦辭。從《越公其事》此處尚能窺見《詩經》中《風》、《頌》的原義所在，且能看出對《越公其事》作者而言，「詩」字並無任何特殊的經典意味：

> 清華簡《子犯子餘》有「吾當觀其風」句，筆者在《清華簡〈子犯子餘〉韻讀》中曾指出「風當訓為音聲，指雉的叫聲，這裡雙關並指前賢的遺風，《大雅·崧高》：『其詩孔碩，其風肆好。』《經典釋文》引王肅注：『風，音也。』《呂氏春秋·適音》：『故有道之世，觀其音而知其俗矣，觀其政而知其主矣。故先王必托於音樂以論其教。』《淮南子·原道訓》：『結激楚之遺風。』高誘注：『遺風，猶餘聲也。』《文選·王僧達〈祭顏光祿文〉》：『逸翩獨翔，孤風絕侶。』李善注引《廣雅》：『風，聲也。』」（中國先秦史網站：http://www.xianqin.tk/2017/10/28/405，2017年10月28日）在「風」用為音聲義上，《越公其事》本章與《子犯子餘》正同。《詩經·魏風·園有桃》：「心之憂矣，我歌且謠。」毛傳：「曲合樂曰歌，徒歌曰謠。」故歌謠並稱猶風音並稱，因此誦詩並稱中的「詩」即誦辭，《漢書·藝文志》：「誦其言謂之詩，詠其聲謂之歌。」《文心雕龍·樂府》：「凡樂辭曰詩，詩聲曰歌。」。從《越公其事》此處尚能窺見《詩經》中《風》、《頌》的原義所在，且能看出對《越公其事》作者而言，「詩」字並無任何特殊的經典意味。這樣用法的「詩」，還可印證于北大簡《周訓·五月》：「昔越王句踐有疾，乃召其嗣，而與之言曰……余告汝于三江之間，其歌謠之詩，而汝謹聽之，曰：越之城旦，發墓於邗。吳既為虛，其孰衛闔廬？雖已掩埋之，寇出其骸。莫守其墳，人發其丘。扣以為墼，豈或禁之？見其若是也，其誰能毋怵惕？」〔註1446〕

黃愛梅認為「風音誦詩訶誺之非邮裳聿」之「聿」當釋為音律。「㠯訐緒吳」

〔註1445〕吳德貞：《清華簡《越公其事》集釋》，武漢大學碩士論文，2018年5月，頁85。
〔註1446〕子居：〈清華簡七《越公其事》第九章解析〉，http://www.xianqin.tk/2018/09/02/667，20180902。

顯然是將鄰國鄅、吳的「風音誦詩歌謠」皆視作「蠻夷之音」，與「非越常律」
一樣，流傳者是要被嚴懲的。這是越公「正樂」的措施，目的在樹立越國「常
律」的權威，是「敕民、修令、審刑的措施之一。透過「越常律」來齊音律，
以達到「齊越民」、「和越民」的目的。同時也是「尊越」、「崇越」的目的，加
強越國的自我認同。〔註1447〕

　　李凱在〈孔子「正樂」問題新證〉中提到《越公其事》中的「越常律」，
作為勾踐「敕民、修命，審刑」政策的一部分，體現早期國家對音樂工作的
重視。〈越公其事〉中一系列措施推行之後，「越邦庶民則皆震動，荒畏岦踐，
亡敢不敬」可知「越常律」對「風音誦詩歌謠」的控制是很嚴格的，旨在教
化人心。越國要復興必要團結越國人民，故以「越常律」規範人心是必要的
措施。〔註1448〕

　　秋貞案：

　　「風音誦詩詞謠之非邭尙聿」的「風音」一詞當為斯行之所指「民間歌樂」；
「誦詩」即子居所指「誦辭」；「歌謠」和「風音」意思一樣，《詩經・魏風・園
有桃》：「心之憂矣，我歌且謠。」毛傳：「曲合樂曰歌，徒歌曰謠。」子居之言
可從。黃愛梅認為越國透過「正樂」的措施以尊越的說法，可從。李凱對「越
常律」助於施政的措施之必要性做適當的補充。「風音誦詩詞謠之非邭尙聿」意
指「風音誦詩歌謠不合於越國常律」。

③尸（夷）訏（歈）戀（蠻）吳（謳），乃徹（趣）取謬（戮）

　　原考釋釋「夷鄅蠻吳」：

> 夷訏蠻吳，指越周邊之歌謠習俗等而言。訏，疑讀為「鄅」，《說文》：
> 「妘姓之國。從邑，禹聲。《春秋傳》曰：『禹人籍稻』。讀若規榘之
> 榘。《春秋》昭公十八年「邾人入鄅」，楊伯峻注：「鄅國，妘姓，子
> 爵，在今山東臨沂縣北十五里。」又疑訏、吳並指欺詐不實。訏，
> 虛誇詭詐。賈誼《新書・禮容語下》：「今都伯之語犯，都叔訏，都
> 季伐。犯則凌人，訏則誣人，伐則揜人。」吳，讀為「虞」。《左傳》

〔註1447〕黃愛梅：〈清華簡《越公其事》箚記三則〉，「第一屆文史青年論壇」會議論文（上
　　　　海：華東師範大學中文系，2018年10月21日），頁78～82。
〔註1448〕李凱：〈孔子「正樂」問題新證〉，《古籍整理研究學刊》，2019年3月第2期，頁
　　　　83～87。

宣公十五年：「我無爾詐，爾無毛虞。」〔註1449〕

魏棟認為「訏」、「吳」皆應視作樂器，「訏」可讀作從于得聲的「竽」或「鈺」，「吳」讀作從吾得聲的「敔」，「夷訏（鈺）蠻吳（敔）」指蠻夷所用的樂器錞鈺和敔，將之連屬於「風音誦詩歌謠之非越常律」之下是合適的：

> 筆者以為「訏」「吳」皆應視作樂器。「訏」可讀作從于得聲的「竽」或「鈺」；吳、吾皆魚部疑母字，通假之例常見，故可將「吳」讀作從吾得聲的「敔」。竽是一種簧管樂器，《說文・竹部》：「竽，管三十六簧也。」鈺即錞鈺，是一種鐘形樂器，《廣韻・虞韻》：「鈺，錞鈺，形如鐘，以和鼓。」錞鈺的分佈「以長江流域及華南、西南地區為主，山東、陝西也有個別發現」，從錞鈺的分佈空間看，將「訏」讀作「鈺」似優於讀作「竽」。敔是一種狀如伏虎的木製打擊樂器，木虎背部有齒形的鉏鋙，以物刮擊鉏鋙發聲，用以表示樂曲的終結。《說文・攴部》：「敔，禁也。一曰樂器，椌楬也，形如木虎。」《尚書・益稷》：「合止柷敔。」鄭玄注：「敔，狀如伏虎，背有刻，鉏鋙，以物擽之，所以止樂。」《呂氏春秋・仲夏》：「飭鐘磬柷敔。」高誘注：「敔，木虎，脊上有鉏鋙，以杖擽之以止樂。」

> 將「訏」「吳」解作樂器，進而將「夷訏蠻吳」改讀為「夷鈺蠻敔」，這可以從上引「夷訏蠻吳」所在的語境資料中找到一定依據。

> 首先，「夷訏蠻吳」的上句是「風音誦詩歌謠之非越常律」，這句講的是不合越國常法的「風音誦詩歌謠」，談的是音樂。「夷訏（鈺）蠻吳（敔）」指蠻夷所用的樂器錞鈺和敔，將之連屬於「風音誦詩歌謠之非越常律」之下是合適的。

他認為「粗」並非虛詞，「立」應讀為「庭」，指建築等一類處所，性質可能和第四章「柰（祟）庭」相似。「趣」訓疾、馬上，「取」訓逮捕，「戮」訓懲罰。此段大意是若有人在粗庭中使用違背舊規常例的「次尻、服飾、羣物」，奏唱不合越國常法的「風音誦詩歌謠」並使用蠻夷的樂器錞鈺和敔，勾踐就會

〔註1449〕清華大學出土文獻與保護中心編、李學勤主編：《清華大學藏戰國竹簡（柒）》，上海，中西書局，2017年4月，頁143，注12。

馬上逮捕並懲罰這些人：

> 其次，整理報告將「秚立」做了以下解釋，「秚，疑讀為唯。立，讀為位，職位。」竊以為此處的「秚」並非虛詞，「立」應讀為庌，指建築等一類處所。《越公其事》第四章簡26記載勾踐「既建宗廟，修奈（祟）庌」，整理報告：「祟庌，安置鬼祟之處，攘除鬼祟之禍的建築。」「秚立（庌）」的性質可能與「奈（祟）庌」相似。若這種判斷不誤，那麼在庌這種建築中放置「訏（錞釪）」和「吳（敔）」這樣的樂器是合適的。

> 以上是對「夷訏蠻吳」的訓釋，下面對上引「夷訏蠻吳」所在文句略作通釋。「秚立（庌）」指建築一類的處所。「次尻、服飾、羣物品采之愆于故常」與「風音誦詩歌謠之非越常律」都是定語後置結構，「愆于故常」與「非越常律」為後置定語，愆訓違背，兩句的意思分別是違背舊規常例的「次尻、服飾、羣物品采」及不合越國常法的「風音誦詩歌謠」。（《越公其事》整理報告訓「品采」為種類及其等差，是。筆者頗疑「品采之愆于故常」為後置定語，修飾「次尻、服飾、羣物」）「夷訏」「蠻吳」為互文，指蠻夷的錞釪和敔。「趣」訓疾、馬上，「取」訓逮捕，「戮」訓懲罰。綜上，「夷訏蠻吳」所在文句的大意（精確含義尚待細緻推敲）是若有人在秚庌中使用違背舊規常例的「次尻、服飾、羣物」，奏唱不合越國常法的「風音誦詩歌謠」並使用蠻夷的樂器錞釪和敔，勾踐就會馬上逮捕並懲罰這些人。《越公其事》記載勾踐矢志滅吳，採取了被稱為「五政」的改革措施。本句所言就是「五政」之一「整民、修令、審刑」的一項重要舉措。〔註1450〕

〔註1450〕魏棟：〈清華簡《越公其事》「夷訏蠻吳」及相關問題試析〉，http://www.gwz.fudan.edu.cn/Web/Show/3007，20170423。

附圖 013

圖 1　竽　　　　　　圖 2　錞釪　　　　　　圖 3　敔

（圖片均取自網絡）

王寧認為「夷訏蠻吳」當讀「夷謼（呼）蠻吳」或者徑讀「夷呼蠻譁」，大約是說用蠻夷語言（非越國語言）大聲說話吵嚷的，就立刻抓來殺頭：

> 「夷訏蠻吳」當讀「夷謼（呼）蠻吳」，「吳」即《詩·泮水》「不吳不揚」之「吳」，《傳》、《箋》皆訓「譁」，或者徑讀「夷呼蠻譁」，「夷呼蠻譁，乃趣取戮」大約是說用蠻夷語言（非越國語言）大聲說話吵嚷的，就立刻抓來殺頭。〔註 1451〕

云間認為「蠻夷」辭相對，結局為乃趣取戮。所以，斷章之下的判斷，可能讀為「徐」。〔註 1452〕

陳偉認為「夷訏蠻吳」頗疑「訏」應讀為「譁」，喧嘩義：

> 對越國而言，鄰國偏小，難與夷、蠻相副（如果將「吳」也理解為國，亦然）。簡文此段在說「風音誦詩歌謠之非越常律」，亦與欺詐無涉。頗疑「訏」應讀為「譁」。喧嘩義。《書·費誓》：「公曰：嗟！人無譁，聽命！」孔傳：「使無喧嘩，欲其靜聽誓命。」相應地，「吳」也當作類似理解。《詩·周頌·絲衣》：「不吳不敖，胡考之休。」毛傳：「吳，譁也。」〔註 1453〕

〔註 1451〕復旦大學出土文獻與古文字研究中心，魏棟：〈清華簡《越公其事》「夷訏蠻吳」及相關問題試析〉「學者評論區」，第 2 樓：http://www.gwz.fudan.edu.cn/Web/Show/3007，20170424。

〔註 1452〕復旦大學出土文獻與古文字研究中心，魏棟：〈清華簡《越公其事》「夷訏蠻吳」及相關問題試析〉「學者評論區」，第 3 樓：http://www.gwz.fudan.edu.cn/Web/Show/3007，20170424。

〔註 1453〕陳偉：〈清華簡七《越公其事》校讀〉，http://www.bsm.org.cn/show_article.php?id=2790，20170427。另刊於〈清華簡七《越公其事》校釋〉，「出土文獻與傳世典籍的詮釋國際學術研討會」會議論文集，復旦大學出土文獻與古文字研究中心，2017

紫竹道人認為「夷訏蠻吳」當如整理者與魏棟先生所論。又猜測「吳訏」、「輿謣」、「邪許」就是所謂的「勞動號子」，這裡意謂不但不許唱「非越常律」的風謠，甚至連「杭育杭育」這樣的「勞動號子」都不能唱出他族的音調：

> 「夷訏蠻吳」當如整理者與魏棟先生所論，與上句「風音誦詩歌謠之非越常律」有密切關係，甚至可以認為是對上一句的補充說明。猜測「夷訏蠻吳」乃互文足義，即「蠻夷之吳訏」，「吳訏」或「訏吳」猶《呂氏春秋·淫辭》「今舉大木者，前呼『輿謣』，後亦應之，此其於舉大木者善矣，豈無鄭、衛之音哉？」之「輿謣」，《淮南子·道應》作「邪許」，他書或作「邪所」（參看陳奇猷《呂氏春秋新校釋》1204～1205頁，上海古籍出版社2002年）。「吳訏」、「輿謣」、「邪許」就是所謂的「勞動號子」。簡文在這裏是「極言之」，意謂不但不許唱「非越常律」的風謠，甚至連「杭育杭育」這樣的「勞動號子」都不能唱出他族的音調。〔註1454〕

shenhao19看圖版簡56認為應在「及風音誦詩歌謠【五五】之非越」下斷句錯誤。「夷訏蠻吳」可能讀為整理者的第二說：

> 及風音誦詩歌謠【五五】之非越常律，<u>尼（夷）訏（鄬）</u><u>縊（蠻）吳</u>，乃趣取戮。簡56圖版如下，顯然是斷句錯誤：

圖014　簡55空缺處

年10月14～15日。

〔註1454〕復旦大學出土文獻與古文字研究中心，魏棟：〈清華簡《越公其事》「夷訏蠻吳」及相關問題試析〉「學者評論區」，第4樓：http://www.gwz.fudan.edu.cn/Web/Show/3007，20170430。

及風音誦詩歌謠【五五】之非越。常聿尼（夷）訏（鄙）緣（蠻）吳
乃趣取戮。

「常聿尼（夷）訏（鄙）緣（蠻）吳」意思可能有些費解，可能讀
為「常律：尼（夷）訏（鄙）緣（蠻）吳乃趣取戮」即整理者的第
二說：

又疑訏、吳並指欺詐不實。訏，虛誇詭詐。漢賈誼《新書‧禮容語
下》：「今郤伯之語犯，郤叔訏，郤季伐。犯則凌人，訏則誣人，伐
則揜人。」吳，讀為虞。《左傳》宣公十五年：「我無爾詐，爾無我
虞。」〔註1455〕

暮四郎認為「夷訏蠻吳」就是「夷歈蠻謳」，與《招魂》「吳歈蔡謳」可以
互相參看：

我們贊同陳先生的思路，即「訏」、「吳」都應當是指歌謠之類。「訏」
讀為「諄」在通假上沒有問題，不過早期文獻中罕見用「諄」指
歌謠者。我們懷疑「訏」（魚部曉母）與《招魂》「吳歈蔡謳」之
「歈」（侯部喻母）有密切關聯。古「于」聲、「俞」聲的字可通。
《淮南子‧泰族訓》「埏埴而為器，窬木而為舟」，《太平御覽‧工
藝部九》引作「埏埴而為器，刳木而為舟」。「刳」從「夸」聲，「夸」
從「于」聲。

「吳」（魚部疑母）似當讀為「謳」（侯部影母）。古「吳」聲、「禺」
聲的字常常通用，如《山海經‧大荒北經》「逮之於禺谷」，郭璞
注「禺⋯⋯今作虞」；《爾雅‧釋獸》「寓屬」，《釋文》「寓屬，舍
人本作麌」。「禺」、「區」音近可通。《管子‧侈靡》：「是為十禺。」
尹知章注：「禺，猶區也。」「謳」在先秦兩漢典籍中常與「歌」
並言。《漢書‧藝文志》「自孝武立樂府而采歌謠，於是有代趙之
謳，秦楚之風」。

如果上述兩段所述不誤，那麼，「夷訏蠻吳」就是「夷歈蠻謳」，與

〔註1455〕復旦大學出土文獻與古文字研究中心「學者評論區」，魏棟：〈清華簡《越公其事》
「夷訏蠻吳」及相關問題試析〉「學者評論區」，第6樓：http://www.gwz.fudan.edu.
cn/Web/Show/3007，20170710。

《招魂》「吳歙蔡謳」可以互相參看。〔註1456〕

季師旭昇認為「㠯訏繺吳」即從暮四郎的「夷歙蠻謳」：

> 「粦（爵）立（位）之（次）尻、備（服）衭（飾）、羣勿（物）
> 品采之侃（愆）于（故）（常），及風音誦詩訶（歌）誻（謠）之
> 非邸（越）棠（常）聿（律），㠯（夷）訏（歙）繺（蠻）吳，乃**徶**
> （趣）取㩴（戮）。」則是對以上這些宣達命令的主要內容，從這
> 些內容來看，都是要他們遵守「故常」，而不是從反面禁止他們做
> 什麼。〔註1457〕

郭洗凡認為**魏棟**的觀點可從。簡文的大意是如果有人在粦立中使用不符合
越國規定「次尻、服飾、羣物」，唱不符合越國風格的歌曲，使用蠻夷等其他地
方的鐏鈘和樂器，勾踐就會立刻對這些人進行懲罰：

> 魏棟的觀點可從，簡文的大意是如果有人在粦立中使用不符合越國
> 規定「次尻、服飾、羣物」，唱不符合越國風格的歌曲，使用蠻夷等
> 其他地方的鐏鈘和樂器，勾踐就會立刻對這些人進行懲罰。是「五
> 政」的一項重要措施，用來加深規範越國的禮節。〔註1458〕

羅云君認為「㠯訏繺吳」當是越王明令禁止之事物。他從暮四郎的解讀，
「㠯（夷）訏（歙）繺（蠻）吳」泛指越國周邊之歌謠習俗：

> 「㠯（夷）訏（鄢）繺（蠻）吳」當是越王明令禁止之事物。蓋前
> 文「粦（唯）立（位）之（次）尻、備（服）衭（飾）、羣勿（物）
> 品采之侃（愆）于耆（故）棠（常）」與「及風音誦詩訶（歌）誻（謠）
> 【五五】之非邸（越）棠（常）聿（律）」是相對完整的兩個義羣，二
> 者與「㠯（夷）訏（鄢）繺（蠻）吳」都是越王政令中「**徶**（趣）
> 取㩴（戮）」的對象。故可綜合整理報告意見和「【初讀】暮四郎」
> 之解讀，參考《招魂》「吳歙蔡謳」的語言結構，「夷」與「蠻」相
> 對，泛指地域，簡【五七】見「東㠯（夷）、西㠯（夷）」之語，「蠻」

〔註1456〕簡帛論壇：「清華七《越公其事》初讀」，第119樓，20170501。

〔註1457〕季師旭昇：《清華柒「流XX」、「領御」試讀》，復旦大學出土文獻與古文字研究
中心：《「出土文獻與傳世典籍的詮釋」國際學術研討會論文集》，2017年10月
14～15日，頁194～195。

〔註1458〕郭洗凡：《清華簡《越公其事》集釋》，安徽大學碩士學位論文，2018年3月，頁91。

的情況不詳；「訐」與「歈」音近，「尼（夷）訐（歈）緣（蠻）吳」泛指越國周邊之歌謠習俗。越國自有其「常律」，一方面規範越國境內「非常律」之「風音誦詩詞（歌）謠（謠）」，另一方面禁止「尼（夷）訐（歈）緣（蠻）吳」的傳播，以此確立越國「常律」之地位，以達到「整民」的目的。〔註1459〕

吳德貞認為「夷謼蠻吳」即是指像蠻夷之人喧嘩（則要受到懲罰）：

「訐」讀為「謼」可從，上博簡《孔子詩論》：「裳裳者芉」，胡平生先生讀「芉」為「華」。（參見白於藍：《戰國秦漢簡帛古書通假字彙纂》，福建人民出版社2012年，第260頁，此乃轉引胡平生先生觀點。原文見於胡平生：《讀上博藏戰國楚竹書〈詩論〉劄記》，簡帛研究網2002年6月4日（http://www.bamboosilk.org/）。「吳」訓為「謼」。「夷謼蠻吳」即是指像蠻夷之人喧嘩（則要受到懲罰）。

〔註1460〕

何家歡認為「訐」疑當讀為「華」，「夷華」可能是「華夷」；「蠻吳」當訓「吳蠻」，即「虞蠻」，均為少數民族：

「訐」疑當讀為「華」。「夷華」可能是「華夷」，是少數民族的一支。《詢簋》：「今余命女（汝）嗇官邑人、先虎臣後庸、西門夷、秦夷、京夷、夷、師苓側新、睪華夷……」若此，則「蠻吳」當訓「吳蠻」，即「虞蠻」，虞亦是少數民族一支。「夷訐蠻吳」即泛指少數民族，這些少數民族風俗習慣與越邦風俗不同，故要「取戮」。〔註1461〕

子居認為「夷訐蠻吳」當是指持蠻夷方言大聲言談：

「訐」、「吳」當皆訓為大聲、大言，《詩經·大雅·生民》：「實覃實訐，厥聲載路。」毛傳：「訐，大。」鄭箋：「訐，謂張口鳴呼也，是時聲音則已大矣。」《方言》卷一：「訐，大也……中齊西楚之間曰訐。」《說文·矢部》：「一曰：吳，大言也。」《方言》卷十三：「吳，大也。」「夷訐蠻吳」當是指持蠻夷方言大聲言談，

〔註1459〕羅云君：《清華簡《越公其事》研究》，東北師範大學，2018年5月，頁100。
〔註1460〕吳德貞：《清華簡《越公其事》集釋》，武漢大學碩士論文，2018年5月，頁86。
〔註1461〕何家歡：《清華簡（柒）《越公其事》集釋》，河北大學碩士論文，2018年6月，頁49。

《呂氏春秋‧為欲》:「蠻夷反舌殊俗異習之國,其衣服冠帶,宮
室居處,舟車器械,聲色滋味皆異,其為欲使一也。」高誘注:「反
舌,夷語。與中國相反,故曰反舌也。」可知夷語往往與中原語
言的語序不同,《左傳‧哀公十二年》:「大宰嚭說,乃舍衛侯,衛
侯歸,效夷言。」則可見吳越地區夷言的流行程度。《越公其事》
此章記越王勾踐排斥「夷訏蠻吳」,則可說明舊越語言更接近周語
而非夷語。〔註1462〕

秋貞案:

「㠯訏緐吳,乃徹取戮」的「㠯訏緐吳」各家所說紛紜,表列如下:

各家說法	釋　讀	釋　意
原考釋	夷鄢蠻吳:訏,可能是鄢國夷訏蠻虞:訏、吳並指欺詐不實;吳,讀為「虞」	指越周邊之歌謠習俗等而言
魏棟	夷釬蠻敔	指蠻夷所用的樂器錞釬和敔
王寧	夷呼蠻吳、夷呼蠻譁,	大約是說用蠻夷語言(非越國語言)大聲說話吵嚷的,就立刻抓來殺頭
云間	夷徐蠻吳	四個蠻族
陳偉	夷譁蠻吳	喧嘩義
紫竹道人	吳訏、輿謣、邪許	勞動號子之類
shenhao19	夷訏蠻虞:訏、吳並指欺詐不實;吳,讀為「虞」	
暮四郎	夷歈蠻謳	訏、吳指歌謠,可與《招魂》「吳歈蔡謳」可以互相參看
季師旭昇	從暮四郎說	
郭洗凡	從魏棟的觀點	
羅云君	夷歈蠻吳,從暮四郎說	泛指越國周邊之歌謠習俗
吳德貞	夷譁蠻吳	即是指像蠻夷之人喧嘩(則要受到懲罰)
何家歡	夷華蠻吳	少數民族
子居	夷訏蠻吳	當是指持蠻夷方言大聲言談

「㠯訏緐吳,乃徹取戮」意指「㠯訏緐吳」是越王所禁止並取戮的對象,

〔註1462〕子居:〈清華簡七《越公其事》第九章解析〉,http://www.xianqin.tk/2018/09/02/667,
20180902。

結合之前的「非越常律」亦是取戮的對象，所以原考釋釋「曰訏綸吳」指越周邊之歌謠習俗等，可從。若為大聲說話或呼勞動號子之類就抓來砍頭，似乎沒有明確的標準，如何才是大聲的定義，人民要如何適從。如果只是單指「外族」或「少數民族」就要被戮殺，如何擴增人力廣納人才（王好徵人）。魏棟之「夷釪蠻敔」，若使用越國以外之樂器會被戮殺砍頭似乎也太過嚴重。歷史上有很多樂器都是由邊疆傳來中土，沒有見過因為這樣而砍頭的案例。筆者認為「曰訏綸吳」應採用暮四郎的說法：「吳歈蔡謳」泛指越國周邊之歌謠習俗。在《楚辭‧宋玉‧招魂》：「吳歈蔡謳，奏大呂些。」「歈」、「謳」為歌曲、歌謠之意。南朝梁蕭統〈陶淵明集序〉：「齊謳趙女之娛，八珍九鼎之食，……，樂既樂矣，憂亦隨之。」唐劉禹錫〈竹枝詞‧序〉：「故余亦作竹枝九篇，俾善歌者颺之，附于末。後之聆巴歈，知變風之自焉」。「吳歈蔡謳」一句指的是吳地和蔡地方歌謠。這裡的「曰訏綸吳」應該傾向於指別於越國的其他地方的歌謠。「訏」上古音在曉母魚部，「歈」上古音在喻母侯部，上古聲近韻旁轉〔註1463〕，可通。「謳」上古音在影母侯部，「吳」上古音在疑母魚部，聲近韻旁轉〔註1464〕，可通。所以「夷訏蠻吳」可以視同「夷歈蠻謳」，指越國之外的「蠻夷歌謠」，如此解釋非常合理通順。至於shenhao19認為「非邸」後有空格是個斷句錯誤，筆者持不同看法。目前看不出那個空格處有任何刮削的痕跡，應該不是書手寫錯字後的刮削，未知是什麼原因，目前未見其他楚簡有此案例。「曰訏綸吳，乃徹取戮」意指「唱著蠻夷歌謠，於是都急著殺戮」

2. 整句釋義

對於他們在爵位的住宅、服飾、及各種采章品制之物有所錯誤，和故舊不同；那些風音、誦詩、歌謠不合於越國常律的，或唱著蠻夷歌謠的人，於是都急著殺戮掉。

（三）王乃徹（趣）爭＝（至于）沟（溝）隍（塘）之工（功），乃徹（趣）取戮（戮）于遂（後）至遂（後）成①。王乃徹（趣）【五六】埶（設）戍于東曰（夷）、西曰（夷），乃徹（趣）取戮（戮）于遂（後）

〔註1463〕陳新雄：《古音學發微》，文史哲出版社，1983年二月三版，頁1051。
〔註1464〕陳新雄：《古音學發微》，文史哲出版社，1983年二月三版，頁1051。

至不共（恭）②。王又（有）遊（失）命，可遱（復）弗遱（復），不茲（使）命睽（疑）③。王則自罰。少（小）遊（失）【五七】酓（飲）飤（食），大遊（失）蠸=（徽纆），以礪（勵）萬民④。雫（越）邦庶民則皆霝（震）僮（動）⑤，犹（荒）鬼（畏）句戏（踐），亡（無）敢不戠（敬）⑥，詢（徇）命若命⑦，戭（領）御莫【五八】徧（偏），民乃整（敕）齊。」【五九上】⑧。

1. 字詞考釋

①王乃徹（趣）羍=（至于）沟（溝）塦（塘）之工（功），乃徹（趣）取璆（戮）于遊（後）至遊（後）成

原考釋：

> 至，疑同「致」，致力於。溝塘之功，指水利工程。〔註1465〕後至，
> 晚到。後成，此指工期延誤。〔註1466〕

魏棟認為「後至」指晚到的人、「後成」指工期完成落後的人。「不共（供）」指不供職事的人。「取璆於後至、不共」就是「取璆後至、不共」，「於」為虛詞，可省略。此指越王勾踐致力於建設水利工程，將晚到的人及工期完成落後的人逮捕、懲罰。勾踐在東夷西夷地區設置軍事守備，逮捕、懲罰那些晚到以及不供職事的人

> 王乃趣至于溝塘之工（功），乃趣取璆于<u>後至後成</u>，王乃趣【五六】
> 埶（設）戍于東夷西夷，乃趣取璆于<u>後至不共（恭）</u>。整理報告意見
> 是可取的，但對劃線部分的注釋須稍作調整。「後至」、「後成」與「後
> 至」「不共」均為「副詞＋V」結構，這種偏正結構構成名詞性短語。
> 「後至」指晚到的人，「後成」指工期完成落後的人。「後至」已經
> 包含「不共（恭）」的成分，「共」應改讀為「供」，訓為供事，《書·
> 舜典》：「汝共工。」孔安國傳：「共謂供其職事。」「不共（供）」指
> 不供職事的人。在「取璆＋於＋名詞性短語（後／不＋V）」中，「取」

〔註1465〕清華大學出土文獻與保護中心編、李學勤主編：《清華大學藏戰國竹簡（柒）》，
上海，中西書局，2017年4月，頁143，注13。

〔註1466〕清華大學出土文獻與保護中心編、李學勤主編：《清華大學藏戰國竹簡（柒）》，
上海，中西書局，2017年4月，頁143，注14。

訓作逮捕，「戮」訓作懲罰，都是動詞，「於」字是助詞。在古漢語
中常見「V＋於＋O」結構（於、于通用），這一結構中的虛詞「於」
能夠省略，「V＋於＋O」實際上是動賓結構。古書中「V＋於＋O」
的用例很多，例如清華簡《湯居於湯丘》首句：「湯居於湯丘」，《左
傳》隱西元年：「京叛大叔段，段入於鄢」，《韓非子·難四》：「陽虎
有寵于季氏而欲伐於季孫，貪其富也」。「居於湯丘」、「入於鄢」、「伐
於季孫」分別與「居湯丘」、「入鄢」、「伐季孫」意思無別。《越公其
事》「取戮＋於＋名詞性短語（後／不＋V）」是「V1＋V2＋於＋名
詞性短語」結構，與「V＋於＋O」結構相類，本質上也是動賓結構。
「取戮於後至、後成」就是「取戮後至、後成」，「取戮於後至、不
共」就是「取戮後至、不共」。綜上，上引《越公其事》文句的大意
是越王勾踐致力於建設水利工程，將晚到的人及工期完成落後的人
逮捕、懲罰。勾踐在東夷西夷地區設置軍事守備，逮捕、懲罰那些
晚到以及不供職事的人。〔註1467〕

郭洗凡認為魏棟所說可從：

魏棟的觀點可從，簡文大意是越王勾踐在越國興修水利工程，如果
有人遲到或者延誤工程日期的就會得到懲罰，在東夷西夷地區進行
軍事防守，逮捕、懲罰那些遲到以及不認真做事的人。〔註1468〕

子居認為先秦時的「致於」並沒有「致力於」的意思，「至」當訓為「及」，
「至於」即「及於」。在此處可見越王大興「溝塘之功」：

先秦時的「致於」並沒有「致力於」的意思，因此整理者所說明顯
不確。此處的「至」當訓為「及」，「至於」即「及於」。由此處越王
大興「溝塘之功」也可見，已與《越公其事》第四章的「縱經遊民，
不稱力役、坳塗、溝塘之功」截然相反。〔註1469〕

子居認為「後至」、「後成」皆屬於遲於命令所規定時間範圍的違命失期行

〔註1467〕魏棟：〈讀清華簡《越公其事》札記（一）〉，http://www.ctwx.tsinghua.edu.cn/publish/cetrp/
　　　　6842/2017/20170425125138875303171/20170425125138875303171_.html,20170425。
〔註1468〕郭洗凡：《清華簡《越公其事》集釋》，安徽大學碩士學位論文，2018年3月，頁92。
〔註1469〕子居：〈清華簡七《越公其事》第九章解析〉，http://www.xianqin.tk/2018/09/02/667,
　　　　20180902。

為，刑戮所及，這樣的尚刑傾向有明顯的法家特色：

> 「後至」、「後成」皆屬於遲於命令所規定時間範圍的違命失期行
> 為，因此為刑戮所及，這樣的尚刑傾向有明顯的法家特色，如《商
> 君書・賞刑》：「晉文公欲明刑以親百姓，於是合諸侯大夫于侍千
> 宮，顛頡後至，請其罪，君曰：『用事焉』，吏遂斷顛頡之脊以殉。
> 晉國之士稽焉皆懼，曰：『顛頡之有寵也，斷以殉，況於我乎？』」
> 所記即頗可與《越公其事》此章相參看。〔註1470〕

秋貞案：

原考釋認為至，疑同「致」，致力於，非也。這裡應該如子居之言：此處
的「至」當訓為「及」，「至於」即「及於」。原考釋認為「溝塘之功，指水利
工程」，可從。「乃徹取戮于遂至遂成」的「于（於）」是介詞「對於」之意。
《孫子・虛實》：「以吾度之，越人之兵雖多，亦奚益於勝敗哉！」《史記・老
子韓非列傳》：「是皆無益於子之身。」「後至」原考釋釋「晚到」。古代有關
「後至」的文例，如《禮記・少儀》：「其未有燭而有後至者，則以在者告。」
《禮記・奔喪》：「有賓後至者，則拜之」《說苑。立節》：「城北餘子田基獨後
至，袪衣將入鼎曰：「基聞之，義者軒冕在前，非義弗受；斧鉞於後，義死不
避。」這些都是「晚到」的意思，但是有關「溝塘水利工程」用「晚到」來
形容，很奇怪。後面一詞「後成」，原考釋釋「後成」，此指工期延誤，可從。
雖然未見古代文獻有「後成」當作「工程延期」之意，但是承前面的文意，「沟
塱之工」、「後至」及「取戮」的對象，我們應該把「後至後成」整個當作「工
期延後完成」之意。「王乃徹聿＝沟塱之工，乃徹取戮于遂至遂成」意指「越
王又很快地處理到溝塘水利工事，急著對於那些工程延後完成的人處以殺戮
懲處」。

②王乃徹（趣）【五六】埶（設）戍于東巨（夷）、西巨（夷），乃徹（趣）取
　戮（戮）于遂（後）至不共（恭）

原考釋：

> 埶，讀為「設」。《史記・刺客列傳》：「（俠累）宗族盛多，居處兵衛

〔註1470〕子居：〈清華簡七《越公其事》第九章解析〉，http://www.xianqin.tk/2018/09/02/667，
　　　　20180902。

甚設。」戍，《詩‧揚之水》「彼其之子，不與我戍申」毛傳：「戍，
守也。」設戍，《國語‧吳語》作「設戎」，云：「王不如設戎，約辭
行成以喜其民，以廣侈吳王之心。」

季師旭昇「東（夷）、西（夷）」指四周的小國。〔註 1471〕

羅云君認為「東（夷）、西（夷）」指越國境內未服勢力或楚越、吳越邊境
大國勢力真空地帶的部族：

> 將東夷和西夷理解為小國失當，或可理解為越國境內未服勢力或楚
> 越、吳越邊境大國勢力真空地帶的部族。〔註 1472〕

子居認為《吳語》的「設戎」和這裡的「設戍」完全不是一個概念。「設
戍」只是大夫種讓越王勾踐要因「吳王夫差起師伐越」而做基本防禦準備：

> 《吳語》的「設戎」並非「設戍」，整理者所說誤。春秋至戰國中期
> 的「戍」基本皆為各國久駐兵于本國領土之外，由於大國的不斷兼
> 併擴張，才導致「戍」的字義由駐兵於外逐漸轉變為駐兵于邊，至
> 戰國之末才由此引申出凡駐兵久守即稱「戍」，而《吳語》的「設戎」
> 只是大夫種讓越王勾踐要因「吳王夫差起師伐越」而做基本防禦準
> 備，與「設戍」完全不是一個概念。〔註 1473〕

秋貞案：

原考釋認為「埶」釋為「設」，可從。![字形]（上博八‧志 3）「吾安爾而埶
（設）爾」。埶、設古字通，武威漢簡《儀禮》多以「埶」為「設」。《大戴禮
記‧五帝德》說黃帝「治五氣、設五量、撫萬民、度四方，教熊羆貔豹虎，
以與赤帝戰於阪泉之野。」《史記‧五帝本記》記此事「設五量」作「蓺五種」。
九店 A31「埶罔」李家浩讀為「設網」，設置捕鳥獸的網。設有「設置」意。
〔註 1474〕「設戍」就是設置軍事防衛。「東（夷）、西（夷）」不一定指真正的

〔註 1471〕季師旭昇：《清華柒「流 XX」、「領御」試讀》，復旦大學出土文獻與古文字研究
中心：《「出土文獻與傳世典籍的詮釋」國際學術研討會論文集》，2017 年 10 月
14～15 日，頁 195。

〔註 1472〕羅云君：《清華簡《越公其事》研究》，東北師範大學，2018 年 5 月，頁 101。

〔註 1473〕子居：〈清華簡七《越公其事》第九章解析〉，http://www.xianqin.tk/2018/09/02/667，
20180902。

〔註 1474〕徐在國：《上博楚簡文字聲系（一～八）》，合肥，安徽大學出版社，2013 年 12 月，
頁 2822。

方位，而是指越國邊界的國家。「後至不共」的「後至」如前的「後至後成」；「不共」，原考釋沒有解釋，指的應該是簡 53 的「不共不載（敬）」的「不共」，也就是「不恭敬」的意思，不是魏棟的「不供職事之人」。「王乃徹埶戍于東巨、西巨，乃徹取瘳于遂至不共」指「越王於是很快地設置軍事兵力到越國邊界，並對於那些工作不能按時完成及態度不恭敬之人都殺戮」。

③王又（有）遷（失）命，可遉（復）弗遉（復），不茲（使）命豙（疑）

原考釋：

失命，失誤之命令，與《左傳》之「失命」不同。《左傳》昭公十三年「臣過失命，未之致也。」孔穎達疏：「言臣罪過，漏失君命。」復，踐行。《論語・學而》「信近於義，言可復也。」，朱熹《集注》：「復，踐言也。」可復弗復，可以踐行卻不踐行，意思是空言不行。命，教令。不使命疑，疑為「不使命疑卻使人疑」之省略。教令不能使人產生疑惑，如果使人疑惑則是過錯。可復弗復與不使命疑（卻使人疑）是兩種失命。〔註1475〕

石小力認為「復」疑當訓為「返還」。此句是說越王發佈了有失誤的命令，本來可以返回修改後重新發佈，卻不修改，這樣做的目的是為了不使王發佈的命令被民眾懷疑。「王則自罰，小失飲食，大失徽墨」則是越王發佈失誤命令後對自己的懲罰，後面的「王乃試民……舉邦走火，進者莫退」是成果：

「徽墨」從王挺斌先生讀（見《清華七整理報告補正》清華大學出土文獻研究與保護中心網站 2017 年 4 月 23 日），「復」字整理者訓為「踐行」，不確，疑當訓為「返還」，在句中指的是收回成命。這句話大意是越王發佈了有失誤的命令，本來可以返回修改後重新發佈，卻不修改，這樣做的目的是為了不使王發佈的命令被民眾懷疑，也就是說，王發佈的命令不管對錯，一定要予以執行，一言九鼎，命出不改。「王則自罰，小失飲食，大失徽墨」則是越王發佈失誤命令後對自己的懲罰。下文簡 59-60「王監越邦之既敬，無敢躐命，王乃試民。乃竊焚舟室，鼓命邦人救火。舉邦走火，進者莫退」，則

〔註1475〕清華大學出土文獻與保護中心編、李學勤主編：《清華大學藏戰國竹簡（柒）》，上海，中西書局，2017 年 4 月，頁 143，注 16。

是實施此項措施所取得的效果。〔註1476〕

羅云君此處的「失命」或可從《左傳》之「失命」，可解為遺漏命令，亦可解為有命而不遵從，簡文中「失命」說的是當是有命不踐行之義，句踐本人也當遵從的命令卻不踐行，為了使越國上下不疑王命，於是「王則自罰」：

> 「失命」或可從《左傳》之「失命」。詳考孔疏，整理報告所引「言臣罪過，漏失君命」之外，尚有言曰：「遺忘之，未之致與也」。（孔穎達：《春秋左傳正義》，阮元校刻：《十三經注疏》，北京：中華書局，1980年，第2070頁）楊伯峻注曰：「過與故為雙聲，古韻讀亦近，疑此過猶言故意」。「失命」之辭，有其特定的歷史背景，昭公十三年，即公元前年，楚國內亂，楚平王初即位，於國內安撫大族，於國外復陳封蔡，歸還鄭國犫、櫟之田。據《左傳》昭公十三年載：「使枝如子躬聘于鄭，且致犫、櫟之田。事畢弗致。鄭人請曰：『聞諸道路，將命寡君以犫、櫟，敢請命。』對曰：『臣未聞命。』既復，王問犫、櫟，降服而對，曰：『臣過失命未之致也』」，從這段記載來看，枝如子躬攜帶楚平王聘鄭還田以修復兩國邦交的使命，結果為了楚國利益，在歸還鄭國犫、櫟之田的問題上，私下故意違背楚王命令，最終沒有歸田於鄭。《說文》曰：「失，縱也」，段注曰：「縱者，緩也，一曰捨也」，（段玉裁：《說文解字注》，北京：中華書局，2013年，第610頁）結合其語境，「失命」，可解為遺漏命令，亦可解為有命而不遵從。簡文中「失命」說的是當是有命不踐行之義，後文也有「小失」、「大失」之說，顯然是跟不踐行命令有關。句踐在越國所徇之命，越邦上下無人不遵，作為越國之君的句踐更要以身作則，來幫助政、命的推行，才會有「王又（有）失命」，出現「可復弗復」的情況即應該句踐本人也當遵從的命令卻不踐行，為了使越國上下不疑王命，於是「王則自罰」，具體的自罰辦法是「小失飲食，大失？＝，這樣解讀，文順意達。相關簡文由此可句讀為：王又（有）（失）命，可（復）弗（復），不茲（使）命（疑），王則自罰：少（小）（失）【五七】酓（飲）飤（食），大（失）＝（續墨），

〔註1476〕簡帛論壇：「清華七《越公其事》初讀」，第29樓，20170425。

以礪（勵）萬民。〔註1477〕

羅云君認為「復」字可從整理報告意見，訓為踐行，可引申為遵守或者執行。「可復弗復」應該是指句踐本人也當遵從的命令卻不踐行的情況。她認為整理報告「命」訓為「教令」可從，前文中句踐徇命若干，「不使命疑」當是指為了越邦上下不疑王命，才會有王的自罰之舉。〔註1478〕

吳德貞認為石小力之釋意可從。「可復弗復」即是指（越王）可以收回失命卻不這樣做，目的是「不使命疑」，即不讓百姓懷疑命令的正確與否，只管照命令行事：

> 石小力之釋意可從。「復」可訓為「反」，《詩・小雅・黃鳥》「復我邦族」，鄭玄注：「復，反也。」「可復弗復」即是指（越王）可以收回失命卻不這樣做，目的是「不使命疑」，即不讓百姓懷疑命令的正確與否，只管照命令行事。〔註1479〕

子居認為「失命」應該是指沒有執行命令。「複」可解為回歸、恢復，「可複不復」即有可以恢復為「故常」的情況而越王勾踐沒有恢復。「睒」當可讀為「徇」，「不茲命徇」指沒有貫徹禁令。此處所說明顯是法令大於王權的法家觀念：

> 「失命」應該是指沒有執行命令，如《司馬法・仁本》：「其有失命、亂常、背德、逆天之時而危有功之君，遍告于諸侯，彰明有罪。」先秦傳世文獻又作「失令」，如《墨子・號令》：「失令若稽留令者，斷。」馬王堆帛書《黃帝書・三禁》：「行非恒者，天禁之；爽事，地禁之；失令者，君禁之。」《尉繚子・將令》：「軍無二令，二令者誅，留令者誅，失令者誅。」《戰國策・趙策二》：「前吏命胡服，施及賤臣，臣以失令過期，更不用侵辱教，王之惠也。」「複」可解為回歸、恢復，「可複不復」即有可以恢復為「故常」的情況而越王勾踐沒有恢復。《越公其事》此處當是說越王勾踐自己沒有嚴格遵行自己所發佈的禁令。睒當即睒字，為瞬字異體，又或作眴，《公羊傳・文七年》：「睒晉大夫使與公盟。」何休注：「以目通指

〔註1477〕羅云君：《清華簡《越公其事》研究》，東北師範大學，2018年5月，頁102。
〔註1478〕羅云君：《清華簡《越公其事》研究》，東北師範大學，2018年5月，頁102。
〔註1479〕吳德貞：《清華簡《越公其事》集釋》，武漢大學碩士論文，2018年5月，頁87。

曰眣。」《經典釋文·春秋公羊音義》:「眣，音舜，本又作眏，尹乙反，又大結反。以目通指曰眣；本又作瞚，音同。字書云：眣，瞚也。以忍反。」《莊子·德充符》:「少焉眴若，皆棄之而走。」《經典釋文·莊子音義》:「眴，本亦作瞬。」因此䁢當可讀為徇，「不茲命徇」即沒有以禁令巡示於人，指沒有貫徹禁令。此處所說「王有失命，可複不復，不茲命瞚，王則自罰」所體現的，明顯是法令大於王權的法家觀念，由此即可見《越公其事》第九章作者所受到的法家文化影響。〔註1480〕

秋貞案：

原考釋釋「失命」為「失誤之命令」，可從。我們從後面的「王乃試民」到人民「無敢躐命」，這裡越王要測試的是人民對王命的忠誠度，不在乎越王的命令是真假好壞，所以一個「失誤的命令」人民竟也是不疑有他地遵從，就達到越王要求的效果。「可復弗復」的「復」不是原考釋的「實踐」之意，而是如石小力言「返還」之意比較接近。「可復弗復」指發布了失誤的命令，即使可以收回命令回復到沒有失誤的情況，但是還是刻意不收回。「不使命疑」不是原考釋的「不使命疑卻使人疑」之省略，而是指不使這個「失命」被人懷疑（「疑」字取被動義）。

「王又遳命，可返弗返，不茲命䁢」指「越王發布失誤的命令的時候，即使可以收回命令卻刻意不收回，不讓這個『失命』被人民懷疑」。

④王則自罰。少（小）遳（失）【五七】畬（飲）飤（食），大遳（失）䊪=（徽纆），以礪（勵）萬民

原考釋「䊪=」為「繢墨／繪墨」：

小失，小的過失。飲食，意為減少飲食或降低飲食標準以懲罰。大失，大的過失。䊪，合文，疑讀為「繢墨」或「繪墨」，在某個部位畫墨。《周禮·考工記·畫繢》:「畫繢之事，雜五色。」墨為五刑之一。《書·呂刑》:「墨辟疑赦，其罰百鍰，閱實其罪。」〔註1481〕

〔註1480〕子居：〈清華簡七《越公其事》第九章解析〉，http://www.xianqin.tk/2018/09/02/667，20180902。

〔註1481〕清華大學出土文獻與保護中心編、李學勤主編：《清華大學藏戰國竹簡（柒）》，上海，中西書局，2017年4月，頁143，注17。

王挺斌認為「䵝=」頗疑即古書中的「徽墨」或「徽纆」，指的是拘繫罪人：

> 「䵝=」，頗疑即古書中的「徽墨」或「徽纆」。「徽」古音屬曉母微部，「惠」字則是匣母質部。曉、匣二母發音部位十分接近，關係密切。而「惠」字的韻部，古韻學家江有誥、黃侃、周祖謨、王力先生等都曾有主張將之歸在脂部；無論哪種意見，脂、質的密切聯繫是不可否定的（陳復華、何九盈《古韻通曉》，中國社會科學出版社，1987 年 10 月，第 356 頁）；而「脂、微分部」是王力先生的主張，脂、微的關係本來也很緊密。微、質二部通轉的實際例證，比如《詩經·衛風·淇奧》「有匪君子」之「匪」，《釋文》引《韓詩》作「邲」，二字屬於通假關係，「匪」在微部，「邲」在質部（異文情況參見林義光《詩經通解》，中西書局，2012 年 9 月，第 70 頁）所以，脂、質、微三部關係密切。「惠」字讀為「徽」，在音理上完全可以說得通。
>
> 「徽墨」，亦作「徽纆」，指繩索，如《易·坎》：「上六，係用徽纆，寘于叢棘。」陸德明《經典釋文》引劉表云：「三股曰徽，兩股曰纆，皆索名。」張華《答何劭》詩：「纓緌為徽纆，文憲焉可踰。」王闓運《哀江南賦》：「尋干戈而自戮，繫徽纆而待誅。」又引申為捆綁、囚禁之義，如《後漢書·西羌傳論》：「壯悍則委身於兵場，女婦則徽纆而為虜。」《魏書·高祖紀上》：「詔曰：『隆寒雪降，諸在徽纆及轉輸在都或有凍餒，朕用愍焉。』」所以，「徽墨」或「徽纆」指的是拘繫罪人。〔註1482〕

易泉認為「䵝=」字左所從，與包山文書 16 號簡「斷」字左部同。字可看作從墨從斷省，讀作墨斷。可能指越王塗墨以自省：

> 墨斷，整理者隸作從墨從惠（下無心），讀作「繢墨」，王挺斌先生（《清華七整理報告補正》清華大學出土文獻研究與保護中心網站 2017 年 4 月 23 日）讀作「徽墨」。今按：字左所從，與包山文書 16 號簡「斷」字左部同。字可看作從墨從斷省，讀作墨斷。《漢書·刑

〔註1482〕石小力整理：〈清華七整理報告補正〉，http://www.tsinghua.edu.cn/publish/cetrp/6831/2017/20170423065227407873210/20170423065227407873210_.html，20170423。

法志》「墨罪五百」顏師古注：「墨，黥也，鑿其面以墨涅之。」越
王自身不會施以黥刑，此處墨斷，當與墨刑有別，但塗墨以自省則
頗有可能。《國語·周語》：「且吾聞成公之生也，其母夢神規其臀以
墨」，《韓詩外傳》卷八：「上國使適越，亦將剪墨文身翦髮，而後得
以俗見，可乎？」似有相類之處。〔註1483〕

難言回易泉帖子說「𪐗＝」字似可理解為「專默／嘿」，「小失飲食，大失專
默」是說：有小的失命則減損或不用食膳，有大的失命則「專默」反省、反思：

> 似可理解為「專默／嘿」，「默／嘿」是淵默不言，「專」理解為謹慎
> 或專獨皆可。「小失飲食，大失專默」是說：有小的失命則減損或不
> 用食膳，有大的失命則「專默」反省、反思，即恭謹淵默反省過失，
> 或獨處靜默以省察。

> 左塚漆梮有「恭默」，文獻中「允恭玄默」、「恭默思道，夢帝賚予良
> 弼」、「言淵色以自詰也，靜默以審慮」可參考。〔註1484〕

王寧認為易泉的「墨斷」的思路是對的。「斷」字多作「剸」，「墨專（斷）」
或「專（斷）墨」，即典籍常見的說吳、越之人「斷髮文身」或「文身斷髮」，
「專（斷）」即「斷髮」，「墨」即文身。勾踐自認為發佈命令失誤，進行自我
懲罰，小的失誤就縮減飲食，大的失誤就象平民或刑徒一樣割掉一部分頭髮、
在身上刺上某種紋飾作為懲戒：

> 易泉先生在 34 樓讀末合文為「墨斷」（心包先生亦有此說，見 39
> 樓），並與《韓詩外傳》卷八載越人「剪墨文身翦髮」習俗聯繫起來，
> 思路應該是對的。楚簡「斷」字多作「剸」（《楚系簡帛文字編（增
> 訂本）》，1174～1175 頁），蓋從刀專聲，傳抄古文仍之。此處合文
> 當讀「墨專（斷）」或「專（斷）墨」，即典籍常見的說吳、越之人
> 「斷髮文身」或「文身斷髮」，「專（斷）」即「斷髮」，「墨」即文身。
> 疑越人雖有斷髮文身之習俗，但主要是平民或刑徒，貴族不與。勾
> 踐自認為發佈命令失誤，進行自我懲罰，小的失誤就縮減飲食，大

〔註1483〕簡帛論壇：「清華七《越公其事》初讀」，第 33 樓，20170426。
〔註1484〕簡帛論壇：「清華七《越公其事》初讀」，第 110 樓，20170430。

的失誤就象平民或刑徒一樣割掉一部分頭髮、在身上刺上某種紋飾作為懲戒，也是非常合理的。這種「墨」是文（紋）身，未必如墨刑一樣是刺在臉上。〔註1485〕

東潮回王寧的帖子說斷髮紋身既是越人習俗，怎麼會作為恥辱性的懲罰措，有疑點：

> 既然斷髮紋身是越人習俗，越人都普遍認可這種行為，怎麼會作為恥辱性的懲罰措施呢？這在邏輯上就有問題。「疑越人雖有斷髮文身之習俗，但主要是平民或刑徒，貴族不與」這種懷疑的話也沒有什麼古書根據。「斷髮紋身」這話這麼有名，乾脆說「斷紋」好了，說成了一個不成詞的「斷墨」就繞遠了，不太合情理。何況，對「墨刑」的理解也太主觀。總之，此說疑點多多，恐怕不可取。〔註1486〕

東潮回王寧的帖子說越王有斷髮紋身的行為也不奇怪，本身是越人，隨俗而治國，也不是什麼懲罰措施。另外簡文左邊那個字也不絕對釋為「專」所從，有可能是「叀（惠）」：

> 越王有斷髮紋身的行為也不奇怪，本身是越人，隨俗而治國，也不是什麼懲罰措施。關鍵的證據要從斷髮紋身是否是越地的懲罰措施方面考慮。太伯作為「中原人士」跑到吳越之地，斷髮紋身對他來說難以接受，因為地域文化不一樣。而勾踐祖上就在越地，他本人就是在越地出生、成長，深受越文化的影響，拿一個在當地人看來十分平常的行為作為懲罰自己的措施，這不是對越國人民開玩笑麼。「勾踐『剪髮文身』是在因用越地的風俗；《越公其事》則是說他是用『斷墨』（斷髮文身）的方式來懲戒自己，提醒自己少犯錯誤，而並非完全是在使用越國的風俗。這種情況大概也屬於『傳聞異辭』」這話又是過度猜測了，恐怕不能隨意牽合文獻。
>
> 另，簡文左邊那個字也不絕對釋為「專」所從，「叀（惠）」的可能性依然存在，關鍵還是看辭例文義。〔註1487〕

〔註1485〕簡帛論壇：「清華七《越公其事》初讀」，第116樓，20170501。
〔註1486〕簡帛論壇：「清華七《越公其事》初讀」，第120樓，20170501。
〔註1487〕簡帛論壇：「清華七《越公其事》初讀」，第129樓，20170501。

蕭旭認為「𦉶」字左側疑是「專」省文，讀為「墨繡（縛）」，指越王有大過，則墨其絹以代墨刑而自罰，所謂象刑耳：

> 「𦉶」字左側疑是「專」省文，讀為「墨繡（縛）」。繡（縛），白絹、白繒。《玉篇殘卷》：「絹，《說文》：『生霜如陵稍也。』今以為『繡』字。《字書》：『生繒也。』」越王有大過，則墨其絹以代墨刑而自罰，所謂象刑耳。《周禮‧秋官‧司圜》：「司圜掌收教罷民，凡害人者，弗使冠飾而加明刑焉。」鄭玄注：「弗使冠飾者，著墨幪，若古之象刑與？」《御覽》卷 645 引《尚書大傳》：「唐虞之象刑，上刑赭衣不純，中刑雜屨，下刑墨幪，以居州里而民恥之。」又引鄭玄注：「幪，巾也，使以下得冠飾。」《書鈔》卷 44 引《書大傳》：「犯墨者蒙帛巾。」《初學記》卷 20 引《白虎通》：「五帝畫象者，其服象五刑也。犯墨者蒙巾，犯劓者赭其衣，犯髕者以墨幪（蒙）其髕處而畫之（《漢書‧武帝紀》顏師古注引「幪」作「蒙」），犯宮者履扉，犯大辟者布衣無領。」《慎子‧君人》：「有虞之誅，以幪巾當墨。」唐虞墨其巾以代墨刑，越王亦其類也。〔註1488〕

王寧在〈說清華簡七《越公其事》的「墨」、「吏」合文〉認為「𦉶＝」字是「埴」字的異體，在簡文中讀為「置笞」即對自己施行笞笞，後句謂勾踐「嘗膽」的來由可能是源於把「置笞」訛誤成「嘗膽」；疑此處的「畲飲」當讀「減食」〔註1489〕

羅小虎認「𦉶＝」是「徽纆」動詞。此句的意思是說，如果有大的失誤的命令，那麼勾踐就把自己捆綁起來，自我懲罰：

> 整理報告意見可商。復，收復之意。復命，即收復命令。把失誤的命令收復過來。這句話的前半部分意思是說，有失誤的命令，雖然可以收回來但卻不收回來，是為了不讓命令被百姓懷疑。於是，勾踐為此要自我處罰。（此說前面似有學者指出）
>
> 𦉶，此字合文。分開來看，當是吏、墨二字，當釋讀為「徽纆」。徽，

〔註1488〕蕭旭：〈清華簡（七）校補（二）〉，http://www.gwz.fudan.edu.cn/Web/Show/3061，20170605。

〔註1489〕王寧：〈說清華簡七《越公其事》的「墨」、「吏」合文〉，http://blog.sina.com.cn/s/blog_57c4f8f10102xdzz.html，20170515。

說文：「徽，三糾繩也。」段玉裁注：「三糾，謂三合而糾之也。」《玉篇糸部》：「徽，大索也。」《漢書揚雄傳下》：「折撟撟「骨客」，免於徽索。」顏師古注：「徽，繩也。」

纆，《玉篇》：「纆，索也。」《莊子駢拇》：「約束不以纆索。」《史記屈原賈生列傳》：「夫禍之與福分，何異與糾纆。」

「徽纆」連文，古書有見：《周易坎》：「係用徽纆」。這裡的徽纆用為動詞，與前面的飲食一致。所以這句話的意思是說，如果有大的失誤的命令，那麼勾踐就把自己捆綁起來，自我懲罰。

古書中「縛」而贖罪的例子也多見：《左傳》：賴子面縛銜璧，士袒，輿櫬從之，造於中軍。《史記》：周武王伐紂克殷，微子乃持其祭器，造於軍門，肉袒面縛。〔註1490〕

　　袁金平、孫莉莉認為「纆」字形是「叀」字（即「專」字所從）而非「惠」字所從。他們以為應該將之與清華簡（叁）《芮良夫毖》篇中的「繻（繩）刺」〔註1491〕相聯繫。沈培曾撰一篇長文對「繻（繩）刺」進行了論述，認為「刺」應讀作「準」，「繩準」即「準繩」類義並列，指規矩法度。〔註1492〕袁金平認為《越公其事》的「叀墨」或「墨叀」應該讀為「準墨」或「墨準」，亦是「法度」之稱。簡文擬為「王則自罰，小失飲食，大失墨準」指越王有小的過失，則減少或降低飲食標準，若有大的過失，則依據「法度」懲罰自身，旨在勸

〔註1490〕簡帛論壇：「清華七《越公其事》初讀」，第212樓，20171105。

〔註1491〕清華簡（叁）《芮良夫毖》「繻」字原考釋釋為「繻」（清華大學出土文獻研究與保護中心編，李學勤主編：《清華大學藏戰國竹簡（叁）》第62～81頁（圖版）144～155頁（釋文），中西書局2012年）。馬楠釋讀為字從糸從鬭，鬭為《說文》「鬭」字或體，應讀為「辟」，訓為法（《〈芮良夫毖〉與文獻相類文句分析及補釋》，《深圳大學學報（人文社會科學版）》2013年第1期）。王瑜楨從之（《清華大學藏戰國竹簡（叁）〈芮良夫毖〉釋讀》，清華大學出土文獻研究與保護中心編，李學勤主編：《出土文獻》第六輯，第190頁注2，中西書局2015年）。黃傑認為釋「繻」（《清華簡〈芮良夫毖〉補釋》，楊振紅、鄔文玲主編：《簡帛研究2015（秋冬卷）》第16頁注13廣西師範大學出版社2015年）。

〔註1492〕參沈培：《試說清華簡〈芮良夫毖〉跟「繩準」有關的一段話》，清華大學出土文獻研究與保護中心等編：《出土文獻與中國古代文明——李學勤先生八十薄誕紀念論文集》第183頁，中西書局2016年。該文最初發表於由清華大學出土文獻研究與保護中心主辦的「出土文獻與中國古代文明」國際學術研討會（北京西郊賓館，2013年6月17～18日）上。此據2016年正式出版之文。

化萬民，即使位高者亦不能置自身於法度之外。〔註1493〕

　　林少平回羅小虎「窅飤」當讀作「厭食」，即減損飲食。他認為「大的過失嘗膽」作為處罰而言，就已經不符合實際。我們認為「申墨」當讀作「專默」。默，作靜思義，「專默」與《史記》所言「苦身焦思」、《吳越春秋》「愁心苦志」近義：

> 整理者讀「窅飤」作「飲食」，非是，當讀作「厭食」，即減損飲食。厭，《左傳‧文公二年》注：「厭猶損也。」《漢書‧賈山傳》：「陛下即位，親自勉以厚天下，損食膳，不聽樂，減外繇衛卒，止歲貢」。「申墨」合文，無論解釋為墨刑和繩索綁捆，皆非簡文之意。對于一國之君，以此二者自罰，不符合實際。王寧先生曾繞了一大圈，把「申墨」讀作「置笪」與《史記》「嘗膽」相聯系。且不說讀法是否可行，單就「大的過失嘗膽」作為處罰而言，就已經不符合實際。《史記‧句踐世家》：「越王句踐反國，乃苦身焦思，置膽於坐，坐臥即仰膽，飲食亦嘗膽也。」這一記載實際上是說句踐「苦身焦思」和「飲食」二事皆有嘗膽。我們認為「申墨」當讀作「專默」。默，作靜思義。《易‧繫辭》：「君子之道，或默或語。」《書‧說命》：「恭默思道。」專，純篤義。《易‧繫辭》：「夫乾，其靜也專。」「專默」與《史記》所言「苦身焦思」、《吳越春秋》「愁心苦志」近義。〔註1494〕

　　郭洗凡認為「縄」合文，是申、墨兩個字，羅小虎的觀點可從。林少平的觀點可從。「厭食」意為越王減少自己的飲食數量和標準對自己進行懲罰：

> 林少平的觀點可從。「厭食」意為越王減少自己的飲食數量和標準對自己進行懲罰。〔註1495〕

> 「縄」合文，是申、墨兩個字，羅小虎的觀點可從，代指繩索，懲

〔註1493〕袁金平、孫莉莉：〈清華簡《越公其事》合文「申墨」新釋〉，在 2017 年 10 月 25 ～29 日召開的《清華簡》國際會議（由香港浸會大學饒宗頤國學院、澳門大學中國語言文學系、清華大學出土文獻研究與保護中心主辦）上宣讀。文章後來刊於《出土文獻》第十三輯，2018 年 10 月，中西書局出版，頁 124～130。

〔註1494〕簡帛論壇：「清華七《越公其事》初讀」，第 213 樓，20171105。

〔註1495〕郭洗凡：《清華簡《越公其事》集釋》，安徽大學碩士學位論文，2018 年 3 月，頁 94。

罰監禁那些犯罪的人，簡文的意思是一旦有過大的失誤或者不合理

的命令，越王勾踐會懲罰自己。〔註 1496〕

羅云君認為「小」當作副詞，表示程度，結合前後語境來看，「小失」當指輕微程度違背所頒行政令的情況。〔註 1497〕

羅云君認為從上下來看，「鑏」與句踐自罰有關，相較之下，「鑏＝」為「墨專（斷）」或「專（斷）墨」的可能性較大，與吳越「斷髮文身」之俗相關。〔註 1498〕

吳德貞認為袁金平之說或可從之。〔註 1499〕

趙晶認為「墨」不必釋為「墨刑」，讀為「黑」即可（墨、黑兩字相通之例參看王輝：《古文字通假字典》，北京，中華書局 2008 年，第 229～230 頁。又如清華簡《繫年》77 簡人名「墨要」即《左傳》「黑腰」）。「繪黑」或「繢黑」即象刑：

> 「繪黑」或「繢黑」即象刑。《慎子》逸文載：「有虞之誅，以幪巾
> 當墨，以草纓當劓，以菲履當刖，以艾韠當宮，布衣無領當大辟，
> 此有虞之誅也。斬人肢體，鑿其肌膚，謂之刑；畫衣冠，易章服，
> 謂之戮。上世用戮而民不犯也，當世用刑而民不從。」繪墨即如畫
> 衣冠一樣的象刑。〔註 1500〕

子居認為「鑏＝」正當讀為「劓墨」，即黥刑。「小失」罰以「飲食」，「大失」罰以「劓墨」，也正與史籍所記越王勾踐的隱忍性格相應：

> 筆者認為，「越王自身不會施以黥刑」實際上只是一種基於個人局
> 限觀念的猜想，這樣的猜測往往不合作者原意，對比前文的「小
> 失飲食」減少膳食是自虧身體，「大失鑏＝」只會較之更重而不會
> 更輕。所以，所有將其作形式化解釋的說法當皆不確。「鑏＝」正
> 當讀為「劓墨」，即黥刑。《禮記·文王世子》：「其刑罪，則纖劓。」

〔註 1496〕郭洗凡：《清華簡《越公其事》集釋》，安徽大學碩士學位論文，2018 年 3 月，頁 95。
〔註 1497〕羅云君：《清華簡《越公其事》研究》，東北師範大學，2018 年 5 月，頁 103。
〔註 1498〕羅云君：《清華簡《越公其事》研究》，東北師範大學，2018 年 5 月，頁 104。
〔註 1499〕吳德貞：《清華簡《越公其事》集釋》，武漢大學碩士論文，2018 年 5 月，頁 89。
〔註 1500〕趙晶：〈清華簡柒《越公其事》閱讀札記二則〉，「第一屆出土文獻與中國古代文明青年學者研討會」會議論文，北京：清華大學出土文獻研究與保護中心，2018 年 6 月 25～26 日），頁 10～16。

鄭玄注：「劖，割也。」《尚書·盤庚中》：「我乃劓殄滅之，無遺育。」孔傳：「劓，割。」《國語·周語上》：「於是乎有蠻夷之國，有斧鉞刀墨之民。」韋昭注：「刀墨，謂以刀刻其額而墨涅之。」可見無論是「劖」「劓」「刀」皆是言其割刻，故《韓詩外傳》卷八：「上國使適越，亦將劓墨文身翦髮，而後得以俗見，可乎？」所言「劓墨」自可與《國語》的「刀墨」和《越公其事》此處的「劖墨」對應。「小失」罰以「飲食」，「大失」罰以「劖墨」，也正與史籍所記越王勾踐的隱忍性格相應。前文已言，越未被吳王夫差所遷之前的文化當接近周文化，因此越王勾踐並不以刻面文身為習俗，而是以之為刑罰。戰國後期以降的文獻所記越地風習，皆是據彼時所能瞭解到的越人情況為依據，因此並不能推定即與春秋末期的舊越風習相同。〔註1501〕

秋貞案：

「劖」字的解釋為何是本句的重點，很多學者對它有不同的解釋，紛列如下表：

各家說法	釋　讀	釋　意
原考釋	「𥷚墨」或「繢墨」合文	在某個部位畫墨。「墨」為五刑之一
王挺斌	頗疑即古書中的「徽墨」或「徽纆」合文	指的是拘繫罪人
易泉	與包山文書16號簡「斷」字左部同，可看作從墨從斷省。	讀作墨斷。可能指越王塗墨以自省
難言	「專默／嘿」	「專默」反省、反思
王寧	「墨專（斷）」或「專（斷）墨」	「專（斷）」即斷髮，「墨」即文身
東潮	簡文左邊不絕對釋為「專」所從，有可能是「叀（惠）」	越王有斷髮紋身的行為也不奇怪，本身是越人，隨俗而治國，也不是什麼懲罰措施
蕭旭	左側疑是「專」省文，讀為「墨繐（縛）」	指越王有大過，則墨其絹以代墨刑而自罰，所謂象刑耳

〔註1501〕子居：〈清華簡七《越公其事》第九章解析〉，http://www.xianqin.tk/2018/09/02/667，20180902。

王寧	「蠿=」字是「埴」字的異體，讀為「置笞」。	即對自己施行笞笞。後句謂勾踐「嚐膽」的來由可能是源於把「置笞」訛誤成「嚐膽」
羅小虎	「蠿=」是「徽纆」動詞。	此句的意思是說，如果有大的失誤的命令，那麼勾踐就把自己捆綁起來，自我懲罰
袁金平、孫莉莉	「叀墨」或「墨叀」應該讀為「準墨」或「墨準」	法度
林少平	「叀墨」當讀作「專默」。	默，作靜思義
郭洗凡	是叀、墨兩個字，羅小虎的觀點可從	
羅云君	「墨專（斷）」或「專（斷）墨」的可能性較大	與吳越「斷髮文身」之俗相關
吳德貞	認為袁金平之說或可從	
趙晶	「繪黑」或「續黑」即象刑	
子居	認為「蠿=」正當讀為「剶墨」	即黥刑

簡文「蠿」字形 𧗠，左旁所從是「專」還是「叀」，各家都有爭議。唐蘭說「叀」字古讀當如「惠」，古用為語辭，其義與「惟」字同。〔註1502〕季師在《說文新證》「叀」字條中提到這個字有可能兩個讀音：

> 大徐本《說文》「叀」字讀職緣切，但是加「心」的「惠」字卻讀成「胡桂切」。有可能這個字有二讀音，此字本象紡磚則讀如「專」，紡成品叫「穗」則讀如「惠」。二字同出一源，故從字形難以區別。〔註1503〕

「叀」字有的在「田（ ⊕ / ⊕ / ◑ / ⊛ ）」形下有筆畫的，還有的沒有，此字形很多。甲骨文字以李宗焜《甲骨文字編》的「叀」字條舉例；金文以董蓮池《新金文編》卷四「叀／惠」字條；戰國文字以湯餘惠主編《戰國文字編》「叀／惠」字條舉例、滕壬生《楚系簡帛文字編（增訂篇）》「叀／惠」字條舉例、徐在國《上博楚簡文字聲系（一～八）》「叀／惠」字條舉例。如下表：

〔註1502〕中國社會科學院考古研究所編輯：《甲骨文編》，中華書局出版，2005 年 8 月北京第 7 次印刷，頁 193，「叀」字條。

〔註1503〕季師旭昇：《說文新證》，藝文印書館，2014 年 9 月 2 日出版，頁 319。

字體	叀／惠／从「叀」之字
甲骨文	「田」形下沒有筆畫： 00151 反（A7）、 00006（A7）、 19893（AS）、 01445 （A7）缺刻、 05252（A8）、 16322（AB）、 32816 正（B2） 「田」形下有筆畫： 19964（A2）、 26899（A11）、 27011（A12）、 27882（A12）、 35818（A13）、 36994（A13）、 37334（A13）、 32380 （B2）、 27620（B5）
金文	「田」形下沒有筆畫： 「惠」 （中山王嚳鼎.戰國晚期，銘文選二 881）〔註 1503〕 「田」形下有筆畫： （叀攴誅父甲尊.西周早期或中期 11.5952）、 （仲叀父簋.西周晚期 07.3956.1）、 （蔡姑簋.西周晚期 08.4198）、 （哀成叔鼎.春秋晚期 05.2782）〔註 1504〕、 （裘衛簋.西周中期 15.9456）、 （善夫汸其簋.西周晚期 08.4149.1）、「惠」 （裘盤.西周晚期.考古與文物 03.3）
戰國文字	「田」形下沒有筆畫： （叀）「口～（惠）而實弗从」（郭.忠.五）、 （惠）「～公首以豻」（天卜）、 （惠）「訓至～公」（天卜）、 （惠）「十曰口～而不

〔註 1503〕此字為「三晉文字」，湯餘惠主編：《戰國文字編》，福建人民出版社，2005 年 8 月第 2 次印刷，頁 248。

〔註 1504〕此字為「三晉文字」，湯餘惠主編：《戰國文字編》，福建人民出版社，2005 年 8 月第 2 次印刷，頁 248。

係」（上（二）.從（乙）.一）、（惠）「～則民材足」（郭.尊.三二）、

「蕙」「～（惠）王」（新甲三.二一三）〔註1505〕

「田」形下有筆畫：

「惠」，「《說文・叀部》：惠，仁也，從心從叀，古文惠從卉」、

「畫」「～（助）余（孝）教保子今可（兮）」（上博八.有1）、

「能與余相～（助）今可（兮）」（上博八.有1）、（清華一.皇門

四）「助，或逕釋為「叀」，認為是繁體的「叀」，從三個「屮」字形。

讀為「惠」與助義的「惠」是同義關係，而非音近通用關係（劉洪濤）。〔註1506〕

（逋）「速乎置郵而～（傳）命」（郭.尊二八）、（徸）「番而不

～（傳）」（郭.唐一）、（遄）「若兩轉之相～（轉）」（郭.語四.二〇）〔註1507〕

從上面表列可以看出，甲骨文的「叀」不論「田」形下有沒有筆畫，一致讀為「惠」沒有爭議。金文的「叀」不論「田」形下有沒有筆畫，一致讀為「惠」沒有爭議，只是看起來目前以「田」形下有筆畫者讀為「惠」的比沒有筆畫的多。戰國文字的「叀」變化比較多，「田」形下沒有筆畫的從「心」讀為「惠」沒有爭議。但「田」形下有筆畫的讀可為「惠」聲字，如：、，也讀為「專」聲字，如：、、。所以到了戰國楚文字就可能會遇到讀如「惠」聲或「專」聲的問題。

本簡「甕＝」（＝）的合文字形左旁讀「專」、「惠」都有可能。但是做何解？因為各家學者的說法在先秦兩漢的典籍中未見有相關的文例，其中只有王挺斌說的「徽墨／繩」最有可能。王挺斌之說在「叀」（讀如「惠」）和

〔註1505〕滕壬生：《楚系簡帛文字編（增訂本）》，武漢湖北教育出版社，2008年10月，頁394～395。

〔註1506〕徐在國：《上博楚簡文字聲系（一～八）》，合肥，安徽大學出版社，2013年12月，頁2708。

〔註1507〕滕壬生：《楚系簡帛文字編（增訂本）》，武漢湖北教育出版社，2008年10月，頁177。

「徽」的音理上已說明詳盡。在相關的古代典籍中也提供了充分的文例佐證。筆者補充，「徽纆」一詞出現在《周易‧☰☷坎》：「上六：係用徽纆，實于叢棘，三歲不得，凶。」唐孔穎達正義：「係用徽纆，實于叢棘者，險陷之極，不可升上，嚴法峻整，難可犯觸。上六居此險陷之處，犯其峻整之威，所以被繫用其徽纆之繩，置於叢棘，謂囚執之處以棘叢而禁之也。」〔註1508〕看來這個詞的意思是被用徽纆之繩繫綁起來，囚執他在一個充滿叢草荊棘之處，做為犯法後受到嚴厲的酷刑。原考釋所說的「部位畫墨」這種處罰比起嚴刑峻法下把自己繫綁囚執在險惡的環境中，前者簡直不痛不癢，人民如何能受到激勵，甚至到敬畏越王的程度呢？

原考釋所說的「小失，小的過失。飲食，意為減少飲食或降低飲食標準以懲罰。大失，大的過失」，可從。「王則自罰，少湤會飲，大湤繣=，以礪萬民」意指「越王自己處罰自己，犯的過失小，就減少飲食或停食；犯的過失大，就用繩子綑綁自己將自己置於叢草荊棘中接受到最嚴厲的酷刑，越王以此來砥礪警惕所有百姓。」

⑤雩（越）邦庶民則皆䚜（震）僮（動）

原考釋：

> 䚜僮，讀為「震動」。《書‧盤庚下》：「爾謂朕：『曷震動萬民以遷？』」《國語‧周語上》：「民用莫不震動，恪恭於農，修其疆畔，日服其鎛，不解於時，財用不乏，民用和同。」〔註1509〕

子居認為震動指被驚動。前文內容可見，越王勾踐為貫徹法令，不僅會刑及王族、刑及左右、刑及百官，甚至不惜自刑以申命，由此才使越邦庶民驚懼敬服：

> 震動指被驚動，《左傳‧昭公十八年》：「裨析告子產曰：將有大祥，民震動，國幾亡。」《鶡冠子‧世兵》：「曹子以一劍之任，劫桓公壇位之上，顏色不變，辭氣不悖，三戰之所亡，一旦而反，天下震動，四鄰驚駭，名傳後世。」（類似內容又見《戰國策‧齊策六》：

〔註1508〕清阮元：重刊宋本十三經注疏附校勘記：《周易》注疏附挍勘記，新文豐出版社，2001 年。

〔註1509〕清華大學出土文獻與保護中心編、李學勤主編：《清華大學藏戰國竹簡（柒）》，上海，中西書局，2017 年 4 月，頁 143，注 18。

「曹子以一劍之任，劫桓公於壇位之上，顏色不變，而辭氣不悖，三戰之所喪，一朝而反之，天下震動驚駭，威信吳、楚，傳名後世。」）由《越公其事》前文內容可見，越王勾踐為貫徹法令，不僅會刑及王族、刑及左右、刑及百官，甚至不惜自刑以申命，由此才使越邦庶民驚懼敬服。無論歷史上的勾踐是否真曾經如此，這都如前文解析所言，反映出《越公其事》此章作者法令大於王權的崇法尚刑觀念。〔註 1510〕

秋貞案：

「𩔰」從「辰」，上古音在禪母文部，「震」上古音在章母文部，聲近韻同，可通。「僮」從「童」和「動」字的上古音都在定母東部，可通。原考釋釋「𩔰僮」為「震動」，子居解釋為「驚動」，非常好。這裡是指越王對於自己的懲罰（「王則自罰」）以如此極端的方式（「大失徽纆」）表示對法令的嚴視，以教育百姓也要重視王令，甚至「激勵萬民」的士氣。「雫邦庶民則皆𩔰僮」意為「越國百姓都震驚了。」

⑥犷（荒）鬼（畏）句戔（踐），亡（無）敢不敔（敬）

原考釋：

犷，讀為「荒」，大。《書·酒誥》：「惟荒腆于酒。」鬼，讀為「畏」。荒畏，非常敬畏。〔註 1511〕

蕭旭認為「犷」，讀為「茫」，怖遽、害怕之意：

犷，讀為茫，怖遽、害怕。《方言》卷 2：「茫、矜、奄，遽也。吳、揚曰茫，陳潁之間曰奄，秦、晉或曰矜或曰遽。」字亦作𢠸，《廣雅》：「𢠸，遽也。」俗字作恾、忙，P.2011 王仁昫《刊謬補缺切韻》：「恾，怖。𢠸，遽。」《玄應音義》卷 19：「蒼茫：又作𢠸，同。𢠸，遽也。經文從心作恾，非體也。」〔註 1512〕

〔註 1510〕子居：〈清華簡七《越公其事》第九章解析〉，http://www.xianqin.tk/2018/09/02/667，20180902。

〔註 1511〕清華大學出土文獻與保護中心編、李學勤主編：《清華大學藏戰國竹簡（柒）》，上海，中西書局，2017 年 4 月，頁 143，注 19。

〔註 1512〕蕭旭：〈清華簡（七）校補（二）〉，http://www.gwz.fudan.edu.cn/Web/Show/3061，20170605。

郭洗凡認為「犿」,「荒」,「荒蕪」的含義：

> 整理者觀點可從。「犿」應從犬,亡聲,「亡」與「荒」都為上古陽
> 部字,「荒」,荒蕪的含義。〔註1513〕

仲時認為「犿」和上博《曹沬之陳》簡61「勇者喜之,亢者懼之」之「亢」有關,與「勇」相反義：

> 簡58「犿鬼（畏）勾踐」之「犿」,應與上博《曹沬之陳》簡61「勇
> 者喜之,亢者懼之」之「亢」有關,與「勇」相反。〔註1514〕

子居認為「犿」音「無」,此處可讀為「假」或「憮（膴）」,假、膴,大也：

> 「犿」音「無」,當為魚部字,可參看筆者《清華簡七〈越公其事〉
> 第三章解析》相關部分,此處可讀為「假」或「憮（膴）」,《爾雅·
> 釋詁》:「假,大也。」《詩經·小雅·巧言》:「無罪無辜,亂如此憮。」
> 毛傳:「憮,大也。」〔註1515〕

張富海認為「犿（荒）」字原考釋從偽尚書釋「大」,不可從。簡文「犿畏句踐」之「犿」,應訓尊的「明」。王念孫《讀書雜志·管子第五·君臣下》「明立寵設六句」。從王念孫舉出的用例來看,尊敬義的「明」多用作及物動詞,其賓語可以是鬼神,也可以是人,因此簡文「明畏句踐」的說法是可以成立的。〔註1516〕

秋貞案：

原考釋釋「犿」,讀為「荒」,「大」的意思;「鬼」為「畏」,荒畏,非常敬畏,這是非常好的。「荒」有「擴大、大」的意思。《詩·周頌·天作》:「天作高山,大王荒之。」毛傳:「荒,大也。」《漢書·敘傳下》:「靡法靡度,民肆其詐,偪上并下,荒殖其貨。」子居釋「犿」為「大」,張富海訓「荒」為「明」

〔註1513〕郭洗凡:《清華簡《越公其事》集釋》,安徽大學碩士學位論文,2018年3月,頁95。

〔註1514〕簡帛論壇:「清華七《越公其事》初讀」,第229樓,20180410。

〔註1515〕子居:〈清華簡七《越公其事》第九章解析〉,http://www.xianqin.tk/2018/09/02/667,20180902。

〔註1516〕張富海:〈讀清華簡《越公其事》札記一則〉,「紀念清華簡入藏暨清華大學出土文獻研究與保護中心成立十周年國際學術研討會」會議論文（北京：清華大學出土文獻研究與保護中心,2018年11月17～18日）,頁452～455。

都可從，但是不如逕釋為「荒」即可。「狄鬼句戈，亡敢不载」意指「（百姓）對勾踐非常敬畏，沒有人敢對王不敬。」

⑦詢（徇）命若命

原考釋：

> 若，順。《穀梁傳》莊公元年「不若於道者，天絕之也」范甯注：「若，順」徇命若命，大意是上面發布命令，下面則如命踐行。〔註1517〕

魏棟認為「詢命若命」指越王勾踐發佈命令，庶民就順從命令。「詢（徇）命若命」在「近御莫躐」之前，應屬上讀，其主語是「庶民」。這段引文主要是講勾踐「自罰」後，庶民「若命」，近御「莫躐」，於是越國形成了「民乃救齊」的良好局面。斷讀為「雽（越）邦庶民則皆震動，荒畏句踐，無敢不敬，詢（徇）命若命；敓（近）御莫【五八】徹（躐），民乃整（救）齊」：

> 《越公其事》第九章「詢（徇）命若命」一句的所在語境如下：
>
> 雽（越）邦庶民則皆震動，荒畏句踐，無敢不敬。詢（徇）命若命，敓（近）御莫【五八】徹（躐），民乃整（救）齊。
>
> 整理報告訓「若」為動詞順，訓「躐」為「逾越，不守規矩」，都是恰當的。但將「詢（徇）命若命」解釋為「上面發佈命令，下面則如命踐行」則不夠精確。考慮到本章上文有「（越）王乃大詢（徇）命于邦」云云，故將此句解釋為「越王勾踐發佈命令，庶民就順從命令」應更準確些。此外，上引文句的斷讀應當做如下調整：
>
> 雽（越）邦庶民則皆震動，荒畏句踐，無敢不敬，詢（徇）命若命；敓（近）御莫【五八】徹（躐），民乃整（救）齊。
>
> 「詢（徇）命若命」四字為句，濃縮性較強。此句究竟屬上讀還是屬下讀，需要考慮文意的結構。上引文句中「庶民」與「近御」相對，所領文句分別講庶民及近御的行為，明顯是兩層意思。「詢（徇）命若命」在「近御莫躐」之前，應屬上讀。「若命」不大可能是蒙后省略主語「近御」，應是承前省略主語「庶民」。簡言之，這段引文

〔註1517〕清華大學出土文獻與保護中心編、李學勤主編：《清華大學藏戰國竹簡（柒）》，上海，中西書局，2017年4月，頁143，注20。

主要是講勾踐「自罰」後，庶民「若命」，近御「莫躐」，於是越國
形成了「民乃敕齊」的良好局面。〔註1518〕

易泉認為徇，訓作順，徇命即順命，「無敢不敬徇命」當連讀；「若」訓如
果。若命，若果有命下達：

> 簡58～59　雪（越）邦庶民則皆震動，荒畏句踐，無敢不敬詢（徇）
> 命。若命，禁禦莫躐，民乃整齊。徇，訓作順，《左傳》文公十一年
> 「國人弗徇」，杜預注：「徇，順也。」徇命即順命，指遵循上命。「無
> 敢不敬徇命」當連讀。「若」訓如果。若命，若果有命下達。〔註1519〕

心包認為似應斷為「無敢不敬詢（徇）命若（諾）命。禁御莫躐，民乃整
齊」若，讀為「諾」，即「應命」之意：

> 似斷為「無敢不敬詢（徇）命若（諾）命。禁御莫躐，民乃整齊。」，
> 若讀為「諾」，即「應命」。〔註1520〕

羅小虎認為「詢（徇）命若命」的「徇」當理解為「順」，「命」字為「令」。
詢命，即是徇令、循令：

> 詢（徇）命若命

> 徇，當理解為「順」。（這一點，易泉先生于35樓發言已經指出，不
> 過筆者與其斷句及某些理解不同）。詢、徇二字聲符相同，通假是很
> 自然的。「徇」字理解為順，應與「循」字有關。段玉裁《說文解字
> 注》「徇」字下云：

> 《項羽傳》「徇廣陵」、「徇下縣」，李奇曰：「徇，略也。」如淳曰：
> 「徇音撫循之循。」此古用循巡字，漢用徇字之證。此古今字詁之
> 義也。

> 「徇」「循」在「撫循」、「順」等意義上是古今字。簡文中用「詢」
> 而沒有明確用「徇」，似乎釋讀為「循」字的可能性也存在。筆者也
> 注意到，「循」字用作「順」義，更加普遍一些。兩個「命」字，應

〔註1518〕石小力整理：〈清華七整理報告補正〉，http://www.tsinghua.edu.cn/publish/cetrp/6831/
2017/20170423065227407873210/20170423065227407873210_.html，20170423。
〔註1519〕簡帛論壇：「清華七《越公其事》初讀」，第35樓，20170426。
〔註1520〕簡帛論壇：「清華七《越公其事》初讀」，第40樓，20170426。

理解為「令」。詢命，即是徇令、循令。「循令」一詞，古書有見：

《韓非子‧孤憤》：「人臣循令而從事，案法而治官，非謂重人也。」

《荀子‧正名》：「其民莫敢托為奇辭以亂正名，故壹於道法而謹於循令矣。」〔註1521〕

季師旭昇認為「徇命若命」，指宣達的命令，所有人都順從命令，對於「歔御」也不敢有所逾越。〔註1522〕

子居認為由整理者說「下面則如命踐行」可見，「若命」即「如令」：

由整理者說「下面則如命踐行」可見，「若命」即「如令」，《管子‧輕重丁》：「不如令者，不得從天子。」《墨子‧號令》：「不如令，及後縛者，皆斷。」《尉繚子‧踵軍令》：「令行而起，不如令者有誅。」《韓非子‧飾邪》：「先令者殺，後令者斬，則古者先貴如令矣。」所說「如令」即與《越公其事》此處「如命」同義。〔註1523〕

張富海認為易泉的斷句較不合理。整理者和魏棟先生的理解比較合理：

「徇命」與上文「王大徇命于邦」之「徇命」指宣示命令不一致，而且「徇」之順義不是一般的順從，而是曲從，如「徇私」之「徇」，用在簡文此處並不合適。「若命」理解為如果有命令，也與前文不符，因為勾踐下命令是既有的事實，不需要假設。所以，整理者和魏棟先生的理解雖然不無可怪之處，但不管從文意上還是從韻律上來看，仍是比較合理的。〔註1524〕

秋貞案：

「詢命若命」的「詢」與簡54「乃徹詢于王宮」的「詢」一樣，作為一邊巡行，一邊宣令示眾的意思。「若」字如原考釋的「順」，可從。「詢命若

〔註1521〕簡帛論壇：「清華七《越公其事》初讀」，第208樓，20170823。

〔註1522〕季師旭昇：《清華柒「流XX」、「領御」試讀》，復旦大學出土文獻與古文字研究中心：《「出土文獻與傳世典籍的詮釋」國際學術研討會論文集》，2017年10月14～15日，頁195。

〔註1523〕子居：〈清華簡七《越公其事》第九章解析〉，http://www.xianqin.tk/2018/09/02/667，20180902。

〔註1524〕張富海：〈讀清華簡《越公其事》札記一則〉，「紀念清華簡入藏暨清華大學出土文獻研究與保護中心成立十週年國際學術研討會」會議論文（北京：清華大學出土文獻研究與保護中心，2018年11月17～18日），頁452～455。

命」也呼應前面的「詢于王宮」、「大詢命于邦，寺詢寺命」，指這些宣示的命令擴及到王宮及全國所有人都順從命令。至於斷句的部分，魏棟提出在「亡敢不戴」下用逗號，在「詢命若命」下用分號。其實可不必。就如原考釋的斷句即可：「雫邦庶民則皆譽僮，犯鬼句戔，亡敢不戴。詢命若命，數御莫徹，民乃整齊。」

「詢命若命」很明顯指的是全國人民百姓，不致誤會。「詢命若命」指的是「上面領導者上面一邊巡行，一邊宣令示眾，下面百姓則順從命令踐行」。

⑧數（領）御莫【五八】徧（偏），民乃整（敕）齊。【五九上】

原考釋釋「徹」為「躐」：

> 躐，逾越，不守規矩。越王身邊的親近不敢凌越不尊，民乃整飭。又疑即整齊。《商君書·賞刑》：「當此時也，賞祿不行，而民整齊。」〔註1525〕

ee 認為「數御」還是讀為「禁御」：

> 「數（近）御莫【58】躐」，「數（近）御」還是讀為「禁御」好一些吧，參 ee：《清華六〈子產〉初讀》「ee」2016 年 4 月 16 日 0 樓、「ee」2016 年 4 月 17 日第 15 樓，清華六《子產》簡 25「以咸數御」、《左傳·昭公六年》「昔先王議事以制，不為刑辟，懼民之有爭心也。猶不可禁禦，是故閑之以義，糾之以政，行之以禮，守之以信，奉之以仁。」〔註1526〕

趙嘉仁認為「整」不必釋為「敕」，直接釋為「整」，「整民」即整齊人民之意：

> 即「整」字，不必釋為「敕」，訓為「整」。「整民」典籍多見，「整民」即整齊人民之意。「整齊」更是成詞。〔註1527〕

何家興認為「徹」字可能是「徧」：

〔註1525〕清華大學出土文獻與保護中心編、李學勤主編：《清華大學藏戰國竹簡（柒）》，上海，中西書局，2017 年 4 月，頁 143，注 21。

〔註1526〕簡帛論壇：「清華七《越公其事》初讀」，第 0 樓，20170423。

〔註1527〕趙嘉仁：〈讀清華簡（七）散札（草稿）〉，http://www.gwz.fudan.edu.cn/forum/forum.php?mod=viewthread&tid=7968，20170424。

清華簡（柒）《越公其事》簡 59 有字作：

 斁（禁）禦莫～　　　　 亡敢～　命

我們認為該字可能是「徧」。「徧」及從「扁」之字見於楚簡。

1 徧　　郭店・六德 43　　道不可～也，能守一曲焉

2 厰　　郭店・六德 40　　君子於此一～者無所癈。

　　　郭店・六德 41　　是故先王之教民也，不使此民也

憂其身，失其～。

3 褊　　清華六・子儀 9　　昔之～可（分）餘不與

　　　清華六・子儀 10　今茲之～，餘或不與

郭店楚簡中的「徧」字，劉國勝先生首釋，陳偉、劉釗兩位先生進行過補釋。劉國勝先生將《六德》中的「徧」字右邊從二冊從曰，應是「冊」字的繁寫，故應隸定作「𪔅」，釋為「徧」（劉國勝：《郭店楚簡釋字八則》，《武漢大學學報》，1999 年第 5 期）。陳偉在《〈大常〉校釋》一文中，對從「攴」的兩形進行了分析，他同意劉國勝先生認為右邊所從為「冊」的意見，指出從冊從攴「疑當釋為『編』，指編連竹簡、柵欄一類物品，在此似讀為『徧』。」（陳偉：《〈大常〉校釋》，《郭店竹書別釋》，湖北教育出版社，2002 年 12 月，第 132 頁）劉釗先生深入系統探討了「癘」字，歷時梳理了戰國楚簡、秦漢簡帛、傳世字書中的「扁」及相關諸字，分析「扁」字初形所從的「曰」訛變成了「自」，「冊」又訛變成了「侖」（劉釗：《「癘」字源流考》，《書馨集——出土文獻與古文字論叢》，上海古籍出版社，2013 年 12 月，第 305～319 頁）。相關字形演變可參看該文。

關於《六德》中的「道不可徧也，能守一曲焉」，劉國勝先生引用《莊子・天下》「不該不徧，一曲之士也。」陳偉先生列舉《荀子・天論》

「萬物為道一偏，一物為萬物一偏，愚者為一物一偏」與《六德》「君子於此一偏者無所廢」相對照，十分通暢。

子居先生考釋出清華簡《子儀》中的「褊」字，並讀為「編」（子居：《清華簡〈子儀〉解析》，http://xianqin.byethost10.com/2016/05/11/333）我們認為非常準確，相關原本如下：昔之褊（編）分餘不與，今茲【9】之褊（編），餘或不與，奪之績可分而奮之！織紝之不成，吾何以祭稷？」

《子儀》篇中的外交隱語不易理解。我們認為子居先生的觀點值得重視。該句通過編織之事，隱喻秦楚聯手。特別是聯繫「織紝」一詞，釋「褊（編）」比較可信。〔註1528〕

郭洗凡認為該段講述越王身邊的親信不敢不公平，也不敢結黨營私：

該段講述越王身邊的親信不敢不公平，也不敢結黨營私。《尚書‧洪範》「無偏無陂，遵王之義。」簡文的意思是禁御不敢不公正，越王於是試民。〔註1529〕

季師旭昇認為：這一句中的「數御」顯不是指人，它應該理解為長官的「領導統御」，人民對長官的「領導統御」都不敢逾越，社會就守法有序，整齊聽命。〔註1530〕

單育辰認為應讀為「禁禦」，禁止防禦之義。〔註1531〕

子居認為「蹕」由何家興先生指出當是「徧」字，但他認為「徧」當讀為「叛」，「莫叛」即莫違：

筆者在《清華簡七〈越公其事〉第十、十一章解析》曾提到：「整理者讀為『蹕』的字，原作『』，見於《越公其事》第九章及本章，

〔註1528〕何家興：《〈越公其事〉「徧」字補說〉，http://www.ctwx.tsinghua.edu.cn/publish/cetrp/6842/2017/201705072356183336 25818/20170507235618333625818_.html，20170507。

〔註1529〕郭洗凡：《清華簡《越公其事》集釋》，安徽大學碩士學位論文，2018年3月，頁96。

〔註1530〕季旭昇：《清華柒「流XX」、「領御」試讀》，復旦大學出土文獻與古文字研究中心：《「出土文獻與傳世典籍的詮釋」國際學術研討會論文集》，2017年10月14～15日，頁195。

〔註1531〕單育辰：《〈清華大學藏戰國竹簡（柒）〉釋文訂補》，香港浸會大學饒宗頤國學院，澳門大學中國語言文學系，清華大學出土文獻研究與保護中心：《〈清華簡〉國際會議論文集》，2017年10月26日～28日，頁176。

何家興先生《〈越公其事〉『徧』字補說》文已指出當是『徧』字，筆者以為，『徧』當讀為『叛』（可參看《古字通假會典》第 105 頁「徧與半」條，濟南：齊魯書社，1989 年 7 月），《左傳·襄公三十一年》：『吾愛之，不吾叛也。』孔疏引劉炫云：『叛，違也。』《論語·雍也》：『君子博學于文，約之以禮，亦可以弗畔矣。』何晏《集解》引鄭玄注：『弗畔，不違道。』故『叛命』即違命，『莫叛』即莫違。」（中國先秦史網站：http://www.xianqin.tk/2017/12/13/418，2017 年 12 月 13 日）由前文解析內容即可見，「不恭不敬」不是指的「不尊」，「怨于故常」也不是指的「淩越」，因此將「![字]」定為「躐」並解釋為「逾越」，目前來看並無任何證據。〔註 1531〕

張富海認為原考釋釋「數御」為「身邊親近的侍從」可從。「禁御莫躐」之「躐」，即《禮記·學記「學不躐等」之「躐」，理解為逾越也是切合文意的。「禁御莫躐」之「躐」的賓語是前面出現的「徇命若命」的「命」，不過承前省略了。〔註 1532〕

秋貞案：

原考釋釋「![字]」隸為「躐」，「逾越，不守規矩」之意，指越王身邊的親近不敢凌越不尊。筆者認為原考釋把「![字]」字釋錯了。「![字]」和郭店簡《六德》的「![字]（郭店.六.43）」同形，其文例為「道不可～（遍）也，能守一曲焉」〔註 1533〕。何家興也在〈越公其事「徧」字補說〉一文中說明「![字]」可能釋為「徧」。〔註 1534〕案：「徧」和「徽」古文字雖然類似，實際上有別。分列如下表說明。

「扁」及從「扁」字：

〔註 1531〕子居：〈清華簡七《越公其事》第九章解析〉，http://www.xianqin.tk/2018/09/02/667，20180902。

〔註 1532〕張富海：〈讀清華簡《越公其事》札記一則〉，「紀念清華簡入藏暨清華大學出土文獻研究與保護中心成立十週年國際學術研討會」會議論文（北京：清華大學出土文獻研究與保護中心，2018 年 11 月 17～18 日），頁 452～455。

〔註 1533〕張守中主編：《郭店楚簡文字編》，文物出版社，2000 年 5 月，頁 34。

〔註 1534〕何家興：〈《越公其事》「徧」字補說〉，http://www.ctwx.tsinghua.edu.cn/publish/cetrp/6842/2017/20170507235618333625818/20170507235618333625818_.html，20170507。

字	字形、出處、文例
扁	（雲夢.秦律 130）〔註 1535〕
敀	（郭店.六.40）「君子於此一～（偏）者無所廢」、 （郭店.六.41）「是故先王之教民也，不使此民也憂其身，失其～（偏）」〔註 1536〕
徧	（郭店.六.43）「道不可～（遍）也，能守一曲焉」〔註 1537〕

「鼡」及从「鼡」字：

字	字形、出處、文例
鼡	（周晚.師袁簋《金》）、 （戰.楚.九店 56.25）〔註 1538〕
獵	（戰.晉.螯壺《金》）、 （秦.睡.雜 27《張》）〔註 1539〕
鑞	（戰.楚.鑞鎛戈）〔註 1540〕
臘	（秦.雲.日甲 842《秦》）、 （西漢.老子乙 226《篆》）
歔	（郭，語叢 3.12）「處而無～習也，損。」〔註 1541〕 《集成 6010》（蔡侯尊）

〔註 1535〕湯餘惠主編：《戰國文字編》，福建人民出版社，2005 年 8 月第二次印刷，頁 128。
〔註 1536〕張守中主編：《郭店楚簡文字編》，文物出版社，2000 年 5 月，頁 59。
〔註 1537〕張守中主編：《郭店楚簡文字編》，文物出版社，2000 年 5 月，頁 34。
〔註 1538〕季師旭昇：《說文新證》，藝文印書館，2014 年 9 月 2 日出版，頁 785。
〔註 1539〕季師旭昇：《說文新證》，藝文印書館，2014 年 9 月 2 日出版，頁 785。
〔註 1540〕季師旭昇：《說文新證》，藝文印書館，2014 年 9 月 2 日出版，頁 785。
〔註 1541〕劉釗《出土簡帛文字叢考》，台灣古籍出版有限公司，2004 年 3 月初版一刷，頁 49～50。劉釗說：「」和「」如此接近，「」在簡文中疑讀作「躐」。躐意為超越。《禮記.學記》：「幼者聽而無問，學不躐等。」簡文「習」是提前預習或復習之意。

轛	（戰.楚.包 150）「邦轛」〔註 1542〕
	（九.56.31）「以田～（獵）」〔註 1543〕

「巤」字未見甲骨，最早見於金文，《說文》：「巤，毛巤也，象髮在囟上，及毛髮巤巤之形。此與籀文子字同。」筆者認為《說文》的「巤」字是依字形而說，頗有想像力，但並沒有真的查其本義。不過其說「象毛髮在囟上」卻很生動地描述了它的樣子，也應該作為「巤」字的重要象徵。「編」字所從「扁」旁為「」形，其上下都如書冊之編欄形「」，中間一個「」形和「巤」字形上下的巤巤之形「」中間「」很不一樣。戰國文字的「扁」和「巤」之所以混淆，應該是「象毛髮」的這個形，可能是因為「巤」字偏旁的巤巤之形寫成像「」、「」或「」會和「扁」字旁「」形相混淆。筆者認為「獵」原本應寫為「」形的字，但是在楚簡中也有形的「獵」字，其偏旁有「」和「」兩形，然而「扁」字的字如「敝」（）字偏旁「」和「獵」字旁很類似，所以會混淆，誤以為「敝」字就是「獵」字。《越公其事》簡 59「御莫徽」，筆者認為「徽」字應改隸作「徧」字，文句應改為「御莫徧」才是。「徧」即「偏」，「不公正，偏頗」之意。《書・洪範》：「無偏無陂，遵王之義。」，《書・洪範》：「無偏無陂，遵王之義。」孔安國傳：「不平也。」《大戴禮記・曾子天圓》：「偏則風」王聘珍解詁：「偏，不正也。」〔註 1544〕。「御莫徧，民乃整齊」的「御」和簡 55「群御」一樣，都作名詞，指的是領導統御的階層。上面說到越王在自己失命的情況下都會那麼嚴厲地自我懲罰了，那麼其他的統御階層或管理者也就更不敢有偏頗不正的情形出現，唯王命是遵。

「御莫徧，民乃整齊」意指「領導統御者，對王命不敢有偏頗不正的情形出現，人民也就會被治理得整整齊齊的」。

〔註1542〕張光裕主編：《包山楚簡文字編》，藝文印書館，1992 年 11 月，頁 482，待考字。季師旭昇：《說文新證》，藝文印書館，2014 年 9 月 2 日出版，頁 785，「巤」字條。

〔註1543〕湯餘惠主編：《戰國文字編》，福建人民出版社，2005 年 8 月第二次印刷，頁 941。

〔註1544〕宗福邦、陳世鐃、蕭海波主編：《故訓匯纂》，商務印書館，2007 年 9 月，頁 144。

2. 整句釋義

　　越王又很快地要治理溝塘水利工事，急著對於那些工程延後完成的人處以殺戮懲處。越王於是很快地設置軍事兵力到越國邊界，並對於那些工作不能按時完成及態度不恭敬之人都殺戮。越王發布命令失誤的時候，即使可以收回命令卻刻意不收回，不讓這個「失命」被人民懷疑。此時，越王自己處罰自己，犯的過失小，就減少飲食或停食；犯的過失大，就用繩子綑綁自己，將自己置於叢草荊棘中接受到最嚴厲的酷刑，越王以此來砥礪警惕所有百姓。越國百姓都因此震驚了，對勾踐非常敬畏，沒有人敢對越王不敬。上面領導者一邊巡行，一邊宣令示眾，下面的百姓則順從命令踐行。領導統御者沒有敢偏袒或是有不公正的情形，人民也就會被治理得整整齊齊的。